TOUBIB

DU MÊME AUTEUR

Romans

De l'autre côté du bistouri, Belfond, 1981.
Le Malingot, Belfond, 1985 (prix Littré).
Les Princes du sang, Fayard, 1992.
Docteur Hellen, Fayard, 1994.
Rage de flic, Fayard, 1995 (prix du Quai-des-Orfèvres).
Victoire ou la Douleur des femmes, Fayard, 1996.
Le Festival de la galère, Fayard, 1997.
Mort d'un médecin, Mazarine, 1998.
Émilie de Lavalette, une légende blessée, Fayard, 2000.
Pulsions, Fayard, 2001.

Documents

L'Antirégime, ou Lettre à mes frères Trogros, Orban, 1982.
La Santé et le Vêtement, Pierre Marcel Favre, 1983.
Le Guide de la santé en vacances, Orban, 1984.

Gilbert Schlogel

Toubib

Roman

Fayard

À mon frère Gérard.

Même aujourd'hui, malgré les instruments que l'homme s'est donnés pour répandre et recevoir les échos du monde entier, et qui eussent paru miraculeux il y a quelques années encore, l'histoire de leur temps, ceux qui la vivent est celle qu'ils connaissent le moins.

JOSEPH KESSEL in *La Guerre d'Algérie*,
Yves Courrière, Librairie Arthème Fayard, 1968.

Il y a d'étranges pères, et dont la vie ne semble occupée qu'à préparer à leurs enfants des raisons de se consoler de leur mort.

LA BRUYÈRE,
Les Caractères.

Prologue

Le 20 novembre 1957, en fin d'après-midi, Florent franchit le porche majestueux de la banque Schœnau et Cie. Il traversa le hall et, négligeant les ascenseurs, monta au pas de course les cinq étages de l'escalier monumental qui menait au bureau de son père. L'huissier se précipita dès qu'il l'aperçut.

– Bonjour, monsieur Florent. Monsieur le président m'a prévenu, il vous attend.

– Je vous remercie, François.

L'homme en redingote bleue ouvrit la première porte et frappa à la seconde, capitonnée comme un écrin à bijoux. Sans attendre de réponse, il s'effaça pour laisser passer le visiteur.

Maxime Schœnau ne leva pas les yeux. Il tournait les pages d'un énorme parapheur et signait un à un des documents. Comme toujours, il se tenait droit, presque hiératique, derrière son immense table recouverte d'un verre épais qu'il fallait changer – disaient les mauvaises langues – deux ou trois fois par an, après chacune de ses mémorables colères.

Florent contourna le bureau pour embrasser son père qui lui tendit une joue distraite.

– Assieds-toi, j'en ai pour un instant.

Maxime Schœnau n'avait plus d'âge. Ses cheveux blancs étaient soigneusement coupés et bleuis chaque semaine par son coiffeur attitré de chez Alexandre. Un nez busqué et un menton en galoche accentuaient les traits de son visage, presque inquiétant, où brillaient des prunelles d'un bleu acier. Il était capable de changer d'expression d'une seconde à l'autre, passant d'une rage meurtrière au sourire le plus charmeur. Quand il voulait séduire, ses lèvres découvraient des dents parfaites, et, sous ses paupières, glissait alors un regard irrésistible.

Il signa la dernière lettre et appela Mme Gervais par l'interphone, sa secrétaire souffre-douleur depuis dix ans. Il tira une dernière bouffée de sa cigarette avant de l'écraser dans un cendrier de cristal.

Florent se souvenait des dizaines de fois où il était venu dans cet immeuble vénérable dont son père avait gravi, un à un, tous les étages jusqu'à la présidence. Aujourd'hui, il avait, réussite éclatante, donné son nom à la banque.

Il tendit le parapheur à Mme Gervais puis se tourna vers son fils qui regardait s'éloigner la silhouette avenante de la fidèle collaboratrice.

– Alors ?

Florent sursauta.

– Alors ?… Eh bien, voilà, j'ai fini mes classes au fort de Vincennes et je pars demain matin pour Mourmelon, où a été installée (il ânonna) l'école-des-officiers-de-réserve-du-corps-de-santé-des-armées. En principe, j'en sortirai médecin-aspirant après quatre semaines de stage, pour être nommé, plus tard, sous-lieutenant, puis lieutenant.

Bras croisés, sourcils froncés, Maxime considérait son fils comme s'il le voyait pour la première fois. Non que ce garçon lui fût désagréable à l'œil : grand, mince, large d'épaules, blond, les traits harmonieux, il le trouvait plutôt pas mal. Mais quel dommage que ce visage de grand adolescent trahisse les gènes maternels : ces prunelles marron-vert du genre « bouillon de légumes », ce sourire niais, ce menton sans caractère, il les tenait de sa mère. Rien, à la vérité, dont il ait des raisons d'être fier. Son rejeton n'avait décidément pas sa prestance, ni ses yeux bleus dont les femmes raffolaient... Il soupira. Enfin, il devait faire avec la progéniture que son ex-femme lui avait donnée.

– On ne t'a pas beaucoup vu ces temps-ci, lâcha-t-il comme s'il voulait faire croire que son fils lui avait manqué.

Un peu gêné, Florent détourna le regard.

– À Vincennes, on n'avait pas le droit de sortir...

– Mais tu sortais quand même, non ?

– Bien sûr. Quelques heures.

– Et depuis Vincennes ?

Florent ne pouvait pas avouer que, pendant sa dernière permission précédant Mourmelon, il n'avait pas eu le courage de s'ennuyer toute une soirée avec son père et Elvire, sa dernière épouse.

Ses ultimes moments de liberté, les derniers peut-être avant longtemps, il avait préféré les consacrer à des activités dont les fils n'ont pas l'habitude de faire le compte rendu à leurs pères.

– Depuis Vincennes, je suis retourné à la salle de garde à Beaujon, où on m'a permis de garder ma chambre jusqu'à mon affectation définitive.

– Je te signale qu'à la maison aussi on t'a gardé ta chambre.

Florent sentit qu'il allait devenir irrévérencieux.

– Oui, mais à l'hôpital, j'ai des copains, des copines… On passe des soirées sympa…

– Que tu fasses la fête, Florent, je n'y vois aucun inconvénient. Mais TOUS les soirs, je trouve que c'est beaucoup. Tu fais quoi, TOUS les soirs ?

Poussé dans ses retranchements, Florent lança comme il l'aurait fait en salle de garde :

– Je baise !

Maxime sursauta.

– Ça suffit ! Ton humour de carabin n'amuse que toi. Dis-moi plutôt quelles sont tes perspectives après Mourmelon.

Au moment où Florent allait répondre, Maxime leva la main pour le faire taire et continua :

– J'en ai parlé avec le général Gaffieux, qui dirige l'École de guerre, où je suis allé donner une conférence la semaine dernière. Il m'a dit : « Mon cher président, en dehors des affectations destinées au tout-venant des appelés, il existe, pour les enfants des personnalités parisiennes importantes, des postes privilégiés. Au ministère de la Guerre, par exemple…

– Non, papa.

– Quoi, « non papa » ? Je sais ce que je dis. Tu peux bénéficier, si je le souhaite, d'une nomination à Paris qui te permettra de continuer à fréquenter la faculté…

– Non, papa.

– Il n'y a pas de « non papa » qui tienne !

– Je suis sûr que tu es capable de me faire affecter où tu veux.

– J'admire ta lucidité.

– Merci… Mais je n'ai pas envie de rester à Paris, je préfère aller en Algérie.

Maxime marqua un long silence, visiblement, il faisait un effort considérable pour contenir sa colère. Il reprit, d'une voix posée, le regard perdu sur le tableau de Chagall qui occupait l'un des murs de la pièce :

– Mon cher, dans la vie…

Florent sentit que son père allait l'entraîner dans un de ces discours-croisières dont il raffolait. De quoi parlerait-on aujourd'hui ? De l'enfance miséreuse ? De l'adolescence au bas de l'échelle sociale ? Du groom qui portait les plis d'un étage à l'autre en glissant sur la rampe de cuivre ?

Non ! Nous voguions sur le travail acharné d'un jeune homme qui suivait des cours du soir, jouait du violon dans les orchestres slaves des Grands Boulevards, bref préparait son avenir et une existence luxueuse pour un fils ingrat.

– Papa, arrête ! l'interrompit Florent – une impolitesse inhabituelle. Je ne vois pas le rapport avec le fait que je veux être chirurgien à l'endroit où l'armée a besoin de chirurgiens, c'est-à-dire là où il y a des blessés à opérer.

– Tu ne vois pas ! Tu ne vois jamais grand-chose, mon pauvre fils. Tu ne vois pas qu'il est préférable de travailler quand les autres perdent leur temps.

– Au ministère, je vais gratter du papier…

– En Algérie, ce sera pis. Tu feras semblant d'être chirurgien alors que tu n'as aucune qualification. Tu n'apprendras rien et tu te situeras, une fois de plus, dans la catégorie des glandeurs et des rouleurs de mécaniques que tu affectionnes tant. Va ! Va parader en uniforme, va faire la guerre. Mais à ton retour, il ne faudra pas t'étonner si les bonnes places sont prises. Et personne ne te saura gré d'être allé jouer les héros à peu de frais, crois-moi.

15

Maxime eut alors une sorte de geste désabusé, accompagné d'une grimace de dégoût :

– De toute façon, tu n'en feras qu'à ta tête.

Il hésita une seconde. Persuadé que son fils avait besoin d'une leçon supplémentaire, il ajouta :

– Moi, je sais ce que l'héroïsme peut coûter. En juin 1940…

Celle-là, Florent la connaissait par cœur : Le sergent-chef Schœnau, monté sur son cheval blanc, fier et impassible sous la mitraille, rameutant *ses hommes* terrorisés, et tapis dans les buissons qui lui criaient : Vous n'avez donc pas peur, chef ? « Moi, précisait Maxime dans un élan d'émouvante modestie, je n'avais aucun mérite, car je ne sais pas ce qu'est la peur ! »

La parabole du valeureux sous-officier juché sur son destrier n'allait pas s'arrêter là. Son courage lui avait valu de se retrouver au stalag : temps perdu pour sa carrière. Pendant qu'il attendait derrière les barbelés, d'autres les avaient prises, les bonnes places.

Florent regarda discrètement sa montre, parce que, si son père embrayait sur ses mérites de prisonnier modèle au service de ses petits camarades, il n'était pas sorti de l'auberge !

– Écoute, papa…

– Non ! C'est toi qui écoutes. Dans ce bureau, des dizaines de jeunes autrement charpentés que toi viennent solliciter mes conseils, et ils m'écoutent. Alors je vais seulement te rappeler…

« Catastrophe, pensa Florent, on va remonter à mes frasques en culotte courte ! »

Heureusement le récit commença aux chapitres des dernières années du lycée :

16

– Je t'ai poussé vers les mathématiques, matière où tu te montrais moins mauvais qu'ailleurs. Tu as passé un bac math élém. avec succès, et tu aurais pu préparer Polytechnique puis me suivre dans le monde des affaires. Non ! Tu as choisi médecine ! Il n'y a pas un seul médecin dans la famille, personne ne pouvait te conseiller, ce choix était stupide, mais c'était le tien. Soit ! Tu réussis l'externat et l'internat ! Ouf ! Je propose de t'orienter dans un corps médical où je commence à connaître du monde. Non ! Monsieur choisit la chirurgie, univers hermétique pour des individus suffisants et bornés. Au moins ces deux ans de service militaire auraient-ils pu te permettre de préparer ta carrière. Mais, aujourd'hui, tu viens me parler d'Algérie. Un insondable bordel politico-militaire où tu vas risquer ta peau sans bénéfice pour personne, surtout pas pour toi. À ta guise !

Il se leva, signifiant que l'entretien était terminé. Florent l'imita en lui adressant un sourire conciliant :

– Tu sais bien, papa, que les enfants ont besoin de faire leurs propres expériences.

– Oui, je le sais. J'espérais seulement t'éviter les plus catastrophiques. Mais, une fois de plus, c'est un échec. Au moins aurai-je la conscience en paix.

Maxime tendit une joue et Florent y posa ses lèvres.

Au moment où il franchissait la porte, Florent entendit enfin les mots qu'il n'osait espérer. Son père lui posa la main sur l'épaule et murmura d'un ton pénétré :

– Fais tout de même attention à toi.

Florent retint une larme et sortit, bouleversé.

Dans le couloir, l'huissier le guettait :

– Au revoir, monsieur Florent.

– Au revoir, François.

I

Le sinistre camp de Mourmelon battu par la pluie de novembre convenait parfaitement à l'état d'esprit morose de ces jeunes appelés du contingent. De toute la France, ils arrivaient en troupeau pour devenir les officiers d'une guerre d'Algérie qui ne voulait pas dire son nom.

Jusqu'alors, l'enseignement des élèves officiers de réserve (les EOR) du corps de santé avait été organisé au cœur de Paris, dans l'antique caserne de Lourcines. Mais le peu d'assiduité des candidats avait décidé l'autorité militaire à les expédier dans un lieu où ne s'offrait aucune distraction, au fin fond de cette Champagne pouilleuse où des générations d'officiers et de sous-officiers avaient fait leurs premières armes.

À six heures du matin, le signal du départ avait été donné au fort de Vincennes, où s'étaient terminées les classes, période de formation élémentaire commune à tous les soldats – même aux futurs officiers.

Après ces attentes multiples et inexpliquées, dont les militaires ont le secret, puis un interminable voyage en car, ils avaient enfin stoppé dans une campagne au bout du monde, figée sous une grisaille brumeuse. Pour les loger, des baraquements neufs les attendaient, plantés dans la gadoue. Un architecte avait sûrement tracé des plans séduisants, avec pelouses et bosquets fleuris. Mais, dans la réalité, les bâtiments reposaient sur une immensité de terre glaise, dénuée de végétation.

Florent ne ressentait aucune émotion. Mal réveillé, résigné à subir les désagréments de la vie en communauté, il se laissait porter par le flot.

Un adjudant, affublé d'une superbe moustache en crocs, entraîna la centaine de conscrits dans le premier bâtiment, avec, à la main, une pile de fiches classées par ordre alphabétique. Il faisait l'appel en désignant deux élèves officiers par chambre :

– Armand et Aubert… chambre n° 1. Beaulieu et Belfour… chambre n° 2.

Les attributions se déroulaient sans incident jusqu'au moment où il s'immobilisa en frisant sa moustache, signe d'intense réflexion. Il passait d'une fiche à l'autre, perplexe :

– Ch… Chen…

– Schœnau, SCH, épela Florent en s'approchant.

– Attendez, s'étonna le sous-officier. Vous êtes frères ?

Florent regarda son voisin sans comprendre.

– Non, répondit-il en considérant avec surprise son compagnon d'infortune, petit, mince et brun, au regard noir et farouche sous des sourcils froncés.

L'adjudant hésitait :

– Vous vous appelez bien Schœnau tous les deux ?

– Et alors ? C'est interdit ? grogna le petit brun en s'approchant.

20

Il se pencha sur les papiers du sous-officier et s'exclama, avec un accent pied-noir caricatural :

— Eh bien, vous voyez, on s'appelle pareil et on n'est pas frères ! Et alors ? Ça arrive, non ? (Il entra dans la chambre en pestant) Ma parole, y me tue çui-là !

Le moustachu secoua la tête en se demandant comment faire face à cette situation inédite. Il s'écarta, bougonnant, et se promettant sans doute d'aller en référer sur-le-champ aux autorités.

— Remplissez vos imprimés, ordonna-t-il en s'éloignant.

Les deux Schœnau refermèrent leur porte en riant, et, sans se concerter, s'immobilisèrent pour comparer les fiches qui venaient de leur être remises. Elles portaient effectivement le même nom.

Le grand blond tendit la main :

— Florent… Schœnau.

L'autre l'imita :

— David… Schœnau.

— On s'appelle vraiment pareil. C'est marrant.

— D'où es-tu, toi ? demanda le brun.

— De Paris. Et toi ?

— D'Alger.

— Crois-tu que nous appartenons à la même famille ?

— Comme notre nom n'est pas banal, il est probable que nous avons au moins des origines communes.

— L'Alsace ?

David hocha doctement la tête :

— Sûrement. Ma famille est partie de là-bas en 1870. La tienne aussi sans doute.

— C'est ce que j'ai toujours entendu dire. Durant notre séjour ici, je suis persuadé que nous aurons le temps de tirer cette affaire au clair !

– Ça, c'est vrai, les loisirs ne vont pas nous manquer, reprit David. J'ai l'impression d'être tombé dans un monde où rien ne presse jamais. On va pouvoir se reposer.

Après avoir rangé leurs affaires personnelles dans les petites armoires disposées au pied de chaque lit, ils se retrouvèrent devant la table commune pour remplir les feuilles de renseignements laissées par le « juteux ».

Ces formalités allaient leur permettre de faire plus ample connaissance.

– Date de naissance ?

– 1932.

– Moi, 1930.

David était l'aîné.

– Tu n'avais donc pas épuisé ton sursis, fit-il remarquer.

Florent prit un air modeste :

– Après l'internat, mieux valait partir tout de suite.

– Tu es interne de Paris ?

– Oui, et toi ?

David prit, lui, un air détaché.

– Moi, tu sais, j'ai toujours voulu exercer la médecine générale. Pour ça, pas besoin de passer l'internat. L'externat suffit amplement. C'est la pratique qui compte.

– Bien sûr, acquiesça Florent, conciliant. Moi, je n'avais pas le choix. Pour devenir chirurgien, il me fallait l'internat. Après ma nomination, j'ai fait six mois de stage, et maintenant, reste à se débarrasser de cette corvée militaire.

– Oui, mais combien de temps ça durera ? Vingt-quatre, vingt-sept, trente mois… Qui le sait ?

La durée légale était de dix-huit mois, mais le « maintien de l'ordre » en Algérie exigeait beaucoup de monde… Il avait même fallu rappeler des réservistes !

Un long silence suivit ces propos, ils remplissaient leurs questionnaires : adresse, profession des parents, études, spécialités, etc.

Florent termina son pensum et se leva. Par la fenêtre, au travers d'un rideau de pluie, il apercevait les deux autres bâtiments disposés en U autour d'une cour marécageuse. Au centre flottait le drapeau tricolore. Tant qu'il pleuvrait, la cour serait impraticable. Ils n'étaient pas près de célébrer la cérémonie des couleurs…

– Réfectoire dans quinze minutes !

Le sous-officier moustachu parcourait le couloir en rameutant ses ouailles. Des cris de satisfaction lui répondirent.

Après le repas, servi dans une cantine bruyante et ripolinée de frais, les élèves furent conduits vers la salle de cours où ils devraient s'instruire pendant un mois. Un colonel bedonnant vint prononcer quelques mots d'une parfaite platitude. Il expliqua les horaires, les différentes matières qui seraient enseignées (logistique médicale, hiérarchie administrative, équipements sanitaires, etc.), et termina par les modalités de l'examen qui sanctionnerait le stage. Il conclut sur une exhortation au travail qui ne manquait pas de cynisme :

– Messieurs, je vous préviens. Vous choisirez votre poste par ordre de mérite. (Et, au cas où certains n'auraient pas compris, il précisa :) Ceux qui auront les meilleures notes choisiront en priorité.

Un murmure d'agacement lui répondit.

– Un peu de calme, ordonna-t-il, je m'explique. Il n'y a que quelques places à pourvoir en Allemagne et en France. Seuls les premiers en bénéficieront. Pour les autres (et il

souligna sa phrase par le geste auguste du semeur)…
Algérie.

Le voisin de Florent, un petit gros bouclé, se pencha vers lui pour murmurer :

– Si les militaires ne sont pas plus enthousiastes, c'est qu'ils considèrent la partie comme perdue. Ça promet ! Je me demande ce qu'on va foutre là-bas !

Florent hocha la tête en silence.

Cette préparation au métier militaire se révéla vite sans le moindre intérêt. Des enseignants médiocres et peu motivés venaient de Paris inculquer à de jeunes étudiants en médecine, frondeurs par nature, des notions dont ils se moquaient éperdument. La plupart des « zéoères » n'avaient pas l'espoir de finir dans le peloton de tête, et ils optèrent délibérément pour un discret farniente.

Les cours se succédaient à raison de cinq à six heures par jour – bien peu, pour des garçons qui venaient de subir quelque six ou huit ans d'études intensives –, et les polycopiés qui les accompagnaient rendaient l'assiduité superflue. De plus, le manque de discipline semblait fait pour encourager l'absentéisme. Il régna bientôt, au sein du groupe, une atmosphère de laisser-aller, et les chambres devinrent des tripots enfumés jonchés de canettes de bière.

Un certain nombre de Parisiens comprirent vite que rien ne leur imposait de dormir sur place. Après le premier week-end de liberté, ils revinrent de la capitale avec leurs voitures. Le soir tombé, beaucoup rentraient chez eux ou vaquaient à des occupations privées. L'encadrement n'avait sans doute pas pensé que de jeunes adultes âgés de vingt-cinq à vingt-sept ans, ayant des familles à charge ou des responsabilités professionnelles, sont autrement difficiles à manier que des gamins.

Florent et David, n'avaient ni l'un ni l'autre le moindre goût pour le bridge ou le poker. Peu attirés par les beuveries, ils prirent l'habitude de rester dans leur chambre et de passer des soirées au calme, allongés sur leurs lits, avec une pile de livres à portée de main. Ils en profitèrent surtout pour se raconter leur vie. Leur homonymie les incitait à la confidence.

Très vite, ils comprirent qu'ils étaient l'un et l'autre dominés par la personnalité de leurs pères. Des hommes radicalement différents, certes, mais qui, tous les deux, avaient marqué leurs fils d'un sceau indélébile.

– Quand j'étais gosse, avoua Florent avec une bonne dose d'autodérision, j'assommais mes camarades en commençant toutes mes phrases par : « Moi, mon père... » Et ça m'arrive encore !

David le regarda avec un sourire amusé.

– Pourquoi ?

– Parce que je le trouvais formidable.

– Et maintenant ?

– Maintenant, je sais qu'il est formidable, mais il me pompe l'air !

Ils éclatèrent de rire et David se livra à son tour :

– Le mien aussi me pompe l'air. À côté de lui, j'ai toujours l'impression d'être à la traîne. Premier levé, premier au boulot, premier à se taper les tâches les plus pénibles... C'est le genre de mec qui te fait comprendre à quel point tu es nul. Jamais une réprimande, mais une attitude qui, à elle seule, est un reproche permanent.

Le visage de Florent se teinta de tristesse.

– Mon père n'est pas si délicat. Quand j'étais gamin, il me répétait sans cesse que j'étais nul. Il me traitait quotidiennement de paresseux, de raté et d'incapable, ce dont j'étais par avance convaincu. Le pire, c'est que je n'en souffrais même pas. Mon admiration pour lui me suffisait. J'étais nul et résigné à le rester, pourvu que ce soit dans son ombre. J'ai passé mon enfance à l'état larvaire, persuadé que mes efforts n'aboutiraient jamais. Aujourd'hui, je me demande encore comment j'ai pu échapper à cette sombre destinée. Un miracle, sans doute !

David ne put s'empêcher de protester :

– Tout de même, l'internat de Paris, c'est pas rien !

– L'internat ? Allons donc ! À l'entendre, c'est grâce à lui si j'ai été nommé. Sans ses conseils, sa présence, son autorité, je n'aurais même pas dépassé la première année de médecine.

David n'en revenait pas.

– Le mien ne s'est guère intéressé à mes études. Je crois qu'il n'a même jamais su qu'il existait un internat. Il faut dire que sa vie n'a pas été marrante ! En 1939, à vingt-sept ans, sortant d'HEC, il s'est trouvé enrôlé sur la frontière belge. En 1940, il a été pris dans la débâcle et son régiment s'est désintégré. Oublié de tous, il a vite compris que la partie était perdue. Il est rentré à Paris, pour récupérer sa femme, ses deux gosses et l'usine familiale.

– Une usine ?

– Oui. Une usine de tissus. Les juifs, tu sais bien, ils sont volontiers dans le tissu.

– Parce que tu es juif ?

– Bien sûr. Toi aussi, sans doute. Schœnau, c'est un nom juif.

Florent ouvrit de grands yeux.

– Moi, je n'ai jamais entendu dire que nous étions juifs. Tu es circoncis ?

– Évidemment. Pas toi ?

– Non. Mon père non plus.

– Ça c'est drôle. Avec le même nom...

– Vous êtes juifs... pratiquants ?

– Non. Je n'ai jamais mis les pieds dans une synagogue. Et toi, tu es chrétien ?

– Oui. Baptême et première communion, c'est tout.

– Eh bien, voilà au moins un sujet sur lequel on sera d'accord.

David s'assit sur son lit et reprit son discours d'un ton docte :

– En 1870, quand les Allemands ont annexé l'Alsace et une partie de la Lorraine, les juifs de là-bas savaient ce qui les attendait. Alors la plupart d'entre eux se sont tirés.

– Il n'y a pas que les juifs...

– Non, pas QUE les juifs, ni TOUS les juifs. Mais parmi ceux qui se sont fait la malle, une bonne partie étaient juifs. L'antisémitisme, en Allemagne, c'est une longue tradition. Nombre d'entre eux n'ont pas eu envie de vérifier.

– Ah bon !

Florent ne s'était jamais intéressé de près aux origines de sa famille. Il avait entendu évoquer la fuite d'Alsace, mais ne s'était pas préoccupé d'en analyser les motifs. Son père magnifiait le courage de ces Français qui avaient refusé de devenir prussiens, mais sans allusion à des problèmes raciaux ou religieux.

David continua :

– En 1870, mon arrière-grand-père, comme le tien sans doute, est arrivé à Paris. Il a décidé d'y faire construire une usine, tandis que son frère, viticulteur, a continué sa route vers l'Algérie. Là-bas la terre ne coûtait pas cher. Mais il fallait la défricher. Avec le temps, ils ont réussi tous les deux. Bien réussi, même. Mon grand-père a succédé à son père à la tête de l'usine de confection, dans les années vingt ou trente. En 1940, il était malade et quasi impotent. Impossible, pour lui, de fuir l'invasion allemande. Mais dès que le gouvernement de Pétain a commencé à parler du rôle des juifs dans la défaite, il a compris ce qui l'attendait. Il a conseillé à son fils – mon père – de rejoindre, avec femme et enfants, les cousins devenus colons dans la Mitidja. Et voilà comment nous nous sommes retrouvés, ma sœur et moi, dans une ferme au milieu d'une bande de gosses déchaînés. C'était formidable.

– Ton père s'est mis à l'agriculture ?

– Pas tout de suite. Il s'est d'abord enrôlé dans l'armée de Vichy. Puis il est passé sous la bannière américaine. Il est parti en Italie, a fait Monte Cassino, le débarquement en Provence, la campagne de France… Il a posé son sac à Berlin en 1945.

– Putain ! Et alors ?

Florent ne cachait pas son intérêt et David n'avait pas besoin qu'on le pousse pour continuer :

– Après sa démobilisation, quand il est revenu à Paris, mon grand-père était mort et l'usine avait disparu. Volatilisée. Les Allemands, les Français, tout le monde s'était servi. On avait appelé ça l'aryanisation des entreprises. Il aurait pu porter plainte, faire valoir ses droits, montrer ses décorations, ses états de service. Ce n'était pas son genre. Écœuré, il a fermé sa gueule, remis le cap sur l'Algérie et décidé d'apprendre à cultiver la vigne et les orangers. Il a d'ailleurs fait preuve d'un certain talent, tu verras…

David parlait assis en tailleur sur le lit, et son récit brillait de tous les feux de sa passion. Ses mains décrivaient les étendues de vergers, le village des ouvriers, la maison familiale où son grand-oncle était mort, laissant l'exploitation à ses enfants et aux petits-enfants, qui, depuis, faisaient confiance à Samuel Schœnau pour tout diriger.

– Samuel, c'est mon père, mais tout le monde l'appelle Sami. Sami-le-noir, parce qu'il est bronzé d'un bout de l'année à l'autre, velu comme un gorille, et renfrogné, comme si le monde entier lui en voulait – et réciproquement.

David riait en évoquant ce sombre géniteur.

Maxime Schœnau avait fait la guerre aussi, en tant que sergent-chef. Prisonnier en Alsace dès juin 1940, incarcéré dans un stalag en Poméranie, libéré au bout d'un an et rapatrié à Paris, il avait repris ses activités professionnelles au Comité des banques, dont il était devenu, à l'entendre, l'un des personnages les plus importants. Où qu'il soit, Maxime devenait toujours le personnage le plus important – et s'en vantait. Haut et fort.

Les deux garçons, au fil des bavardages, dessinaient deux univers situés aux antipodes l'un de l'autre. Florent se présentait comme un citadin intellectuel et libéral habitué à vivre en solitaire, à l'ombre d'un père tout-puissant. David était un provincial viscéralement lié à sa terre et à sa famille. Il refusait d'imaginer une Algérie menacée par l'indépendance, alors que Florent jugeait l'époque coloniale révolue. Pour lui, le droit des peuples à décider de leur sort représentait une règle universelle. David ne comprenait pas que ce langage puisse s'appliquer à l'Algérie, un département français qui ne méritait pas le nom de colonie. Un département où il était chez lui et avait le droit de vivre autant que les ouvriers agricoles qui travaillaient sur ses terres. Autant, ni plus ni moins.

Un soir, Florent évoqua la torture dénoncée par certains journaux. David haussa les épaules :

– Ne parle pas de ce que tu ne connais pas !

– Attends, se souvint Florent, je viens de lire une histoire bizarre dans *L'Express*. (Il sortit le journal de son sac.) C'est le « Bloc-notes » de François Mauriac. Il raconte une blague, ce qui ne lui arrive pas si souvent. En plus, elle est de fort mauvais goût. Écoute :

> *Une jeune femme protestante était torturée : cela se passait cette année quelque part en Algérie. Et voici qu'entre deux applications d'électricité, elle cria : « Jésus ! »... Alors le chef (l'histoire ne dit pas quel uniforme il portait) fit un signe aux bourreaux et leur dit : « Arrêtez !... Elle a donné un nom. » C'est tout.*[1]

David ne trouva pas ça drôle non plus. Il fit la grimace et sortit.

Concernant la guerre, une solide incompréhension s'installait entre eux. Mais une incompréhension amicale, avec un pacte tacite de non-agression. Chacun campait sur ses idées sans essayer de convaincre l'autre. Quand le ton montait, ils se mettaient à rire. Leur rire devint très vite le signe d'une bonne entente un peu forcée.

Dans la journée, ils se voyaient rarement. Florent appartenait au groupe des Parisiens et fréquentait surtout les quatre internes nommés au même concours que lui. Ils parlaient de l'avenir, de leurs futurs patrons, de la réforme

---

1. *L'Express*, n° 333, 7 novembre 1957.

Debré et du plein-temps hospitalier qui révolutionnerait le monde médical… Ils en parlaient sans y croire.

David, de son côté, vivait au sein d'un groupe bruyant et rigolard, où l'on se tapait dans la main pour ponctuer les meilleures plaisanteries et où l'on évitait les sujets sérieux. Comme si ces garçons ne voulaient pas savoir comment évoluerait cette guerre que les gouvernants continuaient à nommer « les événements ». Une guerre qui n'était, pour eux, qu'une simple révolte cryptocommuniste animée par une poignée de brigands qu'il suffirait de mater.

« Avec mon pied au cul, oui ! »

Quand la date de l'examen final approcha, l'assiduité s'améliora, et la salle se remplit même complètement le jour où un médecin-capitaine blessé en Algérie vint parler – enfin – de la guerre.

Son ton monocorde et sa mine renfrognée donnaient l'impression qu'il accomplissait une corvée.

– L'Algérie, commença-t-il comme s'il s'adressait à des lycéens, a été libérée de l'oppression turque en 1830 par les troupes de Charles X. C'est le général Bugeaud qui a pacifié le pays et l'a réorganisé avec ses premières structures administratives. L'immigration française sera importante, surtout après 1870, et permettra l'établissement progressif d'une prospérité fondée sur l'agriculture et le commerce. Prospérité qui ne cessera de s'accroître pendant toute la première moitié du XXe siècle.

Il marqua un temps d'arrêt avant de passer aux choses sérieuses :

– Malheureusement, après la Deuxième Guerre mondiale, une poignée d'agitateurs appartenant, notamment, au Parti communiste (il fit une moue de dégoût) ont contesté l'autorité française, incitant la population algérienne à la violence. Une véritable insurrection s'est produite le 1ᵉʳ novembre 1954, entraînant la mort de nombreux Européens. Pour rétablir l'ordre, le gouvernement a augmenté la présence militaire. Mais les moyens en hommes et en matériel n'ont pas été suffisants pour empêcher le développement de la rébellion. Aujourd'hui, de véritables bandes d'insoumis, armés par les pays voisins (il ne les nomma pas), sévissent dans certaines régions reculées du pays, poussant même des incursions au sein des villes.

– Et les médecins appelés ? intervint l'un des auditeurs lassé par ce cours d'histoire qui ne l'intéressait pas. Ils font quoi là-dedans ?

Le capitaine hésita, déstabilisé, et se résigna à écourter son exposé :

– La plupart des médecins appelés sont affectés à des corps de troupes ou à des infirmeries de garnison. Certains s'occupent des populations civiles au sein des SAS, les Sections administratives spéciales, chargées de la surveillance sanitaire et de l'éducation dans les villages. D'autres appelés, titulaires d'une spécialisation, sont employés dans les grands hôpitaux militaires d'Alger, Oran et Constantine, ou dans des antennes chirurgicales réparties sur différents secteurs. Ces antennes comprennent au moins un chirurgien, un anesthésiste et un réanimateur. Y sont adjoints, selon les cas, des dentistes, ophtalmologistes, pharmaciens, etc.

L'auditoire s'anima quand le conférencier entra dans les détails et décrivit l'action des médecins sur le terrain. Il raconta des anecdotes et insista sur l'importance de leur présence dans un pays où beaucoup de praticiens d'origine métropolitaine, se sentant menacés, avaient été obligés de fuir.

Pris par son sujet, le capitaine dépassa le temps imparti, mais personne ne s'en plaignit. Sauf « moustache en crocs », qui vint l'avertir que l'heure du dîner avait sonné.

– Tu te rends compte, s'indigna David, nous sommes restés dans ce bourbier quatre semaines pour nous préparer à faire la guerre. Sur deux cents heures de cours, ils nous ont parlé de l'Algérie pendant moins d'un après-midi. En plus, nous n'avons eu droit qu'à une seule séance de tir. C'est lamentable !

Vint l'examen. Une épreuve écrite de quatre heures. L'après-midi, les conférenciers arrivèrent de Paris pour corriger les copies. La proclamation des résultats aurait lieu le lendemain, avant les huit jours de permission qui précéderaient le départ vers l'affectation définitive.

Durant la soirée du vendredi, l'atmosphère du peloton changea. Personne n'avait envie de faire le mur la veille du départ. Ni de jouer au poker. Après le dîner, les garçons restèrent longtemps ensemble à boire des bières en fumant. La nervosité dominait. À dix heures, la cantine ferma et ils regagnèrent leurs chambres. Beaucoup se mirent à faire leurs sacs et s'allongèrent en silence sur les lits. Le lendemain, leur vie ne serait plus la même. Du classement dépendait un voyage dont certains ne reviendraient pas.

Le samedi à neuf heures, ils se regroupaient dans la grande salle de cours. Au tableau, la liste des places disponibles s'alignait sur deux colonnes. À gauche, deux places pour une enquête en Afrique noire, dix en France, dix en Allemagne. À droite, l'Algérie.

Florent était huitième. Il fut le premier – et le seul – à choisir l'Algérie de son plein gré. Sa décision souleva un tollé, des applaudissements plus moqueurs qu'admiratifs. Puis le cérémonial continua. Avant midi, tout était terminé, et l'adjudant distribua les galons d'aspirant.

David félicita son homonyme d'avoir fait le bon choix.

– On va se retrouver là-bas. Je te ferai visiter le pays. Tu verras si c'est beau !

Le colonel bedonnant qui les avait accueillis leur ordonna de se présenter le dimanche suivant avant dix-huit heures au fort de Vincennes. Ils seraient acheminés vers leurs affectations respectives. Toute absence non motivée serait considérée comme une désertion, et la recherche de l'intéressé, confiée à la gendarmerie. On ne plaisantait plus.

Galons fixés aux épaules, les officiers tout neufs furent rangés en carré dans la cour pour un ultime lever des couleurs. Florent n'aurait jamais cru être aussi ému. Le silence, les ordres, le clairon, ce drapeau chargé d'histoire, lui nouèrent la gorge.

Le sort en était jeté.

Dernière semaine de liberté pour Florent. Sa permission fut maussade. Ses anciennes petites amies ne se libéraient de leur travail que le soir et avaient d'autres chats à fouetter. Il errait sans but, traînant au Quartier latin de galerie en musée, et d'un cinéma à l'autre. Il aima *Le Pont de la rivière Kwaï*. Il feuilleta les derniers livres parus, de Robbe-Grillet ou Michel Butor, sans se décider. Il se préparait mentalement à plonger dans l'inconnu et finit par ne choisir que des valeurs sûres : l'*Histoire de France* de Bainville, *L'Homme sans qualités* de Musil, *La Peau* de Malaparte et quelques Simenon.

Par chance, sa mère décida de quitter le Midi quelques jours, et ils passèrent de longs moments ensemble. Elle le regardait comme si elle avait peur de le perdre :

– Fais bien attention à toi. Ma vie n'a pas été drôle, ces dernières années, tu sais. Ne me laisse pas seule, maintenant, je t'en supplie.

La pauvre Jeanne avait souffert d'être larguée comme une malpropre, après vingt ans de bons et loyaux services. Quand elle avait rencontré Maxime, il vivotait. Employé sans diplôme d'une petite banque, violoniste de brasserie occasionnel, tenté par la délinquance, il hésitait à choisir une voie. Elle travaillait dans la même banque que lui et tomba raide amoureuse de ce grand charmeur blond aux yeux bleus. D'un an son aînée, fille d'ouvriers aisés, petite et pimpante sans être vraiment jolie, elle allait lui apporter la sérénité qui lui manquait.

Pas très enthousiasmés par ce choix, les parents exigèrent que le bien-aimé fasse d'abord son service militaire. Il obtempéra et, à son retour, on publia les bans. Maxime et Jeanne convolèrent en justes noces puis s'installèrent dans un modeste appartement du boulevard Ornano, où Florent naquit en 1932.

Le petit employé fit carrière, et vingt-cinq ans plus tard il était devenu une personnalité reconnue du monde de la finance, président majoritaire de la banque qui portait son nom. Mais la route pour en arriver là n'avait pas ressemblé à une promenade de santé. Travaillant quinze heures par jour et sept jours par semaine, il avait commencé, dès les années trente, à dévorer les obstacles.

Nommé au Comité des banques après sa captivité, il s'était vu attribuer une secrétaire prénommée Elvire, élégante aristocrate peu argentée mais bien élevée, bosseuse et cultivée, aussi ambitieuse que lui, qui devint vite son alliée et l'amie de la famille.

À la Libération, comme les restrictions continuaient à tenir les Parisiens affamés, Maxime résolut de quitter l'appartement du XVIIIᵉ arrondissement pour acheter une maison à Monceau-sur-Oise, en lointaine banlieue, avec basse-cour, verger et potager, pour que, disait-il, femme et enfant puissent vivre au grand air, dans l'abondance alimentaire retrouvée. Lui se voyait bien jouer au gentleman-farmer le dimanche. Jeanne apprécia modérément ce changement. Pour la première fois de sa vie, elle devrait vivre loin de Paris, et son fils serait mis en pension.

Elle se soumit quand son mari lui fit valoir son propre sens du sacrifice. Qui serait sur la route matin et soir ? Et uniquement pour le bonheur de sa famille ! Jeanne s'inclina devant une telle abnégation et organisa des week-ends pour les collaborateurs de son époux.

Hélas, le généreux Maxime avait présumé de ses forces. Il fut rapidement obligé de rester plusieurs soirées par semaine à Paris à cause de la fatigue occasionnée par les trajets. Le pauvre n'en pouvait plus !

Jeanne comprit que cet éloignement allait détruire son couple et protesta. Maxime en profita pour stigmatiser l'ingratitude de son épouse, incapable d'apprécier ses efforts, et il l'incita à demander le divorce. Elvire, l'amie bien intentionnée, la poussa aussi dans cette voie.

Adieu veau, vache, cochon… On revendit la belle maison. Les époux divorcés prirent chacun un appartement à Paris. Et Florent ? Il venait de passer son bac. Où habiterait-il désormais ? La réponse allait de soi : le *pater familias* devait tenir la bride à son médiocre rejeton lancé dans le monde hostile des études supérieures. Maxime prit son fils avec lui et Jeanne esseulée pleura en silence.

Un an plus tard, Maxime épousa Elvire, la fidèle secrétaire, qui pourrait ainsi surveiller l'éducation du jeune trublion devenu carabin.

Jeanne, écœurée par ce mariage qu'elle prit comme une trahison, quitta l'appartement qu'elle s'était acheté à Paris et s'exila en Provence, où elle avait de la famille. Florent n'était pas conscient des avanies subies par sa mère. À ses yeux, son père était toujours le plus beau, le plus grand, le meilleur, et sa mère, une éternelle insatisfaite qui n'avait jamais voulu soutenir l'ascension sociale de son mari.

Quant à Elvire, collaboratrice dévouée du grand homme, elle mit en œuvre tout son pouvoir de séduction pour conquérir le fils après le père. Elle devint la confidente, la conseillère et l'intelligente négociatrice dans les moments conflictuels avec l'irascible géniteur.

Elvire et Maxime laissaient Florent préparer son départ vers l'aventure algérienne avec, dans le regard, une nuance de pitié méprisante qui ne l'impressionna pas.

– Tu sais, papa, lui fit-il remarquer un soir, ton père a fait la guerre de 14-18, toi, celle de 39-40. Cette guerre d'Algérie est imposée à des milliers de jeunes de ma génération qui n'ont pas les moyens de se défiler. Moi, je n'aimerais pas qu'un jour quelqu'un puisse me traiter de planqué. Alors j'y vais.

Maxime se contenta de hausser les épaules.

Sans oser l'exprimer, Florent, se réjouissait de pouvoir enfin, et pour la première fois, vivre durablement hors de l'écrasante présence paternelle. Maxime s'en rendait compte. Entre eux, le silence était devenu plus lourd encore que d'habitude. À aucun moment il ne fut question de cette guerre où Florent allait s'exposer, ni de la politique du gouvernement, ni des tenants et aboutissants de ce conflit. Que pensait « le Président » de l'avenir de l'Algérie, des positions défendues au Parlement, du renforcement des troupes, des relations avec le Maroc et la Tunisie, base arrière de la rébellion ? Florent ne le sut jamais.

Invariablement, les conversations familiales tournaient autour de la carrière paternelle. Maxime avait vu Machin pour lui parler de Chose qui voulait prendre la place de Truc. Or ce Chose n'était qu'un con d'inspecteur des finances sans envergure, et il fallait remplacer Truc par quelqu'un susceptible de prendre sérieusement les affaires en main. Suivez mon regard. Machin lui avait promis d'en parler à Tartempion, lequel était redevable à Maxime de sa dernière nomination...

Florent en avait marre de ces marionnettes dont il ne connaissait même pas les visages.

Quels que soient les risques, il en venait à compter les heures qui le séparaient de l'embarquement. Il voulait contempler de nouveaux horizons et vivre enfin sa vie. Une vie d'adulte.

Il allait être servi.

II

Le *Ville-d'Oran*, célèbre paquebot de la Méditerranée devenu accessoirement transport de troupes, pénétra dans la baie d'Alger aux premières lueurs du petit matin. Ce 20 décembre 1957, la mer s'était calmée après une nuit de houle, et Florent n'avait pas quitté le pont, préférant claquer des dents sous un vent glacé plutôt que de vider ses tripes à l'unisson de ses compagnons d'infortune dans des cabines surchauffées et malodorantes.

Un soleil d'acier illumina bientôt la ville. Une lumière oblique étincelait sur les vitres des établissements portuaires et révélait, au loin, les innombrables véhicules militaires rangés sur les quais comme des jouets d'enfant. Florent allait enfin savoir ce qu'est la guerre. Dix médecins appelés étaient déjà morts, dont deux par suicide. Aucun interne n'avait encore pris place sur la sinistre liste… Il s'empressa de chasser ces idées noires.

Les manœuvres d'accostage terminées, le troupeau en uniforme fut bientôt conduit vers les camions qui attendaient leur cargaison de bidasses. Les médecins-aspirants s'entassèrent dans de vieux GMC marqués *Hôpital Maillot*.

Bringuebalés, ensommeillés, nauséeux, ils ne virent rien des quartiers traversés et furent éjectés une demi-heure plus tard dans la cour du célèbre hôpital qui portait le nom d'un médecin spécialiste du paludisme. Florent sauta sur le sol et récupéra ses bagages : un volumineux sac de toile grise censé contenir son paquetage, et une lourde cantine en aluminium où il avait écrit son nom en grosses lettres de sparadrap.

À peine avait-il posé son bardas contre le mur qu'une voix joyeuse le fit sursauter :

– Ah ! te voilà ! Décidément, ces Parisiens, jamais pressés !

– David ! Tu es là ?

– Tu penses bien que je te guettais. Vous en avez mis, un temps !

Ils se serrèrent la main et Florent expliqua pourquoi le voyage avait été si long :

– Nous sommes arrivés à Marseille lundi soir et l'embarquement n'était prévu que pour jeudi. Deux jours dans la cité phocéenne – comme ils disent. On a pu s'offrir une dernière virée sur le sol métropolitain.

– Viens, proposa David, on va boire un café.

Il se tourna vers la sentinelle :

– Tu gardes les bagages du lieutenant, et gare à toi si quelqu'un y touche.

Le soldat salua mollement et alla se planter devant la cantine d'aluminium.

David prit Florent par le bras et le fit ressortir de l'hôpital en le guidant. Ils étaient, lui expliqua-t-il, au cœur de Bab el-Oued, l'un des plus anciens quartiers populaires de la ville. De l'autre côté d'un carrefour animé, ils pénétrèrent dans un bistrot bruyant où un meeting semblait organisé.

– Que se passe-t-il ? s'inquiéta Florent.

– Rien, ils bavardent autour d'un caoua, comme chaque matin !

La clientèle, exclusivement masculine, s'agglutinait autour du comptoir, et les discussions paraissaient d'une importance capitale tant les participants y mettaient d'énergie. En tendant l'oreille, Florent se rendit compte que tous ces gens parlaient une sorte de français assaisonné d'expressions imagées. Le tout formait un sabir à peine compréhensible pour un non-initié.

– Ce n'est pas du sabir, corrigea David, c'est du *pataouète* ! Une langue forgée par des générations de méditerranéens de toutes origines : Français, Arabes, Espagnols, Majorquins, Maltais… Ma parole ! Y comprend rien ce *francaoui* ! dit-il avec un accent tellement caricatural que Florent éclata de rire.

Les deux garçons se retrouvaient avec une joie non feinte. L'un, parce qu'il ne se sentait plus seul sur cette terre étrangère. L'autre, parce qu'il était fier de faire les honneurs de son domaine. Ils s'installèrent en terrasse, dans un rayon de soleil déjà tiède malgré la saison. Le café, délicieux, embaumait l'atmosphère et les croissants avaient un arrière-goût de miel.

Chacun raconta sa semaine de perm et le retour sous l'uniforme. David avait consacré son temps libre à visiter ses amis pour s'informer des affectations disponibles.

– Tu comprends, expliqua-t-il, normalement c'est au petit bonheur la chance. Mais quand tu as des relations, tu peux t'arranger.

– Et alors ? Tu t'es… arrangé ?

– Je me suis occupé de nous.

– De nous ?

– Je me suis débrouillé pour que nous nous retrouvions à Sidi-Afna. C'est une petite ville de dix mille habitants avec un camp militaire important planqué sur une colline. Le site est magnifique, tu verras.

Florent n'en revenait pas.

– Tu ne t'es pas demandé si ça me plairait ?

– Je sais que ça te plaira. À moi, tu fais pas confiance, mon fils ? (Il avait souligné sa phrase d'un geste des deux mains, paumes ouvertes vers le ciel.) Le poste chirurgical est double : infirmerie militaire et hôpital civil. Tu vas opérer comme un fou ! Moi, je suis affecté à un régiment de parachutistes, le 12ᵉ RPC. Comme j'ai mon brevet, je pourrai sauter avec eux. Je ne serai pas obligé de passer mon temps à soigner des cors aux pieds et des chiasses. Et puis…

Il hésita une seconde et ajouta, comme en confidence :

– Et puis nous serons à une heure de la maison. Quand on aura envie d'une bonne grillade, on n'aura qu'à prendre une Jeep ! Et le dimanche, tu verras, ma parole, la fiesta qu'on va se faire !

Florent sourit. Lui, il avait choisi l'Algérie pour être à des milliers de kilomètres de ses parents et pour échapper au mortel déjeuner dominical. Comment étaient donc les parents des autres ?

Quand ils rentrèrent à l'hôpital, les copains avaient disparu. Les bagages de Florent attendaient près du poste, sous l'œil attentif de la sentinelle. David la remercia d'un geste de la main et lui glissa un paquet de cigarettes dans la poche de son treillis. Puis il entraîna Florent vers les bureaux de l'administration en lui expliquant que le colonel Darbois, directeur de l'hôpital, avait la haute main sur l'affectation des médecins appelés – en particulier des « spécialistes ».

– Tu vas voir, c'est un pied-noir très sympa. Il a fait la campagne d'Italie avec mon père et vient souvent déjeuner à la ferme. Il t'aura à la bonne car son fils est à Paris en train d'essayer désespérément de passer l'internat. Il a présenté son quatrième écrit et attend les résultats. Le vieux va sûrement te demander comment tu as fait pour être reçu si vite.

De fait, le médecin-colonel Darbois avait l'air d'un brave homme. Son sourire, sa poignée de main, le ton de sa voix, tout était rassurant. Chirurgien de formation, il avait dû, selon la règle militaire, abandonner le bistouri le jour où on lui avait épinglé son cinquième galon, pour prendre la direction d'un hôpital. Il ne s'était jamais vraiment remis de cette frustration et conservait pour les chirurgiens une tendresse que ses collègues médecins jugeaient coupable.

Il embrassa David et félicita Florent d'être interne de Paris, enchaînant aussitôt sur les échecs répétés de son fils. Cet homme vieillissant, désespéré de ne pouvoir aider celui en qui reposait tous ses espoirs, faisait peine à voir.

« Je me demande ce qu'en pense le rejeton, se dit Florent. Peut-être est-il enchanté de vivre libre à Paris loin de la férule paternelle ! » Le colonel continuait sa litanie :

– Il se présentera une dernière fois l'année prochaine.

– Attendez, protesta David, on n'a pas encore les résultats de cette année. Il est peut-être admissible.

– Je ne le sens pas, gémit l'officier, il a merdé en physiologie.

Se tournant vers Florent, il poursuivit :

– Dites-moi, que faut-il lui conseiller pour augmenter ses chances ?

Florent soupira. Comment répondre qu'il fallait seulement travailler plus, et mieux ? Il résolut de biaiser :

– Vous savez, mon colonel, il y a tellement d'impondérables dans un lot d'épreuves comme celui-ci. Moi, j'ai été nommé dans les derniers de ma fournée avec un demi-point d'avance, alors que mon meilleur compagnon de travail s'est fait coller avec un demi-point de retard. À quoi tient un point de plus ou de moins sur quatre matières à l'écrit et deux à l'oral ?

Darbois hocha longuement la tête, résigné à subir le destin. David parut soulagé de la réponse diplomatique de son copain.

Après un moment de silence songeur, le colonel revint sur terre. Il expliqua au nouveau venu les avantages de son affectation à Sidi-Afna. Au dernier moment, il lui précisa que son départ n'aurait lieu que dans un mois, quand le titulaire du poste abandonnerait ses fonctions pour rentrer en France. D'ici là, Florent serait affecté au B2.

Il les reconduisit, tenant David par l'épaule. Au dernier moment, il lui murmura :

– Embrasse tes parents pour moi.

Le « détachement » dominait de ses quatre étages les autres bâtiments hospitaliers. Il abritait une centaine de chambres donnant sur de longues galeries ouvertes, accessibles par un escalier extérieur. Les pièces se ressemblaient toutes : deux lits, deux armoires, deux tables, deux chaises et un lavabo, avec, au bout de la galerie, un vaste local sanitaire commun équipé de douches et de toilettes.

– Pour du militaire, c'est correct, ricana David en aidant Florent à transporter sa cantine. Moi, depuis le début de mes études de médecine, j'ai une piaule en ville, ajouta-t-il.

Le bâtiment, vide à cette heure de la journée, résonnait sous les pas. Tout le monde était au travail.

– Qu'est-ce que c'est, le B2 ? s'informa Florent.

– C'est l'abréviation de « Deuxième Blessés », synonyme de chirurgie. Les services de médecine s'appellent comme autrefois les « Fiévreux ». F1 et F2. On est très traditionaliste, à l'armée. Mais tu n'es pas obligé d'y aller tout de suite. Je vais te faire visiter la ville.

– Tu crois, il faudrait peut être que j'aille me présenter ?

– Mais non ! Attends demain.

– Ah bon ! Et toi ? Tu ne travailles pas ?

– Je pars lundi prochain pour Sidi-Afna avec un convoi dont je serai responsable. Alors, d'ici là… Dis-toi bien qu'à l'armée on ne se précipite jamais. Il y a tellement de raisons de ne pas être dans les temps que l'exactitude passe pour une abstraction. Sauf si tu as un rendez-vous avec un supérieur ou si tu es invité à un pot. Là, pour cinq minutes de retard, tu te fais engueuler. En revanche, après trois jours de perm, tu peux prendre une semaine de rab. Il suffit de préparer une justification plausible sur les délais de route, au cas, fort improbable, où on te demanderait des comptes.

Florent souriait, mais ces conseils le gênaient. Les tricheries le mettaient mal à l'aise, comme d'ailleurs le comportement général de David. Sa faconde, son aisance, sa débrouillardise même, rien ne lui plaisait. Finalement, il aurait peut-être préféré découvrir la vie militaire en Algérie à sa manière, sans mentor ni directives. Cela n'en prenait pas le chemin.

David décréta qu'il emmenait Florent déjeuner à la Pêcherie, un coin sympa près du port. Il l'entraîna vers un scooter Vespa rouge, tout neuf, équipé d'un coffre spacieux d'où il sortit deux blousons légers.

– En ville, un soldat doit porter ses galons apparents et son couvre-chef, calot ou képi. À moto, il faut le casque militaire. Tu nous vois déguisés ainsi ! Alors, c'est tout simple. Avec ce blouson de nylon, tu n'es plus un soldat et personne ne t'emmerde.

Tandis qu'ils traversaient la ville grouillante par le chemin des écoliers, David donnait ses explications en cicérone accompli. Bab el-Oued, rue d'Isly, place Bugeaud, siège de la direction de la 10e région militaire, où le général Salan avait échappé à un attentat au bazooka, le Gouvernement général, la grande poste, rue Michelet… Il était intarissable, multipliant détails et anecdotes. Ils descendirent vers le port et s'immobilisèrent devant un restaurant discret sur une place encombrée de camions fleurant bon la pêche du matin. David commanda d'autorité une poêlée de poissons et une bouteille de rosé. Il jubilait :

– Elle est pas belle, la vie ?

Florent s'enquit des problèmes de sécurité. On pouvait se balader sans danger ?

– L'année dernière, je ne t'aurais pas proposé de parcourir la ville à scooter. Des bombes éclataient à tous les coins de rue, dans les réverbères, les bicyclettes… Mais Massu a débarqué avec ses paras, ils ont nettoyé la ville. Les journalistes ont même écrit qu'ils avaient « gagné la bataille d'Alger ».

Florent avait entendu parler de cette fameuse bataille qui avait défrayé la chronique.

– À quel prix ! Les tortures… Que d'articles ont été publiés…

David se rembrunit.

– Arrête, Florent, ne dis pas n'importe quoi. Je te présenterai une de mes amies de fac. Elle était au Casino de la Corniche, le 8 juin dernier, quand la bombe a éclaté. Elle n'a plus de jambes et son frère y est resté. Ils étaient une centaine, morts ou blessés. Les fellouzes ont choisi de s'en prendre aux enfants. Le Milk-Bar, l'Otomatique, ça te rappelle quelque chose ? Tous ces étudiants ensanglantés sur le trottoir… Je les ai vus, moi, j'y étais ! Les paras, eux, ne s'en sont pris qu'aux fellouzes. Ils ont fait leur métier en démantelant les réseaux. Aujourd'hui, on peut déjeuner ici sans risquer qu'un petit connard nous balance une grenade. Et les gosses vont en classe sans crever de trouille. (Il leva l'index :) Arabes et Français, pareils !

Florent comprit que le sujet était trop brûlant pour discuter. Il devrait améliorer sa culture historique. David l'agaçait mais ses arguments étaient criants de vérité.

La conversation baissa d'un ton. David lui en voulait-il ? Ses colères retombaient aussi vite qu'elles montaient. Son sourire revint :

– Dimanche, c'est le 24 décembre. Je t'emmènerai à un méchoui chez des copains, à Deux-Moulins. C'est tout près d'ici.

Le ton était sans réplique.

Ils revinrent à Maillot. Florent rendit le blouson de camouflage et remit son ridicule calot.

– Tu devrais t'acheter un képi, conseilla David. Dans le bled, c'est l'emblème de l'autorité, et puis ça protège mieux du soleil. Mais dimanche, tu te mets en civil : pull et pantalon de toile.

David disparut sur sa Vespa et Florent rentra se présenter à son chef de service.

Le médecin-commandant Harzon frisait la quarantaine. Petit et râblé, il parlait le menton levé, le torse bombé, et ne manquait jamais de vérifier sa tenue en passant devant les miroirs. Il portait des blouses blanches croisées, amples et ceinturées, comme Florent n'en avait jamais vu. Les hommes bavardèrent un moment et Harzon demanda à Florent d'être là pour la visite, le lendemain matin à huit heures.

Arrivé en avance, Florent se fit décrire le service par le sergent infirmier, Laurent Vauthier, qui faisait office de surveillant. Le B2, expliqua-t-il, totalisait une centaine de lits. Tous occupés, avec moins de blessés par faits de guerre que de patients relevant de la plus banale chirurgie civile : appendicites, ulcères, hernies étranglées, infections diverses et accidentés de la route.

Lors de la visite, Florent découvrit les blessés par mines. Lorsqu'une mine explose sous un véhicule, les passagers reçoivent un énorme choc de bas en haut. Le commandant Harzon précisa que la plupart d'entre eux étaient tués sur le coup ou brûlés par l'incendie qui ne manquait pas de suivre. Ils pouvaient aussi s'en tirer avec des lésions qui paraissaient limitées, à première vue, mais qui évoluaient vite vers des situations dramatiques : pieds détruits de l'intérieur et bons pour l'amputation, ou tassements vertébraux avec dégâts neurologiques gravissimes.

La plupart des militaires qu'on voyait circuler dans l'hôpital en fauteuils roulants avaient été victimes de cette calamité des conflits modernes.

La visite terminée, Harzon proposa à Florent de l'aider à enlever une vésicule.

– Allez m'attendre au bloc opératoire, j'arrive.

Le bloc opératoire, département autonome, commun aux deux services de chirurgie, occupait un bâtiment à part où s'alignaient une dizaine de salles bien équipées, desservies par un long couloir coupé en son milieu par une vaste *salle de triage*. Une vingtaine de brancards posés sur des tréteaux et rangés sous une rampe à oxygène attendaient le client. Il était facile d'imaginer à quoi pouvaient ressembler ces locaux en cas d'affluence. Ici, Florent prenait vraiment contact avec la guerre.

Un infirmier au crâne rasé et aux épaules d'une carrure impressionnante vint se présenter :

– Adjudant-chef Muller, chef de bloc. Mes respects, mon lieutenant.

Jamais Florent n'avait été traité avec une telle déférence. Il se rendrait vite compte que l'adjudant, vieux briscard qui en avait vu d'autres, considérait ces jeunes appelés pour ce qu'ils étaient, c'est-à-dire des chirurgiens débutants de bonne volonté. Cela ne coûtait rien de les traiter comme des milords, l'essentiel étant de se faire obéir.

Il avertit Florent que les deux services de chirurgie prenaient la garde en alternance.

– Les chirurgiens du contingent sont donc, eux aussi, de garde un jour sur deux, conclut le jeune homme.

Muller se permit un sourire malicieux :

– Pas tout à fait, mon lieutenant. Un jour sur deux, ils sont consignés à l'hôpital. Le jour suivant, ils peuvent sortir, mais doivent revenir s'il y a du grabuge. (Son sourire disparut quand il ajouta :) Il y a des soirs où on a besoin de tout le monde ici, croyez-moi !

– Mais comment le sait-on ? Il y a une sirène ?

– Vous comprendrez vite. Quand il y a de la casse dans le bled, les blessés sont évacués par hélicoptères. Les gros Sikorski se posent à tour de rôle sur la DZ du môle, et les ambulances les ramènent jusqu'ici. Lentement. Bousculer les blessés pour gagner cinq minutes ne sert à rien, sinon à aggraver les dégâts. Quand vous verrez les ventilos dans le ciel, c'est qu'on aura besoin de vous. Et si les ambulances remontent la pente à vitesse réduite, vous saurez qu'il n'y a pas de temps à perdre.

Le visage de l'homme s'éclaira de nouveau :

– À tout à l'heure.

Il retourna en salle, laissant Florent éberlué. Pendant ses six mois d'internat à l'hôpital Beaujon, il avait vu – et opéré – des blessés par balles, victimes de l'obscure guérilla que se livraient, dans les banlieues parisiennes, les différentes factions algériennes. Mais jamais il n'aurait cru que le conflit, sur le terrain, pouvait avoir atteint une dimension pareille. Et il découvrirait vite que l'infirmier ne lui avait pas menti.

La « vésicule » du commandant Harzon appartenait à une grosse dame comme celles qu'on opérait à Beaujon.

– C'est une employée des cuisines, confia l'opérateur à son aide. Elle a voulu être traitée ici... On la comprend.

Il enleva l'organe lithiasique en utilisant une technique un peu désuète mais pas maladroite. Quand la peau fut recousue, il jeta ses gants et regarda Florent dans les yeux :

– Alors, aspirant Schœnau ?

– Superbe intervention, mon commandant.

– C'est bien mon avis également.

Le sourire qui plissait les yeux de l'officier traduisait une bonne dose d'humour. Et pas mal de fierté. Florent s'éloignait à son tour quand une voix le rappela :

– Aspirant Schœnau ?

Il se retourna. C'était le chef de bloc.

– Vous pourriez me rendre un service, mon lieutenant ?

Florent baissa la voix :

– Pour le service, c'est OK d'avance. Mais, à titre de faveur, j'aimerais que vous m'appeliez Florent. À l'hôpital, en France, tout le monde m'appelait par mon prénom. Pourquoi ne pas continuer ici ?

– Comme vous voudrez… Florent. Moi, c'est Muller ! J'ai besoin d'aide pour des pansements de brûlés.

– Avec plaisir, Muller.

Ils se dirigèrent vers une petite salle située au bout du couloir. Sur un lit roulant attendait un garçon emballé comme une momie égyptienne. Il ébaucha, à leur intention, une grimace qui voulait être aimable.

– Salut, Helmut, dit Muller en lui passant affectueusement la main dans les cheveux, un des rares endroits épargnés. Tu es bien à jeun ?

– *Ya !*

– Même pas un coup de bière ?

– *Nein !*

– Bravo !

L'anesthésiste, une petite femme au visage revêche, entra sans saluer personne. Elle portait à la main un plateau rempli de seringues. Elle piqua l'une d'elles sur la tubulure qui pénétrait dans le cou du blessé et le regarda perdre conscience. Tandis qu'un jeune infirmier commençait à dérouler les bandes en faisant bien attention de ne pas toucher aux pansements proprement dits,

Florent et Muller se lavaient les mains. Ils passèrent une blouse et des gants stériles, puis vinrent s'attaquer au décollage des compresses sous un flot de dakin. L'Allemand n'était qu'une vaste brûlure, plus ou moins profonde selon les endroits. Le jeu consistait à mettre à nu l'ensemble des lésions en évitant de faire saigner l'épiderme en voie de reconstitution. Un travail minutieux et lent que Florent affectionnait particulièrement. Après un nettoyage soigneux, un remballage au tulle gras éviterait toute infection – pour trois jours.

Muller et lui travaillèrent ainsi pendant deux heures. En cours de route, l'adjudant expliqua que le blessé, un légionnaire natif d'Allemagne de l'Est, avait été brûlé dans l'incendie de son camion d'essence à la suite d'un accident à Palestro et ne s'en était tiré que de justesse.

Quelques autres brûlés, moins gravement atteints, bénéficièrent encore de leurs soins, et quand ils terminèrent les montres affichaient trois heures de l'après-midi.

– Vous déjeunez avec nous ? proposa Muller.

– Non merci, à cette heure-ci, je n'ai plus faim. Je préfère aller me reposer.

– Alors, à demain.

Saoulé par les odeurs de désinfectants et abruti de fatigue, Florent retrouva sa chambre avec bonheur et s'endormit comme une masse.

III

Le dimanche suivant, David vint chercher Florent à Vespa, comme convenu, vers onze heures. Sous un soleil ardent, la mer étincelait le long d'un rivage ponctué de mimosas en fleur. Quelques barques de pêche tiraient des filets. Malgré la fraîcheur du vent, on se serait cru au printemps. Fasciné par tant de beauté, le Parisien ne trouvait pas de mots pour dire son admiration.

La villa de la famille Mercier, élégante et blanche, de style colonial, dominait la baie, et le parc alentour descendait en pente douce jusqu'aux rochers battus par les vagues. Rosiers grimpants, géraniums de toutes les nuances et même strelitzias composaient une féerie de couleurs. Passé le portail, David immobilisa son scooter au pied d'un appentis qui abritait déjà plusieurs voitures.

Un serviteur enturbanné les conduisit sur la terrasse où l'apéritif était servi. Une grande belle femme d'une soixantaine d'années, auréolée de cheveux d'une éclatante blancheur, vint à leur rencontre, vêtue d'une robe couleur paille et d'un châle à franges posé sur les épaules. David se précipita pour l'embrasser et faire les présentations.

– Milène, voici Florent, dont je t'ai parlé. Milène Mercier est la meilleure amie de maman, donc ma seconde mère.

On lui servit un cocktail à base de fruits, et la maîtresse de maison le prit par le bras pour le présenter à ses amis. Un groupe d'hommes d'allure sportive, malgré quelques bedaines rebondies, discutaient avec cette bruyante faconde habituelle dans le pays. Plus loin, des femmes bavardaient aussi, toutes soignées, élégantes et sûres d'elles. À l'écart, deux officiers supérieurs en uniforme s'entretenaient avec un Algérien en tenue traditionnelle dont le beau visage encadré de barbe inspirait le respect.

– Tu as reconnu Massu et l'amiral Auboyneau, lui souffla David. Ils discutent avec le bachaga Boualem.

Impressionné, Florent continua à serrer des mains tout en notant que Mme Mercier présentait le « *docteur* Schœnau », sans préciser son grade. Il en fut ravi, car il ne se sentait pas encore vraiment intégré au monde militaire.

Elle l'abandonna bientôt pour accueillir de nouveaux arrivants. David, qui avait disparu lui aussi, revenait accompagné d'une femme d'une envoûtante beauté. Plus jeune que la moyenne des invitées, trente à trente-cinq ans environ, svelte et racée, elle portait un tailleur de fin lainage blanc, un simple bijou d'or épinglé au revers de la veste. Avec ses boucles brunes et ses yeux en amande d'un bleu presque gris qui semblaient glisser sur les invités sans les voir, elle ressemblait à une héroïne de roman d'espionnage.

David la tenait par la main.

– Mon ami Florent, voici le joyau de la maison, claironna-t-il d'une voix joyeuse, ma grande sœur… je veux dire ma presque sœur. Myriam est la fille de Milène. Nous nous connaissons depuis…

Elle lui coupa la parole en tendant la main au nouveau venu :

– Alors c'est vous, l'homonyme que nous attendions ?

Sa voix était basse et rauque.

– Je ne sais pas si vous m'attendiez, mais, pour moi, la surprise est complète. Je venais faire la guerre, et je découvre un univers de fête, un décor de cinéma, une assemblée brillante, sans parler des plus jolies femmes qu'on puisse imaginer.

Myriam se tourna vers David :

– Dis-moi, tu ne m'avais pas dit qu'il était aussi beau parleur, ton ami ! Aurais-tu la gentillesse d'aller me chercher un verre ?

Tandis que David s'exécutait, elle entraînait Florent par le bras vers un banc placé face au panorama sous un arbre couvert de fruits. Des fruits d'un jaune teinté de pourpre, plus gros que des oranges… Florent s'approcha des basses branches, incrédule :

– Mais ce sont…

– Des pamplemousses. Vous n'en avez jamais vu ?

– Sur un arbre, non. Je croyais qu'ils poussaient dans les cageots des marchands de légumes.

Elle eut un rire de gorge indulgent qui le troubla, et commença à l'interroger. Ses parents, ses études, ses premières impressions ? David revint avec trois cocktails et s'assit à côté d'eux sans les interrompre. Florent répondait avec humour, tournant sa vie en dérision, cherchant à être drôle. Le jeu dura une bonne demi-heure avant qu'on les invite à se diriger vers la table dressée sur la terrasse.

Au fond du jardin, un mouton avait grillé sur un lit de braises, et des serviteurs s'empressaient maintenant de dépecer la bête écartelée sur un immense plateau de bois. Les morceaux de viande odorante étaient déposés sur des assiettes pour des invités qui commentaient avec gourmandise le craquant de la peau, le moelleux de la chair, le raffinement des épices… Des plats de légumes et de couscous accompagnaient la viande tandis que se succédaient les bouteilles de vin rosé couvertes de buée.

« Comme ces gens savent vivre, pensa Florent, et comme ils ont l'air heureux. »

Où était la guerre ?

Des pâtisseries diverses mirent un point final à ces riches agapes et il se sentit flotter dans une espèce d'euphorie bachique où les voix lui paraissaient de plus en plus lointaines.

La fraîcheur de la fin d'après-midi tomba soudain sur les épaules des convives et les chassa vers l'intérieur de la maison où des tables de bridge attendaient les joueurs. Les habitués prirent place. Florent déclina l'invitation.

Le général Massu et son épouse Suzanne s'assirent l'un en face de l'autre, tandis que Mme Mercier leur cherchait des adversaires.

– Vous avez de la chance qu'il ne leur manque pas un quatrième, sinon vous étiez cuit, chuchota Myriam à Florent en l'entraînant vers la bibliothèque.

David ne s'était pas non plus laissé prendre et il les rejoignit. La jeune femme sortit d'un meuble d'acajou transformé en bar un flacon de vieil armagnac :

– Voilà de quoi nous consoler d'être privés de cartes.

– Et vous, demanda Florent, vous ne jouez jamais ?

– Jamais ! Mon mari m'en a dégoûtée à vie.

L'irruption de ce conjoint dans la conversation jeta un froid. David comprit qu'il lui fallait intervenir.

– Le mari de Myriam pratiquait tous les jeux à l'excès, et avait fini par se faire interdire dans la plupart des casinos de France pour ne pas y dilapider la fortune familiale. Ce qui ne l'empêchait pas d'organiser, chez lui, des parties de poker terrifiantes qui duraient des nuits entières.

– Il jouait aussi avec le feu, reprit Myriam. Il adorait narguer les fellagha sur leur territoire, sous prétexte qu'il avait été à l'école avec bon nombre d'entre eux.

Un moment de silence suivit cette dernière phrase qui laissait supposer une issue tragique. David confirma :

– Un jour, il est tombé dans une embuscade et…

– … et on l'a retrouvé dans le puits de la ferme.

– C'est arrivé quand ?

– Il y a deux ans.

Myriam posa son verre vide et partit sans un mot. David attendit qu'elle ait quitté la pièce pour reprendre la parole :

– Les gens que tu vois ici sont tous très impliqués dans la défense de l'Algérie. Ce sont des industriels ou des propriétaires terriens, souvent les deux. Myriam, elle, est allée en classe avec les enfants du village, et a vraiment vécu au milieu des Arabes. Elle parle comme eux, les comprend et les aime. Je crois d'ailleurs qu'ils le lui rendent bien. Mais son mari n'avait pas les mêmes affinités. Bagarreur, ancien para, méprisant et très dur avec le personnel, il les provoquait les Arabes par plaisir. Après sa mort, c'est elle qui a repris la direction de la ferme avec l'aide d'un régisseur. Elle y va tous les matins, et ne rentre que le soir. Heureusement, elle possède aussi un appartement à Alger où elle peut se reposer. Cette vie est épuisante – et dange-reuse. Certains prétendent que son chauffeur est un fellouze et qu'elle cotise à l'ALN[1]. Moi, je ne sais qu'une chose : c'est une fille formidable.

Florent se rendait compte, en écoutant son ami, qu'il n'exprimait pas que de l'admiration. Qu'y avait-il entre ces deux-là ?

– Elle vit seule, sans homme ? s'informa-t-il d'un ton anodin en fixant le fond de son verre.

David ne répondit pas. Il se leva à son tour, hésita, regarda sa montre et proposa de partir. Au salon, Milène Mercier servait boissons et friandises. Elle comprit que les deux garçons voulaient s'en aller et les raccompagna jusqu'à la porte. Elle tendit la main à Florent en lui offrant de revenir quand il voudrait. La maison lui était ouverte.

Les deux jeunes militaires rentrèrent à Maillot sans dire un mot.

David s'immobilisa devant le portail de l'hôpital.

– J'espère que tu as passé une bonne journée.

– Excellente. Merci ! Grâce à toi, je commence à me sentir bien dans ce pays.

– Tu as encore beaucoup à apprendre, crois-moi. Je pars demain pour Sidi-Afna et nous nous reverrons là-bas. Bonne fin de séjour à Alger.

– Merci.

Il lança le moteur, mais sans embrayer. Comme s'il avait un remords. Regardant Florent en dessous, il grommela, les dents serrées :

– Et fais gaffe à toi, Myriam, c'est chasse gardée !

Cette fois, il embraya et disparut.

---

1. Armée de libération nationale, bras armé du Front de libération nationale algérien.

Songeur, Florent pénétra dans l'enceinte de l'hôpital. Que représentait cette femme pour David ?

Il était sept heures du soir. Allongé sur son lit, les mains derrière la nuque, rêveur, il entendait les transistors, tourne-disques, conversations, éclats de rire, qui témoignaient du retour des permissionnaires. Bientôt le silence se fit. Ses voisins devaient dîner au réfectoire. Lui n'avait pas faim. Le *koumoun* avait du mal à passer, et une sorte d'angoisse lui serrait le ventre.

Jusqu'alors, ses aventures sentimentales avaient ressemblé à des saynètes sans importance où le cœur ne tenait qu'un rôle accessoire. Et comme son père lui interdisait d'amener des filles à la maison, ces pièces libertines ne se jouaient qu'en un acte. Certes, depuis sa nomination à l'internat, la situation s'était quelque peu améliorée. L'obligation de passer des nuits – voire des week-ends – à l'hôpital avait servi de prétexte à de nombreuses escapades. Pourtant, jamais il n'avait ressenti une émotion aussi forte qu'aujourd'hui.

Pour se changer les idées, il décida d'écrire à sa mère. Il décrivit la traversée, l'arrivée à l'hôpital, Harzon, Muller, les premiers contacts avec cette ville grouillante et cosmopolite, l'accueil de David et le méchoui chez les pieds-noirs de Deux-Moulins. Myriam, seule, manquait au récit. Cette constatation le fit sourire.

Sur sa lancée, il entreprit d'écrire aussi à son père : « Mon cher papa... » Mais il resta la plume en l'air. Que lui confier qu'il trouverait digne d'intérêt ? Devait-il lui faire perdre son temps précieux avec des banalités ? Il jeta sa feuille à peine ébauchée et en prit une autre : « Ma chère Elvire. » Il se fit la réflexion qu'à elle il pouvait écrire n'importe quoi ; raconter des anecdotes, des bêtises même qui la feraient rire. Il n'avait jamais été capable de faire rire son père. Elle saurait traduire l'essentiel pour son mari.

La semaine passa très vite. Florent s'était rapidement adapté au B2 et se consacrait sans bruit aux tâches que lui confiaient ses supérieurs. Il découvrit ainsi qu'un certain nombre de lits abritaient de singuliers « convalescents ». C'étaient des appelés du contingent appartenant tous, dans le civil, aux métiers du bâtiment : plâtriers, menuisiers, plombiers, peintres. Surtout des peintres. À la suite d'une affection banale (hernie, panaris, entorse, contusions diverses…), ils restaient, contre toute logique, hospitalisés quatre-vingt-dix jours. Pas un de plus, sinon, ils étaient automatiquement traduits devant une commission de réforme. Pendant ces trois mois, ils bénéficiaient de la vie paisible de l'hôpital, loin de leur affectation officielle dans quelque garnison perdue au fond des djebels, en échange de leur participation aux travaux d'entretien des locaux. On les voyait plantés sur des échelles, occupés à réparer les tuyauteries ou à repeindre les plafonds. De la main-d'œuvre à bon marché, peu exigeante, docile et non syndiquée ! Mais pas pressée, non plus. Les volontaires ne manquaient pas.

L'un de ces « convalescents » que Florent interrogeait avait conclu, un rien moqueur, avec un solide bon sens :

– C'est comme vous, mon lieutenant. Je fais mon métier peinard au lieu de risquer ma peau dans cette connerie de guerre.

Peinard, c'était vrai. Peinard à en mourir d'ennui. L'accès au bloc opératoire était barré par les chirurgiens militaires de carrière dont le grade de capitaine correspondait à peu près à celui d'interne des hôpitaux. Ces hommes qui apprenaient à opérer n'avaient aucune raison de laisser la place à d'autres – surtout des civils. Toutefois, de temps en temps, Harzon invitait tel ou tel appelé à venir l'aider, quand les capitaines étaient occupés, ou par mesure de faveur.

Parfois aussi, l'après-midi, une urgence se présentait qui n'intéressait personne. L'infirmier chef appelait alors l'un des aspirants de garde. De préférence parmi ceux qu'il avait à la bonne. Mais il ne s'agissait généralement que d'une appendicite, d'une plaie banale ou d'un brûlé.

Par chance, Florent conservait un appétit chirurgical intact. Exécuter ces tâches mineures l'amusait, et il avait compris qu'en s'installant au bloc avec les infirmiers il ramasserait facilement ce que les autres considéraient, à tort, comme les miettes du métier.

Il s'était rendu compte également que, pour les soins de nuit, l'enthousiasme faisait défaut à la plupart des chirurgiens, appelés ou d'active. Il avait donc prévenu l'adjudant qu'il ne bougerait pas du détachement avant son départ pour Sidi-Afna. Si bien que « Demandez à Schœnau ! » devint une sorte de mot d'ordre.

Mais son vrai baptême du feu, Florent le vécut le 31 décembre 1957. Ce soir-là, seul dans sa carrée avec une canette de bière tiède qu'il n'avait même pas envie de boire, il cafardait en pensant à ses amis qui devaient festoyer en attendant les douze coups de minuit.

Soudain, le bourdonnement caractéristique des hélicoptères le fit sursauter. Un bruit d'une telle intensité signifiait un arrivage en nombre. Il sauta du lit, enfila pantalon, tee-shirt et espadrilles pour courir, la blouse à la main, vers le bloc opératoire. Dans la nuit, la salle de triage brillait de tous ses feux et les infirmiers s'affairaient.

Muller le croisa :

– Salut Florent ! On va passer ensemble le cap de la nouvelle année, mais ce ne sera pas la fête pour tout le monde. Un car de quillards est tombé dans une embuscade. Il paraît que c'est pas beau à voir !

Florent boutonna sa blouse :

– Que dois-je faire ? Là, maintenant ?

– D'abord, tu regardes. Tu vas très vite trouver les moyens de te rendre utile.

Les infirmiers du bloc se précipitaient les uns après les autres, suivis par les aspirants de garde. À l'évidence, les anciens maîtrisaient parfaitement ce genre de situation. Les anesthésistes et les réanimateurs s'affairaient. Ils allaient jouer le rôle principal dès les premières minutes de la représentation dramatique qui se préparait.

Harzon se pointa à son tour, sourcils froncés, l'œil à tout. Il repéra Florent et lui posa amicalement la main sur l'épaule. Il ne bombait pas le torse. La tête penchée en avant, il ressemblait à un sanglier qui va charger.

La première ambulance apparut.

Cette scène, Florent la garderait en mémoire sa vie durant. Un gros véhicule camouflé, que seules les croix rouges peintes sur son toit et ses flancs distinguaient des autres camions militaires, avançait à moins de dix kilomètres à l'heure dans un silence de plomb. Tout le monde s'était massé à la porte. Les acteurs de la tragédie semblaient attendre les trois coups.

L'ambulance dépassa l'entrée de quelques mètres et s'immobilisa en douceur. Deux infirmiers se précipitèrent pour ouvrir la double porte arrière du camion. À l'intérieur, quatre blessés gisaient sur des brancards suspendus à des sangles. Les ambulanciers les décrochèrent un à un pour les déposer sur des chariots à roulettes qu'ils poussèrent vers la salle de triage. En quelques secondes, l'ambulance fut vidée, quatre brancards propres jetés à l'intérieur, et elle repartit, cette fois à toute allure, pour aller chercher un nouveau chargement. Un autre véhicule approchait au pas et un autre encore arrivait derrière.

Le silence avait été brisé d'un coup. Aux gémissements qui accompagnaient chaque déplacement des blessés répondaient maintenant des ordres en rafale :

– Celui-ci au bloc immédiatement. Celui-là une perfusion. Ici, groupe sanguin, morphine et attelle d'immobilisation.

Harzon remplissait ses fonctions de chef trieur avec une autorité parfaite. « Ce rôle, avait confié Muller à Florent, est toujours dévolu au plus vieux dans le grade le plus élevé. » Tant qu'un autre commandant ne viendrait pas le relayer, Harzon ne mettrait pas les pieds en salle d'opération. Il se bornait à distribuer les tâches :

– Verdier, tu prends cette plaie abdominothoracique. Il est très choqué. Blairiot, je te confie cette transfixion du thorax, tu vois avec son cliché pulmonaire et tu décides. À mon avis un drain devrait suffire, sans thoracotomie. Tu verras.

Soudain Florent entendit la phrase qu'il n'imaginait pas possible :

– Schœnau, vous allez vous occuper de cette fracture ouverte du fémur : parage de la plaie et mise en place des broches pour traction-suspension. Vidal, vous l'aiderez.

Enfin, Florent faisait son métier ! Il s'agissait d'un jeune sous-lieutenant, sans doute appelé, qui garda obstinément les yeux fermés, même quand Florent lui prit la main en prononçant des paroles rassurantes. Le pauvre garçon ne voulait rien voir, surtout pas son propre malheur.

Alors qu'un infirmier poussait le chariot vers l'intérieur du bloc, les blessés continuaient d'affluer. Ce n'était que membres sanguinolents, ventres ouverts et thorax soufflants ! Un gamin hébété avait reçu une balle en pleine tête. Le projectile lui avait traversé le crâne d'une tempe à l'autre sans le tuer, et le métal du casque s'était incrusté dans les deux plaies. Toujours vivant, parfaitement conscient, n'osant faire le moindre mouvement, il roulait des yeux affolés. Quand Harzon s'approcha, le gosse hurla :

– Touchez pas au casque !

Le commandant le rassura, vérifia qu'il ne présentait aucune autre plaie et appela un ambulancier en rédigeant une fiche d'évacuation :

– Celui-ci repart immédiatement vers Barbier-Hugo, dans la prochaine ambulance.

C'était le centre de neurochirurgie le plus proche de Maillot.

Florent n'entendit pas la suite. Il alla se laver les mains avec son ami Vidal, un interne de Lyon au long visage triste.

– Dis donc, t'es pistonné, toi, lui fit-il remarquer avec une moue de jalousie.

– Je crois plutôt que c'est l'intervention la plus chiante de la soirée ! Tu as vu l'état de sa cuisse ? On n'est pas sortis de l'auberge !

Ils se mirent au travail. La balle avait explosé en fracassant le fémur, déchiquetant les muscles en lamelles moribondes mêlées à des fragments de vêtements et à de multiples éclats de bois provenant sans doute du banc sur lequel il devait être assis.

Le geste réparateur ne présentait pas d'intérêt professionnel majeur, pourtant Florent n'en appréciait pas moins le fait de s'être vu confier la jambe (peut-être la vie) d'un garçon de son âge. Mains en l'air, attendant qu'on lui passe une casaque stérile, il jeta un coup d'œil circulaire à la salle où les infirmiers s'affairaient. Pour un bref moment, il serait seul maître à bord.

Un bref moment qui allait durer tout de même plus de trois heures. Un aide-anesthésiste et une infirmière panseuse obéissant à ses ordres dans le silence d'une salle d'opération pour lui tout seul, rien ne pouvait davantage le griser. N'en déplaise à son père, il était devenu un véritable chirurgien.

Quand il eut posé les derniers points de suture et fixé les tubes de drainage, il regretta presque que ce fût déjà terminé. Sorti de la salle, il retomberait dans le commun des appelés. Il accompagna son opéré jusqu'à la chambre qui lui avait été attribuée. Les derniers effets de l'anesthésie permirent de l'installer sans douleur dans le lit aménagé. Un cadre métallique fermait un pont avec un système de cordes, de poids et de poulies qui allait rendre au fémur sa position normale, en attendant une consolidation qui demanderait plusieurs mois. Florent peaufinerait le système selon le résultat des radios de contrôle qui seraient exécutées au lit, chaque jour, au moyen d'un appareil portable.

Quand il retourna au bloc, Muller l'embaucha pour les pansements des blessés dont l'état n'avait pas justifié une intervention sous anesthésie générale. Il en restait une demi-douzaine. Après avoir avalé un café, il regarda autour de lui. Son collègue Vidal avait disparu. Sans doute parti se coucher, le salaud ! Florent se remit seul à la tâche.

Il termina son dernier pansement vers huit heures du matin. Par curiosité, il fit le tour des salles. Dans quatre d'entre elles, on opérait encore. Harzon terminait une plaie abdominale avec lésion aortique. Il avait enlevé un rein et posé une prothèse vasculaire en Dacron. Il peaufinait une série de sutures intestinales. Il n'avait plus qu'à mettre à la peau une plaie colique irréparable. Voyant Florent, il s'étonna :

– Vous avez fini votre fémur ?

– Depuis un bon moment, monsieur. J'ai fait aussi quelques pansements avec Muller.

Par mégarde, Florent l'avait appelé « monsieur », comme les internes nomment leur patron dans les hôpitaux civils, et non « mon commandant » comme l'exigeait le règlement militaire. Personne ne réagit. Mais Harzon avait parfaitement entendu. Il dut même apprécier d'être traité en civil, car il ajouta :

– Si vous n'avez plus rien à faire, habillez-vous donc, vous nous donnerez un coup de main pour terminer celui-ci.

– Bien, monsieur.

Cette fois, Florent avait répété son erreur délibérément, créant ainsi, avec son supérieur, un lien qui n'avait plus rien à voir avec la simple hiérarchie militaire. Une sorte de complicité. Il se lava les mains avant de se joindre à l'équipe. La création d'un anus artificiel temporaire était un geste dont il avait l'habitude, et sa participation se révéla efficace.

Ultime marque de confiance, Harzon recula soudain, enleva ses gants en donnant un ordre que Florent n'aurait pu prévoir :

66

— Vous fermez la paroi. Je vais faire le tour des opérés.

Et le commandant quitta la salle. Les infirmiers se regardèrent tandis que Muller émettait un sifflement admiratif. Florent venait de monter d'un cran dans l'estime générale du petit monde opératoire.

La dernière compresse posée sur la plaie, ils collèrent une large plaque de sparadrap, puis enroulèrent le malade dans un bandage abdominal. C'était fini. Ils poussèrent tous un profond soupir de soulagement. Neuf heures sonnaient, ils avaient passé là douze heures d'affilée. Muller conclut par une phrase réjouissante :

— Bravo à tous ! Maintenant on va réveillonner.

La cuisine, prévenue, avaient livré des brocs de café et du pain frais avec tout ce qu'il fallait pour ripailler et fêter dignement ce 1ᵉʳ janvier. Ils se souhaitèrent à tour de rôle une bonne année, Florent embrassa les infirmières une à une.

— En espérant, conclut l'adjudant, traduisant ainsi l'opinion générale, que nous tirerons tous notre peau de ce bordel !

Il fut applaudi et chacun se mit à manger joyeusement, tandis que l'équipe de relève arrivait pour remettre le bloc en état. Florent s'aperçut, ce matin-là, qu'il était le seul appelé au milieu des militaires d'active.

À partir de ce jour, l'attitude du personnel infirmier changea du tout au tout à son égard. On le considéra désormais avec une sorte d'amical respect. En revanche, ses collègues médecins lui manifestèrent une jalousie goguenarde, et c'est tout juste si on ne le traita pas de « fayot », suprême injure dans ce monde militaire où « tirer au cul » est un véritable titre de gloire.

Florent n'en prit pas ombrage. Il savait son séjour à Maillot trop court pour se mettre martel en tête. Il s'isola et souffrit d'autant moins que d'autres joies l'attendaient.

Un matin, il vit arriver un planton avec un message : « Médecin-aspirant Schœnau. Rappeler ce numéro d'urgence. » Tandis que le bidasse saluait et disparaissait, Florent se dirigea vers la cabine téléphonique située à proximité du poste de garde. Il aurait reconnu entre mille la voix qui lui répondit : Myriam. Un frisson lui parcourut l'échine.

– Florent ! Je ne vous dérange pas ?

– Du tout. C'est même un plaisir…

– J'ai un service à vous demander.

– Accordé d'avance.

– J'organise un petit dîner à la maison vendredi soir et il me manque un homme pour équilibrer ma table. Je vous ai choisi comme volontaire pour la corvée.

– Je ne peux qu'obtempérer.

– Vous avez tout compris. Reste à savoir si vous ne serez pas de garde.

– Je m'arrangerai.

– Une voiture vous prendra devant l'hôpital à dix-neuf heures trente. D'accord ?

Florent prévint Muller, qui n'avait plus rien à lui refuser. Il lui indiqua le numéro de téléphone où on pouvait le joindre en cas de pépin.

À l'heure dite, une Peugeot 203 décapotable arriva devant le porche où Florent attendait. Au volant, Myriam jouait les mystérieuses héroïnes de roman, avec foulard et lunettes noires. Il s'assit et elle démarra sans un mot.

Quand elle lui tendit la main, il la porta à ses lèvres. Elle sourit sans détourner la tête.

– Vous allez vite en besogne.

– C'est un signe d'impatience.

– Je l'espère bien.

Ils roulèrent un long moment en silence. Puis elle reprit :

– Mes invités se sont décommandés. J'ai hésité à vous appeler pour vous libérer, puis je me suis dit qu'au fond rien ne nous empêchait de dîner en tête à tête. Vous n'êtes pas fâché ?

Florent feint de soupirer :

– J'aurais tant aimé connaître vos amis…

– Ce n'est que partie remise. Si vous y tenez, je les inviterai une autre fois.

Il ne répondit rien, se contentant de sourire.

La voiture s'immobilisa devant un immeuble cossu construit sur les hauteurs d'El-Biar, un quartier résidentiel qui dominait la baie. L'appartement, situé au dernier étage, se prolongeait par une terrasse donnant sur une féerie de lumières qui soulignaient les contours de la ville. Florent resta figé d'admiration.

Myriam le rejoignit avec une coupe de champagne dans chaque main. Elle portait une robe blanche en lainage moulant, à manches longues et col montant, et lui un blazer bleu marine sur un pantalon de flanelle grise, seule tenue civile « habillée » qu'il avait emportée. Son unique cravate, en tricot bleu marine aussi, et une chemise bleu pâle complétaient ce chef-d'œuvre d'originalité qui ne sembla pas troubler son hôtesse.

– À nous, murmura-t-elle en trinquant.

Florent leva son verre. Jamais sa gorge ne lui avait paru aussi sèche. Il but avec bonheur, fermant les yeux sur un avenir immédiat qu'il n'osait espérer. Dès lors, le film se déroula comme au ralenti. Elle glissa ses mains derrière la nuque de son invité, attira son visage et posa ses lèvres sur les siennes. Florent l'enlaça et sentit le ventre de la jeune femme s'appuyer contre son sexe.

Il la suivit dans sa chambre. Quand elle se tourna vers lui, il fit glisser la longue fermeture éclair qui ouvrait la robe de lainage. En quelques secondes ils furent nus, impatients d'explorer le territoire des extases qu'ils se promettaient l'un à l'autre. La première étreinte explosa trop vite, calmant un bref instant leurs appétits dévorants, mais qui se réveillèrent presque aussitôt, leur laissant le temps, cette fois, d'exploiter toutes les ressources d'une sensualité sans retenue.

Leurs corps rassasiés finirent par demander grâce, et ils s'endormirent enlacés.

Plus tard, Myriam se leva et traversa la chambre sans pudeur pour aller chercher dans une armoire deux peignoirs blancs en tissu éponge. Ainsi vêtus, ils se précipitèrent, affamés, vers la cuisine.

Comme tout le reste de l'appartement, c'était une pièce vaste et moderne, équipée de meubles élégants et fonctionnels. Myriam sortit du réfrigérateur une ribambelle de plats et de terrines qui encombrèrent vite la table.

– Quand j'ai su que nous serions seuls, j'ai demandé à ma vieille Fatima, qui m'a vu naître, de nous préparer plein de choses à manger et je lui ai donné congé. Ma mère lui a enseigné toute sa science et, tu vas voir, elle fait des prodiges.

Soudain, Florent demanda l'heure.

– Tu en as assez ?

– Ce n'est pas ça, seulement il y a un couvre-feu, non ?

Elle prit un air faussement contrit.

– Mon Dieu, je crains que l'heure fatidique ne soit passée.

– Mais alors ?…

– Tu vas devoir dormir ici. C'est grave ?

Florent éclata de rire.

– Qu'y a-t-il de si drôle ?

– Je pense au copain à qui j'ai demandé de prendre ma garde. S'il savait qu'il ne me reverrait pas avant…

– Lundi.

– Lundi ? Nous passons le week-end ensemble ?

– Bien sûr. Le colonel Darbois ne te grondera pas, je l'ai prévenu.

– Tu connais Darbois ?

– Il a opéré mon oncle quand ils étaient en Indochine. Ils sont comme frères.

– Tu l'as informé que toi et moi…

– Ne t'inquiète pas, gros nigaud, je lui ai dit seulement que tu étais invité chez mes parents.

– Et à tes parents ?

– Que je t'invitais dimanche à Deux-Moulins.

– En plus de tes parents, qui est au courant ? La presse ?

Irritée par cette prudence, Myriam se redressa, soudain devenue sérieuse. Renonçant à ses phrases sibyllines, elle se lança dans une longue tirade :

– Écoute-moi, Florent. Tout le monde sait que le destin m'a libérée d'un mari invivable dont je voulais divorcer. Je l'ai pleuré car je l'aimais sincèrement… au début. Mais beaucoup d'hommes de ce pays, une fois leur conquête consacrée par le mariage, et leur femme enfermée à la

71

maison, reprennent leur vie de célibataire. Lui, c'était le pire de tous, je ne le supportais plus. Le sort a voulu qu'il meure en héros, Dieu le garde. Il m'a laissé le domaine familial à gérer, je m'y emploie, et je te jure que cela ne m'amuse pas tous les jours. En revanche, ma vie privée m'appartient. Mes parents l'ont admis. En raison des événements, je leur dis toujours où je suis et avec qui. Ils ne font pas de commentaire car ils savent que je ne le supporterais pas. À une certaine époque de leur vie, eux aussi ont pris des libertés avec ce qu'il est convenu d'appeler la bonne conduite. Et ils savent que je sais. Cela n'empêche pas les sentiments, bien au contraire.

Florent n'avait pas desserré les dents, considérant son verre vide comme s'il allait y trouver une réponse aux questions qu'il se posait en écoutant Myriam. Quand elle se tut, il laissa passer un moment, avant de reprendre la parole.

– Et David ?

Elle leva les sourcils :

– Quoi, David ? C'est un petit frère que j'adore. Rien de plus.

– Et moi, je suis quoi, là-dedans ? Je joue quel rôle ?

Elle prit un air agacé :

– Tu joueras le rôle que tu voudras. Je te plais, tu me plais, nous avons passé un heureux moment ensemble et nous nous apprêtons à continuer pendant deux jours. (Elle leva les bras, les mains tournées vers le ciel.) *Hamdoullah !* Bientôt tu vas partir pour les confins de la Kabylie et nous serons séparés par une centaine de kilomètres et quelques milliers de rebelles. L'un comme l'autre, nous risquerons quotidiennement notre peau en croisant des gens qui peuvent nous éliminer d'un geste. Alors, évitons de nous prendre la tête et vivons. Dans ce pays, l'existence peut être très courte ! Qu'elle soit bonne et douce, c'est tout ce que je demande.

Elle se leva, vint s'asseoir sur les genoux du garçon et posa sa tête sur son épaule. De tels propos le surprenaient. Il la regarda sans répliquer. Leurs lèvres se réunirent une fois de plus et ils reprirent la partition interrompue là où ils l'avaient laissée.

Plus tard dans la nuit, Myriam se leva de nouveau pour fermer les fenêtres qui laissaient pénétrer un vent devenu glacé. Elle choisit ce moment pour conclure :

– Entre nous, tout doit être simple, Florent. Profitons de la vie et promettons-nous de ne pas en vouloir à celui des deux qui en aura assez le premier.

Il ne répondit rien. Jamais on ne lui avait mis un tel marché en main. Jamais non plus il n'avait eu de relation avec une femme plus âgée que lui. Quelle différence les séparait ? Cinq, dix ans ? « Qu'importe, se dit-il. Elle a raison. Vivons. »

Le lendemain, Florent téléphona tout de même au bloc pour savoir si tout allait bien. Muller le rassura. La journée s'annonçait calme et le B1 prenait la garde.

– Je n'ai pas besoin de toi avant lundi, conclut l'adjudant-chef.

Il remercia et raccrocha toujours hésitant. Devait-il rester absent si longtemps ?

– Pourquoi bouger d'ici, minauda Myriam, tu n'es pas bien ?

– La question n'est pas là…

Ses protestations manquaient de conviction. Finalement, il procéda à une reddition en bonne et due forme, et revint s'allonger près de sa belle.

En réalité, cette liaison imprévue n'apportait pas à Florent l'euphorie sereine qui aurait dû le submerger. Cette femme si sensuelle et chaleureuse ne se livrait pas vraiment. Son étrange regard gris-bleu ne se fixait pas. En dehors des moments où elle se voulait séductrice, ses yeux semblaient voguer dans un ailleurs où elle seule avait accès.

Quand elle revenait sur terre, avec un lot de souvenirs à offrir en partage, elle se mettait à raconter son enfance heureuse à « la ferme », qui ressemblait, à l'en croire, aux jardins de l'Éden. Avec force détails surgissaient les floraisons du printemps, les munificences de l'été enrichies par les récoltes et les vendanges, les pique-niques à la mer, les parties de pêche sous-marine, les oursinades, les grillades sur la plage…

Florent apercevait au loin, dans la saisissante vérité de ce livre d'images, le paradis perdu qui la hantait. Il ne posa plus de questions, essayant de marcher avec elle, derrière le rideau de ses paupières closes, dans son décor enchanteur.

Quand ils s'endormirent enfin, tard dans la nuit, grisés de confidences, de caresses et d'amour, Florent avait l'impression de flotter en plein conte de fées. Un conte où sa compagne se mouvait, légère comme un elfe, impalpable divinité de l'air. Peut-être champagne et vin rosé avaient-ils contribué à cette soudaine immatérialité des corps…

Le dimanche matin, Myriam lui rappela le déjeuner chez ses parents à Deux-Moulins. Pour la forme, il protesta, mais elle coupa court à ses scrupules :
— Pourquoi ? Tu as honte ?
— Bien sûr que non, mais…

— Je vais te prêter une chemise et un pull sport pour que tu aies l'air moins guindé. Va prendre ta douche.

Comme il en avait pris l'habitude, il obéit. Porter les vêtements du mari assassiné lui plaisait moyennement, mais comment refuser quelque chose à Myriam ?

IV

Sous un soleil blanc, Sidi-Afna s'étendait en demi-cercle au pied de la colline boisée où l'armée avait installé ses retranchements. Le convoi parcourut l'avenue principale et grimpa vers l'immense camp militaire, cerné de barbelés. D'en bas, on discernait les constructions démontables où logeaient les soldats et les miradors équipés de mitrailleuses trônant aux angles de la clôture. Les camions passèrent sous un haut portail de bois gardé par des sentinelles, et la Jeep de Florent contourna un parterre central dominé par le mât où flottaient les trois couleurs. Elle s'immobilisa devant une baraque Fillod marquée de plusieurs croix rouges.

Devant la porte, un chien jaune mâtiné de berger allemand semblait monter la garde. Il vint flairer les jambes des nouveaux venus. Le chauffeur aida Florent à décharger son sac et sa cantine, puis un planton le conduisit à la chambre « du chirurgien ». Il y faisait un froid de gueux et aucun appareil de chauffage ne semblait prévu. Dehors, le vent déchaîné hurlait contre les parois de métal. Florent évalua d'un regard le mobilier spartiate : un lit de fer pliant avec deux couvertures et deux draps sur un matelas de mousse ; une armoire de fer jouxtait une table et une chaise… Rien de plus. D'une ampoule au plafond, protégée par un grillage, tombait une lumière crue. Le sol résonnait sous les pas.

Le planton et le chauffeur saluèrent avant de s'en aller.

Florent resta seul, le moral dans les chaussettes. Ses deux dernières semaines à Maillot avaient été sinistres. Le calme régnait sur l'hôpital où continuaient à défiler les habituels éclopés de la vie militaire. L'aspirant Schœnau n'avait plus fréquenté la salle d'opération que pour le bricolage chirurgical dont personne ne voulait.

À la vérité, cette mélancolie avait une origine tout autre : le silence de Myriam. Il ne l'avait revue pas depuis leur weekend de rêve. Pas un mot, pas un coup de téléphone, rien. Il avait appelé plusieurs fois sans obtenir la moindre réponse. Brouille, négligence, désintérêt ? Comment savoir ? Et maintenant, cette baraque sinistre, au beau milieu d'un camp sinistre, balayé par un vent sinistre… De quoi se flinguer !

N'ayant aucune envie d'ouvrir ses bagages, il s'arma de courage et sortit. Quelques véhicules circulaient dans les allées tracées au cordeau. Des hommes semblaient errer, apparemment désœuvrés. Et toujours ce vent.

Il rentra dans la baraque et, sans enlever sa lourde capote kaki, entreprit de visiter l'infirmerie. Au bout du couloir où étaient regroupées quatre chambres semblables à la sienne, une porte donnait sur le bloc opératoire proprement dit : une salle équipée d'une table chirurgicale démontable et d'un Scialytique[1] sur pied, communiquant avec un sas où

1. Lampe chirurgicale donnant une lumière sans ombre portée.

trônait un lavabo à eau stérile. Le tout parfaitement rangé. À l'extrémité, un large vestibule ouvert sur l'extérieur devait faire aussi office de triage. Un passage protégé par un toit de tôle conduisait à la baraque voisine, consacrée à l'hospitalisation. Le long des parois, une trentaine de lits pliants attendaient, rangés comme à la parade. Au fond, un local contenait du matériel de soins avec des armoires à pharmacie posées sur un amoncellement de cantines métalliques qui devaient permettre le rangement du matériel en cas de démontage.

Florent considérait les lieux avec intérêt quand il entendit du bruit derrière lui. C'était un sergent infirmier qui rentrait s'abriter du froid. Emmitouflé dans une veste capitonnée, un chèche enroulé trois fois autour du cou, il ébaucha un salut militaire avec un sourire souligné par une moustache à la gauloise :

– Vous êtes le nouveau chirurgien ?

– Oui, Florent Schœnau.

– Sergent infirmier Bressuire. On vous attendait, mon lieutenant ! Votre prédécesseur est parti hier et on commençait à se faire du mouron.

– Les autres ne sont pas là ? s'étonna Florent.

Bressuire regarda sa montre :

– Il est presque midi. À cette heure-ci, un dimanche, ils sont en ville pour déjeuner.

– Où ça, en ville ?

– Au café de France, sur la grand-place. Venez voir.

En s'approchant de la clôture barbelée, le sous-officier montra l'agglomération européenne qui s'étalait en contrebas, mélange de maisons à terrasses et de toits de tuile.

– Vous voyez le clocher ? L'église occupe une extrémité de la place. Le café de France est à l'autre bout.

– On peut y aller à pied ?

– Bien sûr. Ça vous prendra dix minutes.

Florent remercia, soudain rasséréné. Enfonçant son calot jusqu'aux oreilles à cause du vent, il se dirigea vers le portail.

– Reste ici, le Loup, ordonna Bressuire au chien qui aurait volontiers suivi Florent, et qui revint s'asseoir devant la porte.

Les sentinelles saluèrent Florent qui répondit gauchement. À peine sorti, il hésita. Vers la gauche serpentait la route tracée par l'armée qu'ils avaient empruntée pour venir. À droite, un sentier de terre semblait descendre directement vers la ville. C'est le chemin qu'il choisit. Il vit bientôt apparaître un sordide bidonville à flanc de colline. C'était un inextricable enchevêtrement de ruelles boueuses, de tentes misérables et de maisons basses sans fenêtres, couvertes, pour la plupart, de tôles ondulées plus ou moins rouillées, percées d'un trou d'où s'échappaient des colonnes de fumée. Une épaisse haie d'épineux en interdisait l'accès et on n'y voyait pas âme qui vive. Seuls des chiens étiques, maigres et galeux aboyaient sans conviction.

Quelques centaines de mètres plus bas, il parvint au niveau de deux énormes figuiers de barbarie qui devaient marquer l'entrée du village. Des enfants, à peine habillés malgré le froid, jouaient autour d'une flaque d'eau où pataugeait un chiot affolé.

Au bruit qu'il fit en s'approchant, ils filèrent vers le village comme un vol d'étourneaux. Un chien resté en arrière montra les crocs.

Florent continua à descendre, choqué de leur réaction. Avait-il l'air si méchant ? Il parvint aux abords de la ville européenne et buta, avec surprise, sur un amoncellement de sacs de sable surmonté d'une mitrailleuse. Un militaire casqué se dressa et ouvrit une barrière de barbelés.

– Ben alors, mon lieutenant, d'où vous venez, par là ?

– Du camp.

– Du camp ? Mais ce n'est pas le chemin !

– Bien sûr que si, puisque je vous dis que j'en viens.

– Je veux dire, c'est un passage interdit.

– Interdit ? Je ne savais pas, je débarque.

– Vous auriez pu vous faire flinguer. C'est plein de fellouzes, là-dedans !

Florent sentit la sueur lui couler dans le dos. Des rebelles armés, si près du camp militaire ? Il remercia le planton et s'en fut d'un pas qu'il voulait tranquille vers l'église dont il apercevait le clocher. Il dépassa le monument aux morts en bronze de la place, pour rejoindre la terrasse ensoleillée d'un café où de nombreux militaires consommaient en paix. On se serait cru en France, dans n'importe quelle ville de garnison.

Il fut vite repéré par un groupe d'officiers qui portaient les mêmes épaulettes amarante que lui et qui se levèrent à son approche.

– Tu es le nouveau chirurgien, je suppose, s'exclama l'un d'entre eux, petit et rondouillard, en ajustant son calot que le vent menaçait. Je suis Menanteau, l'anesthésiste. Mais d'où viens-tu par là ?

Florent raconta sa méprise et déclencha une tempête de rires.

– Si tu cherches à prendre un coup de fusil dans les fesses, ça te regarde, reprit l'anesthésiste, mais qui t'opérerait ? Tu es le seul ici à ne pas avoir le droit d'être blessé !

Ils se présentèrent : Gaignault, le réanimateur, un malabar aux sourcils broussailleux, semblait être le boute-en-train de la bande ; Trinquet, le pharmacien, silhouette élégante et voûtée, lui serra la main sans un mot ; Menanteau présenta enfin, un civil enveloppé dans une djellaba de laine blanche : Mouktar, infirmier chef de l'hôpital civil.

En quelques minutes, grâce à la faconde du réanimateur, Florent sut d'où ses coéquipiers venaient, de quelle classe ils étaient, combien de temps il leur restait avant la quille, tous renseignements indispensables à la vie en communauté militaire. Devant une anisette bien tassée, à son tour il se présenta en détail, paya sa tournée, et accepta, surpris, l'invitation à déjeuner de l'infirmier arabe.

Le petit groupe se mit en route en devisant gaiement, vite rattrapé par Gaignault, qui avait pris du retard pour acheter au bistrotier deux bouteilles de vin rosé.

– Ici, je prends mes précautions, expliqua-t-il d'une voix suffisamment forte pour que l'infirmier entende. Il faut se méfier des bougnoules qui t'emmènent déjeuner chez eux, histoire de t'empoisonner avec de la « gazouse » infecte !

Mouktar se retourna vers le réanimateur et lui répondit vertement :

– Des sales colonialistes comme toi, mon lieutenant, c'est sûr que si je pouvais, je les empoisonnerais un par un !

Dans un éclat de rire complice, les deux hommes se prirent par le bras pour continuer à cheminer.

Vue de l'extérieur, la maison de Mouktar ne payait pas de mine. Cachée derrière un mur épais, composée de trois bâtiments bas rangés autour d'un patio ombragé, elle donnait, la porte passée, une impression de sérénité bienfaisante. Ils entrèrent dans une pièce rectangulaire où de simples banquettes couvertes de cotonnades entouraient une table basse et des tapis colorés.

– Asseyez-vous, commanda Mouktar. Je reviens tout de suite.

Florent était enchanté par l'atmosphère de camaraderie qui régnait dans l'équipe chirurgicale et l'accueil sympathique que leur réservait l'infirmier civil. Gaignault sortit de sa poche un tire-bouchon et se mit à déboucher une bouteille, tandis que leur parvenaient du fond de la maison les odeurs du repas.

Effectivement, Mouktar revenait dans la pièce en marchant à reculons. Il portait un vaste plateau de cuivre dont une femme tenait l'autre extrémité. Ils le posèrent devant les convives. Ils découvrirent un plat de mouton et de boulettes en sauce qui embaumait, entouré de saladiers débordant de couscous et de légumes. Gaignault posa la main sur l'avant-bras de Florent et prit un ton sentencieux :

– Maintenant, Schœnau, tu te tais et tu vas me goûter ça. Où que tu ailles, tu ne mangeras jamais quelque chose de meilleur.

Florent s'inclina vers la femme souriante qui avait apporté le plat. Ses cheveux, roussis par le henné, étaient à moitié cachés par un foulard à fleurs. Son visage épanoui n'était pas voilé et un tatouage bleu ornait son front. À son tour, elle s'inclina sans un mot et sortit.

– Mouktar, pourquoi ta femme ne mange-t-elle jamais avec nous ? se plaignit Gaignault.

– Elle est timide et ne parle pas français.

– Dis plutôt que, dans ce pays, les hommes mangent entre eux. Moi, je trouve ça bien dommage !

L'Algérien leva les bras au ciel :

– Que veux-tu, mon lieutenant, à chacun sa manière.

– Et tes filles ? On dit qu'elles sont si belles. Montre-les-nous, au moins.

– Écoute, mon lieutenant, reprit l'infirmier d'un air malin, si tu veux en épouser une, tu te fais musulman et je te la donne, c'est d'accord, parce que, malgré tout, je t'aime bien. Mais tu ne la verras pas avant le jour des noces. Chez nous, c'est la loi !

Le jour tombait quand ils reprirent le chemin du camp en se pressant à cause du couvre-feu. Le mouton avait été suivi d'une montagne de succulentes pâtisseries aux amandes et au miel accompagnées d'un thé parfumé à la menthe comme Florent n'en avait jamais bu.

Les garçons, gavés et un peu enivrés par le rosé de Gaignault, décrivaient à Florent le rôle essentiel de Mouktar dans la vie de l'hôpital civil. Ancien infirmier de l'armée française, il savait tout faire, et gérait leurs différents secteurs d'activité avec autorité et talent, depuis la consultation jusqu'à la programmation des opérations.

– Ici, tu opéreras plus en trois mois qu'en une année complète d'internat à Paris, affirma Gaignault d'un ton convaincant. Tu vas voir, la pathologie de ce pays est totalement archaïque. Parfois on se croirait au Moyen Âge ! Et tu seras le seul chirurgien à cent kilomètres à la ronde.

Le bouillant réanimateur, nommé à l'internat de Paris un an avant Florent, expliqua pourquoi il avait choisi cette spécialité :

– Après les EOR, j'ai passé un mois au Val-de-Grâce chez Laborit, un génial farfelu, le temps d'apprendre ses théories sur la réanimation. Discutables, mais efficaces. Plus tard, je veux faire de la médecine générale hospitalière, alors, tu comprends, toutes ces techniques m'intéressent. Et puis, comme ça, j'étais sûr d'être affecté en antenne chirurgicale au lieu d'aller crapahuter dans les djebels avec les troufions. Dans ce bled, quand il fait beau, c'est le paradis.

– Pour le moment, c'est plutôt un enfer de glace !

Gaignault eut un geste de compassion.

– Ça c'est vrai ! On se les gèle comme pas possible. Mais ce n'est qu'un mauvais moment à passer. L'hiver ne dure pas. Je vais te filer une veste matelassée que j'ai piquée au vestiaire de la Légion et on se démerdera pour te procurer un duvet. Le soir, tu t'enfiles une bonne rasade de gnôle, tu t'enfonces le calot jusqu'aux oreilles et t'attends le matin sous les couvrantes. Tu verras, on s'habitue ! Et si tu as vraiment trop froid, tu prends de l'alcool à 90 à l'infirmerie, tu le verses dans un haricot et tu y mets le feu. Ça chauffe la pièce pendant dix bonnes minutes. Tu recommences autant de fois que tu veux.

Malgré l'amoncellement de pulls et de couvertures, Florent eut du mal à s'endormir. Dans la chambre éclairée *a giorno* par une pleine lune resplendissante, son haleine dessinait des nuages de buée. Les yeux grands ouverts, il entendait encore son père, rentrant de captivité en 1941, décrire les baraques en bois sans chauffage, et les prisonniers obligés de casser la glace des lavabos communs pour se laver. Le matin, torse nu dans la neige, lui, Maxime, faisait honte aux frileux.

« Pour être un chef, il faut en imposer aux autres », répétait-il chaque fois qu'il racontait cette histoire.

Et Florent rêva qu'il se lavait, torse nu lui aussi, debout sur le front des troupes. En fait, un bloc de sanitaires parfaitement équipé jouxtait l'infirmerie, et le puissant groupe électrogène qu'il avait aperçu en arrivant devait fournir assez d'eau chaude pour tout le monde. À cet instant, il le regrettait presque.

Chaque fois qu'il était seul, Florent se surprenait à s'évaluer par rapport à son père. Ses moments de désœuvrement – et, sous l'uniforme, ils sont nombreux – le ramenaient constamment vers ses années d'enfance et d'adolescence sous la férule paternelle.

Certes, depuis son arrivée à l'armée, la considération manifestée par ses camarades améliorait quelque peu l'image qu'il se faisait de lui-même jusqu'alors. Il n'était plus le gamin médiocre stigmatisé par les quolibets, personne ne semblait frappé par sa nullité, et il prenait progressivement conscience de sa propre valeur. On ne le comparait plus au brillantissime Maxime admiré de tous. Cette sensation nouvelle le comblait.

Mais, inconsciemment, l'envie de plaire à son père continuait à le tarauder, et il avait honte de céder si souvent au farniente. Travailler, ce maître mot de son éducation lui revenait sans cesse.

Finalement, plus il se croyait libéré, plus la présence paternelle lui pesait.

Au matin, il dut se soumettre à la corvée des présentations protocolaires : le colonel Valmondois, commandant la base militaire, et les principaux chefs de corps le reçurent tour à tour. Il se sentit considéré comme une espèce de prestataire de services qui serait jugé sur le tas. Il faut dire aussi qu'il ne forçait pas sur la discipline militaire : il saluait peu ou mal, portait plus souvent son calot dans une poche que sur la tête, et son comportement sentait l'appelé sans enthousiasme. Nul ne s'y trompait.

D'ailleurs, le meilleur moment de cette première journée fut celui où le trio chirurgical monta dans la Jeep qui devait le conduire à l'hôpital civil.

Mouktar les attendait. Il salua Florent d'un bon sourire.

– Mon lieutenant, ce matin, je t'ai mis au programme un estomac, une appendicite et une fracture de la cheville. Ça ira ?

Florent sursauta : il n'avait enlevé qu'un seul estomac, et encore guidé par son patron. Gaignault devina son trouble :

– Te voilà lancé, mon pote ! Pas moyen de faire marche arrière. Mais ça va aller, tu verras.

Dans le vestiaire, Florent put exprimer librement ses craintes.

– Tu crois qu'il faut accepter d'opérer des gens que je n'ai même pas examinés ?

– Ne t'inquiète donc pas, tu les examineras tes malades, et je suis sûr que tu seras du même avis que Mouktar. Tu sais, je suis ici depuis six mois et je ne l'ai jamais vu se tromper. Quand il a un doute, il ne se mouille pas. S'il affirme qu'il faut opérer, fais-lui confiance. Tu vas vite comprendre !

– « L'estomac », je l'ai vu samedi, confirma Menanteau. C'est un cancer à un stade avancé qu'à mon avis tu ne pourras pas enlever. Tu lui feras une dérivation, il ira mieux pendant un temps, et toute la famille te considérera comme un héros. Quand la mort viendra, ce sera la décision d'Allah.

– Et l'appendicite ?

– Il s'agit d'un gamin venu à dos d'âne d'un douar situé à cent kilomètres d'ici ! Le diagnostic ne pose aucun problème !

À deux heures de l'après-midi, les interventions étaient terminées. Gaignault et Menanteau n'avaient pas exagéré la clairvoyance de Mouktar. L'appendice ruisselait de pus et la tumeur gastrique envahissait le péritoine, avec un foie truffé de métastases. L'abouchement d'une anse intestinale en amont de l'obstacle allait donner au malade une illusion temporaire de guérison avec reprise de poids et d'espoir. Quant à la fracture du cou-de-pied, elle avait été réduite et plâtrée en un tour de main.

Aux yeux de tout le monde, Florent avait fait la preuve de son savoir, et la confiance de chacun lui était assurée.

Une savoureuse *chorba* offerte par la famille de « l'estomac » mit un terme à la matinée opératoire, et les trois compères remontèrent sur leur colline avec la douce sensation du devoir accompli.

Le vent soufflait moins fort et le soleil réchauffait les âmes. La sérénité régnait sur le camp. D'immenses eucalyptus dégageaient des odeurs sucrées, des orangers chargés de fruits donnaient une impression de richesse à la portée de tous, et deux moutons paissaient en liberté le long des grillages. Les belligérants n'avaient-ils pas intérêt à s'entendre pour vivre en paix dans un tel pays ?

— Ne rêve pas, intervint Gaignault qui avait deviné ses pensées. Les eucalyptus flambent comme des torches à la moindre occasion ; ces oranges-là sont amères, elles ne sont pas comestibles ; quant aux moutons, ils ont été piqués à un fellouze qui se prétendait berger, et tu les verras tourner sur une broche dimanche prochain !

Florent ne goûtait guère ce genre d'humour :

— C'était un fellouze ou un berger ?

— Va savoir, répondit le réanimateur en s'éloignant vers l'infirmerie où un consultant l'attendait.

Deux jours plus tard, le 12ᵉ RPC rentra d'un grand ratissage qui avait permis d'intercepter un convoi de suspects. Une douzaine de pauvres hères, les mains liées derrière le dos, furent parqués dans un angle du camp. Jeunes, vieux, tous maigres et dépenaillés, assis à même le sol, ils jetaient autour d'eux des regards angoissés. Florent, impressionné, détourna les yeux.

Soudain, il sursauta en voyant venir vers lui une silhouette familière déguisée en parachutiste : David ! Ils s'étreignirent comme s'ils s'étaient quittés depuis des décennies.

– Alors, fils, content d'être là ? demanda le pied-noir avec un accent qui semblait s'être encore accentué au contact des siens.

– Très content. J'opère tous les matins à l'hosto, où on me considère comme un grand patron. Je ne leur ai pas avoué que je révise mes opérations avant de descendre.

– Tu n'apportes pas tes bouquins en salle d'op ?

Florent rougit.

– Tout de même pas.

– Tu as bien tort ! D'après ce qu'on m'a dit, la plupart de tes prédécesseurs ne se séparaient jamais de leur *Quénu* [1].

– Moi, je n'oserais pas.

– Tu y viendras !

Il éclata de ce bon rire plein de dents blanches que Florent savait si contagieux.

– À propos, dimanche, tu viens déjeuner à la ferme, décréta-t-il en posant la main sur l'épaule de Florent, tu feras la connaissance de mes parents.

---

1. Manuel des années cinquante et soixante qui servit de bible à des générations de jeunes chirurgiens.

— Tu crois que c'est possible ? On peut partir d'ici ?

— S'il n'y a pas d'opé au programme, le colonel sera d'accord. C'est calme en ce moment. Et, si besoin est, ils peuvent venir nous récupérer d'un coup d'hélico.

— J'aimerais bien rentrer en hélico !

— T'inquiète, ça t'arrivera.

— Qui sont ces types ? demanda Florent en montrant les prisonniers.

— Des fells ramassés en zone interdite.

— Parce qu'il y a des « zones interdites » ?

— Bien sûr. Comme l'armée ne peut pas contrôler tout le pays, certaines régions ont été évacuées et les populations regroupées autour de camps militaires comme le nôtre. Si des mecs se baladent sur le terrain, c'est des fellouzes.

— Ils étaient armés ?

— Pas quand on les a pris. On suppose qu'ils ont planqué leur matériel dès qu'ils nous ont repérés. Les caches sont innombrables dans la montagne.

Suivis par le chien, qui semblait avoir adopté Florent, ils étaient arrivés au mess des officiers, une baraque meublée comme un bistrot de province. Quelques gradés y consommaient, servis par des bidasses en tablier blanc. David commanda des bières et raconta sa semaine avec son régiment déployé autour d'un secteur où un convoi d'armes avait été signalé. On aurait dit un grand frère faisant le compte rendu de ses exploits.

En l'écoutant, Florent regrettait presque de n'être pas médecin de paras, lui aussi. Il aurait aimé courir les collines à la recherche de l'ennemi insaisissable. Il savait que, par définition, sa fonction l'écarterait toujours du terrain des combats. Dès qu'il y aurait du grabuge quelque part, lui serait consigné au bloc, prêt à intervenir. Il se souvenait d'avoir lu les

Mémoires d'un chirurgien d'autrefois, qui, pendant la Révolution française, ne connaissait des grandes manifestations de rues que les récits des blessés de l'Hôtel-Dieu.

Soudain, des cris retentirent, provenant d'un bâtiment voisin. Des hurlements. Aussitôt un serveur se précipita pour allumer la radio. Dalida se mit à chanter *Bambino*, et on n'entendit plus les cris.

— Ce sont tes prisonniers qu'on passe à la gégène, je suppose ? grinça Florent avec une moue dégoûtée.

David leva les yeux au ciel.

— Écoute, Florent ! Il faut bien que nous sachions où est prévu le rendez-vous avec ceux qui leur livrent les armes. Pour monter une opération de bouclage, plus on va vite, plus on a de chances que ça marche.

Florent fit la grimace.

David poussa un soupir exaspéré et se décida à développer son raisonnement.

— Nos détracteurs s'imaginent que nous sommes des sauvages et que nous nous amusons à torturer les gens. C'est totalement faux. Les fells font régner la terreur sur une population autochtone qui se fout éperdument de l'indépendance, crois-moi. Les rebelles sont peu nombreux, armés par la Tunisie et le Maroc, la plupart enrôlés plus ou moins de force. Leurs chefs pressurent et menacent — tuent parfois — les paysans qui ont déjà à peine de quoi manger. Il faut arrêter ça. Les empêcher de passer, éradiquer ceux qui sont sur place, et, dans le même temps, mettre en route une véritable politique d'émancipation… Tu comprends ?

Florent hocha la tête :

— Bien sûr, je comprends. Mais cette émancipation, il faut qu'elle soit décidée à Paris et acceptée ici. Tu crois que…

David lui coupa la parole :

– Tout le monde n'est pas d'accord, ici, c'est vrai. Mais le bon sens finira par triompher. Il n'y a pas d'autre solution.

Florent eut l'impression que son ami cherchait surtout à se convaincre lui-même. Ils changèrent de conversation.

Durant la nuit, le vent tomba, le soleil matinal sembla prendre de l'assurance et Florent se sentit mieux. Une sympathique routine s'installait. À l'infirmerie du camp, il soignait chaque jour quelques éclopés. Il plâtrait une entorse, ouvrait un panaris, pansait une plaie ou une brûlure, avant de descendre en ville. À l'hôpital, il avait pris aussi ses habitudes, mais Mouktar ne lui montrait que les cas difficiles. Pour la pathologie courante, il n'avait besoin de personne.

Un matin, Florent dut examiner une vilaine plaie de jambe infectée. Une plaie manifestement provoquée par une arme à feu, mais ancienne déjà, datant de trois ou quatre jours au moins. Il ne risqua aucun commentaire. Le plus naturellement possible, il palpa le mollet, qu'il trouva enflé, douloureux, œdématié. Il vérifia les pouls artériels et découvrit des ganglions inflammatoires au pli de l'aine. Il conclut qu'il s'agissait d'un abcès profond à inciser sous anesthésie. Il jeta un coup d'œil vers Mouktar sans parvenir à croiser son regard.

L'infirmier traduisit à l'intéressé les conclusions du chirurgien, puis la réponse de ce dernier à Florent :

– Il te remercie de lui proposer une opération et l'accepte, à condition qu'elle ait lieu tout de suite et sans anesthésie.

– Mais pourquoi ? Sans anesthésie je ne pourrai pas…

– Si tu n'es pas d'accord, il s'en va.

Florent ne savait que faire. Il précisa que laisser l'abcès évoluer, c'était risquer la gangrène et l'amputation. L'autre ne réagit pas.

Mouktar se taisait.

Florent hésita une seconde encore en regardant la plaie, puis se décida :

– Au fond, moi, ça m'est égal ! C'est comme il veut. Installe-le en salle. Je monte vous rejoindre dans cinq minutes.

Une fois Mouktar et le blessé partis, Florent s'en fut trouver Gaignault qui bricolait dans le laboratoire où il avait réussi à faire installer son matériel. Il avait pu se procurer un microscope et s'initiait à la pratique des examens de sang. Les résultats ne pouvaient qu'être approximatifs, mais ce serait mieux que rien.

Florent lui raconta l'épisode de la plaie du mollet.

– Ben quoi, répondit le réanimateur sans se formaliser, c'est un fellouze.

– C'est bien ce que je pense.

– Il ne veut pas être anesthésié de peur de devoir rester à l'hôpital, où la police a ses entrées.

– Tu crois que je peux lui inciser son abcès comme ça ? Gaignault sourit.

– Vas-y ! Tu seras étonné de la résistance de ces gars-là !

Florent tourna les talons et grimpa au bloc. Il trouva le blessé allongé sur la table d'opération. C'était un homme de vingt-cinq à trente ans, avec un visage énergique et fiévreux. Un beau visage aux traits réguliers, éclairé par des prunelles d'un noir de jais. Une barbe de plusieurs jours lui mangeait les joues.

Mouktar avait préparé une boîte d'instruments. Florent s'ajusta une bavette sur le nez et se lava longuement les mains. Puis l'infirmier lui tendit une paire de gants et en passa une également. Ils se placèrent de part et d'autre de la jambe blessée, badigeonnèrent les alentours de la plaie et installèrent des champs stériles. Tout était prêt.

Sans hésiter plus longtemps, Florent saisit un bistouri, ajusta son geste et, d'un coup rapide, incisa la peau de part et d'autre de l'orifice d'entrée de la balle. Il jeta un coup d'œil vers le visage de l'intéressé qui, appuyé sur les coudes, s'était borné à fermer les yeux et à serrer les dents. Il n'avait pas manifesté autrement sa douleur.

Florent se résigna à continuer comme si l'homme ne souffrait pas. Il élargit la plaie en profondeur et libéra soudain un flot de pus. Sans un mot, Mouktar épongea le liquide nauséabond et jeta les compresses souillées dans un baquet. Il s'empara d'un flacon de dakin et arrosa copieusement la plaie que Florent continuait de mettre à plat.

Pour parfaire le nettoyage, Florent enfonça délicatement son index au plus profond et effondra ainsi quelques membranes qui auraient gêné le drainage. C'est à cet instant qu'il trouva ce qu'il cherchait : une balle de petit calibre écrasée contre le tibia. Toujours sans faire le moindre commentaire, il se saisit d'une pince et, dans la plus pure tradition du western, sortit l'objet qu'il posa sur une compresse. Puis, indifférent, il referma la compresse et la jeta dans le baquet.

– Passe-moi un drain, s'il te plaît.

Mouktar, obstinément silencieux, épongea encore une fois le cratère mis à vif, retira ses gants et alla chercher dans une armoire un tube de verre qui contenait une lame de caoutchouc ondulé appropriée à cet usage. Florent saisit le drain avec une pince et l'installa au fond de la plaie.

Le blessé avait renoncé à se tenir sur les coudes et s'était laissé aller en arrière. On ne voyait plus son visage. Tandis que les deux hommes lui confectionnaient un épais pansement, il se redressa. Impassible, il les regarda faire un instant et s'allongea de nouveau. Mouktar prononça quelques paroles en arabe et termina de tourner la bande Velpeau qu'il fixa par une épingle à nourrice.

– Il faut lui changer son pansement et bien nettoyer la plaie au Dakin chaque jour, conclut Florent en s'éloignant.

– Je m'en occuperai, répondit l'infirmier comme s'il s'agissait d'une évidence. Merci, mon lieutenant.

Florent redescendit en consultation, où il buta sur une sage-femme qui guettait son passage. Volumineuse matrone aux avant-bras de lutteur et au visage tatoué de bleu, elle l'entraîna vers la maternité pour lui montrer une jeune femme en couches. Elle expliqua – dans un français approximatif – que le travail ne progressait plus et qu'à son avis une césarienne était nécessaire.

Essayant de cacher le trouble que lui inspirait cette perspective, Florent enfila un gant et examina la parturiente qui gémissait. Il ne connaissait pas grand-chose en obstétrique. En France, dès lors qu'un interne n'a pas choisi de devenir accoucheur, il peut très bien accomplir l'intégralité de son cursus – et de sa carrière – sans jamais entrer dans une salle d'accouchement. Sachant ce qui l'attendait en Algérie, Florent avait pris la précaution d'accompagner ses collègues obstétriciens pendant ses gardes à Beaujon et s'était initié à la technique des césariennes. Mais rien de plus. Ce serait une grande première.

L'air entendu, il conclut son examen :

– Vous avez raison, il faut l'opérer. Conduisez-la au bloc, je vais prévenir Mouktar.

Il jeta son gant et quitta la salle d'un pas assuré.

En remontant l'escalier, il eut honte de son comportement : cédant à son émotion, il n'avait même pas regardé le visage de la parturiente. N'attendait-elle pas un mot, un geste de réconfort ? Il se jura d'y faire attention à l'avenir.

Mouktar appela des infirmières en renfort et se mit à préparer le bloc pour l'opération. Il se comportait comme si l'histoire de la plaie par balle n'avait jamais existé. Pourtant, entre les deux hommes une connivence nouvelle s'était instaurée.

Florent se concentra sur l'épreuve suivante. Il s'habilla en se remémorant ce qu'il avait appris durant ses gardes et vérifia ses instruments.

– À toi, lança-t-il à Menanteau.

L'anesthésiste poussa le piston de sa seringue et les yeux de la parturiente se fermèrent. Florent respira profondément et se lança : il ouvrit le ventre d'un seul mouvement, puis fendit l'utérus comme à la parade. Il mit au monde un splendide garçon qui cria aussitôt. Libéré, l'opérateur poussa un grand soupir de soulagement et termina son intervention en paix.

Alors qu'il quittait l'hôpital, une vieille femme s'approcha pour lui remettre un gigantesque régime de dattes confites. Les copains applaudirent. Florent remercia ignorant ce qui lui valait ce cadeau : la naissance du bébé ou le sauvetage du rebelle ?

Dans des moments comme celui-là, Florent avait l'impression d'œuvrer plus efficacement pour la paix que les matamores des deux camps. En plus, il faisait le métier dont il avait toujours rêvé.

V

David immobilisa sa Jeep devant l'infirmerie en klaxonnant. Florent sortit, engoncé dans son épaisse capote kaki passée par-dessus la veste molletonnée offerte par Gaignault. Il enfonça son calot et monta dans la voiture. Il dut repousser le chien jaune qui l'aurait volontiers accompagné.

– Le Loup semble t'avoir adopté, remarqua David.

– Il s'appelle le Loup ? À qui appartient-il ?

– À personne. On dit qu'il s'est installé ici quand le camp a été construit. Depuis, il vit entre la cuisine et l'infirmerie. Ton sergent infirmier le laisse dormir derrière les caisses de pharmacie.

Sous le siège du passager, un étui de cuir contenant un pistolet était enroulé dans un ceinturon.

David sourit de l'air ahuri de son ami.

– Dans ce pays, il faut toujours avoir une arme à portée de main. Tu sais t'en servir ?

– J'ai appris à Mourmelon, comme toi.

– Oh, moi, j'ai appris bien avant ! Aujourd'hui c'est une simple précaution. En principe, on n'en aura pas besoin.

– En principe ? Et ça ?

« Ça », c'était une carabine américaine munie d'un chargeur de douze balles, couchée sur le plancher entre eux.

– Toujours par précaution. En fait, tu verras, de jour, on ne risque rien.

Florent ne demandait pas mieux que de le croire. La Jeep démarra et ils franchirent le portail, salués par les sentinelles.

Ils traversèrent la ville à toute vitesse et atteignirent une route bien entretenue, largement dégagée, où tout danger d'embuscade paraissait écarté.

– Combien de temps faut-il ? demanda Florent.

– Une heure environ.

– Tu y vas souvent ?

– Non. Le dimanche seulement, quand je peux me libérer.

Florent resta silencieux un moment, puis se jeta à l'eau :

– Tu sais ce que j'ai fait hier ?

– Oui. Tu as opéré un fell.

– Qui te l'a dit ?

– Peu importe.

– Comment sais-tu que c'est un fell ?

David lui lança un coup d'œil plein de commisération.

– Il s'appelle Walid ben Souleïmane. Nous étions au lycée ensemble à Alger. En fac, nous nous sommes séparés parce qu'il a choisi de faire du droit. Ils veulent tous devenir avocats. Lui, c'est un indépendantiste dans l'âme, depuis toujours.

– Et il est passé à la rébellion ?

– Faut croire.

– Si on le sait, pourquoi n'est-il pas en taule ?

– Jusqu'ici on n'avait pas assez de preuves.

– Et la plaie…

– C'est une preuve.

– On va l'arrêter, alors ?

– Il a disparu.

– Ah bon ! Et moi ? Qu'est-ce que j'aurais dû faire ?

– Rien de plus. Toi, tu as fait ton boulot de chirurgien.

– Mais si tu sais que c'est un rebelle, la police le sait aussi…

Avant de répondre, David lui jeta à nouveau un rapide coup d'œil, puis se concentra sur la conduite. L'état de la route se détériorait au fil des kilomètres. Après une demi-heure de silence, il reprit :

– C'est normal que tu soignes des rebelles, la ville en est truffée. La médina en particulier.

– La médina ? C'est cet infect bidonville que tu appelles la médina ?

– C'est un camp de regroupement. Tu ne sais pas comment ils vivaient avant que l'armée les regroupe.

– Sûrement mieux que dans cette merde. Comment veux-tu que les plus francophiles d'entre eux ne deviennent pas fellouzes dans une misère pareille ?

– Quelle misère ? Ils sont nourris et soignés gratuitement. Les SAS s'en occupent et des appelés du contingent font la classe à leurs gosses. Pour des miséreux, ce n'est pas si mal !

– Avant d'être – comment dis-tu ? – *regroupés*, ils vivaient dans le bled à leur façon. C'était leur choix, leur manière d'être.

– Écoute, Florent, on ne va pas refaire la politique définie par le commandement. En plus, tout ça n'est que temporaire. Mais, pour en revenir à ton blessé, tu as bien fait de l'opérer sans poser de questions. C'est ton rôle. Aux autres de l'interroger s'ils l'attrapent.

– Quels autres ?

– Les services de renseignements, la police, les DOP.

– Les DOP ?

– Détachements opérationnels de protection. Des policiers et des officiers chargés du renseignement.

– Tu veux dire chargés de la torture, c'est ça ?

– Florent, on ne va pas recommencer à s'engueuler ! Regarde ! Tu vas découvrir la plaine de la Mitidja.

Passé le sommet de la colline, la voiture redescendit par une route en lacets vers ce qui ressemblait à un immense jardin. À perte de vue s'étendaient vergers et vignobles. Tout paraissait soigné, peigné, policé. De loin en loin, des constructions ponctuaient de rose et blanc le vert de la végétation. David rayonnait de fierté :

– Chaque ferme se compose d'une à plusieurs centaines d'hectares, avec une maison d'habitation et des bâtiments agricoles autour. À quelque distance, tu verras de petits villages où habitent les ouvriers.

– Et la ville la plus proche ?

– Mirallah. On va l'apercevoir d'ici peu.

– Ta maison est en ville ?

– Non. L'exploitation est située juste avant.

– L'exploitation de ton grand-oncle ?

David sourit.

– Tu as bonne mémoire !

– Tout ce qui touche à la famille Schœnau m'intéresse. Forcément.

Ils rirent ensemble. Un rire qui les rapprochait toujours quand ils s'étaient risqués à parler de sujets brûlants.

La propriété des Schœnau n'avait rien d'exceptionnel, mais on sentait, au premier coup d'œil, qu'il devait y faire bon vivre. Sans l'aide du moindre architecte, la maison principale s'était agrandie, année après année, comme un enfant assume sa croissance selon une logique qui n'appartient qu'à lui.

Au cube initial, où la famille avait pris racine, s'étaient accolées les maisons des autres générations, en fonction de leurs besoins. Plus loin, on avait construit une maisonnette individuelle pour Zorah, la vieille nourrice, et son mari Abdul, qui avaient pris leur retraite sur place. Le hangar aux machines, devenu trop petit, s'était transformé en une sorte de HLM destinée à loger les enfants de Zorah, eux-mêmes prolifiques. La cour ainsi délimitée sur trois côtés avait été fermée par un portail monumental en 1954, au début des événements. Ainsi chaque nouveau couple avait-il créé son propre logement avec l'aide de la famille.

La plupart des jeunes – et des moins jeunes – travaillaient à la ferme.

Devant la façade principale, une terrasse, donnant sur les jardins, avait été édifiée après la guerre de 39-45, dans le style des ranchs américains, avec un toit de tuiles sur une charpente apparente. C'est là que se prenaient les repas quand le temps le permettait.

Florent reconnut tout de suite « Sami-le-noir », le chef de famille que David lui avait fidèlement décrit. De taille moyenne, à la fois osseux et musclé, il donnait une impression de force rassurante. La peau de son visage, cuite et recuite par le soleil, semblait tendue comme du parchemin sur des pommettes saillantes et un front hérissé de cheveux gris, drus, coupés court. Ses prunelles, aussi noires que celles de son fils, fixaient le nouveau venu avec une intensité bienveillante. Il tendit la main et Florent eut l'impression de serrer un cep de vigne.

David présenta son invité à toute la famille. Sa mère, ronde et douce, au visage encadré de boucles grises, était flanquée de sa propre sœur, plus âgée, plus maigre et moins souriante. Les deux femmes, inséparables, se ressemblaient, même si la maternité avait conféré à la cadette une bonhomie qui manquait à l'aînée. Un grand-oncle présidait la longue table, et ses yeux, presque aveugles, cherchaient la lumière dans la direction des voix. Il y avait là aussi des cousins, des conjoints et des rejetons dont Florent renonça vite à retenir les noms.

Élisabeth, la sœur de David, déployait une activité brouillonne qui donnait le tournis. Courant sans cesse d'un enfant à l'autre, de la cuisine à la terrasse et de la cour au jardin, elle laissait de marbre son mari, un gros comptable au crâne chauve.

On leur servit l'anisette, avec la *kémia*, plateau d'amuse-gueule où se retrouvaient toutes les saveurs de la Méditerranée. David commentait pour Florent ces nouveautés culinaires quand les regards convergèrent soudain derrière Florent. Il se retourna et faillit s'étrangler : Myriam se dirigeait vers la terrasse.

Fasciné par sa beauté, il se sentit rougir. Elle ne portait pourtant qu'un jean fatigué, un tee-shirt au nom d'une université américaine et un pull jeté sur les épaules.

Elle vint jusqu'à lui sans dire un mot, l'embrassa sur les deux joues, comme un frère, et se tourna vers David qu'elle serra dans ses bras.

– Alors, les guerriers, on vous a libérés pour la journée ?

– Juste quelques heures entre deux massacres, répondit David.

– Et toi, tu massacres aussi ? continua-t-elle en se tournant vers Florent qui sursauta.

– Moi, je massacre beaucoup, c'est vrai, mais exclusivement sous anesthésie. C'est moins cruel.

Elle s'esclaffa :

– Ces carabins sont exécrables. Ils raffolent des horreurs.

– Et chez toi, Myriam, s'inquiéta David, c'est calme ?

– Depuis que Bigeard a fait son dernier ratissage, plus personne ne bouge. La paix retrouvée, un rêve !

Ils badinèrent ainsi en marchant vers un coin du jardin où deux Arabes s'affairaient dans un nuage de fumée, autour d'un lit de braises installé à même le sol, entre deux murets de briques. Sur des grilles de fabrication artisanale commençaient à rissoler des merguez, des côtelettes d'agneau, des cuisses et des abats de volaille.

David, entraîné à l'écart par sa mère, écoutait d'une oreille distraite le discours qu'elle lui tenait, manifestement inquiet de laisser ses deux amis sans surveillance. Florent s'en était aperçu mais ne savait comment s'écarter de Myriam. À vrai dire, il n'en avait pas la moindre envie, et attendait avec impatience le moment où il pourrait lui demander les raisons de son incompréhensible silence, après le week-end qu'ils avaient passé à El-Biar.

C'est elle qui prit les devants :

– J'ai été désolée de devoir quitter Alger après…

– Moi aussi.

– Toi aussi quoi ?

– J'ai été désolé.

– Tu ne m'en as pas voulu, j'espère ?

Florent recula d'un pas pour mieux la toiser.

– Pourquoi t'en aurais-je voulu ? Ce n'est tout de même pas parce que nous avons passé trois jours au lit ensemble qu'il faut à tout prix se revoir ! Que diable, soyons modernes !

Elle éclata de rire. Florent l'imita avec une grimace.

De l'autre côté du jardin, David ne tenait plus en place. Il coupa la parole à sa mère sans ménagement après lui avoir posé un baiser sur le front et partit au pas de course. La pauvre femme le regarda s'éloigner sans comprendre. Il s'empara d'une bouteille de vin au passage pour fondre sur Myriam et Florent :

– Faites-moi profiter de votre hilarité ! En échange, je vous offre à boire.

Chacun tendit son verre et Myriam se tourna vers lui sans la moindre gêne :

– Figure-toi que ton ami me fait une scène de jalousie.

David prit le ton d'un acteur de la *commedia dell'arte* :

– Mon Dieu, est-ce possible ?

– Je t'assure ! Sous prétexte que je l'ai emmené un dimanche chez mes parents, par pitié pour sa solitude, il me reproche de ne pas avoir récidivé. Ces *francaouis* ne sont jamais contents !

Florent avala de travers. Cette comédie grossière et le rire moqueur de Myriam lui firent monter la moutarde au nez. De quel droit se moquait-elle de lui avec un tel aplomb ?

– C'est normal, rétorqua-t-il, théâtral à son tour, nous traversons la mer pour venir à votre secours. Vous nous devez bien un minimum d'attention. Non ?

Il trouva sa réponse stupide. Mais elle laissa pourtant David et Myriam désemparés un instant. Florent en profita pour se détourner et s'emparer d'une côtelette d'agneau que venait de sortir du feu une jeune fille qu'il n'avait pas encore remarquée.

– Ne vous gênez pas, protesta-t-elle en plaisantant.

– Je croyais que c'était pour moi.

– Menteur !

Pendant qu'elle se servait à nouveau, il la regarda. Coiffée d'une queue de cheval noire qui lui tombait jusqu'aux reins, tout de blanc vêtue, la taille prise dans une jupe à la Brigitte Bardot, elle était charmante. Délaissant ses interlocuteurs, Florent se rapprocha d'elle :

– Merci de me nourrir. Mais expliquez-moi qui vous êtes, car j'ai du mal à m'y retrouver dans toute cette tribu…

– Je suis Lydie, la petite-petite-cousine de David.

– Je ne suis pas très avancé.

– C'est simple, enchaîna-t-elle, tandis que ses prunelles au reflet vert s'éclairaient. La mère de David a un frère, ce frère est marié avec une dame qui, elle-même, avait un frère… Ce frère était mon papa.

Devant le visage ahuri de Florent, elle précisa :

– Si vous préférez, je suis la cousine de son cousin.

– Vous avez le talent de rendre lumineuses les filiations les plus compliquées. Et d'où vous viennent ces yeux verts ?

– De ma mère, qui les tient, dit-on, d'un ancêtre maltais.

– Les yeux verts sont fréquents à Malte ?

– Il paraît.

– Je sens que je vais y passer mes prochaines vacances. Vous habitez ici ?

– Oui. Je joue les institutrices à Mirallah.

Elle se reprit :

– Temporairement. À cause des événements. Après mon bac, il y a un an, je m'étais inscrite en fac de lettres à Alger, mais maman a préféré que je revienne ici. La vie y était trop dangereuse. Mon père a été tué dans le Constantinois en août 1955, et elle avait peur de me savoir seule dans une ville où les attentats se multipliaient.

– Je croyais que les paras de Massu avaient gagné la bataille d'Alger. David m'a certifié que nous pouvions y circuler en toute sécurité.

– C'est vrai, mais j'en suis partie en juin 1957, avant que ce soit fini. J'y retournerai plus tard, si le calme se confirme. À la rentrée d'octobre, peut-être. Pour le moment, je suis bien ici, en famille, et c'est très intéressant d'apprendre à lire aux enfants du village. Des enfants qui ne parlent pas un mot de français.

– Vous parlez arabe ?

– Bien sûr. Quand on vit dans une ferme, comme ici, c'est obligatoire.

Toute sa personne dégageait une impression d'authenticité en harmonie avec ce décor à la fois champêtre et soigné. Elle paraissait vraiment faite pour vivre dans cette ambiance paisible, loin des drames qui endeuillaient son pays.

– Et puis, continua-t-elle, j'aime enseigner le français à ces gosses qui ont tellement soif d'apprendre. Vous n'imaginez pas comme ils sont attentifs, sérieux et attachants...

Florent était sous le charme :

– Moi aussi, à leur âge, si j'avais eu une institutrice comme vous, j'aurais été attentif, sérieux... Et très attachant, même !

Elle rit. Son rire sonnait clair, sans affectation, avec une spontanéité juvénile. Florent cherchait ce qui le frappait le plus en elle. Il trouva : elle était saine, franche, nette.

Sans qu'il la pousse, elle se mit à raconter sa vie quotidienne dans la petite école de village délaissée par les professionnels rentrés en métropole, et où elle était la seule enseignante titulaire d'un baccalauréat.

Tout en bavardant, ils parvinrent à une balancelle accrochée aux basses branches d'un chêne centenaire. « On se croirait, pensait Florent, dans un de ces films en Technicolor qui évoquent l'Ouest américain. »

Un voile nuageux fit soudain tomber la température de plusieurs degrés. On se replia vers la terrasse, où Mme Schœnau avait fait servir le café. Myriam et David rejoignirent Florent et Lydie tandis qu'un oncle boute-en-train se mettait à déclamer, à l'intention du nouveau venu, des fragments de *La Parodie du Cid* d'Edmond Bruat, chef-d'œuvre de la littérature humoristique pied-noir.

Florent riait aux éclats, excitant la verve de l'orateur.

David, conscient du succès remporté par son ami auprès des membres de sa famille, se sentait partagé entre la fierté et la jalousie. Myriam, Lydie, l'oncle maintenant, tout le monde semblait apprécier ce jeune *francaoui* blond et sympathique.

Agacé, il se leva brusquement en décrétant qu'il était l'heure de rentrer. Toutes les dames vinrent les embrasser, et c'est un vrai cortège qui raccompagna les deux garçons jusqu'à la Jeep.

– Revenez quand vous voudrez, proposa Sami. Même si mon fils n'est pas là pour vous conduire, la maison vous est grande ouverte.

Plus ému qu'il ne l'aurait pensé, Florent emportait l'image de Myriam et Lydie qui se tenaient par le bras et leur envoyaient des baisers.

– Tes parents sont vraiment des amours. Et cette maison, comme il doit faire bon y vivre, dit-il à David, croyant le remercier.

Renfrogné, celui-ci cachait sa mauvaise humeur en pestant contre la route défoncée par endroits, mais sa réponse ne tarda pas :

– Tu dragues toujours toutes les femmes que tu rencontres ? persifla-t-il en lançant un coup d'œil agressif à son passager.

Florent se rebiffa :

– Chez nous, vois-tu, parler aimablement à une femme n'est pas un acte répréhensible. Si c'est différent ici, il faudra que tu m'expliques comment me tenir.

– Je t'avais dit que Myriam…

– Tu me fatigues, David. Myriam est une femme charmante, tout comme cette jeune Lydie, d'ailleurs. Elles sont sensibles à la présence d'un nouveau venu, c'est tout. Tu ne vas pas en faire un fromage. Si j'ai droit à une scène chaque fois que je parle à une de tes amies ou parentes, je préfère que tu me laisses au camp. Là, au moins, je ne risquerai pas de piétiner tes plates-bandes. Mais je t'en prie, cesse de me reprocher mon comportement. J'en ai marre, à la fin.

Après cet éclat, ils restèrent silencieux. Le soleil déclinait à l'horizon, donnant aux collines des couleurs de fête. Des oiseaux tournoyaient autour d'une ruine. Ils croisèrent plusieurs fois des hommes en burnous montés sur des ânes qui semblaient placés là pour la couleur locale, comme sur les cartes postales.

Florent eut une pensée émue pour tous ces pauvres gars morts au combat, et dont la liste s'allongeait chaque jour. Des jeunes garçons qui avaient sans doute admiré, eux aussi, la beauté du décor.

Arrivés devant l'infirmerie, ils se séparèrent fraîchement, et comme, dès le lundi matin, David partait en opération avec son régiment, ils n'auraient pas le temps de se réconcilier.

VI

Florent se sentit coupable de cette dispute. Il regrettait d'avoir peiné celui qui l'avait si généreusement accueilli sous son toit.

Mais, à cet âge, entre l'amitié d'un copain et l'amour d'une femme, on n'hésite pas. L'amitié renaît facilement de ses cendres, alors que l'amour est rare. Il faut savoir le saisir au bond. Pour le moment, personne n'aurait pu interdire à Florent de penser à la belle Myriam, et les états d'âme de David ne l'empêcheraient ni de dormir ni de rêver d'elle.

Ce que le jeune chirurgien ignorait encore, c'est que les rêveries lui seraient désormais comptées. Sidi-Afna allait entrer dans une période de turbulences graves qui ne lui laisseraient guère le loisir d'évoquer les brûlants souvenirs de sa dulcinée.

Tout commença le surlendemain par une scène d'horreur.

Il était dix-huit heures. Le soleil se couchait et les eucalyptus rougeoyants reflétaient les derniers feux. Quelque

111

part, Yves Montand marchait *Dans les plaines du Far West*, et la colline bruissait comme à son habitude. Soudain, un appel radio tomba comme une bombe : douze morts. En un éclair, la nouvelle traversa le camp.

Chacun se demandait lequel de ses copains manquerait à l'appel.

« Douze morts, pensa Florent, ça signifie des dizaines de blessés, à une heure où l'évacuation héliportée n'est plus possible. »

Il rameuta son équipe, fit préparer la salle de triage et le matériel opératoire. Les médecins des unités présentes vinrent proposer de lui prêter main-forte. Le sergent Bressuire ouvrit la cantine contenant les blouses de secours, et, en quelques minutes, tout le corps médical fut revêtu de blanc. Plus de galons apparents. Tous étaient ramenés au même grade, celui de personnel soignant. Gaignault, Menanteau, Trinquet, avaient rejoint Florent, et attendaient les ambulances, silencieux. Seul le groupe électrogène grondait, solitaire et inquiétant. Un camion se rangea près du bloc.

– Dans des cas comme celui-ci, expliqua Bressuire, il fait office de groupe de secours. On pourra y brancher notre installation électrique, en cas de pépin, c'est une sécurité.

Florent hocha la tête, impressionné par tant de professionnalisme.

Sur la route, les phares approchaient lentement, comme à Maillot. Les chauffeurs avaient sans doute reçu la consigne de ménager les grands blessés.

Il se trompait. Cette lenteur n'était qu'une marque de déférence à l'égard des morts.

Le convoi s'immobilisa sur la grand-place au pied du mât. Les hommes sautèrent de leurs véhicules pour sortir les brancards drapés de couvertures kaki. Florent ébaucha un geste pour les faire installer dans la salle d'hospitalisation, mais comprit immédiatement que les soldats respectaient un autre rite.

Ils alignèrent les douze corps les uns à côté des autres. Les militaires du camp, armes et grades confondus, s'étaient donné le mot pour former les respectueux figurants de cette tragique scène.

Le colonel Valmondois, en treillis camouflé, le visage marqué de fatigue, s'avança d'un pas et prit la parole :

– Voilà ce qui s'est passé. On progressait à flanc de la colline, là où des rebelles avaient été repérés. D'après les aviateurs, leur groupe ne comprenait qu'une vingtaine de gus. On approchait du sommet quand on s'est fait allumer par un fusil-mitrailleur. Il nous guettait. Le temps de le dire, il nous a mis douze gars au tapis. La troisième compagnie l'a neutralisé à la grenade. C'est alors qu'un autre FM a commencé à tirer de plus loin. Nos gars se sont abrités en attendant du renfort. Pendant ce temps, le toubib s'occupait des blessés et demandait leur évacuation.

Florent n'avait pas vu David. Il l'aperçut, immobile à quelques pas de son officier, la tête baissée, l'uniforme souillé de sang.

Le colonel se racla la gorge, manifestement ému par ce récit. Il reprit, la voix étranglée :

– C'est à ce moment-là que tout a foiré. Des fells ont surgi de nulle part. Une centaine au moins. Ils devaient être planqués dans des trous. Bref, une embuscade en bonne et due forme. Ils nous ont foncé dessus, couverts par des rafales d'armes automatiques. On a été forcés de décrocher (il avala sa salive)… sans pouvoir emporter nos blessés.

Il marqua encore un temps d'arrêt.

– On n'a pas reculé très loin. La quatrième compagnie est arrivée et les a cloués sur place. Les T6 les ont mitraillés à leur tour et ils se sont barrés en désordre. On leur a filé le train et on en a étendu vingt-trois sur le terrain. Les autres salopards se sont volatilisés. Mais nos blessés… étaient morts.

Incapable d'ajouter un mot, les yeux humides, il se mit au garde-à-vous et salua. Tous les hommes rectifièrent la position et saluèrent à leur tour. Y compris Florent, qui n'avait jamais exécuté aussi spontanément un geste militaire. Mais ce jour-là, il sentit qu'il faisait partie de la même armée que ces douze malheureux gamins.

Il était temps pour Florent d'entrer en scène. Il s'approcha et souleva la première couverture. Il découvrit un caporal tout blond, rond et jovial, connu de tous. On l'appelait Baby. À son cou pendait la fiche d'urgence accrochée par David, avec la description sommaire de sa blessure – transfixion de cuisse – et du traitement entrepris : pansement compressif, antibiotiques et morphine. Mais sa tête avait été fendue à la hache. En deux moitiés.

Chaque visage portait le même témoignage de la sauvagerie des hommes. Du travail efficace. Exécuté sans précipitation, mais sans hésitation non plus. Comme une démonstration. Douze coups de hache. Douze morts. Pas de survivants.

Les infirmiers, aidés par quelques volontaires, s'emparèrent des brancards pour les transporter dans la salle d'hospitalisation. Puis Florent ferma la porte de l'infirmerie sur les membres de l'équipe médicale. Ensemble, silencieux et immobiles, ils restèrent un moment figés par l'indicible. Quand les automatismes revinrent enfin, ils se mirent au travail. D'abord déshabiller les cadavres, puis nettoyer les corps ensanglantés, panser les fractures du crâne et enrouler dans des bandes les têtes fendues en essayant de leur rendre une allure convenable. Laver les plaies qui avaient valu à ces hommes de tomber aux mains des meurtriers. Aucune d'elles n'était mortelle. Sans l'embuscade fatale, ils s'en tiraient tous avec quelques semaines d'hôpital et un mois de convalescence.

Les copains des victimes avaient apporté des uniformes propres. L'aumônier participait à la toilette mortuaire tout en prononçant des prières. À trois heures du matin, les morts étaient présentables. Les bandages avaient transformé les visages en caricatures de l'homme invisible. En caricature de la vie.

Quand Florent sortit, il découvrit quatre sentinelles en grand uniforme qui montaient la garde aux portes de l'infirmerie. Un sous-officier leur fit présenter les armes. Florent salua, le cœur serré. C'était la première fois qu'on lui rendait un tel hommage.

Le froid de la nuit le fit frissonner. Au loin, on entendait des cris. Les prisonniers payaient leurs dettes.

Écœuré, il rentra dans sa chambre et prit du papier à lettres :

« Chère maman,

« J'ai reçu mes premiers... »

Il hésita entre les mots *morts* et *blessés*. Il ne sut que choisir. Il lâcha son stylo et pleura. Le chien jaune qui l'avait suivi vint poser son museau sur ses genoux.

Le lendemain matin, Florent trouva David assis dans un coin de la chapelle ardente. Il s'approcha et lui posa la main sur l'épaule. David ne réagit pas tout de suite. Au bout de

115

quelques secondes, il se mit à raconter d'une voix sourde, comme après une nuit d'insomnie :

– Je suis le dernier à leur avoir parlé. Des conneries… Des mots de réconfort. Des blagues sur la quille… Ils me faisaient confiance. Et puis les tirs ont repris. Ça pétait de partout. Le capitaine m'a traîné en arrière, sinon j'y passais. On a couru à l'abri d'une barre rocheuse. On ne pouvait pas balancer de grenades à cause d'eux.

Il continua :

– On a tiré nous aussi, un peu au hasard. En attendant que les avions reviennent. C'est là qu'on a pu retourner vers…

La suite, Florent la connaissait. Il pressa l'épaule de son copain :

– Tu n'y es pour rien. Viens boire un café.

David se leva lourdement et ils se dirigèrent vers le mess, mais le son d'un clairon les immobilisa.

– C'est râpé pour le café. Mon régiment repart en chasse. Dans la nuit, ils ont dû obtenir des renseignements. Il faut les rattraper, ces salauds.

– Il n'y avait pas d'autres blessés ? demanda Florent.

– Bien sûr, il y en a eu. Mais le colon avait prévenu le quartier général d'Alger. Des pontes ont débarqué avec les hélicos. Au retour, ils ont embarqué tout le monde vers Maillot… sauf les morts.

Au moment de s'éloigner, David se ravisa :

– Ce matin, il y a eu du grabuge aussi en ville. Tu devrais y faire un saut. Ils vont avoir besoin de toi.

– OK, j'y vais.

Gaignault et Menanteau, eux aussi, avaient été prévenus. Ils arrivaient au pas de course. Florent les suivit en lançant un dernier adieu à son ami :

– Prends soin de toi, David.

– Merci. Je vais essayer.

Ils se sourirent – enfin.

L'équipe chirurgicale monta dans une Jeep qui prit le chemin de la ville.

À l'hôpital, c'était l'affluence des grands jours, des familles entières, affligées, en pleurs, criaient leur peine.

Les trois médecins grimpèrent vers le service de chirurgie, où l'effervescence semblait à son comble.

– Ah, Dieu merci, vous voilà ! s'exclama Mouktar. Une bombe a explosé devant les entrepôts alimentaires au moment de l'ouverture des bureaux. Le patron a été salement touché.

– Le patron des entrepôts ?

– Oui. Kamel Marouane. Il est en salle.

Les trois hommes se changèrent en vitesse et entrèrent dans le bloc. Sur la table d'opération, un gros homme s'agitait, maintenu par les infirmières qui l'avaient déshabillé. L'une d'elles lui appuyait sur le flanc une poignée de compresses déjà rougies. Florent les écarta et du sang coula d'une vilaine plaie ouvrant la région rénale droite. Le ventre était tendu.

– Zéro, soupira Menanteau qui martyrisait la poire de son tensiomètre. Ni pouls, ni tension.

Sans un mot, Gaignault prélevait, sur l'autre bras, de quoi déterminer le groupe sanguin.

– Sa famille est en bas, prévint Mouktar. Je les ai avertis que nous aurions besoin de sang. Ils sont tous volontaires.

– On peut démarrer ? s'enquit Florent auprès de Menanteau.

117

— Je ne sais pas s'il résistera à l'anesthésie, mais une chose est sûre : s'il continue à saigner, il ne tiendra pas le coup. Vas-y, on verra bien.

— Il est A négatif, cria Gaignault. Dans dix minutes vous aurez le premier flacon.

Florent fit signe à Mouktar :

— On passe par une grande médiane.

L'infirmier acquiesça d'un signe de tête et se tourna vers son personnel :

— Deux filles pour aider le toubib.

L'équipe opératoire se retrouva devant le lavabo stérile. Pendant ce temps, Menanteau poussait sa seringue et, d'un geste précis, intubait le blessé. Son appareil d'anesthésie provenait des surplus américains de la dernière guerre. Un des premiers modèles en circuit fermé, directement branché sur un obus d'oxygène. Antique, mais inusable.

Habillage, badigeonnage, pose des champs… Gaignault surgit avec un flacon de sang que Menanteau brancha aussitôt.

— Ne vous inquiétez pas, je continue les prélèvements, claironna le réanimateur en repartant.

Manifestement, il se sentait à l'aise dans l'action.

Mouktar sortit une petite manivelle chromée : un appareil de Jouvelet, destiné à l'accélération du débit sanguin dans la tubulure de transfusion.

Florent était prêt. Il leva son bistouri.

— On y va ?

— À la grâce de Dieu, répondit Menanteau. La tension est remontée à 7. Pourvu que ça dure !

La lame d'acier incisa une épaisse couche de graisse blanchâtre. Florent grimaça sous le masque :

— Il ne saigne même pas !

En quelques instants, le ventre fut ouvert, libérant un flot de caillots. L'appareil d'aspiration, un moteur poussif qui avait dû faire la guerre lui aussi, s'engorgea aussitôt. Florent renonça.

– Donnez-moi des champs, ça ira plus vite.

Épongeant l'hémorragie avec des linges absorbants, enfonçant sa main dans les profondeurs abdominales, il parvint à évaluer une partie des dégâts.

– Son rein est éclaté. Je pense que c'est le pédicule qui saigne. Donnez-moi un clamp.

À l'aveugle, il descendit les mors de la grande pince et on entendit le cliquetis de la crémaillère qui fermait l'instrument salvateur. Tous les regards convergeaient vers l'opérateur, immobile et attentif.

– J'ai l'impression que c'est bon.

– L'aspirateur est nettoyé, annonça l'instrumentiste, une jeune Mauresque aux grands yeux noirs soulignés de khôl.

Florent entreprit à nouveau d'aspirer le sang épanché. Le bruit de succion prouva l'efficacité de la machine.

– Écarteur !

Une lame d'acier confiée à l'aide opératoire vint améliorer la vue sur les organes en profondeur.

– Oh ! la ! la !

Florent allait de découverte en découverte :

– Plaie du foie, plaies multiples du grêle, section presque complète du colon transverse... Je me demande si le diaphragme n'a pas morflé aussi. On verra tout à l'heure. Je vais d'abord enlever le rein... ou ce qu'il en reste. Après, on tassera un champ dans la fosse lombaire et on reprendra l'hémostase du pédicule en dernier.

Florent ne se sentait pas dépaysé devant ce désastre viscéral. Il avait eu maintes fois déjà, à Beaujon, l'occasion

119

de participer à de telles entreprises. Il savait à quel point il importait, le saignement principal interrompu, de procéder avec méthode, en donnant à chaque geste sa pleine efficacité, en réparant les organes un à un, et en allant du plus simple au plus compliqué. Sans fioritures.

L'éclat métallique responsable des dégâts fut facilement retrouvé, fiché dans la face profonde des muscles abdominaux.

Pendant cette réparation minutieuse, Menanteau et Gaignault s'affairaient pour maintenir une pression sanguine suffisante. Le résultat final dépendrait du délai pendant lequel le blessé était resté exsangue, c'est-à-dire avec une circulation cérébrale insuffisante. Peut-être le processus de mort était-il déjà en route.

L'intervention dura sept heures. La robustesse de l'intéressé plaidait en sa faveur. On allait lui donner un maximum de chances.

Une fois la paroi refermée, le pansement terminé, alors que les opérateurs se laissaient tomber devant une collation, le blessé fut transporté dans une chambre particulière. Il respirait spontanément, sa tension se stabilisait autour de 10, et ses conjonctives avaient repris une couleur rassurante.

– À mon avis, il va s'en tirer, conclut Gaignault toujours optimiste, en mordant dans une cuisse de poulet. Je lui ai passé six flacons de 500 cc, et j'en ai encore trois au frigo. S'il en faut d'autres, pas de problème. Il y a cinquante mecs dans la cour qui attendent. Je crois qu'ils vont camper là !

– Qui c'est, ce bonhomme ? s'informa Florent.

Mouktar secoua la tête.

– Un gros commerçant. Il a des magasins de produits alimentaires un peu partout dans le pays.

– Pourquoi lui a-t-on collé une bombe dans son entrepôt ?

Mouktar haussa les épaules.

– Qui sait pourquoi on meurt et pourquoi on vit…

Florent ne se satisfit pas de cette réponse elliptique :

– Allez, Mouktar, dis-moi. Ce sont les fells qui l'ont plombé ?

L'infirmier se détourna :

– Tu lui demanderas, mon lieutenant. Comment veux-tu que je sache ?

Menanteau tapota le genou de Florent :

– Dépêche-toi de bouffer. Il y a encore du boulot pour des heures, et perds pas ta salive à poser des questions idiotes.

– Quelles questions idiotes ?

– Réfléchis un peu. (L'anesthésiste baissa la voix.) Un commerçant riche. Qui peut l'avoir flingué ? Pas nous, alors, tu devines pas ? Il a dû refuser de payer sa cotisation au FLN. Voilà. Peut-être même qu'il a dénoncé ceux qui le rackettent. Va savoir. Dans ce cas, il est fichu. S'il s'en tire ce coup-ci, ils lui feront la peau une autre fois.

Florent ne répondit pas. Il se disait que ce Kamel Marouane était peut-être tout simplement un ami de la France.

Mouktar faisait déjà installer le blessé suivant. Une jambe qui ne méritait qu'une amputation.

Ensuite, il y aurait encore d'autres plaies, moins graves mais qui demanderaient des heures et des heures de travail. Ils ne rentreraient pas se coucher.

Après la bombe, il n'y eut plus un instant de paix. Chaque soir, on entendait des rafales d'armes automatiques. Les hommes placés en sentinelles devenaient nerveux. Une nuit, Florent eut l'impression qu'on tirait à l'intérieur même du camp. Il se leva et enfila ses vêtements, prêt à intervenir. Mais plus rien ne bougeait. Il retourna s'allonger sans se déshabiller – au cas où… Le matin, on lui donna l'explication au mess. Un âne évadé d'un enclos, fâcheusement égaré près des barbelés, n'avait pas répondu aux sommations d'usage. Il était mort.

Désormais, Florent ferait dormir le Loup dans sa chambre.

À l'hôpital, Kamel Marouane se remettait doucement. Il avait repris conscience et prétendait ne se souvenir de rien. Il s'était borné à serrer très fort les mains de Florent et de Menanteau. Son épouse, une grosse dame enveloppée comme un paquet-cadeau, ne dévoilait son visage que dans la chambre. Elle offrit à chacun des trois médecins un lourd bracelet d'argent ciselé.

– Pour ta femme, murmura-t-elle à Florent.

– Je ne suis pas marié.

Elle sourit de toutes ses gencives jaunes de souek (une sorte de bétel censé blanchir les dents) :

– Mignon comme tu es, il ne te faudra pas longtemps pour en trouver une ! Tu lui donneras, en souvenir de Kamel.

La joie de cette femme faisait plaisir. Chaque jour elle venait voir son mari et bavardait avec les infirmières, les aidant à s'occuper des enfants ou à retaper les lits. Avec Florent elle jouait les interprètes, lui apprenant comment poser, en arabe, les principales questions de l'interrogatoire médical : Où as-tu mal ? Ne bouge pas ! N'aie pas peur ! Respire bien… Florent était bon élève. Elle en était fière.

Son bonheur fut de courte durée. Au petit matin du sixième jour, on découvrit son mari égorgé, baignant dans une mare de sang. Personne n'avait rien vu, rien entendu.

Le commerçant fut porté au cimetière dans un grand concours de hurlements, suivi par une foule nombreuse où figuraient toutes les personnalités de la ville. Civiles et militaires.

Florent, comme à son habitude, posa la question idiote :

– Si cet homme tant aimé était menacé, pourquoi n'avoir pas fait surveiller sa chambre ?

Personne ne répondit.

Et les attentats continuèrent.

Il en fut ainsi pendant des jours et des jours.

L'équipe chirurgicale n'arrêtait pas. Les soldats blessés arrivaient le soir à l'infirmerie, Florent les opérait pendant la nuit. Dans la journée, il continuait à l'hôpital civil. Il avait perdu le décompte de ses interventions et le sens du temps. Opérer, rédiger des protocoles, dormir quelques heures et recommencer… Il faisait la guerre, comme les autres, mais sans entendre le bruit des armes. Sauf quand les sentinelles tuaient un âne. Ou un chien.

Florent ne vit même pas que le printemps avait pointé son nez, taché de vert tendre. Une après-midi, il oublia sa veste matelassée et ne sentit pas le froid. Une autre fois, il mangea son sandwich dehors, assis par terre, adossé à un arbre, clignant des yeux dans le soleil, le chien couché à son côté.

Ses relations avec David s'étaient normalisées. Mais ils ne parlaient plus que de travail. Ils échangeaient des phrases incompréhensibles pour les non-initiés : « Comment va le thorax que tu as opéré l'autre jour ? Très bien. Il m'a envoyé une carte postale de Maillot. Il sera rapatrié en France la semaine prochaine. Je suis bien content pour lui. Il l'a échappé belle ! Une balle en pleine poitrine et s'en tirer ! Quel pot ! Et la réforme au bout du compte ! La quille, bordel ! »

La situation se calma quand les paras, début avril, réussirent enfin à s'emparer du chef de bande. Une rafle de grande envergure, quelques interrogatoires musclés, un jeune qui se met à table... et un bouclage rondement mené. Le tableau de chasse avait été publié dans les journaux et une pelletée d'officiers furent cités à l'ordre du régiment. David en était. La croix de la Valeur militaire lui avait été épinglée sur la poitrine, en même temps qu'à une douzaine d'appelés, par le général Salan en personne, le commandant en chef, venu présider la cérémonie.

Ce jour-là, Florent reçut son galon de sous-lieutenant. Ça ne changeait pas grand-chose à son statut, mais sa solde symbolique d'aspirant serait remplacée par une mensualité conséquente. Il était temps. Les économies réalisées pendant ses six mois d'internat touchaient à leur fin.

Félicité par les copains, il offrit une tournée générale au mess, et chacun des lauréats du jour l'imita. C'est peu de dire que le nouveau promu ne marchait pas droit en rentrant se coucher. Il sombra dans un sommeil où Myriam vint le narguer.

Il se réveilla avec un terrible mal de crâne et l'impression d'avoir passé la nuit à courser la jeune femme qui lui échappait sans cesse. Dans le regard du chien assis au pied de son lit, il crut lire une nuance de reproche. Il se précipita sous la douche.

Myriam ! Que devenait-elle ?

Florent lui avait écrit à plusieurs reprises… sans recevoir de réponse. Une fois de plus, elle avait choisi de s'enfermer dans le silence. La reverrait-il un jour ?

Ô surprise ! David lui proposa de passer un dimanche à Mirallah. Il hésita. Devait-il accepter, risquer encore un incident ? Ce fut plus fort que lui. La perspective de revoir Myriam l'aurait fait courir au bout du monde.

Faux espoir ! Elle ne participait pas à la fête. Il n'y avait que Lydie, la jeune cousine institutrice, qui se comporta en servante dévouée avec son chirurgien guerrier. Elle ne s'écartait que pour chercher de quoi le nourrir, comme s'il s'était agi d'un convalescent. David, de loin, les regardait en souriant. On aurait dit qu'il acceptait cette relation-là. Que David l'accepte ou non, d'ailleurs, Florent s'en moquait. Il se sentait bien. La convivialité de cette famille lui réchauffait le cœur. Le père de David vint s'asseoir près de lui.

– Dure période, n'est-ce pas ! lança-t-il.

– Moins pour moi que pour David.

– Pour tous les deux. Saloperie de guerre.

– Comment pensez-vous que ça va finir ?

Le pied-noir fixa Florent en haussant les sourcils. Comme s'il ne s'était jamais posé la question.

– Que voulez-vous dire ?

Florent hésita.

– Vous pensez que l'armée est capable de…

– Bien sûr.

Difficile de mener une conversation avec un homme qui ne prononçait jamais plus de trois mots de suite. Florent s'obstina :

– Vous ne croyez pas à l'indépendance de l'Algérie ?

Sami le regarda comme s'il venait de prononcer une incongruité.

– L'indépendance ?

Il leva la main et montra les trois Arabes qui bavardaient accroupis contre le mur de la maison :

– Eux, indépendants ? (Il soupira.) Que deviendraient-ils ?

Florent eut l'impression d'entendre son père parler de lui. Que deviendrait-il, son pauvre fils, sans sa protection, sans son autorité, sans sa puissance ? Pas de discussion possible. Pas plus avec Sami qu'avec Maxime. Est-ce qu'on discute l'évidence ?

Ils restèrent silencieux. Lydie les rejoignit avec des gâteries : fondant au chocolat arrosé de crème anglaise. Le dessert préféré de Florent, la spécialité de sa mère.

– C'est bon, décréta-t-il en adoptant le laconisme ambiant.

– C'est bon, répéta le vieil homme.

Après le déjeuner, Lydie entraîna Florent dans une longue promenade. Elle qui riait si volontiers devint sérieuse pour évoquer son écrivain préféré, Albert Camus, récent prix Nobel de littérature. Elle se révéla intarissable sur l'œuvre de ce pied-noir qui avait tout compris. Elle citait par cœur des passages entiers de *La Peste* et de *L'homme révolté*.

Tout ça sans pédanterie, avec ce naturel qui semblait reflèter sa nature profonde.

« Cette fille, pensa Florent, possède un étonnant mélange de gaieté juvénile et de maturité sereine. Quelle personnalité déjà ! Au fond, c'est une femme comme elle que je devrais épouser. »

Le lendemain, Florent se sentit mal. Douleurs abdominales, vomissements, fièvre.

– Ces pieds-noirs, ils t'ont empoisonné, plaisanta Gaignault en lui palpant le ventre.

– Mais non, protesta le malade, tout était délicieux. J'ai peut-être abusé du rosé !

– Eh bien voilà l'explication, s'écria Menanteau : cuite, plus indigestion, la totale. Aujourd'hui, tu te mets au régime bouillon de légumes.

Incroyable légèreté des médecins quand il s'agit de se soigner entre eux ! Florent ne supporta même pas le bouillon, et le lendemain matin sa température était montée.

– Dis donc, se plaignit-il au réanimateur, tu n'a pas l'impression que j'ai le ventre dur du côté droit ?

– Ne me dis pas que tu nous fais une crise d'appendicite ! Merde ! Tu n'as pas le droit. Pas toi ! Pas ici !

David vint aux nouvelles.

Ils furent bientôt une demi-douzaine autour de lui, à le palper sans conclure. Aucun ne proposa de lui faire un toucher rectal.

En fin d'après-midi, devant la mine livide de Florent, Menanteau paniqua. Il demanda à voir d'urgence le colonel commandant le camp et lui expliqua la situation. L'officier avait l'habitude d'évaluer les conséquences de ses actes.

– Si c'est une appendicite, ça va mal tourner, non ?

– Probablement.

– Reçu 5 sur 5. Je préviens Alger. Evasane demain à l'aube. L'hélico nous amènera un remplaçant.

David, pragmatique, proposa qu'en attendant on lui injecte des antibiotiques.

Le lendemain, aux premières heures du jour, une Alouette de l'armée de terre déposait au camp de Sidi-Afna le médecin-capitaine Ardouin, venu remplacer le médecin-sous-lieutenant Schœnau, évacué sanitaire.

– J'ai fourré dans ton sac tout ce que j'ai pu, cria Gaignault à l'oreille de Florent au moment de l'embarquement dans l'hélico dont le moteur tournait toujours. J'ai laissé tes *Quénu*, mais t'en auras pas besoin, j'espère. Ça te forcera à revenir.

– Tu l'as, ta balade en ventilo, de quoi te plains-tu ? ajouta David. S'ils veulent te faire sauter en parachute, tu refuses. Dis-leur que tu n'as pas encore ton brevet.

– Ta gueule, conclut Florent dans un souffle tandis que l'officier fermait la porte et que le rotor accélérait.

Le chien jaune resta le dernier à regarder s'éloigner dans le ciel l'engin qui emportait son ami.

VII

Florent se réveilla dans une chambre qu'il ne reconnut pas. Sommaire, pour ne pas dire monacale, mais propre et rayonnante de soleil. Incapable de se souvenir de ce qui s'était passé, il baignait dans une douce euphorie.

Ses idées se clarifièrent peu à peu. Le camp de Sidi-Afna, les douleurs abdominales, l'hélicoptère, le commandant Harzon, les voix des copains, l'anesthésiste.

En passant la main sous le drap, il sentit le pansement qui couvrait la moitié droite de son ventre. Il avait donc bien été opéré d'une appendicite aiguë. Lui qui rêvait de revenir à Alger, c'était réussi !

Des pas dans le couloir. La porte qui s'ouvre : Harzon.

– Alors, mon petit Schœnau, on s'offre des vacances ! Si vous vouliez vous reposer chez nous, il fallait me le dire. Pas la peine de vous payer une gangrène appendiculaire !

– Une gangrène ?

– Eh oui. Il était temps ! Mais rassurez-vous. Rien dans le péritoine. Même pas besoin de drainage. Ce soir, on vous met debout, et dans une semaine vous partez en perm. Ce programme vous convient-il ?

– Oui, monsieur. Je vous remercie.

– Ne me remerciez pas, j'ai fait comme pour moi.

Il sortit, menton levé, torse bombé, avec cette autorité teintée d'humour dont ses collègues se moquaient, jaloux.

Florent se palpa l'abdomen à nouveau et comprit que son bonheur n'allait pas durer. Cette euphorie passagère devait correspondre à l'action des analgésiques.

Quelqu'un frappa et entra :

– Bonjour, mon lieutenant.

– Ah ! sergent Vauthier ! Tu es toujours là ?

– Ils ne peuvent plus se passer de moi, mon lieutenant. Et vous ? *Lè Bès ?*

– *Chouïa.*

Infirmier diplômé d'État dans le civil, sorti dans les premiers du peloton des sous-officiers de réserve, Laurent Vauthier avait pu choisir l'hôpital Maillot. Assez beau gosse, charmeur impénitent, il menait une vie un peu fatigante avec les demoiselles de l'administration qu'il draguait une à une. Florent l'avait découvert lors de son premier mois au B2, et une sympathie réciproque avait immédiatement uni les deux Parisiens.

– Dis-moi, Vauthier, sais-tu où sont rangés mes effets personnels ?

– Dans le placard, mon lieutenant.

– Tu peux essayer de trouver mon portefeuille ?

Deux minutes plus tard, Florent chargeait l'infirmier d'appeler un numéro de téléphone à Alger.

– Tu te borneras à prévenir que le sous-lieutenant Schœnau est hospitalisé dans la chambre 2-27. C'est tout.

Vauthier opina, l'air complice : il avait compris.

N'étaient quelques tiraillements abdominaux, Florent se sentait le plus heureux des hommes.

Sur ce, il se rendit compte qu'il n'avait pas pensé à faire prévenir ses parents. Il se chercha des excuses. Sa mère, mieux valait ne pas l'inquiéter. Dans sa dernière lettre, elle lui annonçait qu'elle avait fait la connaissance, à la Croix-Rouge de Saint-Raphaël où elle jouait les bénévoles, d'un « monsieur » très comme il faut, ancien retraité de l'Éducation nationale, qui l'avait invitée à son club de bridge. Suite au prochain numéro. Ne pas troubler la romance. La pauvre avait bien besoin d'un peu de bonheur après son divorce.

Florent se demandait également s'il devait prévenir son père. Les deux hommes ne se confiaient pas volontiers leurs soucis personnels. Florent se souvint de l'année où, jeune pensionnaire au lycée, il s'était écrasé le doigt dans une porte. Un chirurgien lui avait posé trois points de suture. Quand il avait appelé son père pour le prévenir, sa réaction l'avait dissuadé de se plaindre pour le restant de ses jours :

— Qu'est-ce que je peux faire pour toi ? Je ne suis pas infirmière. Je ne vais pas te changer tes pansements.

Florent s'était rebiffé.

— Enfin, papa, je t'appelle pour t'annoncer que je me suis fait opérer. C'est tout. Pas pour te demander quoi que ce soit.

Maxime, irrité par le ton de son fils, l'avait pris de haut :

— Eh bien, quand tu auras besoin de quelque chose, tu me rappelleras. À bientôt.

Et il avait raccroché.

Florent souriait au souvenir de cette conversation surréaliste. Mais, à l'époque, il avait pleuré. Alors, à quoi bon lui raconter ses malheurs aujourd'hui ? La réponse était courue d'avance :

« Si tu étais à Paris, mon pauvre fils, tu serais opéré dans la meilleure clinique, par le meilleur patron. Tu as préféré jouer les guerriers. À toi d'en supporter les conséquences. »

Restait Elvire. Beauté glacée, intelligence d'acier mise au service de son seigneur et maître. Florent lui pardonnait tout, puisqu'elle rendait heureux l'homme qu'il vénérait. Elle seule était capable d'apaiser ses colères et de lui faire entendre raison quand il avait tort, elle maniait en virtuose l'art de la diplomatie.

C'était décidé, il lui écrirait. Demain.

Depuis qu'il était à l'armée, loin de sa famille, Florent avait, pour la première fois de sa vie, le temps de réfléchir à autre chose qu'à sa carrière, ses examens ou ses opérations du lendemain. Il goûtait la joie nouvelle de flâner. Le culte du travail, que le grand Maxime imposait à son entourage, n'avait pas cours sous les drapeaux. A fortiori à l'hôpital. Ne rien faire. Ne rien avoir à faire. Quelle sensation grisante ! Le vide. Le vide morphinique. Il se rendormit.

Quand il se réveilla, le jour avait baissé. On frappa à sa porte.

— Entrez !

Son cœur faillit s'arrêter de battre.

Myriam apparut plus belle que jamais. Pas maquillée, ses boucles brunes lissées en arrière comme celles d'un garçon, un blouson de cuir sur un simple tee-shirt, elle était à couper le souffle.

— Alors, mon chéri, que t'arrive-t-il ?

Et cette voix, reconnaissable entre toutes, sensuelle, troublante, pleine de promesses.

— Je voulais te revoir, articula-t-il avec peine.

– Pauvre chou. Tu as l'âme d'un martyr. Se faire ouvrir le ventre par amour, comme c'est romantique ! (Elle inclina la tête pour le regarder de biais.) Parce que c'est bien de l'amour, n'est-ce pas ?

– Y aurait-il une autre explication ?

Elle s'approcha pour lui arranger ses oreillers et lui posa un rapide baiser sur les lèvres.

– Pardonne-moi, je vais te paraître cruelle, mais puisque tes souffrances nous réunissent, je ne parviens pas à te plaindre.

Il essaya de rire, mais la douleur lui tordit le visage et il crispa ses mains sur son ventre.

– Ah non, gémit-il. Le règlement chirurgical interdit de rire.

Elle approcha une chaise de son lit et lui caressa la joue, très lentement.

– Promis, j'y veillerai. Veux-tu que je te parle de la situation de notre pauvre pays ? Où en es-tu resté ?

– Nulle part. À Sidi-Afna, on ne recevait pas les journaux de la métropole, et j'avoue que la lecture quotidienne de *L'Écho d'Alger* m'a toujours paru particulièrement déprimante.

– Normal. Tu aurais besoin d'être initié. Veux-tu que je te fasse un résumé des chapitres précédents ?

– Oui, mais court.

– Tu te souviens de Félix Gaillard ?

– Le président du Conseil qui avait accepté les bons offices des Américains, non ?

– Exactement. En réalité, Eisenhower espérait bien virer les Français d'Algérie au profit des grandes compagnies pétrolières américaines, qui auraient su, mieux que nous, exploiter les richesses du Sahara. Le salaud, tu te rends compte !

– Je n'avais pas compris ça.

– Je n'en suis pas étonnée, mais, rassure-toi, tu n'es pas le seul. Bon ! Le cabinet Félix Gaillard est tombé le 15 avril.

– Qui l'a fait tomber ?

– Soustelle, évidemment.

– Qui ça ?

– Tu es vraiment nul, Florent ! Jacques Soustelle, le seul homme politique qui ait tout compris au problème algérien, était notre gouverneur général avant ce con de Lacoste.

Florent commençait à s'intéresser à cette histoire. Pour la première fois, il avait en face de lui quelqu'un qui connaissait vraiment la question. Quelqu'un qu'on ne pouvait certes pas taxer d'impartialité, mais comme disait Sacha Guitry : « Si vous n'avez pas d'idée partiale sur ce sujet, vous n'avez qu'à vous taire. »

– Bon. Exit Gaillard. Qui le remplace ?

– Justement ! Personne.

– Comment, personne ? Il n'y a plus de président du Conseil à Paris ?

– Il n'y a même plus de gouvernement ! La France est un navire lancé dans la tempête sans personne à la barre.

– Lacoste est toujours gouverneur général ?

– Mais non ! Tu oublies qu'il a été nommé « ministre-résident », titre ô combien plus ronflant. Seulement, un ministre appartient à un gouvernement. Sans gouvernement, plus de ministre !

– Alors, qui commande en Algérie ?

– Personne.

– L'armée n'a pas pris le pouvoir ?

– Non. Du moins pas encore. L'armée se tait, mais n'en pense pas moins. Tu sais, il ne faut pas oublier que, sur le terrain, la guerre est pratiquement gagnée. Les barrages électrifiés qui nous coupent de la Tunisie et du Maroc sont d'une redoutable efficacité. Si des bandes isolées parviennent encore à passer, elles sont anéanties dans le bled par les commandos de chasse. Non. Le problème aujourd'hui n'est plus militaire, il est politique. Une seule question se pose : comment vont se comporter ces messieurs de Paris ?

– En profiter pour faire évoluer le pays ?

Cette suggestion, Florent l'avait émise d'une toute petite voix, comme un enfant répondant à l'école sans être sûr de lui. Qu'avait-il dit là ?

Le regard de Myriam vira au gris acier.

– Qu'est-ce que ça veut dire « évoluer » ?

Florent ferma les yeux, incapable d'exprimer ce qu'il ressentait. Comme son manque de culture politique lui pesait ! Pourquoi son père ne lui avait-il jamais expliqué le problème algérien ? D'accord ou pas d'accord avec lui, au moins aurait-il pu assimiler des éléments dialectiques. Là, il se sentait idiot face à cette fille pleine de conviction qui ressentait dans sa chair le drame de son pays.

– Écoute, articula-t-il bravement, les yeux toujours fermés. Chaque pays qui a réclamé l'indépendance a fini par l'obtenir.

La réponse claqua comme un coup de fouet :

– L'Algérie n'est pas un « pays ». L'Algérie, c'est la France, au même titre que la Bretagne, l'Alsace ou la Corse. Dans ces provinces, il y a toujours eu des indépendantistes, mais aucun d'eux n'a jamais pensé obtenir l'indépendance, et aucun gouvernement n'y a songé non plus.

Florent posa la main sur celle de Myriam. Il changea de ton et se fit penaud :

– Calme-toi. Je parle comme quelqu'un qui n'y connaît rien, je l'avoue. Mais je suis sûr qu'avec toi je vais comprendre.

L'agressivité de la jeune femme tomba d'un coup. Vaincue par ce grand garçon blond au regard candide, elle s'attendrit.

– Jamais je ne me serais crue capable de tomber amoureuse d'un sale *francaoui* inculte. Pour ce soir, on va en rester là parce que tu es fatigué, mais ne t'inquiète pas, je vais prendre ton éducation en main, mon poussin, et tu ne le regretteras pas !

Après ces paroles à double sens, elle posa ses lèvres sur le front du malade en murmurant un « À demain ! » d'excellent augure.

Au moment de refermer la porte, elle se ravisa :

– Non, pas demain, excuse-moi. Je participe à la grande manifestation des anciens combattants. Après-demain. Je te raconterai. Tu comprendras des choses !

Le soir même, lors de sa contre-visite, Harzon palpa le ventre de son opéré et afficha un sourire satisfait.

– Tout va bien, n'est-ce pas ?

– C'est vrai. J'ai encore un peu mal, mais c'est supportable. Avec un petit calmant, je dormirai comme un loir.

– Vous l'aurez.

– Merci, monsieur.

Florent ne s'adressait plus à Harzon qu'en usant du « Monsieur ». Oubliés, les grades militaires. De même l'officier, parlant de Florent, dirait désormais « mon interne Schœnau ».

Plus tard, Vauthier vint aider le malade à se lever. Épreuve plus difficile que prévu. Ils firent quelques pas. Revenu en position horizontale, Florent se sentit mieux.

– Dis-moi, Vauthier, comment ça se passe, en ville ?

– La vie est belle, mon lieutenant.

– Explique !

Il lui raconta la rue, où les militaires paradaient. Surtout les paras, avec leur tenue bariolée, moulante à souhait, comme collée à même leur musculature de héros. Chaque régiment avait sa base arrière à Alger, et, en période de repos, ils se baladaient le soir, en roulant des mécaniques et en racontant leurs exploits à des auditoires fascinés.

– J'ai une copine au GG, continua le sous-officier. Elle m'a raconté que Bébé-Lune a les foies.

– Bébé-Lune ?

– Lacoste. Vous ne le connaissez pas ?

– Le gouverneur ? Je l'ai vu dans les journaux.

– Pas gouverneur, ministre ! Il est court sur pattes, avec un visage tout rond, d'où son surnom.

– De qui a-t-il peur ?

– De tout le monde. Il sent bien que le Mandarin – je veux dire notre général Salan – prendrait volontiers sa place. Au fond, ici, la guerre est gagnée à 95 %. C'est les 5 % restants qui foutent la merde. Si les politiques se mettent à négocier avec la rébellion, ce sera le bordel complet. Il faut d'abord éradiquer les 5 %.

– Et toi ? Tu en penses quoi ?

– Je pense que laisser les paras prendre le pouvoir, ce serait bien. Personne d'autre n'est capable d'imposer des réformes en Algérie. Le droit de vote aux melons, tout ça, les pieds-noirs ne l'accorderont jamais. Ils ont trop peur d'être foutus dehors.

– Et l'armée, elle le leur donnera, ce droit de vote ?

– Obligé ! Les militaires, ils ne veulent pas que l'Algérie finisse comme l'Indochine. Ils en ont marre de prendre des coups de pied au cul. Ici, ils n'ont pas un milliard de Chinois en face d'eux. Bourguiba et Mohamed V sont des fantoches. Si on leur claque le museau, ils se tairont et on sera tranquilles. Restera à réorganiser le pays en lâchant la bride aux bougnoules ET en protégeant les pieds-noirs. Seule l'armée en aura la possibilité. Devant les paras, les Algérois, ils se la boucleront. Seulement…

Il hésitait. Florent le poussa :

– Seulement ?

– Seulement, les militaires, il ne faut jamais leur laisser trop longtemps les rênes du pouvoir, parce que, après, ils ne veulent plus les rendre.

– Alors ? D'après toi, quelle est la solution ?

– Aucune idée, mon lieutenant. Mais je me dis que si déjà on avait la paix quelques années, ce serait tout bénéf.

Le lendemain, Florent se leva plus facilement. Son ventre commençait à gargouiller. Bon signe ! Vauthier lui apporta une tasse de thé. Sans sucre.

– Avec ça, je ne risque pas l'indigestion.

– Demain, il y aura, en plus, deux biscottes.

– Deux biscottes ? Je rêve. L'obésité me guette. Dis-moi, Vauthier, tu peux me rendre un service ?

– Retéléphoner à la dame ?

Florent sourit.

– Mais non ! Me rapporter des journaux. Ceux d'ici et ceux de Paris.

– C'est comme si c'était fait.

L'Écho d'Alger du 26 avril 1958 rapportait, en première page, le texte d'un certain « Comité de vigilance » :

Pour maintenir l'Algérie française, pour empê-
cher toute ingérence étrangère, pour restaurer la
grandeur de la France, nous exigeons un gouverne-
ment de salut public, seul capable de faire respecter
ses buts, et réformer les systèmes. Tous à 16 heures
au monument aux morts où une gerbe sera déposée.
À 16 h 30, la manifestation se dispersera dans
l'ordre et le silence.

« La voilà donc, cette manifestation que Myriam ne veut pas manquer », constata Florent.

Une photo montrait le plateau des Glières où trônait le fameux monument de pierres blanches orné de chevaux et de soldats. Un chroniqueur racontait que cette sculpture allégorique avait vu se dérouler la majorité des événements importants de la vie algéroise. Que se passerait-il cette fois, dans ce décor paisible de jardins et de bosquets, animé par le vol des pigeons ?

Dans la presse nationale, rien sur Alger. Les anciens combattants en effervescence n'intéressaient personne. En revanche, les éternelles discussions parisiennes à propos de De Gaulle occupaient la première page. Reviendra, reviendra pas ? Le Général, qui recevait ses fidèles de toujours, chaque mercredi, rue de Solferino, se taisait. Pourtant, l'homme du 18 juin 1940 ne pouvait pas rester insensible à l'image désastreuse que donnait son pays, incapable de se doter d'un gouvernement.

Florent s'est levé. Il marche, un peu courbé, mais sent ses forces lui revenir. Ce matin, il n'a pas voulu de calmant. La douleur abdominale est présente, sourde, mais supportable. Désormais, il pourra dire à ses patients : « Je sais ce que c'est. »

Par la fenêtre, il constate que rien n'a modifié le rythme de l'hôpital. Dans les allées bien entretenues par les jardiniers « convalescents », au milieu des massifs de lauriers-roses dont les fleurs vont bientôt éclore, déambulent des malades insouciants. Des bidasses se pressent d'un bâtiment à l'autre, respectant la loi militaire : ne jamais avoir l'air désœuvré même si on n'a rien à faire ; se déplacer toujours à pas vifs même si on se promène ; garder les sourcils froncés et le visage préoccupé quand on croise un gradé… Règles d'or pour qui veut échapper aux corvées.

Sortant du B1, deux légionnaires en képi blanc font la course sur leurs fauteuils roulants. Ils rient aux éclats et s'injurient en allemand.

La journée sera longue puisque Myriam ne viendra pas.

Florent a essayé de lire la presse. Sans succès. Est-ce la fatigue, la méconnaissance des problèmes ou le désintérêt ? Il ne parvient pas à fixer son esprit sur cette manifestation dont il n'a pas saisi les motifs. Une conversation entendue à la consultation de Sidi-Afna lui revient en mémoire. À quelques instants d'intervalle, dans la bouche du même appelé, deux phrases contradictoires s'étaient succédé : « Ces cons de pieds-noirs, ils peuvent crever. » Puis : « On n'est tout de même pas venus se faire tuer pour rien. »

Les pieds-noirs rencontrés jusqu'alors lui paraissaient sérieux, travailleurs, accueillants, et jamais il n'en avait vu aucun se comporter mal avec les Arabes. Les deux communautés vivaient juxtaposées, adaptées l'une à l'autre, en bonne intelligence. Il se rappelait encore ce long moment passé avec David dans le bistrot de Bab el-Oued où

Européens et indigènes se ressemblaient tant qu'on ne parvenait pas à les distinguer dans cette salle enfumée où se parlait une langue qu'ils avaient forgée ensemble.

Florent se demandait si les extrémistes des deux bords n'étaient pas les vrais responsables de cette guerre désastreuse. Un épisode aussi répugnant que celui des crânes fendus engendrait forcément une haine irréversible ! Et la généralisation de la torture pratiquée après le nettoyage de la Casbah d'Alger était aussi inadmissible. À qui la faute ? Aux paras ? Aux rebelles ? Fallait-il accepter les horreurs de la guerre parce qu'elles appartiennent à toutes les guerres ? Quelle guerre se livrait ici ?

« Ici, s'était exclamé un général matador devant de jeunes recrues, deux mondes s'affrontent. D'un côté, il y a ceux qui ont trop à manger. De l'autre, ceux qui crèvent de faim. Nous sommes à la frontière pour livrer un combat d'arrière-garde. Mais ils avancent. Méfiez-vous ! Ne vous laissez pas surprendre, sinon ils vous couperont les couilles et vous les feront bouffer. »

Le lendemain, comme promis, Myriam se précipita pour lui faire le compte rendu de la journée des anciens combattants. Lyrique, elle raconta : trente mille personnes, plusieurs cortèges, les drapeaux, les médailles. Certains hommes en béret, d'autres en turban, la main dans la main. Des banderoles : *Faute de gouvernement, l'armée au pouvoir !* ou *Contre le régime, l'armée au pouvoir !* Des clameurs, des bras levés, un enthousiasme patriotique jamais vu encore…

– Et pas d'incidents ? s'étonna Florent.

– Aucun. La foule s'est dispersée dans le calme. Européens et musulmans en parfait accord. Quelle leçon pour les fellagha qui prétendent que tous aspirent à la liberté, et pour les communistes qui veulent leur livrer notre pays. Un pays heureux qui ne demande qu'à vivre en paix.

Ils restèrent un long moment chacun plongé dans ses pensées. Puis Myriam prit un air préoccupé pour changer de sujet :

– Quand vas-tu pouvoir sortir d'ici ?

– Dans trois ou quatre jours, je pense.

– Où iras-tu ?

– Normalement, je devrais obtenir une permission pour passer ma convalo à Paris.

– Ça veut dire quoi « normalement » ?

– Ça veut dire que, si je n'étais pas amoureux, je partirais.

– Et tu es amoureux ?

– Oui. Pas toi ?

Elle eut cette moue de biais qui la rendait mutine et se pencha vers lui pour murmurer, tout près de son oreille :

– Moi, je suis amoureuse d'un homme que j'aimerais enfermer chez moi pour ne plus jamais le laisser sortir.

– Si tu cherches un volontaire pour jouer ce rôle, ne te fais plus de mouron, tu l'as trouvé !

Cette fois, leur baiser résuma toute la conversation. La convalescence de Florent pouvait commencer.

Il avait eu raison de ne pas annoncer son arrivée aux Parisiens.

VIII

Une fois de plus, Florent est ébloui. La terrasse de l'appartement s'ouvre sur un décor féerique : à ses pieds, toute la ville descend en gradins vers la baie où se croisent les navires. Alger la blanche, la belle, la folle, qui pourrait imaginer que tu complotes et te prépares à la révolte ?

D'après Myriam, qui sort tous les jours et sonde les opinions, l'atmosphère est à l'insurrection depuis le 26 avril, date de la fameuse manifestation des anciens combattants.

– Ça va exploser ! prédit-elle à tout propos.

Florent reste sceptique.

– Les Méditerranéens parlent beaucoup…

– Tu vas voir !

Et si elle avait raison ?

Il se résigne à téléphoner à son père pour lui communiquer ses coordonnées. On ne sait jamais ce qui peut arriver. Il l'appelle à son bureau. Sur un ton léger, il raconte le transport à Alger pour une appendicite aiguë opérée d'urgence. Tout s'est bien terminé. Il se repose quelques jours chez des amis avant de retourner à son poste.

Puis, Florent se résigne à énoncer les formules d'usage :
— Elvire va bien ?
— Tout à fait.
— Toi aussi ?
— Merci.
Quelle chaleur !
— Tu es… chez ces gens pour combien de temps ? hasarde Maxime.
Florent trouve que son père est devenu follement mondain.
— Une dizaine de jours, je pense, le temps d'être en mesure de reprendre mes fonctions.
Va-t-il poser l'inévitable question ? Oui, il la pose :
— Tu ne viens pas à Paris ?
La réponse est prête :
— Non, pas pour le moment. Je dois rester ici pour revoir le médecin-commandant qui m'a opéré. Tout dépendra de la permission qu'il m'accordera.
Florent ajoute, sachant pourtant que cet argument ne convaincra pas son géniteur :
— On a besoin de moi ici. Dans le bled, les chirurgiens ne sont pas nombreux.
Il n'a pas prévu la suite :
— Chirurgien ! ?
Et Maxime enchaîne :
— Quand tu sauras si tu viens à Paris, avertis Elvire. Nous avons pas mal de voyages ces temps prochains. Au besoin, on te laissera les clés chez la concierge.
Si Florent avait eu un instant de remords, cette fois il se sent libéré. Merci papa !
Myriam s'étonne.
— Tu n'es pas très affectueux avec ton père, il me semble.

– Il ne l'est jamais non plus avec moi.

– Pourquoi ?

– Je ne sais pas. Ou plutôt si, je me doute. Je ne fais jamais rien comme il le souhaite. Je crois que je l'agace profondément.

Myriam éclate de rire. Pour une fille de pieds-noirs, une telle relation est impensable. Le fils, quoi qu'il fasse, quoi qu'il dise, on lui pardonne tout. Pour Florent, c'est le contraire.

– Quand j'étais enfant, il doublait les punitions que j'avais reçues à l'école.

– C'est pas possible !

– Je suppose que c'est sa façon de m'aimer. Un jour, un vieil ami de la famille m'a dit : « Ton père est très fier de ta nomination à l'internat. » Mais moi, il ne m'a jamais félicité. Cet ami m'a offert une montre en or. Mon père, rien.

– Tu es un enfant martyr.

– N'exagérons pas !

– Tu dois le détester.

– Pas du tout. Quand j'étais gosse, s'il m'arrivait de penser qu'il mourrait un jour, je fondais en larmes.

La vie chez Myriam est idyllique. La vieille Fatima adore Florent. Née à Casablanca, elle s'habille à l'européenne, et ne se « déguise en algérienne » – comme elle le dit avec une nuance de mépris – que pour quitter la maison. Elle s'entortille alors dans son haïk, un long voile blanc qui peut même lui masquer une partie du visage. Gaie, drôle, vive et dégourdie, elle remplit ses fonctions à merveille, et Myriam n'a jamais d'ordre à lui donner. Tout va de soi. Elle se dit musulmane mais n'affiche aucun signe religieux. Le jour où

Florent lui en fait la remarque, elle plante ses poings sur les hanches pour mettre les choses au point :

– Écoute, mon docteur, si je vais ou pas à la mosquée, ça te regarde pas. Nous deux avec Allah, on a passé un accord. Chacun il mène sa vie à sa façon. À la fin, on fera les comptes. Et moi, j'ai pas peur de le rencontrer.

Florent ne sort pas. Il est malade pour la première fois de sa vie et il goûte tous les plaisirs de cette situation inusitée. Seule sa mère aurait pu avoir autant de sollicitude pour lui. Chez Myriam, deux femmes se relaient à son chevet, attentives à devancer ses moindres désirs. Dès le petit déjeuner, il dévore salades d'agrumes frais et viennoiseries maison qui fondent sous la langue. Par moments, des senteurs de vanille grillée embaument l'appartement et Fatima lui apporte des petites galettes chaudes à peine sorties du four.

– Juste pour avoir ton avis, mon docteur.

Flattée par sa gourmandise, elle lui cuisine des merveilles : des tajines de toutes sortes, aux œufs, aux amandes, aux raisins, aux dattes. Mais sa spécialité, c'est la pastilla de pigeon, véritable miracle culinaire.

Ce raffinement, cette paix, ce bonheur de vivre sont en contradiction complète avec l'effervescence populaire dont Myriam se fait l'écho au retour de ses sorties en ville ou à la ferme. Les Algérois ne supportent plus la situation politique. Il leur paraît insensé qu'un pays comme la France puisse se payer le luxe de vivre sans gouvernement. Depuis la chute de Félix Gaillard, les députés rejettent systématiquement toutes les équipes qui leur sont proposées. Aucune ne parvient à réunir une majorité.

La lecture quotidienne de la presse traumatise Florent. Les journaux nationaux ne semblent nullement choqués par les grotesques affrontements qui agitent les bancs de l'Assemblée nationale. Quel scandale !

L'Écho d'Alger, de son côté, traite les joutes parisiennes avec un souverain mépris et se limite à rendre compte de l'opinion algéroise qui refuse cette vacance du pouvoir. D'après Myriam, le dénouement est proche. Elle boue d'impatience :

– Il faut que ça change, Florent. On ne peut pas continuer ainsi.

Soudain tout s'accélère. Chaque jour elle commente les événements.

Le 8 mai, le général Salan remet à Robert Lacoste – qu'il déteste, et c'est réciproque – la croix de la Valeur militaire, équivalent de la croix de guerre.

– Belle façon, jubile Myriam, de lui dire : « Merci et tire-toi. »

Le 9 mai, Salan adresse au général Ély, chef d'état-major général de l'armée à Paris, un télégramme attirant son attention « sur le trouble de l'armée en Algérie ». Texte solennel qu'il termine par une vibrante exhortation : « Je vous demande de vouloir bien appeler l'attention du président de la République sur notre angoisse que seul un gouvernement fermement décidé à maintenir notre drapeau en Algérie peut effacer. »

Myriam exulte :

– Comme si le pauvre René Coty était responsable de l'opinion d'un gouvernement qui n'existe pas.

Le 10 mai, Lacoste se décide à quitter l'Algérie, où il ne fait plus que de la figuration. On vient d'apprendre que trois militaires français enlevés par les rebelles du FLN ont été fusillés en Tunisie. Les salauds ! Le ministre recommande à l'armée d'éviter la violence.

– Connard ! Les fellouzes, ils l'évitent, eux, la violence ?

Le 11 mai, pour protester contre ce crime, toutes les associations patriotiques appellent à manifester au monument aux morts deux jours plus tard.

– Je te l'avais dit, cette fois, la France va se mettre à genoux !

Le 12 mai, Paul Teitgen, ancien secrétaire général du Gouvernement général, le seul qui ait protesté contre la brutalité des méthodes de Massu dans la Casbah, débarque de Paris, affolé par cette manifestation qui se prépare et dont on dit, à Alger, qu'elle sera décisive. Décisive pour quoi ? Pour qui ?

– Qu'est-ce qu'il vient faire ici, celui-là, gronde Myriam. Il a toujours été contre nous. Les cathos de gauche, ce sont les pires.

– Tu le connais ?

– Tout le monde le connaît ici, hélas ! (Elle change de ton.) Comment te sens-tu, mon chéri ?

– Bien.

– Si tu es en forme, demain on descendra voir ce qui se passe en ville.

Florent a déjà fait quelques promenades à pied dans les rues du quartier, ses forces reviennent. Myriam lui a montré une villa où la lumière brûle jour et nuit.

– C'est une antenne clandestine du ministère de la Guerre. On y a vu Chaban-Delmas. Je suis sûre que la révolution partira de cette maison.

Florent regarde la jeune femme avec une tendresse teintée de condescendance. Il a l'impression qu'elle dit n'importe quoi pour l'impressionner. Comme elle est partisane et enthousiaste !

Ce matin du 13 mai, à El-Biar, tout est calme et paisible. L'haleine brûlante du sirocco dessèche la ville. Florent aime cette chaleur et se sent en vacances. Où est la révolution ?

Myriam est dans un état d'agitation qui frise l'hystérie. Il s'en amuse. Bientôt elle ne peut plus tenir.

– Il est midi. Allez, viens ! On va déjeuner à la Pêcherie. (Elle prend son air mutin pour ajouter :) ! J'ai quelque chose à te montrer qui va t'étonner.

Elle porte un tee-shirt blanc sur un short bleu. Ses jambes magnifiques ont déjà une jolie teinte bronzée. En chemisette et jean, Florent l'accompagne jusqu'au garage où les attend la vieille 203. Mais ce n'est pas vers la voiture que se dirige Myriam, c'est vers une Vespa rouge. Florent s'immobilise :

– C'est celle de David ?

– Je la lui ai rachetée.

Il la regarde une seconde sans répondre pendant qu'elle ouvre l'essence. Ainsi, ils se sont revus ? Quand ? Décidément, il va falloir qu'il en sache plus sur les relations de ces deux-là. Pour le moment, il oublie son copain.

– Tu sais conduire ce truc ? s'inquiète-t-il. Ne me dis pas que tu as l'intention de m'emmener là-dessus ?

– Bien sûr ! Il y a deux possibilités, mon lieutenant. Ou tu conduis, ou c'est moi. Mais, aujourd'hui, c'est le seul moyen de circuler et de se garer partout. S'il y a des barrages, on passera sur les trottoirs. Allez, ne fais pas cette tête.

Florent hésite. Avec David, il avait confiance, mais une femme…

– Je me mets derrière, pour commencer… Allons-y !

Elle lui pose sur les lèvres un rapide baiser.

– Ça se conduit comme une bicyclette, tu vas voir. Je vais te montrer, puis tu prendras les commandes.

Quand elle lui cède sa place, elle s'appuie contre lui et pose les mains sur sa poitrine pour l'enserrer de ses bras. Ils sont au paradis.

Ils descendent vers le centre de la ville. La foule se fait plus dense. La rue Michelet est noire de monde. Florent roule au pas, slalomant entre les groupes. Un adolescent danse au milieu d'un carrefour, un drapeau français dans chaque main. Il aperçoit Myriam et se précipite pour lui en offrir un. Elle le remercie en lui envoyant un baiser. Plus loin, une autre Vespa zigzague, elle aussi avec les trois couleurs qui flottent au vent. C'est l'uniforme du jour.

À l'approche du plateau des Glières, la cohue bigarrée, joyeuse, braillarde, prend des allures de fête nationale. Qui peut croire qu'on va manifester pour protester contre la mort de trois petits soldats, victimes innocentes d'un drame qui les dépassait ?

Autour du monument aux morts, on n'avance plus. Florent contourne la foule en longeant les immeubles. Là, des jeunes crient « Al-gé-rie fran-çaise » et des klaxons les accompagnent, « Ti-ti-ti-ta-ta ». Florent s'amuse à les imiter.

Au coin de la rue, un vendeur de brochettes et de merguez a installé son étal. Florent et Myriam s'emparent chacun d'un sandwich qu'ils vont manger un peu plus loin, assis sur le scooter, sous une porte cochère, à l'abri du soleil qui commence à cogner dur. Autour d'eux, les gens s'agitent. Où vont-ils ?

Derrière le monument aux morts s'élève la haute silhouette du Gouvernement général, lourd bâtiment qui abrite toute l'administration de l'Algérie. C'est là que

Lacoste avait son bureau. Lacoste qui a fui vers Paris après avoir interdit la manifestation ! Beau résultat ! Il a eu raison de partir.

Ce qui frappe Florent, c'est la présence militaire. Surtout des paras. Ils sont partout. Jusque derrière les grilles du GG, là-bas, en haut de la longue volée de marches. Dans la foule aussi, ils sont nombreux, moulés dans leurs uniformes sur mesure, la casquette à longue visière crânement enfoncée sur leurs cheveux coupés ras. Ils paradent, acclamés, embrassés par les filles, entourés par des bandes d'adolescents qui rêvent de leur ressembler.

Florent commence à se sentir fatigué.

– La manifestation officielle est prévue pour dix-huit heures, s'égosille Myriam au-dessus des hurlement assourdissants.

– Alors pourquoi être venus si tôt ?

– Plus tard nous n'aurions pas pu passer.

Soudain, un grand escogriffe en treillis saute par-dessus la barrière qui protège le monument aux morts. Il grimpe sur la plate-forme au pied du groupe allégorique. Il n'a pas plus de vingt-cinq ans. Baraqué, le visage souligné d'un collier de barbe, il lève les bras en V et crie :

– Êtes-vous prêts à lutter pour l'Algérie française ?

Hurlements de la foule.

– Voulez-vous laisser brader notre Algérie ?

Nouveaux hurlements, cette fois accompagnés de « Hou ! hou ! » vigoureux. À nouveau, on scande « Al-gé-rie fran-çaise ».

– Tu le connais ? demande Florent.

– C'est Pierre Lagaillarde, un jeune avocat, président des étudiants. Ancien para. Tu vois, il a gardé l'uniforme !

Autour d'eux, c'est du délire.

Au loin, des explosions. De la fumée dans le voisinage du GG. La foule gronde.

Un cortège motorisé se fraie un chemin et le service d'ordre libère un espace au pied du monument aux morts que Lagaillarde vient d'abandonner. Les voitures s'immobilisent. Des militaires en descendent, des gerbes de fleurs dans les bras.

– Qui est-ce ?

Myriam se met debout, en équilibre sur la selle du scooter, et commente le spectacle :

– Le premier en beige, avec le képi, c'est Salan. Le chef de la 10ᵉ région militaire.

– Je le connais. Il est venu remettre des décorations à Sidi-Afna. À David, entre autres.

– Je crois qu'en pratique il remplace Lacoste. Derrière, en bleu, c'est Jouhaud, l'aviateur. En blanc, l'amiral Auboyneau. Et le grand para qui fait la gueule…

– C'est Massu, celui-là je le connais aussi. Il était au déjeuner chez tes parents, quand on s'est rencontrés.

Elle redescend de sa position dangereuse et ils échangent un rapide baiser.

Dépôt de la gerbe, minute de silence, la cérémonie est vite expédiée. Les voilà qui repartent. La foule est déçue et gronde. Les gens ne sont pas venus pour une simple gerbe.

– Beaucoup de bruit pour rien, commente Florent.

– Attends, ce n'est pas fini.

– Ah bon ? Tu en sais, des choses, toi !

À ce moment, Lagaillarde hurle :

– Allez, au GG ! Dehors les pourris !

Myriam n'avait pas tort.

Ils se mettent debout tous les deux sur la Vespa appuyée au mur et, de là, assistent à l'incroyable : une véritable

152

horde, galvanisée par l'avocat, monte à l'assaut du bâtiment qui représente l'autorité de la France et dont les grilles sont prestement refermées par des gardes mobiles.

L'esplanade du Forum qui entoure l'immeuble est bientôt noire de monde. Des cailloux volent. Des vitres éclatent. Soudain, le silence : des camions arrivent. Des paras en bondissent, les armes à la main. Ça va barder ! Non ! On les entoure, on les porte en triomphe, des filles les embrassent. Ils sont neutralisés, consentants.

La confusion est telle que personne ne remarque le manifestant qui se met au volant d'un des camions abandonnés. Il le met en marche et le lance vers la grille, qui ne résiste pas. Elle s'abat dans un nuage de poussière. Les assaillants s'engouffrent dans la cour en hurlant.

– Regarde ce qui se passe là-bas ! s'écrie Myriam en montrant du doigt une voiture portée par des hommes qui grimpent les marches en courant. Ils posent le véhicule sur l'esplanade. Un homme prend le volant et fonce sur le portail monumental qu'il va percuter comme un bélier. Sous le choc, les portes cèdent dans un immense fracas de bois éclaté. La foule en fureur se rue à l'intérieur.

Myriam et Florent, d'un seul mouvement, ont levé la tête. Ils attendent une suite qui ne tarde pas. À tous les étages, les fenêtres s'ouvrent, et en jaillissent des classeurs, des dossiers, des documents qui s'envolent dans la brise de mer venue opportunément rafraîchir l'atmosphère. Bientôt, dans le ciel, c'est le bouquet final d'un immense feu d'artifice de papiers, issue tragique qui sanctionne l'immobilisme d'un pouvoir politique déliquescent, incapable de faire régner l'autorité.

Florent est un homme d'ordre et de mesure. Affligé, fatigué, il n'a plus qu'une idée : quitter cette gabegie.

– Allons-nous-en. Ce spectacle me donne la nausée.

Myriam s'étonne de ce dégoût subit.

– Pourquoi dis-tu ça ? C'est notre victoire.

– La victoire de qui ?

– La nôtre. La victoire de notre peuple.

– Je n'en suis pas persuadé. Viens !

La Vespa se faufile entre les attroupements et parvient à s'extraire de l'émeute pour remonter vers les calmes hauteurs d'El-Biar.

Fatima leur a préparé une collation sur la terrasse et Myriam rapporte une bouteille de champagne que Florent débouche sans remords.

– À nous, dit-il en lui tendant sa coupe.

– À notre bonheur, répond-elle sur un ton ambigu.

Ils trinquent, boivent et s'embrassent… longuement.

Puis ils redescendent sur terre :

– Ma chérie, il faut que tu m'expliques ce que je n'ai pas compris. Il y a tant de non-dits derrière cette ardeur populaire.

Myriam ne se fait pas prier. Véhémente, elle se lance dans un plaidoyer pour tous ces gens grugés depuis si longtemps par des hommes politiques incohérents. Convaincue, elle se veut convaincante. Amoureuse, elle se veut admirée.

En termes clairs, elle raconte ce qui se dit dans les maisons qu'elle fréquente. Les espoirs qu'on y exprime, la détermination qui anime ce peuple conquérant attaché à cette terre où il a tout créé.

– Mais vous êtes à un contre dix, proteste Florent. C'est intenable. Vous ne resterez que si les Algériens le veulent bien.

Elle s'énerve :

– Les Algériens, c'est nous ! Tu raisonnes comme les *francaouis* de Paris qui ne connaissent rien à rien, parce qu'ils ne sont jamais venus ici. Ils sont prêts à brader ce qui ne leur appartient pas. Mais enfin, maintenant, tu en connais, des pieds-noirs. Ont-ils vraiment l'air de négriers ? Les Arabes sont-ils exploités, martyrisés, malheureux ?

Florent aimerait répondre que les domestiques enturbannés de Deux-Moulins n'ont sûrement rien à voir avec les rebelles de la montagne. Quant à Fatima, elle est marocaine.

Myriam marche de long en large. Son élégante silhouette se détache sur le bleu intense du ciel. Elle sait parler avec émotion et chaleur des familles qui travaillent dans sa ferme, qui viennent lui confier leurs inquiétudes, les pressions qu'elles subissent des fellouzes. Elle dit la terreur qui se lit dans leur regard à l'idée qu'elle pourrait partir.

– Chaque fois, inlassablement, je jure de ne jamais les quitter. Et ces hommes savent que je ne leur mens pas.

Florent ne doute pas un instant de sa sincérité. Alors, il s'inquiète. Si la situation évolue comme il le prévoit, que deviendra cette femme qu'il aime de plus en plus ?

Quand Florent se réveille, le lendemain, après une folle nuit qui l'a réconcilié avec sa « révolutionnaire », il découvre, dans le lit, la place vide à côté de lui. Sur la terrasse, le petit déjeuner est servi pour deux. Fatima bricole à la cuisine et ignore où est passée « Madame ».

Il n'a pas longtemps à attendre. La voilà qui revient, tout excitée.

– Je suis allée faire un tour au Forum. Quel cirque ! Ils ont dû rester là une grande partie de la nuit. Tu verrais la place : un champ d'immondices et de voitures détruites.

– Où en est la révolution ?

– Ils ont créé un Comité de salut public avec Massu à sa tête, et Salan semble toujours dominer la situation.

– Cette fois, c'est vraiment la révolution ! Ton ami Lagaillarde en est aussi ?

– Ce n'est pas mon ami ! Où as-tu trouvé ça ? Je le connais à peine. D'après les bruits, il en ferait partie, oui. J'ai vu des chars se mettre en place et des armes lourdes sur les toits.

– Ils craignent quoi ?

– On le saura bientôt. L'immeuble de la radio est entre les mains des paras.

Elle va chercher un poste à transistor et le pose sur la table du petit déjeuner. Ils apprennent que Pflimlin a reçu l'investiture. La France a enfin un président du Conseil qui a confirmé le général Salan dans ses fonctions. Le nouveau ministre de la Défense s'appelle Chevigné. Personne ne le connaît. À Paris, un journaliste l'interroge. Il a l'intention de venir mettre de l'ordre à Alger.

– Je lui souhaite bien du plaisir, grince Myriam. Encore un qui, de loin, se fait des illusions. De toute façon, conclut-elle, tant que de Gaulle ne sortira pas de sa tanière, ce sera le bordel.

Florent ouvre des yeux ronds :

– De Gaulle ?

Le surlendemain, la situation n'a pas évolué. À Paris, on fustige les factieux tandis qu'à la radio d'Alger le commentateur attend que le nouveau président du Conseil s'engage à garder l'Algérie française. « Sinon, on va aller leur botter les fesses, aux parlementaires », conclut un capitaine para.

Dans l'après-midi, Myriam et Florent descendent en ville. Salan apparaît au balcon du GG et fait acclamer le nom du général de Gaulle. Myriam avait raison. Comme les choses évoluent vite !

Et le 16, l'impensable se produit. De tous les coins de la ville surgissent des cortèges de musulmans avec des banderoles réclamant l'Algérie française. Ils convergent vers le Forum. À la radio, les commentateurs s'égosillent : « Nos frères musulmans sont trente mille, ils fraternisent avec quarante mille Européens au pied du GG. Les généraux applaudissent au balcon. Des femmes de la Casbah jettent leur voile. On s'embrasse, on se tient par la main pour chanter *La Marseillaise*. »

Des vieillards pleurent d'émotion. « Fraternisation » est répété à l'envi d'heure en heure. À la radio, le mot « intégration » fait son apparition. Les temps ont bien changé. La révolution est en marche. Une révolution qui sent la merguez et l'anisette. Une révolution qui chante.

Nouveau slogan : « Il n'y a plus en Algérie que des Français à part entière. »

Sur la Vespa, Florent est médusé. Myriam a les larmes aux yeux.

– Tu vois que c'était possible.

Il ne répond pas. Neuf millions d'Arabes et un million d'Européens font désormais dix millions de Français. L'enthousiasme est communicatif. Florent aimerait y croire.

Dans les jours qui suivent, le psychodrame prend de l'ampleur avec la nomination du général de Gaulle à la tête du gouvernement, en remplacement de Pflimlin, démissionnaire. Le président Coty a eu le courage d'appeler l'homme providentiel. L'Assemblée lui a voté les pleins pouvoirs en Algérie.

Myriam est aussi heureuse que si elle avait gagné elle-même la bataille. Et Florent est amoureux d'elle. Il est amoureux de sa joie, de sa victoire, de son bonheur.

Ils sont, une fois de plus, sur le Forum quand le héros débarque de Paris le 4 juin et prononce les mots fatidiques : « Je vous ai compris ! » devant une foule en délire estimée à plus de cent mille personnes.

L'enthousiasme collectif dépasse le concevable. Mais Florent ressent bientôt une sorte de malaise. Il a remarqué que le Général n'a pas prononcé une seule fois les mots « Algérie française ». Ces mots simples que la foule scande à chaque occasion. Qu'a-t-il *compris*, le grand homme de la Libération ? Après tant d'années d'inaction, possède-t-il toujours la même clairvoyance ? Est-il en harmonie avec cette population d'Algérie qui lui a préféré, autrefois, Pétain puis Giraud ? Y a-t-il une véritable histoire d'amour entre lui et ces pieds-noirs qui lui ressemblent si peu ?

Florent va beaucoup mieux. La fin de sa convalescence approche. Il doit quitter El-Biar et son amoureuse, laisser cette ville en désordre, pour retrouver sa morne colline et son sinistre bidonville. Il se sent triste. Après l'euphorie de la fête, le quotidien va reprendre le dessus.

Que trouvera-t-il à Sidi-Afna ? Une région pacifiée ?

Avant son départ, le commandant Harzon s'est montré satisfait : la paroi est solide, la cicatrice parfaite, l'opéré a recouvré ses forces : bon pour le service !

Dernier soir à El-Biar. Dernier dîner en tête à tête. Florent et Myriam se sont juré de ne parler ni du général de Gaulle, ni des fellouzes, ni de l'Algérie française.

– Et si nous parlions de nous, hasarde Florent d'une voix de velours, presque inaudible.

– Qu'y a-t-il à en dire ? répond Myriam en se tournant vers le panorama.

– Je vais être bloqué sur ma colline pendant plusieurs mois avant d'avoir le droit de réclamer une permission. Qu'allons-nous devenir ?

Myriam s'adosse au paysage et le regarde sans rien dire. Qu'elle est belle ! Elle porte cette longue robe d'intérieur qui lui colle à la peau et la moule comme un gant. Son corps nu se devine à chacun de ses mouvements. Elle a lavé ses cheveux qui finissent de sécher, abandonnés au vent, et n'a maquillé que ses paupières du même gris-bleu que ses prunelles. Florent se retient de se lever, de la prendre dans ses bras pour la porter dans la chambre. Ce soir il ne veut pas céder à l'habituel vertige qui empêche toute conversation. Il tient bon, collé à son siège. Cette fois, il faut qu'elle parle.

– Qu'y a-t-il entre David et toi ?

Elle hausse les épaules.

– Je te l'ai déjà dit. Je connais David depuis qu'il est né. Je l'ai fait sauter sur mes genoux…

– Et il t'a rendu la pareille.

Elle fronce les sourcils.

– Il y a des moments où je te trouve d'une grossièreté insupportable, Florent.

– Je ne suis pas grossier, je suis amoureux.

Furieuse, elle lui tourne le dos et s'appuie au balcon. Il continue, hargneux :

– Demain je serai dans le bled, face à face avec lui, et il va encore m'agresser. Je lui réponds quoi ? Que la place publique est à tout le monde ?

Elle se retourne si vite qu'il n'a pas le temps de voir venir la gifle qu'il a bien méritée. Et elle court s'enfermer dans sa chambre.

Bien joué ! Il n'a rien appris de plus, elle ne s'est engagée à rien, et il a réussi à gâcher leur dernière soirée. Qu'a-t-il à lui reprocher ? De refuser un quelconque engagement ? N'a-t-elle pas raison ? Qui sait de quoi demain sera fait, et après-demain, et les mois à venir ? Une petite voix murmure dans sa tête :

« Allez, bouge-toi, joue pas au con, va la consoler. Prends ce qu'elle te donne et donne-lui ce que tu peux. Laisse le temps faire son œuvre. Va l'embrasser, va t'excuser, ne dis plus rien. »

Il se lève avec, dans la bouche, un goût de fiel. Ce soir, il se hait, il hait la guerre et cette vie stupide qu'il est obligé de mener.

Il pousse doucement la porte de la chambre, qui n'est pas verrouillée, et s'allonge près d'elle. Il l'attire contre lui. Elle se laisse faire. Le visage qu'elle pose sur son épaule est mouillé de larmes. Leurs corps ne se posent plus de questions. Seul compte l'amour qu'ils se donnent.

Florent n'a jamais aimé ainsi.

IX

Le médecin-capitaine Ardouin attendait le retour de Florent avec impatience. Il avait hâte de regagner Alger et un monde plus civilisé à ses yeux.

Comme il devait reprendre le même convoi en sens inverse, il ne s'éternisa pas pour transmettre les consignes. Il se borna à affirmer que tout allait bien, et que Mouktar connaissait parfaitement les problèmes posés par les malades civils laissés à l'hôpital.

C'est le chien jaune qui vint le premier saluer Florent. Averti par un sixième sens, il avait filé à travers le camp pour faire au chirurgien la fête qu'il méritait.

Florent porta son sac dans sa chambre, où une température suffocante avait remplacé la froideur hivernale. À l'infirmerie, ses copains l'accueillirent dans leurs tenues d'été – chemise à manches relevées et short de toile ou sarouel. Ils lui servirent les plaisanteries habituelles sur les tire-au-flanc qui se font opérer pour rien, puis on décida d'aller fêter ces retrouvailles au mess des officiers. Devant une bière bien fraîche, on commenta les derniers événements. À Sidi-Afna aussi, un comité de salut public avait été créé, la fraternisation battait son plein, et, en toute occasion, les vieux soldats musulmans, anciens combattants des deux guerres, défilaient derrière la musique en uniforme.

– Et côté fellouzes ? s'informa Florent.

Menanteau et Gaignault se regardèrent, puis le réanimateur baissa la voix.

– La situation empire. Pour moi, les fells ne croient pas à cette intégration dont on parle tant. Au contraire. Distoi bien qu'ils ne se battent pas depuis quatre ans pour devenir maintenant des supplétifs « intégrés ». Leurs chefs veulent le pouvoir, tout le pouvoir, et notamment celui de foutre les Français dehors. Un point, c'est tout.

– Comment est pris le retour de De Gaulle aux affaires ?

– Avec méfiance. Beaucoup pensent que, pour lui, la guerre d'Algérie est un boulet dont il va chercher à se débarrasser dans les plus brefs délais. Je ne sais pas comment il s'y prendra, mais je suis sûr qu'il ne donnera pas satisfaction aux pieds-noirs.

– D'après toi, les pieds-noirs, ils veulent quoi, en définitive ?

– Que rien ne change. Même le vote au collège unique, ils ne l'accepteront jamais. J'en ai parlé avec le patron du café de France qui connaît tout le monde ici. Lui et ses copains savent bien que le jour où les melons voteront ils choisiront des gens de leur camp. Ils éliront des mecs bien décidés à virer les Européens dès que possible ! Des Européens qui ne sont pas prêts à se laisser faire, croismoi.

Florent connaissait les opinions de Gaignault, mais il ne l'avait jamais entendu les exprimer aussi crûment.

– Quoi qu'il en soit, reprit Menanteau, les paras crapa-hutent vingt-quatre heures sur vingt-quatre dans les djebels et jamais il n'y a eu autant de casse.

Florent s'étonna :

– Je n'ai rien lu dans la presse !

– Et pour cause. On a ordre de la fermer. Mais des deux côtés, il y a des dégâts !

– Beaucoup ?

– Difficile à chiffrer. Du côté des paras, les évacuations se font directement sur Alger, et, chez les fells, il n'y a plus de blessés… Tu vois ce que je veux dire.

Pour Florent, ces révélations étaient affligeantes.

– Mais alors, tout ce cinéma à Alger et les discours de De Gaulle sur les dix millions de Français à part entière, à quoi ça rime ?

Trinquet, qui ne donnait pourtant jamais d'avis, inter-vint de sa voix caverneuse :

– Tout ça ne rime à rien ! Rien n'est changé et rien ne changera. En tout cas, nous, à part la quille, je ne vois pas ce que nous pourrions attendre. En espérant ne pas se faire buter d'ici là.

Il se leva pour retourner vers l'infirmerie, l'air morne et désespéré.

Les trois autres restèrent un moment à bavarder, mais l'enthousiasme n'y était plus. Chacun se demandait quand il pourrait obtenir une permission ou un rapatriement définitif. Se tirer de ce merdier. Vite !

– Que veux-tu, tout le monde ne peut pas se payer une appendoque, glissa Menanteau d'un ton fielleux.

– Moi, en plus, j'ai déjà été opéré, ajouta Gaignault avec son humour habituel.

Et la routine reprit le dessus. D'abord consultations au camp avec les soins habituels aux militaires. Puis reconsultations et opérations à l'hôpital civil sous la houlette de l'incontournable Mouktar. Un Mouktar qui ne fit aucune réflexion sur les événements d'Alger, et se borna à s'enquérir poliment de la santé de son chirurgien. Sans s'appesantir, il le mena aussitôt dans les salles visiter les malades dont l'état nécessitait une décision urgente.

Florent examina une main blessée et laissée sans traitement malgré des tendons sectionnés.

– Ardouin l'a vue ?

– Il n'a pas eu le temps…

– Elle est là depuis au moins huit jours, non ?

Mouktar haussa les épaules avec son habituel fatalisme.

Une réparation secondaire s'imposait, mais l'intervention exigeait plus de qualification que Florent n'en possédait… Plus loin, une petite fille présentait une évidente luxation congénitale de hanche qu'on aurait dû diagnostiquer à la naissance. Celle-là, il fallait l'envoyer à l'hôpital Mustapha d'Alger. Au ton que prit Mouktar pour acquiescer, Florent comprit que cette enfant resterait boiteuse toute sa vie. Dans un petit local séparé attendaient les arrivés du jour : une fausse couche à cureter, un abcès à inciser, une occlusion intestinale.

– On y va, mon lieutenant ?

– On y va, Mouktar. Menanteau est là ?

– Oui, au bloc.

– Alors, marchons.

À la fin des interventions, Florent partait jeter un dernier regard à ses opérés quand l'infirmier le rattrapa :

– Dis-moi, mon lieutenant, j'ai un service à te demander.

Il avait parlé à voix basse. Comme si sa requête devait rester secrète, il continua :

– C'est pour ma femme. Elle s'est fait mordre par un chien à une jambe et ça l'ennuie de venir consulter à l'hôpital. Tu voudrais bien venir la voir ?

Florent n'avait aucune raison de refuser.

Ils quittèrent l'hôpital ensemble par la porte de derrière (« Tu verras, c'est plus court ») et parcoururent un dédale de ruelles pour se retrouver devant la maison où Florent était venu manger le couscous le jour de son arrivée. De loin, le Loup les suivait.

Mouktar installa Florent dans le salon, où une adorable gamine vint lui offrir du thé à la menthe et des biscuits.

Florent fut frappé par les traits tirés, la mine doulou-reuse de l'épouse de Mouktar. Elle boitait. Elle s'assit sur la banquette sans un mot, allongea sa jambe et remonta sa jupe, découvrant un pansement souillé. Mouktar déroula les bandes et mit à nu un magnifique ulcère variqueux surinfecté.

Florent lui demanda d'un signe de tête de mettre sa femme debout. Elle obéit en retenant ses jupons, et les varices apparurent, énormes, boursouflées, violacées. Les mêmes que celles des paysannes françaises qui répugnent à se faire traiter. L'affection est totalement indolore, appa-remment sans danger, et son aspect inesthétique, caché sous des vêtements longs, ne les gêne pas dans la vie quoti-dienne. Sauf en cas d'ulcère. Mouktar semblait souffrir pour elle :

– Tu vois, mon lieutenant, elle a été mordue le mois dernier et, malgré les pansements, la plaie ne cesse de s'agrandir.

– Cette plaie est devenue un ulcère, expliqua Florent, à cause des veines malades. La mauvaise circulation empêche de cicatriser. Il faut lui enlever ses varices, et ensuite, elle guérira en quelques semaines.

Mouktar traduisit. Elle secoua la tête sans répondre, remercia Florent d'un sourire, baissa sa robe et s'en fut.

– Elle va réfléchir. Les femmes, tu sais, elles aiment pas bien l'hôpital.

– Je la comprends, mais tu lui expliqueras qu'il s'agit d'une opération simple… (Il hésita soudain :) Est-ce que tu as un stripper[1] ?

Mouktar entendait ce nom pour la première fois et Florent réalisa que sa formation d'infirmier militaire ne l'avait sans doute pas familiarisé avec cette chirurgie essentiellement civile.

– C'est un instrument très facile à fabriquer avec un simple câble de frein de bicyclette. Je te montrerai, si tu veux, et on l'opérera quand elle sera décidée.

Mouktar sourit, ravi de cette solution qui lui laissait le temps de convaincre son épouse. Florent se levait pour partir quand l'infirmier lui fit signe de s'asseoir de nouveau :

– Attends. Je voudrais te demander un autre avis. Sur un malade que tu as déjà opéré. Tu veux bien ?

– Évidemment.

---

1. Ou tire-veine : appareillage chirurgical qui permet l'éveinage – ablation des varices.

Mouktar prononça une phrase en arabe destinée à quelqu'un qui ne devait pas être loin. De fait, quelques secondes plus tard, entrait dans la pièce le fellagha que David connaissait sous le nom de Walid ben Souleïmane. Toujours aussi racé, il salua en portant la main de sa bouche à son cœur.

– Bonjour, toubib.

Florent le regarda avec surprise.

– Tiens, vous parlez français maintenant ?

– Oui. J'apprends vite. Je vous remercie de bien vouloir m'examiner, continua-t-il, d'une belle voix basse où roulaient les R. Voilà : après votre opération, tout s'est bien passé et ma jambe a cicatrisé très vite, mais maintenant j'ai du mal à marcher.

Il releva son pantalon jusqu'au genou et Florent s'aperçut alors qu'il ne parvenait pas à poser son talon sur le sol. Le pied restait à moitié allongé. La cause de cette anomalie sautait aux yeux : la guérison de l'abcès avait entraîné une adhérence profonde entre le tendon d'Achille et la cicatrice cutanée. Il aurait fallu veiller, pendant les soins, à maintenir le pied à angle droit. Mouktar avait encore beaucoup à apprendre.

– Ce n'est pas grave, expliqua Florent, il faut une petite opération qui séparera la peau du tendon situé en dessous, et immobiliser la cheville en bonne position pendant une semaine. Après, tout redeviendra comme avant.

L'homme le regardait sans répondre. Se souvenant de la précédente intervention, Florent précisa :

– Il ne sera pas nécessaire de faire une anesthésie générale, mais il faut tout de même endormir la plaie localement. (Il se tourna vers Mouktar pour ajouter :) Avec de la novocaïne. Il y en a à l'hôpital ?

L'infirmier hocha la tête en regardant Walid qui réfléchissait. Se rappelant ce que David lui avait raconté, Florent se permit d'aller plus loin.

– Si vous ne voulez pas qu'on vous voie à l'hôpital, je peux vous opérer ici. Vous devrez marcher avec des béquilles pendant quelques jours, c'est tout.

Walid paraissait fier de cette connivence qui venait de naître avec le chirurgien.

– J'apprécie votre discrétion, toubib. Je verrai avec Mouktar comment procéder. (Il se leva et tendit la main.) Je vous remercie…

Florent lui coupa la parole :

– Excusez-moi. Est-ce qu'on ne pourrait pas parler un peu, maintenant qu'on se comprend ? (Walid sourit.) Je rentre d'Alger et j'aimerais savoir ce que des gens comme vous (il hésita), des gens d'ici, pensent de ce qui s'est passé depuis le 13 mai.

Walid se tourna vers Mouktar qui acquiesça d'un battement de paupières et fit demi-tour.

– Je vous laisse, je vais chercher du thé chaud.

Et il sortit, les laissant en tête à tête.

Walid ferma les yeux un instant, comme s'il réfléchissait à sa réponse, puis se décida :

– Vous savez, toubib, je ne peux vous donner que ma propre impression, l'impression d'un modeste habitant d'une région située bien loin d'Alger…

Florent, se souvenant des confidences de David, choisit de mettre les points sur les i en lui coupant la parole :

– Dites-moi, Walid – vous permettez que je vous appelle Walid, moi c'est Florent et nous avons à peu près le même âge –, vous avez fait des études de droit, n'est-ce pas ?

Étonné, Walid sourit et s'inclina, la main sur le cœur, comme s'il saluait au théâtre.

– Oui. J'ai fait une licence à Montpellier.

– C'est bien ce que je pensais. Et je suis persuadé que vous jouez un rôle dans la rébellion. (Il leva la main.) N'oubliez pas que je suis lié par le secret professionnel. N'ayez aucune crainte, vous pouvez parler librement.

Sans se démonter, l'Algérien fit face :

– Vous êtes lié par le secret professionnel quand vous exercez votre métier, toubib. En vous inquiétant de mon opinion sur la politique de votre gouvernement, il ne s'agit plus de médecine.

– Vous avez raison, mais je me considère lié par le même secret puisque nous nous sommes rencontrés pour un motif médical. Quelles que soient vos confidences, elles sont sacrées.

Walid arbora un large sourire, montrant qu'il appréciait l'exercice dialectique, et il devint soudain presque amical :

– Je vous fais confiance. Mais je n'ai pas grand-chose à vous dire. La France semble vouloir changer l'orientation de sa politique. Bravo ! Vous savez sans doute que, le 27 juin, lors de la conférence nord-africaine de Tunis qui réunissait les représentants des trois pays du Maghreb, il a été décidé de mener une politique diplomatique commune en vue d'un règlement pacifique du conflit algérien. La presse en a parlé. Nous avons tous les mêmes aspirations : en finir avec ces horreurs.

– Sur le plan pratique ?

– Tout va dépendre de l'attitude de l'armée. Va-t-elle respecter une trêve, un cessez-le-feu ? C'est ce que nous attendons. Sinon, les hostilités continueront jusqu'à la victoire finale.

– La victoire de qui ?

Walid se leva en souriant d'une manière différente, hautaine, presque méprisante :

– Vous êtes trop intelligent, toubib, pour ne pas connaître la réponse. (Il tendit la main.) Maintenant, il faut que je parte. Je vous remercie pour votre proposition chirurgicale. Mouktar vous fera savoir ma décision.

Ils se séparèrent sur un « À bientôt » ambigu. Toubib resta seul quelques minutes, avant que Mouktar ne revienne, l'entraîne vers l'arrière de la maison et le fasse monter dans une vieille 4 CV Renault qui devait avoir un sérieux kilométrage au compteur. Il prit le chemin du camp sans faire le moindre commentaire. À l'évidence, Walid occupait un rang élevé dans la hiérarchie du FLN, et ses liens avec Mouktar ne regardaient qu'eux. Respectant son silence, Florent ne desserra pas les dents.

Rentré au camp, Florent, comme d'habitude, retrouva le Loup qui le guettait, couché devant la porte de l'infirmerie, le museau sur les pattes avant. Le chien se dressa à son arrivée et le suivit dans la chambre. Le rite était établi. Là, Florent décida de consacrer la soirée à son courrier. À sa mère, il se garda bien de raconter en détail les événements politiques, mais il la rassura longuement sur sa santé, sachant que c'était sans nul doute sa seule préoccupation.

À Elvire, il résuma son hospitalisation en deux phrases, inventa une convalescence dans un jardin loin des bruits de la ville, et, par un innocent raccourci, se retrouva au camp de Sidi-Afna, où la vie avait repris son cours entre l'infirmerie et l'hôpital civil. Il opérait chaque jour des cohortes de malades militaires et civils. Il fallait faire enfin admettre à Maxime que son fils était devenu un véritable chirurgien passionné par son métier.

À Myriam, qu'il avait gardée pour la fin, Florent écrivit un chant d'amour. Après ces trois semaines de vie commune, la séparation lui paraissait trop cruelle pour qu'il ne trouve pas des accents propres à émouvoir sa belle. Son épître se terminait par une longue suite d'interrogations : quand se reverraient-ils ? L'aimerait-elle encore ? Ne l'aurait-elle pas complètement oublié ?

Il s'endormit en se remémorant la terrasse et la chambre de Myriam, la douceur de ses caresses, les odeurs de sa peau et l'ivresse des moments d'extase qu'ils avaient partagés…

Il se réveilla épuisé.

L'opération clandestine sur la jambe de Walid eut lieu quelques jours plus tard. Le fellagha arriva en silence, se laissa opérer sans émettre une plainte et repartit avec son pied remis à angle droit, immobilisé dans un plâtre à garder une semaine. Debout en appui sur les béquilles que Mouktar avait apportées, le teint un peu pâle, il inclina la tête vers son chirurgien :

— Merci ! laissa-t-il tomber sobrement.

— À charge de revanche, répondit Florent.

L'Algérien le regarda en plissant les yeux d'un air futé :

— C'est vrai, vous avez raison. J'ai une dette envers vous. Et on ne sait jamais ce qui peut arriver.

Il disparut sur ces mots.

Resté seul avec Mouktar, Florent ne put s'empêcher de lancer une plaisanterie provocatrice :

— J'espère que le jour où il lui prendra l'envie de m'égorger, il utilisera de la Novocaïne. Juste retour des choses.

Mouktar éclata de rire. Ils se claquèrent la paume de la main, « à la pied-noir », comme deux vieux amis.

David réapparut dans les premiers jours de juillet. Bronzé, amaigri, la boule à zéro, il possédait désormais le regard assuré du guerrier habitué à vaincre et la démarche chaloupée des grands prédateurs. Il prit la parole, devant une bière au mess des officiers, adoptant un ton suffisant qui agaça Florent. Il lui parlait comme à un enfant :

– Aujourd'hui nous avons une double fonction : quadriller la région pour ne laisser aucune marge de manœuvre aux *djounoud* éparpillés dans la nature ; et préparer le terrain pour le référendum prévu en septembre à propos de la nouvelle Constitution. Nous avons de quoi nous occuper, crois-moi !

Pour la première fois, l'Algérie voterait au collège unique, sous la surveillance d'une commission de contrôle. Les murs, les routes, les ponts, les montagnes mêmes, se couvraient de « Oui à de Gaulle », slogan obsessionnel pour une consultation que le FLN condamnait par avance en préconisant l'abstention. Cette consultation, tout le monde le savait, confirmerait le Général à la tête d'une France modernisée, mais ne concernait pas à proprement parler l'Algérie, où elle n'avait qu'une valeur symbolique.

– L'armée sera là pour empêcher les rebelles de terroriser la population comme ils en ont l'habitude, continua David d'un ton supérieur. Les votants pourront s'exprimer en toute liberté.

Il y croyait.

Florent, lui, en doutait, mais il n'osa pas interrompre son ami lancé dans le récit héroïque de ses semaines de crapahutage dans la montagne. Quelques engagements avaient prouvé que le FLN n'abandonnait pas la partie, mais, dans l'ensemble, l'omniprésence des paras rendait de plus en plus difficile l'action des rebelles privés d'armes par l'efficacité des barrages électrifiés renforçant les frontières avec le Maroc et la Tunisie.

– Ici, le FLN est tellement aux abois, poursuivait David, qu'il a dû porter le combat en métropole. Tu as lu, dans la presse, la série d'attentats contre les raffineries de pétrole près de Bordeaux. Nous avons gagné la guerre sur le terrain, aux Français de gagner la leur chez eux.

Une fois épuisés les hauts faits de son odyssée guerrière, il consentit à redescendre sur terre.

– Et toi ? Il paraît que tu t'es offert une appendicite carabinée. Comment ça va ?

– Parfaitement bien. Maintenant, c'est de l'histoire ancienne.

– Je suis content pour toi. Tu t'es bien reposé ? Et qui tu as vu, à Alger ? Myriam ?

– Oui, un peu. Elle m'a emmené en balade dans la ville pour les festivités du 13 mai. Grâce à elle, je me suis trouvé aux premières loges.

Diplomate, il se garda d'évoquer la Vespa.

Et pour éviter des questions gênantes, il se borna à raconter l'effervescence des rues, le Comité de salut public avec Massu, les apparitions au balcon du GG : Salan, Massu, et de Gaulle enfin ! Il rit en évoquant le succès des paras – dont beaucoup avaient passé de folles nuits dans les bras des belles Algéroises subjuguées…

Qu'avait-il dit là !

– Et toi ? demanda David, devenu blême.

– Et moi quoi ?

– As-tu passé tes nuits dans les bras d'une belle Algéroise subjuguée ?

Piégé, Florent leva les bras au ciel :

– Arrête, David, tu ne vas pas recommencer.

– Simplement pour savoir.

– Tu n'as rien à savoir. Ma vie privée ne te regarde pas.

– Hélas si, elle me regarde, puisque tu piétines mes
plates-bandes. Avant, j'avais un ami et une femme que
j'aimais. Aujourd'hui je n'ai plus ni l'un ni l'autre. La
femme m'a été volée par mon ami.

– Écoute, David, tes scènes de jalousie me fatiguent.
Occupe-toi de toi, et fous-moi la paix. La vie est suffisamment compliquée sans que je doive en plus supporter tes
crises de paranoïa. Salut.

Sur ces paroles définitives, Florent se leva, laissant son
« ami » à sa colère, et il rentra à l'infirmerie.

D'ailleurs, la jalousie de David se justifiait-elle ?
Myriam n'avait répondu à aucune de ses lettres
enflammées. Cette fille n'était qu'une allumeuse tout juste
capable de tourner la tête des hommes qui l'approchaient,
pour s'en débarrasser.

À ce moment-là, Florent regrettait sincèrement de
n'avoir pas suivi les conseils de son père en restant en
métropole. Certes, il n'aurait pas eu l'occasion d'opérer
autant, mais n'avait-il pas la vie entière pour pratiquer son
métier ? En définitive, quels avantages tirerait-il de ce
séjour ? Des souvenirs de nuits idylliques ? Et alors ? Paris
ne regorgeait-il pas de femmes capables de l'envoyer dans
les étoiles ? Sa brève expérience en salle de garde lui avait
appris combien il est facile de séduire quand on quitte la
table d'opération, le masque encore imprimé sur le visage

et le corps imbibé de ces odeurs d'éther plus grisantes que tous les parfums.

Ce soir-là, le Loup couché à ses pieds, il écrivit à Myriam une longue lettre où il alternait réflexions désabusées et perfidies choisies avec soin. En conclusion, il ne voulait plus jamais la revoir et lui demandait de s'écarter définitivement de son chemin.

Apaisé, il se relut, signa rageusement puis chiffonna son épître et la jeta à la poubelle sous l'œil étonné du chien, auquel il dut donner toutes les explications nécessaires. Cet exercice l'apaisa, il se coucha et dormit comme un ange.

X

Florent ne parvenait pas à s'habituer au comportement instable de David.

À peine les paras revenaient-ils au camp qu'il déboulait à l'infirmerie, à sa recherche, pour l'entraîner au mess, lui raconter ses histoires et l'interroger sur ce qui s'était passé en son absence. Il se comportait comme si le Parisien était son seul ami, son confident, son frère. Et, au bout d'une heure, il commençait à lui chercher des noises.

La plupart de leurs conversations finissaient dans des éclats de voix. Les deux garçons se séparaient fâchés, ne se parlaient plus pendant des jours, puis, un beau matin, David réapparaissait, comme si de rien n'était, comme si une main céleste avait remis les compteurs à zéro.

Un samedi de la mi-août, rentrant des djebels, fatigué et furieux, il se mit à râler. Rien n'avait marché. Les fells signalés s'étaient volatilisés dans la nature. Les paras avaient crapahuté des jours durant, sous un soleil de plomb, et grelotté des nuits entières dans un vent glacé, pour rien. Pour rien !

– Demain, on va déjeuner à Mirallah, conclut-il comme une évidence avant d'aller se coucher, épuisé.

177

Florent hésita. Autant il aimait cette ferme et ses occupants, autant il détestait les discussions aigres des voyages de retour. Il accepta en se jurant que, si l'habituel psychodrame se renouvelait, il n'y retournerait jamais plus.

Ils firent la route par un temps gris, sous des nuages bas qui promettaient de la pluie. Sans le soleil, la campagne n'inspirait que tristesse et angoisse. Au détour d'une colline, ils butèrent sur un troupeau de moutons qui traversait la route nonchalamment, et ils restèrent bloqués. Doté d'une sérénité ancestrale et indifférent à l'impatience des militaires, le berger ne manifestait aucune intention d'accélérer le mouvement.

David s'énervait. Il se mit à klaxonner, sans obtenir le moindre résultat.

– Tu ne crois pas qu'il pourrait les pousser au cul, ses bestioles ? Non, il nous nargue, ce melon. Je vais descendre...

Florent lui mit la main sur le bras :

– Calme-toi ! On n'est pas pressés. S'il le fait exprès, il sera ravi de te foutre en boule.

Pour distraire son irascible chauffeur, il se lança dans une histoire qui traînait à l'infirmerie de Sidi-Afna depuis l'année précédente. Un jour, les infirmiers de l'antenne avaient décidé d'aller, en cachette des officiers, festoyer avec un régiment cantonné à quelques kilomètres de là. Le soir venu, ils empruntèrent discrètement l'ambulance et soudoyèrent les sentinelles pour se faire ouvrir le portail.

Ils payèrent une fiesta d'enfer et, saouls comme des cochons, furent obligés de dormir sur place.

Au petit matin, dégrisés, ils se hâtèrent de prendre le chemin du retour, de peur qu'on s'aperçoive de leur absence. Mais soudain apparut dans le paysage un énorme troupeau de moutons qui s'apprêtait à leur couper la route. Les noceurs en goguette allaient être bloqués pendant une heure. Klaxonnant comme un fou, le chauffeur accéléra pour passer avant que les bêtes ne se soient engagées sur le bitume, et, lancé à pleine vitesse, ne put éviter le mouton de tête. Percuté de plein fouet, l'animal fut tué sur le coup.

Porté à la connaissance de la police militaire, l'incident risquait d'entraîner des sanctions bien plus graves que n'en aurait provoquées un simple retard.

Les infirmiers calmèrent la colère du berger prêt à porter plainte, et négocièrent avec lui : son silence contre l'achat du cadavre. En paysan madré, l'autre n'accepta qu'à contrecœur, faisant monter les enchères à plaisir.

Finalement, ils eurent gain de cause et, ruinés mais soulagés, reprirent le chemin du camp avec le mouton payé à prix d'or. À l'antenne, ils prétextèrent un anniversaire pour justifier l'escapade. Ils prétendirent être allés acheter, en catimini, un mouton pour offrir un méchoui aux copains. Leur équipée de la nuit passa inaperçue et leur générosité fut applaudie.

En revanche, la cuisson du méchoui leur réserva quelques surprises. Ils ignoraient que le mouton de tête est généralement le plus vieux du troupeau, qu'il est destiné à mourir de vieillesse, et que sa viande est quasi impropre à la consommation. Après des heures et des heures de broche, ils durent se résigner à consommer des morceaux de cuir parfumés au cumin, en maudissant le berger qui avait dû bien rire de leur naïveté !

Le temps de ce récit pittoresque, la colère de David était tombée.

Ils passèrent à petite vitesse derrière les derniers agneaux du troupeau et reprirent le chemin de Mirallah, chacun racontant les plaisanteries qui émaillent la vie militaire, en contrepoint des drames qui l'endeuillent régulièrement.

Mme Schœnau avait mis la table sur la terrasse, à l'abri de la pluie toujours menaçante, et Florent, le cœur serré, regardait discrètement dans toutes les directions. Mais il dut se résigner : Myriam n'était pas là. En revanche, Lydie lui sauta au cou, plus pimpante que jamais, et s'assit à côté de lui.

Pendant le déjeuner, pour la première fois, on parla politique. La date du référendum approchait et chacun se rendait bien compte que, quel qu'en soit le résultat, la situation évoluerait. De Gaulle avait trop de personnalité pour se comporter comme les pantins incompétents et irresponsables qui l'avaient précédé. Mais dans quel sens irait cette évolution ?

Florent se contentait d'observer, sans chercher à donner son avis. Personne ne le sollicitait d'ailleurs, comme s'il n'était pas concerné. Trop impliqués dans ce drame, ils ne pouvaient concevoir une solution différente de la leur : rien ne devrait changer jamais. Rien ou presque.

Le père de David, lui aussi imperturbable, écoutait les uns et les autres en silence. Son œil noir suivait les orateurs successifs sans perdre un mot de leurs discours. Florent, en le regardant, pensait au tragique destin de cet homme qui, à cette heure, aurait dû vivre à Paris, exploitant tranquillement une affaire que sa famille lui destinait. Les nazis l'en avaient dépossédé au nom d'une immonde procédure raciste. Exilé pour mettre en valeur le domaine appartenant aux siens, on le menaçait aujourd'hui de le déposséder encore. N'avait-il pas toutes les raisons de maudire la terre entière ?

Pourtant, il se forçait à vivre comme si la guerre n'existait pas. Chaque jour, dès l'aube, il partait au travail, réunissant son personnel, organisant ses chantiers, réparant les machines, œuvrant avec méthode et bienveillance.

« M'sieur Sami », comme l'appelaient ses ouvriers, connaissait tout de ses ouvriers agricoles. Il avait transporté dans sa voiture des femmes en couches, des enfants malades, des hommes blessés. Il avait partagé le couscous avec chaque famille, fêté les mariages et pleuré avec les mères aux enterrements de leurs fils. N'était-il pas chez lui ? Qui oserait le contester ?

Tandis que ces hommes affirmaient leur bon droit, Florent revoyait le visage fermé du terrifiant Walid, et se rappelait ses propos déterminés, impitoyables. Comment imaginer que l'avenir de ces pieds-noirs puisse être conforme à leurs rêves – ou à leurs délires ?

Soudain, Lydie le fit sursauter :

– Et toi, Florent ? Raconte-nous les événements du 13 mai. Que penses-tu de tout ça ?

Florent n'était pas un virtuose du mensonge. Il lui aurait fallu le temps de préparer une réponse nuancée. Faute de mieux, il se résigna à être sincère :

– J'ai débarqué de France convaincu, je l'avoue, de venir assister à la fin de l'ère coloniale en Afrique du Nord. Une fin négociée, adaptée à la situation, avec une période de transition ménageant les intérêts français, mais une fin quand même. Lorsque j'ai constaté la sauvagerie de la rébellion, et, disons-le aussi, celle de la répression, je me suis dit que si on ne parvenait pas à interrompre ce tragique engrenage, la situation, pour les Français d'ici, ne ferait que se dégrader. Puis il y a eu le 13 mai. (Il se tourna vers

Lydie.) C'est vrai que la fraternisation, dont j'ai pu constater *de visu* la réalité, a ébranlé mes convictions. De même que, la première fois où vous m'avez invité, je me suis dit qu'il était inimaginable de vous voir partir d'ici. Qui vous remplacerait ? Qui serait capable de fournir à l'Algérie l'encadrement dont elle a besoin ? Aujourd'hui, honnêtement, je ne sais plus. Les discours de De Gaulle m'ont ému, sans me rassurer pleinement sur ses intentions. Ses textes sont toujours tellement ambigus, imprévus, équivoques... Franchement, je ne sais plus.

Comme personne ne reprenait la parole, il se permit de préciser le trouble de sa pensée :

– Il est certain aussi que je comprends mieux, maintenant, les positions de chacun. Ce pays est magnifique, et si j'étais algérien, diplômé d'une université de métropole, j'aurais envie d'y être ministre, ou, pourquoi pas, président de la République. Mais si j'habitais ce pays, comme toi, Lydie, comme vous, Sami, comme vous tous, je n'envisagerais pas une seconde qu'il soit possible d'en partir. Y a-t-il un moyen terme qui rende les deux solutions compatibles ?

Sami-le-noir s'exprima pour la première fois :

– À ce jour, personne ne peut prévoir ce qui va se passer à Paris, confirma-t-il de sa voix grave et apaisante. Mais ici, il nous faut tenir bon. Nous n'avons pas d'autre solution.

Cette position sans ambiguïté déclencha une réaction en chaîne. Chacun voulut conclure à son tour :

– C'est une question de volonté politique, lança David, qui n'acceptait pas la résignation. De Gaulle a les moyens d'imposer la présence française dans ce pays, s'il veut bien essayer de nous comprendre. Au besoin, on l'y forcera.

– Pour se faire comprendre, il suffit de s'exprimer clairement, clama le beau-frère comptable. Si nous avons l'indéfectible volonté de rester, nous resterons. Pas la peine de chercher plus loin.

De toute évidence, ils avaient exprimé l'opinion générale. À l'incertitude de Florent, ils répondaient par une conviction aussi inébranlable qu'aveugle.

– Il nous faudra peut-être mourir au pied de nos orangers, mais personne d'autre n'en récoltera les oranges. Sur ce point il n'y aura jamais de discussion, chevrota un vieillard.

« Comme quoi, pensa Florent, expérience et sagesse ne vont pas forcément ensemble. »

Un rayon de soleil traversa les nuages. L'orage s'écartait. Mme Schœnau en profita pour proposer de servir le café dans le jardin. En se levant de table, David s'approcha de Florent et lui jeta son regard des mauvais jours :

– Après les visites à Deux-Moulins et ici, je pensais t'avoir convaincu que le caractère définitif de la présence française dans ce pays tombait sous le sens. Je vois que nous en sommes loin !

Florent leva les sourcils :

– Enfin, David, regarde un peu plus loin que les limites de la propriété familiale. Envisages-tu de vivre éternellement dans un pays quadrillé par l'armée, exposé chaque minute au risque d'un attentat, avec une population locale rançonnée par des rebelles qui n'auront jamais aucune raison de céder ? Vraiment, tu l'envisages ?

David posa sa main sur l'épaule de son ami et le regarda droit dans les yeux :

– Oui, je l'envisage, et le temps qu'il faudra.

À ce moment, Mme Schœnau fit signe à son fils de la rejoindre. Il partit en bougonnant, vite remplacé par Lydie, qui, elle aussi éprouvait le besoin de parler :

– Intéressant ce que tu as dit tout à l'heure, Florent. On sentait bien l'évolution de tes idées et la difficulté, pour toi, de choisir ton camp…

Il protesta :

– Je ne me suis jamais posé la question de « choisir » un camp, Lydie. J'ai des amis pieds-noirs et je suis de tout cœur avec eux, même si je dois en arriver un jour à me dire qu'ils ont tort de défendre une cause indéfendable.

– Tu penses que notre cause est indéfendable ?

– À mon avis, pour rester, il faudra obtenir la paix. Pour obtenir la paix, il sera nécessaire de faire des concessions.

– Des deux côtés.

– Bien sûr. Mais pour le moment, le discours est aussi intransigeant d'un côté que de l'autre : personne ne lâche rien. Une paix se négocie. Sinon, il n'y a aucun espoir.

– On verra bien ce que proposera de Gaulle.

Le ton de cette jeune femme était différent de celui des hommes. Elle paraissait plus nuancée, plus ouverte à des perspectives autres.

– Lydie, tu t'imaginerais rentrer en métropole ?

– Ce serait un déchirement. Mais j'avoue que vivre dans la crainte perpétuelle de mourir ou de voir mourir les miens dans un attentat est un cauchemar. Je manque peut-être de courage.

– Non. Tu fais seulement preuve de sagesse.

Revenu sans qu'ils l'entendent, David protesta :

– Il ne s'agit pas de se demander ce qui est sage ou ce qui ne l'est pas, Florent. Il s'agit d'afficher une volonté farouche. Farouche parce que légitime. Tout le monde doit savoir que nous resterons. Même toi. Et il faut le crier à tous les échos.

184

Furieux, se retenant d'en découdre une fois de plus, il se retourna en aboyant :

– Prépare-toi, on va rentrer.

Il s'éloigna, et Florent pensa que le retour, comme d'habitude, allait être agité. Discussion, engueulade, silence et brouille. Il commençait à en avoir marre.

Il se leva pour se diriger vers la Jeep et Lydie passa son bras sous le sien. Elle n'en avait pas fini :

– Tu sais, Florent, vivre ici ou ailleurs, pour moi, ce n'est pas la question essentielle. L'important n'est pas de savoir où, mais avec qui l'on vit. (Elle marqua un temps d'arrêt avant de reprendre, comme si elle plaisantait :) Avec un garçon comme toi, par exemple, je partirais volontiers.

Une fois de plus, Florent était pris de court. Décidément, il manquait d'à-propos. Il la regarda, lui sourit et se décida à répondre sans détour :

– Lydie, ce que tu viens de dire me touche profondément, me flatte même. Mais aujourd'hui nul ne peut dire ce que sera ma vie. Après mon service militaire, je vais bosser d'abord à Paris encore six ans environ pour finir ma spécialisation. Mais après ? Paris, la province, l'étranger, l'Amérique ? Qui peut le dire ?

Il prit le parti de la faire rire :

– En tout cas, je note la proposition. Le moment venu, c'est promis, j'y penserai.

Elle se serra plus fort contre lui et ils arrivèrent ainsi à la voiture où David attendait déjà. Elle l'embrassa très tendrement, juste au coin des lèvres, et le lâcha brutalement pour s'enfuir en courant, tandis que la Jeep démarrait.

– Encore une qui perd la tête pour le beau chirurgien, grinça David. Décidément, il te les faut toutes. Ma mère

185

aussi m'a confié qu'elle te trouvait très bien. Si elle te présente les autres femmes célibataires de la famille, tu n'as pas fini.

« Il le prend à la blague, pensa Florent, on va peut-être rentrer sans s'engueuler. Une fois n'est pas coutume. »

De fait, le retour fut paisible et silencieux, chacun restant plongé dans ses pensées. Florent ne pouvait s'empêcher de songer à son avenir. Il n'avait pas menti à Lydie. Comment allait-il exercer son métier de chirurgien ? Il lui restait trois ans et demi d'internat. Ensuite, il serait chef de clinique, à l'hôpital encore, pendant deux ans. Et après ? Théoriquement, il avait choisi de concourir, c'est-à-dire de rester dans la structure hospitalière pour essayer de devenir professeur, chef de service… Y parviendrait-il ?

Selon son père, il avait peu de chances. Nommé interne par miracle, il ne devait pas trop en demander. Pourtant, ses patrons l'encourageaient. Qui croire ? Et comment organiserait-il sa vie pendant ces années de bagne ? Le salaire d'un interne logé à l'hôpital assurait les besoins de base, mais le chahut permanent des carabins lui permettrait-il de travailler suffisamment pour préparer ses concours ? D'un autre côté, s'il retournait habiter l'appartement familial, il devrait subir l'atmosphère irrespirable où vivaient Elvire et son père, immergés dans le flot de leurs ambitions. Quand il en aurait fini avec son service militaire, il aurait vingt-sept ans. Pourrait-il accepter de se soumettre aux humeurs de papa et de belle-maman ?

Il essaya de ne plus y penser. Tant d'imprévus peuvent bouleverser une existence…

XI

L'automne 1958 vit les événements d'Algérie s'accélérer. La situation politique demeurait obscure. C'est ainsi que, à l'imminence du référendum, les dirigeants de la rébellion répondirent en créant, au Caire, le Gouvernement provisoire de la République algérienne, premier gouvernement algérien libre, présidé par Ferhat Abbas, un ancien pharmacien. Était-ce une bonne ou une mauvaise nouvelle ? Les commentaires allaient bon train. Au camp, on s'affrontait à longueur de journée.

Ce qui n'empêcha pas le succès populaire de la consultation électorale voulue par le général de Gaulle. Le oui l'emporta par 80 % des voix en métropole et 95 % en Algérie. À la suite de ce véritable plébiscite, il entreprit, le 3 octobre, son quatrième voyage en Algérie, qui débuta par un discours à Constantine. Pourquoi Constantine ? Méprisait-il Alger ?

Dans le camp de Sidi-Afna, un silence sépulcral s'installa dès le début de la retransmission du discours. Jamais l'armée ne s'était sentie à ce point concernée. Même le chien de Florent, assis devant la porte du mess, semblait tendre l'oreille.

« Algériens, Algériennes, tonna l'orateur, vous vous demandez quel avenir la France vous propose ? Je suis venu vous l'annoncer ! »

Un tonnerre de hurlements et d'applaudissements retentit dans les transistors. Les officiers réunis au mess se regardèrent stupéfaits. C'était la première fois qu'un homme politique s'adressait directement à la population algérienne.

Suivit l'énoncé d'un train de mesures révolutionnaires : entrée massive des musulmans dans l'administration en Algérie ET en métropole. Égalité des salaires. Distribution des terres inutilisées. Scolarisation obligatoire des enfants. Développement industriel du pays. Création de centaines de milliers d'emplois...

Une demi-heure plus tard, laissant les commentateurs se chamailler, David et Florent se rendirent à l'infirmerie. Ils avaient pris l'habitude de discuter dans la salle de réanimation. Il y faisait frais, des bouteilles de bière attendaient toujours dans le frigo réservé aux produits médicaux, et le calme du lieu apaisait les esprits.

Ni l'un ni l'autre ne savait comment interpréter le programme du Général. Florent pensait que ce plan pouvait ouvrir la voie vers une Algérie rénovée. David fit observer qu'aucune des mesures préconisées ne concernait la sécurité dans le pays, de telle sorte que si le FLN s'obstinait à terroriser les gens du bled, où serait le progrès ?

– Investir, développer, c'est bien beau, s'indigna-t-il, mais, pour y parvenir, il faut vivre en paix.

– Il cherche à se concilier la population de base, celle qui souffre le plus.

— Ne rêve pas, Florent. Il fait tout à l'envers, ce grand connard. Il faut d'abord écraser la rébellion une fois pour toutes. Il reste quelques centaines de fellouzes par ci, par là, qui s'acharnent contre des populations foncièrement pacifiques et incapables de se défendre. Débarrassons-nous d'abord de cette vermine, et après il sera temps de scolariser les gosses et de donner à ceux qui le veulent des terres inoccupées… à condition qu'ils sachent les cultiver.

Le lendemain, Florent se précipita à l'hôpital civil, impatient de discuter avec Mouktar. L'infirmier accepterait-il de donner un avis ?

En ville, l'ambiance n'avait pas changé, et partout régnait l'agitation habituelle. Quand le chirurgien entra au bloc, Mouktar semblait l'attendre. Il lui tendit une enveloppe de papier kraft contenant un objet difficile à identifier à la palpation. Florent l'ouvrit. C'était un câble de frein de bicyclette tout neuf. Il éclata de rire.

— Alors, ta femme est d'accord pour se laisser opérer ?

— C'est toi qui l'as proposé, mon lieutenant.

— Chose promise… Il va falloir que tu bricoles ce truc. Donne-moi un papier.

Florent dessina, grandeur nature, la petite olive qui, une fois vissée à l'extrémité du câble, servirait à le faire progresser dans la veine, depuis la cheville jusqu'au pli de l'aine. Puis il réalisa le schéma de la coupelle qui permettrait de réaliser le « stripping » proprement dit, c'est-à-dire l'ablation par arrachement du vaisseau sur toute sa longueur. L'opération pourrait se répéter sur chacun des secteurs veineux pathologiques. Une intervention simple et efficace, bien codifiée en France depuis des années.

Mouktar empocha les dessins et le câble.

– Je m'en occupe, conclut-il. Maintenant, j'ai des malades à te montrer.

– Allons-y.

Le premier était un très vieil homme entouré d'une cohorte de femmes et d'enfants. Mouktar tendit la radio : fracture de la base du col fémoral, peu déplacée.

– Qui c'est ? chuchota Florent.

– Le caïd. Une sorte de juge de paix.

– On lui vissera un clou-plaque demain matin, décida Florent. Tu en as ?

– Oui. Ton prédécesseur en avait fait venir une boîte de l'hôpital Maillot. Je vais te les montrer.

– Très bien. Tu demandes à Gaignault de mettre deux flacons de sang en réserve.

– Entendu.

– Et maintenant ?

– Tu ne vas pas être déçu.

Florent ne se lassait pas de ces consultations sélectionnées par l'infirmier. Il s'agissait, le plus souvent, de cas justifiant des interventions intéressantes. Mais, ce jour-là, la pathologie en question sortait vraiment de l'ordinaire. Dans la salle d'examen attendaient trois personnes : le père, la mère et l'enfant. La femme était assise sur un tabouret, petite et mince, voilée, le haïk hermétiquement maintenu dans la bouche ne laissant deviner que la moitié d'un œil. Le bébé qu'elle berçait dans ses bras, de quelques semaines à peine, gémissait lamentablement. Derrière eux, l'homme se tenait immobile et droit, enturbanné, la peau noire teintée de bleu, l'œil farouche.

Florent les salua sans obtenir de réponse.

Mouktar se pencha vers l'enfant, défit partiellement ses langes et parvint à exhiber une hernie ombilicale étranglée, infectée, sphacélique, qui nécessitait une intervention d'extrême urgence. Le gosse avait de bonnes raisons de gémir. Amaigri, dénutri, déshydraté, infecté… En l'absence de traitement, il ne lui restait plus longtemps à vivre.

– On l'opère immédiatement, décréta Florent.

– La mère aussi est malade, continua Mouktar. Elle a quelque chose au sein.

Florent attendait la suite. Mouktar hésitait.

– Elle a quoi, au sein ? s'impatienta le chirurgien.

– Je ne sais pas. C'est gros et elle a mal. Un abcès probablement.

– Eh bien, montre-moi.

– Il ne veut pas.

– Qui, « il » ?

– Son mari.

– Pourquoi ?

– Parce qu'on ne déshabille pas une femme devant un homme.

– Moi, je ne suis pas un homme, je suis un médecin.

Mouktar leva les bras en un geste d'impuissance :

– Il demande que tu lui fasses une piqûre et il l'emmène.

Florent commençait à bouillir :

– Écoute-moi, Mouktar. Tu lui dis que je ne soigne pas les gens comme ça. Que je suis prêt à examiner son épouse en pure discrétion et à opérer son fils, le tout à ma manière. S'il n'est pas content, qu'il s'en aille.

Mouktar traduisit patiemment. Pour toute réponse, l'homme donna un ordre guttural à la femme qui se leva avec son bébé. Tous trois prirent le chemin de la sortie.

– C'est trop con, s'indigna Florent. Il faut au moins opérer le petit, sinon il va crever.

191

L'infirmier les rappela en haussant le ton. L'homme s'immobilisa, se retourna, enleva l'enfant des bras de sa femme et le tendit à Mouktar, puis il s'en fut, sans avoir prononcé un mot, suivi par son épouse. Était-elle soumise ou terrorisée ?

– Putain ! On se croirait au Moyen Âge, grommela Florent. Allez, Mouktar, dépiaute-moi ce geignard qu'on en sache un peu plus.

L'enfant avait perdu un maximum de poids et tremblait de fièvre. Prévenu par la rumeur, Menanteau arriva.

Il siffla d'étonnement devant le spectacle.

– On opère les crevettes, maintenant ?

– Oui. Et il faut se grouiller sinon il n'y aura plus personne à opérer.

L'anesthésiste se pencha sur l'ombilic gangrené et fit la grimace :

– Tu as raison, il n'y a pas de temps à perdre. Mais ce n'est pas gagné !

Endormir un bébé en si mauvais état relevait de l'exploit dans cet hôpital vétuste. Mais ne pas l'opérer, c'était pis. Florent en était bien conscient. Sans parler des problèmes post-opératoires.

– Tu lui balanceras une bonne giclée d'antibiotiques avec l'anesthésie.

– Je lui balancerai tout ce que tu veux. Au point où on en est...

Menanteau suait à grosses gouttes.

Ils installèrent directement l'enfant en salle d'opération et commencèrent, sous anesthésie locale, par dénuder une veine du bras pour obtenir un prélèvement de sang et brancher une perfusion conséquente. Gaignault vint s'occuper du groupe sanguin et de la numération. Puis Florent sortit se laver les mains avec l'infirmière désignée pour l'aider.

Une fois l'équipe habillée et le matériel préparé, Menanteau poussa sa seringue en tremblant. Un si petit corps entouré de tous ces adultes composait un poignant spectacle !

Florent installa les champs et se mit au travail, mort d'angoisse. La vie de ce bébé dépendait vraiment de leur compétence, à Menanteau et à lui. Quel drame ce serait s'ils échouaient !

L'excision de la zone cutanée nécrosée libéra le pus sous-jacent, et Florent arriva ensuite à la hernie proprement dite. L'anse intestinale étranglée, violacée, parsemée de taches noires, laissait suinter un liquide verdâtre. Il dut agrandir l'orifice ombilical pour attirer vers l'extérieur le secteur d'intestin porteur de la nécrose, jusqu'à ce qu'apparaisse du tissu sain. Dès lors tout alla très vite : deux pinces à la base de l'anse malade, un coup de ciseau pour enlever la partie étranglée, et suture bout à bout du grêle restant.

Florent bénissait le ciel d'avoir été formé à Beaujon au temps où les Algériens des banlieues réglaient leurs différends à coups de mitraillette. Des sutures digestives, il en avait vu exécuter (puis exécuté lui-même) à longueur de gardes. Il avait même eu la chance de participer à l'éclosion d'une technique nouvelle, plus rapide et précise que les méthodes traditionnelles prisées encore par de nombreux chirurgiens (en particulier les militaires) formés à l'ancienne.

L'intestin de l'enfant, orné désormais d'une couronne de minuscules fils de nylon, réintégra spontanément l'intérieur de l'abdomen, et Florent put fermer la brèche pariétale. Le geste chirurgical proprement dit n'avait pas été difficile, mais dans ce contexte infectieux, nul ne pouvait affirmer que la réparation de la paroi tiendrait. De toute façon il n'y avait pas d'autre solution. Dieu et les antibiotiques devraient se mobiliser.

Un pansement et un solide bandage abdominal terminèrent l'opération tandis que les jambes du nourrisson ébauchaient les premiers mouvements du réveil. Menanteau poussa un soupir de soulagement, débrancha l'oxygène et jeta un coup d'œil à ses coéquipiers. Florent lui posa la main sur l'épaule.

– Bravo ! Tu es un chef !

– Merci. On ne me félicite pas assez souvent dans cet hôpital.

Un bon rire général fit retomber la tension qui les avait rendus muets pendant plus d'une heure.

– Et pour la femme ? demanda Florent en se tournant vers Mouktar.

L'infirmier avait pris dans ses bras le bébé qui gesticulait maintenant.

– Je vais essayer de convaincre le père en lui montrant que tu as sauvé son garçon. C'est important, un garçon ! Alors qu'une femme… il en a sûrement d'autres, ou il en trouvera une s'il perd celle-ci. Ce n'est pas ça qui manque. Tu sais, ce sont des populations très frustes qui vivent aux confins du désert, sous des tentes, avec quelques chèvres, un âne, peut-être un dromadaire. Comment leur expliquer ce qu'est un abcès du sein ?

– Fais pour le mieux.

Mouktar parti, Florent et Menanteau allèrent s'asseoir dans la salle des infirmiers. Ils se lamentèrent sur l'état de ces gens plus ou moins nomades que la civilisation n'avait manifestement pas atteints.

– La France est tout de même présente dans ce pays depuis plus d'un siècle, bordel ! gronda l'anesthésiste. Que fait l'administration ? Celle dont on parle tant et qu'on prétend indispensable au développement de ce beau pays.

Mouktar revint en secouant négativement la tête.

– Impossible de lui faire entendre raison. Mais j'ai réussi à le convaincre de dormir ici, cette nuit, avec sa femme qui allaite le bébé, et peut-être même les jours suivants, pour les pansements du petit. On verra. Si j'ai bien compris, c'est son seul fils. Alors il y tient. Je vais mettrer les infirmières dans la confidence pour qu'elles essayent de voir, quand nous serons partis, à quoi ressemble ce sein malade.

Florent se résigna.

– Fais pour le mieux, Mouktar. On va proposer d'ajouter au plan de Constantine un chapitre sur la médicalisation des populations nomades. Qu'en penses-tu ?

L'infirmier prit son air buté :

– Je pense quoi de quoi ?

– Du plan… de Constantine ?

– C'est qui ce Duplan ? Je connais pas de Duplan, ni ici, ni à Constantine.

Florent et Menanteau éclatèrent de rire.

– Tu te fous de nous Mouktar ! Ne me dis pas que tu ignores ce que de Gaulle a raconté hier, à Constantine.

– Tu sais, mon lieutenant, je connais personne dans ce coin-là, alors ça ne m'intéresse pas.

Les deux médecins quittèrent l'hôpital avec la pénible sensation que l'infirmier chef s'était payé leur tête. Cet homme rusé évitait systématiquement d'engager la conversation sur le terrain politique. En toute circonstance, il fuyait comme une anguille.

« Et Walid, se demanda Florent, que pense-t-il d'un tel plan ? »

Un appel urgent en provenance du camp les ramena aux obligations quotidiennes, et la Jeep les remonta en trombe. Dès leur arrivée, le sergent Bressuire leur apprit qu'on attendait des blessés annoncés par radio.

– Que s'est-il passé ?

– On n'en sait pas plus que vous, mon lieutenant.

Florent regarda sa montre. Il était trop tard pour évacuer des gus sur Alger par ventilo, donc on allait opérer sur place. Toute l'équipe se mit au travail pour préparer le matériel.

Une demi-heure plus tard, le convoi pénétrait sur la place centrale.

Florent s'était habitué au cérémonial : la lente file des véhicules ; l'attroupement général ; l'ouverture des ridelles ; la sortie des brancards qu'on pose sur le sol où les infirmiers viennent les prendre.

Cette fois, ô surprise, il ne s'agissait pas de militaires mais de rebelles en treillis. Florent se précipita vers le premier : inerte, baignant dans une mare de sang, avec un pouls à peine prenable.

– Ça va ? lui demanda le chirurgien.

L'homme entrouvrit les yeux.

– J'ai mal, chuchota-t-il, le souffle court.

– On va te soulager.

– Ils ont été cueillis par des rafales tirées d'un T6, lança un sous-officier. Les radios nous ont signalé leur position et on n'a eu qu'à les ramasser. Cinq blessés et trois morts.

– Celui-ci ne vaut guère mieux, grinça Florent à voix basse. Vite, en salle d'op.

Les infirmiers allaient s'emparer du brancard quand une voix les immobilisa.

– Pas si fite ! Moi tapord !

Florent se retourna pour se trouver nez à nez avec un gigantesque sergent parachutiste. Ce devait être un de ces Allemands de l'Est, nombreux dans ce type d'unité, souvent chargés du renseignement, tâche qu'ils adoraient.

– Tapord che l'interroche, et après tu t'en occupes comme tu feux.

– Pas question, aboya Florent. C'est moi qui commande ici.

– Tu commantes rien tu tout !

Avisant le galon du parachutiste, le chirurgien changea de méthode.

– Et puis d'abord, garde à vous !

L'homme hésita et, par réflexe, obéit. Fier de son coup d'éclat, Florent lui tourna le dos et fit signe aux infirmiers de rentrer le brancard dans l'infirmerie.

– Grouillez-vous de le déshabiller et de le mettre sur la table.

Le para revenait mal de sa surprise.

– Ça, mon lieutenant, fous l'emporterez pas dans le paratis.

– C'est ça, sergent, allez vous plaindre au diable.

Florent entra dans l'infirmerie à la suite du blessé et referma la porte derrière lui. Le fellouze avait été touché par une balle de 12,7 tirée d'avion. C'est peu de dire que les dégâts étaient impressionnants ! L'orifice d'entrée se situait sous l'omoplate gauche et l'orifice de sortie au-dessus du pubis.

– Poumon, diaphragme, colon, grêle et vessie, énuméra Florent pour Menanteau qui accourait.

— Tu es sûr de n'avoir rien oublié ? répondit l'anesthésiste avec cet humour cynique qui agaçait tant ses collègues.

— Je ne peux rien affirmer, reprit Florent sur le même mode. Peut-être le foie et l'estomac en plus. Mais on le saura quand tu l'auras endormi au lieu de dire des conneries.

Gaignault s'occupait déjà du groupage et rameutait les donneurs du camp. Il assurait que, même pour les rebelles, les volontaires ne manquaient jamais. Florent s'en réjouit.

L'opération dura toute la nuit. Huit flacons de sang furent nécessaires. À l'aube, l'homme vivait toujours, avec une rate et un morceau de foie en moins, un drain dans la plèvre, un diaphragme réparé, le colon abouché à la peau, six plaies du grêle suturées, la vessie fermée sur une sonde et une perfusion dans chaque bras.

— Et les autres blessés ? s'enquit Florent en tirant sur son masque.

— Rien de grave, répondit le sergent Bressuire, gêné. On a fait leurs pansements et les gens du DOP les ont emmenés.

Il leva les bras en signe d'impuissance. Florent baissa la tête sans rien ajouter. Écœuré, il jeta ses gants, dénoua sa casaque et s'en fut prendre un café avec Gaignault. Menanteau leur cria d'aller devant, il les rejoindrait.

Le chien les accompagna, étonné que personne ne s'occupe de lui.

L'équipe médicale se retrouva bientôt réunie au mess pour un petit déjeuner reconstituant. Éreintés, tous dévoraient comme des automates.

Florent en était à sa troisième tartine quand un planton vint se mettre au garde-à-vous devant lui.

– Mon lieutenant, le colonel vous demande.

Florent ne fut pas autrement surpris.

– Dites-lui que j'arrive.

Et il continua de manger.

Un capitaine qui déjeunait, assis à une table voisine, se retourna :

– Non, toubib ! Il faut y aller tout de suite.

– Mais j'y vais, mon capitaine, j'y vais, pas de panique ! Le colonel, il a dormi toute la nuit, lui. Pas moi. Alors je prends des forces. Vous y voyez un inconvénient ?

Chacun connaissait l'insolence habituelle des médecins, mais à ce point, ça frisait la rébellion. L'air scandalisé du légionnaire n'empêcha pas Florent de finir sa tartine et son bol de café, de s'essuyer paisiblement la bouche et de partir d'un pas tranquille. Une telle désinvolture envers un officier supérieur relevait de la folie – ou de l'inconscience.

La baraque de commandement dominait le camp, et, depuis les bureaux, la vue devait offrir un superbe panorama. Florent fit coucher le chien devant la porte et entra. Dans le bureau, derrière une petite table, un secrétaire salua Florent qui se présenta.

– Sous-lieutenant Schœnau.

– Bonjour, mon lieutenant. Le colonel vous attend.

Florent connaissait peu cet officier austère qu'il avait pourtant vu au bord des larmes le jour où douze de ses hommes avaient été assassinés à la hache. Le visage long et osseux, des lunettes d'acier, des cheveux gris en brosse, il était assis derrière un bureau encombré de dossiers et signait des documents. Il ne leva pas la tête à l'entrée du chirurgien.

« On dirait mon père », pensa Florent. Un long moment s'écoula ainsi, dans un silence à peine troublé par le frottement des papiers.

« Il veut m'impressionner », songea-t-il encore, et il se prépara mentalement à ne pas se laisser faire. Il ne s'était pas mis au garde-à-vous. Debout, mains derrière le dos, regardant par la fenêtre manœuvrer des véhicules qui venaient décharger des caisses de munitions, il se comportait comme s'il n'avait pas été concerné.

– Tenez, Schœnau.

Sans autre entrée en matière, le colonel lui tendit une feuille qu'il venait de signer. Florent parcourut l'en-tête imprimé, pompeux et emberlificoté, pour arriver à la phrase centrale tapée à la machine : « Désormais, les rebelles blessés seront dirigés vers les locaux d'interrogatoire avant d'être conduits à l'infirmerie. » Signé : colonel Valmondois.

Florent haussa les sourcils et prit ce que son père appelait sa « tête à claques ».

– Merci, mon colonel ! Voici un document qui va plaire au *Canard enchaîné*.

L'autre resta un instant bouche ouverte, puis se reprit :

– Mais vous n'avez pas le droit…

– Qui vous dit que c'est moi qui vais le leur envoyer ?

Sans y avoir été invité, Florent, fatigué, s'assit sur l'une des chaises posées devant le bureau. Médusé par ce comportement, l'officier ne réagit pas. Florent plia le papier, redressa la tête et s'exprima sans aucune gêne :

– Comprenez-moi, mon colonel. Je suis médecin. Alors, un blessé à l'article de la mort, je m'en occupe séance tenante. D'où qu'il vienne et quoi qu'il ait fait. J'ai prêté ce serment devant mes pairs. Je fais mon boulot et vous le vôtre. Je ne suis jamais allé fourrer mon nez dans vos fameux locaux d'interrogatoire où des pauvres types hurlent des heures durant. Et jamais non plus je ne vous ai demandé des explications sur ces blessés qui ne parviennent – ou ne reviennent – jamais jusqu'à l'infirmerie. Vous exercez votre métier à votre façon et vous rendrez des comptes à votre conscience. Ce n'est pas mon affaire. Mais le blessé qui m'est confié, il est à moi, et je m'en occupe. Et même si le sergent de la Légion que j'ai viré avait eu cinq galons sur les épaules, excusez-moi, mon colonel, ç'aurait été pareil.

Cette dernière phrase fit prendre à l'officier une jolie teinte aubergine.

– Jamais personne n'a osé me parler ainsi, Schœnau.

– C'est bien dommage, parce que…

– Taisez-vous ! Vous n'êtes qu'un petit con et…

Florent se leva brusquement et sa chaise tomba en arrière avec fracas.

– Permettez-moi de me retirer, mon colonel, je ne suis pas venu ici pour me faire insulter.

Il exécuta un demi-tour qui n'avait rien d'académique et se dirigea vers la porte.

– Schœnau ! hurla le colonel. Je vous ordonne de rester ici !

Florent s'immobilisa et fit face, blême, le cœur battant la chamade. L'officier contourna son bureau et s'avança à pas lents vers le chirurgien qui n'en menait pas large.

« Il va me mettre son poing dans la gueule », pensa Florent en se demandant comment il devrait réagir. Éviter le coup, le rendre, encaisser ? Mais rien ne se déroula comme prévu. Le colonel, d'un geste rapide, lui arracha le document qu'il avait à la main, le chiffonna et le jeta à l'autre bout de la pièce.

– Ne croyez surtout pas avoir gagné, Schœnau, avec vos idées à la noix. Vous ne me connaissez pas. Je n'ai pas l'habitude de me laisser marcher sur les pieds par des gamins de votre espèce. J'ai plusieurs centaines d'hommes sous mon commandement, et j'assume la responsabilité de ce secteur. Ce n'est pas vous, mon petit bonhomme, qui m'apprendrez mon métier. Foutez-moi le camp. Vous êtes muté. Et le rapport que je vais vous coller au cul vous poursuivra longtemps, faites-moi confiance.

Sous la bourrasque, Florent avait eu le temps de reprendre ses esprits.

– Votre rapport croisera le mien.

– Vous passerez en cour martiale.

– Chiche !

Le colonel ne savait plus comment se sortir de cette situation. L'armée est un corps solidement hiérarchisé qui craint le scandale comme la peste. L'officier se voyait déjà obligé d'expliquer à ses supérieurs la genèse d'un incident relaté dans la presse. Et pas n'importe quelle presse. Il ne pouvait pas non plus se déconsidérer devant ce morveux.

– Vous êtes aux arrêts de rigueur, Schœnau, dans votre chambre, jusqu'à nouvel ordre.

Florent ébaucha un sourire :

– Dans ma chambre ? Parfait. Je suppose que vous allez opérer vous-même les malades de l'hôpital ? Je vous signale que le caïd Si Taoufic s'est cassé le col du fémur hier soir, qu'il est intransportable, et que l'intervention est prévue (il regarda sa montre) pour dans deux heures. Toute sa famille est sur place. Ils ont donné du sang. Vous

vous chargerez de leur expliquer pourquoi le chirurgien n'opérera pas ce grand ami de la France.

Le colonel se sentait mal. Il changea de ton et se fit soudain doucereux :

– Allez opérer vos malades, lieutenant Schœnau, avant que je vous démolisse le portrait. Nous reprendrons cette conversation à tête reposée, je vous le promets.

– À votre disposition, mon colonel.

Florent lui jeta un dernier regard sans aménité et sortit.

Sur le chemin de l'infirmerie, il poussa un énorme soupir. Dans quel merdier s'était-il fourré, par bravade, par goût de la provocation ? Ce type d'affrontement lui rappelait ceux qui l'opposaient régulièrement à son père depuis l'enfance. Combien de fois s'était-il trouvé ainsi, acculé par l'injustice, à lui tenir tête avec une insolence bravache ? De telles séances se terminaient souvent par une baffe retentissante. Oserait-il encore, maintenant ? Peut-être.

Au mess, tous ses copains l'attendaient :

– Alors ?

– Alors quoi ?

– Tu t'es fait engueuler ?

– Non, pourquoi ? On a parlé de l'organisation du travail.

La déception se peignit sur les visages. Florent avait repéré à quelques tables de là le commandant Manet, adjoint du colonel, qui tendait l'oreille.

Imperturbable, il continua :

– Le colonel voulait me recommander tout particulièrement le caïd qu'on va opérer ce matin à l'hôpital. Allez, les gars, au boulot. Faut pas décevoir nos autorités !

Il se leva et sortit crânement, suivi du chien.

Menanteau et Gaignault l'imitèrent sans protester, alors qu'ils n'avaient pas fermé l'œil de la nuit. Une douche et ils seraient prêts à commencer une nouvelle journée.

Sur le chemin de la ville, Florent leur raconta ce qui s'était réellement passé avec le colonel Valmondois. Menanteau grommela quelque chose d'incompréhensible selon son habitude, et Gaignault frappa amicalement l'épaule du chirurgien :

— Bravo ! Tu as bien fait, mon gars. Et ils ont pas intérêt à nous emmerder, ces cons-là !

Mouktar conduisit l'équipe chirurgicale auprès du vieux caïd résigné à subir le sort décidé par Allah. Florent avait choisi un clou-plaque de modèle ancien mais qui conviendrait à ce type de fracture.

Pendant que les panseuses, désignées pour aider, se lavaient les mains et que Gaignault branchait un premier flacon de sang, Mouktar montra à son chirurgien le stripper prêt à l'emploi. Il était parfait.

— Superbe ! Il n'y a plus qu'à le stériliser.

Puis Florent se pencha vers l'infirmier pour lui confier à voix basse :

— Conseille à ta femme de se décider rapidement, parce que mes jours sont comptés à Sidi-Afna.

— À cause du gars d'hier soir ?

— Dis-moi, tu es drôlement bien renseigné, toi !

Pris en flagrant délit, l'infirmier se détourna.

— Les bruits courent. C'est tout.

— Ils courent vite !

L'intervention se déroula sans problème. Le vieil homme était maigre et résistant, sa fracture, nette, et son fémur, en bon état. La radio de contrôle aurait pu illustrer un manuel de pratique chirurgicale.

Mouktar sortit la montrer à la famille, aussi fier que s'il avait opéré lui-même. Florent joua les modestes sans avouer qu'il n'en était qu'à son troisième essai. Allah avait guidé sa main.

Sitôt le patient ramené dans son lit, Mouktar laissa les infirmières finir les soins et rejoignit Florent :

– Viens voir.

Il l'entraîna dans la chambre où dormait l'enfant opéré de la hernie ombilicale. Dans un coin, debout comme un cierge, les bras croisés, le père veillait. Allongée à côté du bébé, la mère sommeillait, et elle sursauta quand Florent entra. Elle se voila le visage, mais pas assez vite pour qu'il ne puisse entrevoir sa frimousse enfantine. Quel âge pouvait-elle avoir ? Quinze, seize ans ? Son buste, sous le voile, portait une curieuse déformation.

– L'abcès a éclaté cette nuit, précisa Mouktar tout en ouvrant le pansement du nourrisson. J'avais prévenu les infirmières. Elles ont agrandi l'ouverture et mis un drain. D'après elles, tout ira bien. Elles ont convaincu le père de rester ici jusqu'à la cicatrisation de la hernie. Donc mes filles continueront à soigner la mère qui s'en tirera bien, elle aussi.

– Bravo !

La plaie opératoire de l'enfant était propre. Florent n'osait pas manifester sa fierté. Il changea de sujet :

– Si tu manques d'antibiotiques, c'est le moment d'en demander au colonel. Je crois que, dans les circonstances actuelles, il sera prêt à satisfaire tous tes caprices.

– Je sais.

– Mais tu ne donneras pas tout au maquis, hein !

Mouktar ne répondit pas. Il avait un autre malade à montrer : un vieillard, allongé dans la salle commune et qui semblait dormir. Il ouvrit les yeux en entendant les deux hommes s'approcher. L'infirmier lui dit quelques paroles en arabe avant d'écarter le drap qui le recouvrait.

Devant le spectacle, Florent se figea. Comment était-ce possible ? Cet homme avait, croisés sur la poitrine, les deux avant-bras brisés, avec, au niveau des fractures, des cicatrices circulaires qu'il n'était pas nécessaire d'examiner de près pour en comprendre l'origine. On l'avait suspendu par une corde jusqu'à ce que ses os se cassent. Mouktar tendit les radios vers la lumière. Elles montraient un début de cal. Cet « accident » remontait donc à plusieurs semaines.

– Pourquoi n'est-il pas venu ici plus tôt ? demanda Florent, catastrophé.

– Je ne sais pas. Il est sourd et muet de naissance.

– Alors pourquoi a-t-il été torturé ainsi ?

– Parce que, justement, il n'a jamais « voulu » parler.

Florent détourna les yeux. Cette fois il avait franchement honte ! Il recommanda de plâtrer les deux bras du vieil homme en essayant de respecter la meilleure position de fonction. Au moins parviendrait-il ainsi à un niveau d'impotence supportable.

Le lendemain, c'est sa femme que Mouktar avait inscrite au programme. Paniquée, les yeux obstinément fermés, elle semblait sûre de partir vers l'au-delà. Son mari fit preuve, avec elle, d'une tendresse bourrue qui émut les médecins. Elle ne prononça pas une parole et se laissa endormir en murmurant des versets du Coran.

L'état de ses jambes imposa plus de quatre heures d'intervention pour mener à bien les multiples excisions veineuses nécessaires.

– Tout doit être parfait du premier coup, expliqua Florent d'un ton fataliste, car je crains fort de ne pas avoir la possibilité de la réopérer.

Quand elle se réveilla, elle jeta d'abord un coup d'œil à ses jambes et sourit en les retrouvant. Puis elle saisit la main de Florent et y porta ses lèvres. En retour, le chirurgien se pencha vers elle et lui déposa un baiser sur le front. Les infirmières qui les entouraient applaudirent ce geste sacrilège.

Enfin, le verdict tomba : toute l'équipe chirurgicale était mutée par mesure disciplinaire. Retour à Alger et mise à la disposition de la 10ᵉ région militaire.

La nouvelle les cueillit à froid et ils restèrent muets. Puis chacun manifesta son sentiment. Florent s'excusa d'avoir entraîné ses copains dans une aventure dont nul ne savait comment elle se terminerait.

– Ne t'inquiète pas, fit Gaignault en le prenant par l'épaule pour le consoler. Un, tu as eu raison. Deux, nous ne risquons pas grand-chose.

Menanteau se détourna en bougonnant :

– Faut pas rêver ! N'oublie pas que s'il existait encore des galères, nous serions déjà en train de ramer.

David n'apprécia pas non plus la nouvelle. À Sidi-Afna, il perdait trois copains d'un coup.

L'arrivée des remplaçants étant fixée au lundi suivant, Mouktar invita les trois complices à déjeuner chez lui le dimanche. Pour la dernière fois. Combien en avait-il déjà vus passer, des médecins du contingent ? Des bons, des nuls, des sympa, des odieux ? Gaignault lui posa la question. Selon son habitude, il éluda.

– Vous êtes tous bons, mon lieutenant.

– Bien sûr ! Mais il y en a qui sont meilleurs que d'autres, non ?

Mouktar prit son air malin :

– Oui, y en a. Par exemple, toi, mon lieutenant, j'en ai jamais connu de pareils !

Tout le monde éclata de rire et le réanimateur leva le poing comme pour frapper, mais son geste se termina par une claque fraternelle sur la main tendue de l'infirmier.

– Cette fois, je t'apporterai du champagne, conclut-il.

– Tu as raison ! Comme ma religion m'interdit l'alcool, c'est toi qui boiras ma part. Ça me fera plaisir.

Le samedi soir, Mouktar entraîna Florent vers la porte dérobée de l'hôpital. Inutile de lui faire un dessin.

Walid attendait dans le salon, devant le traditionnel plateau de thé à la menthe. Il se leva à l'entrée de Florent mais ne commença à parler qu'après la sortie de l'infirmier.

– Je suis triste de te voir partir, toubib.

C'était la première fois qu'il tutoyait Florent. Celui-ci ne se déroba pas.

– Moi aussi, je suis triste, tu sais, j'aimais bien ce poste.

– J'ai essayé de savoir comment va le *djounoud* que tu as sauvé, mais c'est impossible. Il est gardé nuit et jour.

– Il ne va pas mal. Mais il aura besoin de soins pendant longtemps.

– Quand il sera en état d'être interrogé, il pourra dire ce qu'il voudra. Cela n'aura plus d'importance. Tu nous as rendu un fier service.

– Ce n'était pas mon but. J'ai soigné un blessé, rien de plus.

– Tu es un homme de devoir.

– Évite les grands mots, Walid. Je suis médecin avant d'être soldat. C'est tout.

– Mais tu es soldat quand même.

– Obligé. Personne ne m'a demandé mon avis.

Walid sourit. Il tendit à son vis-à-vis l'assiette de galettes aux amandes. Florent remarqua ses mains longues et fines. Les mains d'un prince des *Mille et Une Nuits*. Un prince félon.

– Écoute-moi, toubib, reprit-il. Tu vas te retrouver à Alger, n'est-ce pas ?

– Lundi, oui. Mais qui sait où je serai muté ensuite ?

– Tu connais l'hôpital Mustapha.

– Non, mais des amis pieds-noirs y ont été internes.

– Tu voudrais y aller ?

– Pour y faire quoi ?

– Ils cherchent un professeur pour l'école d'infirmières. Un professeur qui enseigne la chirurgie. C'est traditionnellement un militaire qui occupe ce poste. Si on te sollicitait, accepterais-tu ?

Florent ne comprenait pas où l'inquiétant personnage voulait en venir. Il resta sur la réserve.

– Je ne sais pas. Pourquoi ?

– C'est une bonne planque.

– Je ne cherche pas une planque.

– Il n'empêche qu'après tout ce temps passé à Sidi-Afna, Alger, ça va être le paradis. Non ?

Florent se méfiait :

– Peut-être, oui. Mais rien ne prouve que j'y resterai.

Walid se leva et lui tendit la main :

– Si tu le veux, tu y resteras. Crois-moi.

Florent ne répondit pas, à la fois intrigué et mal à l'aise. Walid se dirigea vers la porte, puis se ravisa. Il remonta la jambe de son sarouel sur sa cheville opérée et fit fonctionner son pied : les mouvements étaient normaux.

– Merci, toubib. Je paye ma dette.

Le malaise de Florent s'amplifia. Que signifiait cette sollicitude soudaine ?

Florent, déposé par Mouktar au portail du camp, se dirigea vers l'infirmerie en lançant à l'entour des regards empreints de nostalgie. Tout n'était pas parfait dans cette affectation, mais il avait vécu là de grands moments d'exaltation. Que lui réservait l'avenir ?

À la porte de l'infirmerie, le Loup, comme chaque soir, attendait son maître en sautant de joie. Il se dressa devant Florent qui lui saisit les pattes et lui parla à l'oreille :

– Bonsoir, mon bon copain, demain ce sera notre dernier jour et je ne peux pas t'emmener. Ne sois pas triste. J'essayerai de revenir.

Il n'y croyait pas. En caressant le chien, il ne fut pas loin de penser qu'il allait abandonner l'être le plus humain de toute la garnison. Ils rentrèrent enfin, et le Loup se coucha au pied du lit.

XII

Florent retrouva avec émotion le grand porche de l'hôpital Maillot. Presque un an déjà…

Il souriait, mais une sourde angoisse le taraudait. Menanteau affichait une mine sinistre et ne put s'empêcher de râler.

– Après tout, je n'y suis pour rien, moi. Je n'ai pas demandé à l'opérer, ce gus.

– Tu te désolidarises ? fit Gaignault, soudain menaçant.

– Non, mais tout de même. Si je suis puni, c'est injuste.

– Fallait le dire le soir même.

– Ouais. J'aurais peut-être dû.

L'adjudant de semaine les conduisit au détachement, où chacun prit une chambre dans un étage à moitié vide.

– À l'armée, la solitude, c'est le luxe, clama Gaignault en se jetant sur son lit.

– Bon, on va se présenter au père Darbois ? proposa Menanteau. Vaut mieux en finir vite.

– Du calme, protesta Gaignault. Tu as vu l'heure ?

– Ben oui, justement. Il est trois heures. Moi, je ne veux pas me ronger les sangs jusqu'à demain.

– Eh bien, vas-y. C'est ton problème. Je constate seulement que les bureaux vont bientôt fermer et que l'impatience n'est pas de mise. On peut attendre tranquillement demain matin. Rien ne presse. Maintenant, moi, j'ai envie d'aller faire un tour en ville, et ce soir je vous invite à dîner à la Pêcherie.

Menanteau refusa :

– Allez-y sans moi. J'ai pas le cœur à rigoler.

– Libre à toi.

Méprisant l'attitude de l'anesthésiste, Florent et Gaignault posèrent leurs bagages et prirent la clé des champs. Le réanimateur cachait mal sa joie.

– Autrefois, je connaissais une petite PFAT ravissante. J'espère qu'elle est encore là. Je lui conterais volontiers fleurette à nouveau.

– Une quoi ? demanda Florent.

– PFAT : personnel féminin de l'armée de terre. Des filles solides, souvent très sympa, mais qui bossent au milieu de garçons et qui ne peuvent sortir avec aucun sans provoquer les quolibets des autres. Alors, quand elles s'en trouvent un à l'extérieur, quelle fête !

Florent ne répondit rien. Il pensait avec nostalgie aux fêtes qu'il avait connues, lui aussi, en d'autres temps, dans un certain appartement d'El-Biar. Jamais Myriam n'avait répondu à une seule de ses lettres et il restait fermement décidé à ne pas lui téléphoner. Cette fois, c'était bien fini.

Au restaurant, les clients se pressaient, mais le patron reconnut Gaignault et leur offrit un verre de rosé pour les faire patienter en attendant qu'une table se libère.

— Il y a longtemps que j'avais envie de me taper un bon poisson, se réjouit-il. J'en avais marre de bouffer les ragoûts du mess de Sidi-Afna.

Florent renchérit tout en sirotant son sidi brahim glacé. Ils bavardaient depuis un moment quand Gaignault aperçut un de ses copains, un petit homme tout rond, qui entrait dans la salle. Il lui fit de grands gestes.

— Salut, Francis. Tu es seul ?

— Non, je dîne avec des amis (il jeta un coup d'œil circulaire) qui ne sont pas encore là.

— Je te présente Florent Schœnau, mon chirurgien. En les attendant, tu vas boire un verre avec nous. Le patron te l'offre. Alors, raconte : comment va notre blanche capitale truffée de généraux ?

— La blanche capitale est dans son habituel état d'ébullition latente, mais les généraux font la tronche depuis hier.

— Que leur arrive-t-il, à ces pauvres chéris ?

— De Gaulle a envoyé une lettre à Salan intimant l'ordre à tous les militaires de quitter les comités de salut public. Ils les colonisaient depuis le 13 mai. Tu te rends compte !

— Et ils vont obéir ?

— Réfléchis. De Gaulle est président du Conseil des ministres ET ministre des Armées. C'est leur patron. Ils n'ont qu'à la fermer.

Gaignault ricana :

— Putain ! L'armée d'Alger qui obéit à un gouvernement de Paris, c'est nouveau, ça !

— Et comment réagissent les civils du CSP d'ici ? s'enquit Florent, dont les souvenirs revenaient en rangs serrés.

213

– Il paraît que Lagaillarde est fou de rage. Le comité siège en permanence. Ils disent que de Gaulle les a trahis. Ça va encore barder un jour ou l'autre.

– C'est drôle, dès que je me pointe à Alger, on y fait la révolution. À croire qu'ils ne me supportent pas !

La table s'étant libérée, ils allèrent s'y installer.

– Qui est ce type si bien renseigné ? demanda Florent.

– Francis Brunet, un ami d'enfance de mon plus jeune frère, élève de l'ENA, en stage préfectoral au GG et forcément au courant de tout.

Les deux compères s'offrirent un dîner de rêve et ne parlèrent que de Paris, de leurs patrons et de la carrière qui les attendait quand ils en auraient fini avec ce merdier algérien. Ils rentrèrent à Maillot avant le couvre-feu, éméchés et ravis.

Le lendemain, il fallait bien qu'ils se décident à affronter l'autorité militaire. La mine basse, ils se présentèrent tous les trois, à neuf heures pile, au bureau de la direction. Le secrétaire les fit asseoir et ils commencèrent par poireauter une demi-heure.

– C'est mauvais signe, gémit Menanteau.

– Ta gueule ! répliqua Gaignault sans ménagement.

Finalement le colonel Darbois les reçut avec son habituelle bonhomie teintée d'ironie.

– Alors, les enfants, c'était bien, Sidi-Afna ?

Les trois accusés se regardèrent et Gaignault se chargea de répondre :

– Très bien, mon colonel. Un peu froid l'hiver et un peu chaud l'été, mais à part ça, rien à dire.

Le vieil homme prit un air innocent :

– Je n'ai pas compris pourquoi le colonel Valmondois m'a subitement demandé de changer toute l'équipe. Il n'avait pas l'air content. Racontez-moi un peu ce qui s'est passé.

Comme Gaignault examinait avec une attention soutenue le bout de ses chaussures, Florent se lança :

– C'est de ma faute, mon colonel. J'ai refusé de laisser interroger un fellouze blessé avant qu'il ait été opéré. Un sergent de la Légion s'est plaint au colonel Valmondois.

Darbois leva les sourcils :

– Mais vous ne pouviez pas faire autrement.

– Il faudra l'expliquer à votre collègue.

– Pourquoi ne m'a-t-il rien dit de cette histoire ?

– Nous avons eu un petit affrontement et…

– Et ?

– Je l'ai menacé de prévenir *Le Canard enchaîné*.

Un silence épais suivit cette information. Darbois ferma le dossier.

– Je commence à mieux comprendre. Que vais-je faire de vous, maintenant ?

Gaignault leva la main comme à l'école :

– J'ai une idée, mon colonel.

– Refusée !

– Ah bon.

Menanteau, blême, gardait la tête basse. Darbois reprit ses papiers.

– En bonne logique, je serais tenu de sévir. Mais il faudrait instruire cette affaire dans le détail et entendre le point de vue de chacun. Je ne suis pas convaincu que ce soit opportun. Je vais passer l'éponge, puisque je ne suis pas saisi d'une plainte officielle. Toutefois, je vous conseille de vous tenir désormais à carreau. Je ne vous tirerai pas d'affaire deux fois.

Les trois garçons semblaient frappés de mutisme.

Le colonel les regarda un à un longuement et se décida :

– Bon ! Pour vous, Schœnau, j'ai une demande de l'hôpital Mustapha. Quelqu'un leur a soufflé votre nom. Je ne sais pas qui. Ils cherchent un enseignant pour l'école d'infirmières. Apparemment, il n'y a pas de volontaire. (Il fit la grimace.) Il faut dire que ce n'est pas très passionnant. Ça vous tenterait de jouer au prof ?

Florent pensait à Walid. Devait-il accepter de devenir son débiteur ? Il ne savait que répondre. Il se défaussa :

– C'est vous qui décidez, mon colonel.

– Adjugé. Menanteau, vous avez quatre mois à tirer... Je ne vais pas vous renvoyer au fin fond du bled. Je devrais, mais... J'ai un anesthésiste victime d'une hépatite à Tizi Ouzou, en Kabylie. Vous le remplacerez le temps qu'on sache comment ça tourne pour lui. D'accord ?

– D'accord, mon colonel.

– Gaignault. Il vous reste...

– Quatre mois aussi...

– Menteur. Huit mois.

– Comme on se trompe !

– Oui. Pour vous, j'ai une place sur la frontière tunisienne...

Gaignault vacilla.

– La frontière tunisienne ? Un réanimateur, là-bas ?...

– À titre exceptionnel.

Il faisait grise mine. Le colonel éclata de rire :

– Allons, je plaisante. En revanche, j'ai un poste vacant à Colomb-Béchar. L'appel du désert vous tente ?

– À défaut d'autre chose. Et après ?

216

– Après, on verra. Accepté ? Oui ! Allez, rompez. Et ne faites pas de bêtises. Sinon, Tataouine !

Il retint Florent :

– Schœnau, vous vous présenterez demain à l'hôpital Mustapha et demanderez M. Kamaleddine. D'ici là, je l'aurai prévenu. Il vous communiquera vos horaires de cours. La rentrée scolaire a lieu la semaine prochaine. Ici, vous serez affecté de nouveau au B2, puisque vous y connaissez tout le monde. Vous verrez avec le commandant Harzon – je crois qu'il vous aime bien – comment partager votre emploi du temps entre l'école et les gardes.

– Merci, mon colonel.

Darbois feuilleta encore quelques papiers et s'arrêta sur l'un d'eux.

– Et ça, qu'est-ce que c'est ? Ah, oui. Schœnau, c'est votre nomination au grade de lieutenant. Je ne suis pas sûr que vous le méritiez. (Il lui tendit le document.) Allez ! Félicitations.

Il se leva et vint serrer la main du nouveau promu, mais s'immobilisa près de la porte :

– Vous savez, mon petit, dans la vie, il ne suffit pas d'avoir raison. Il faut que ce soit au bon moment, au bon endroit, et avec des gens capables de vous comprendre. Toutes conditions pas forcément faciles à réunir. Et puis, qu'un lieutenant de l'armée française aille écrire dans les journaux que son colonel se conduit mal, cela ferait mauvais effet pour tout le monde. Vous ne croyez pas ?

L'hôpital Mustapha, situé en plein cœur de la ville, associait des pavillons de style colonial à des bâtisses modernes posées ci et là, au milieu de jardins fleuris. L'école d'infirmières occupait l'un de ces cubes sans élégance, avec salles

217

de cours et services administratifs aux trois étages inférieurs, le haut abritant les chambres des pensionnaires.

M. Kamaleddine reçut Florent avec une amabilité tout orientale. Gros, gras, rond, chauve, affable, il avait l'air d'un loukoum, sauf que, par moments, ses yeux bruns ne riaient pas à l'unisson de sa bouche.

Florent se fit cette réflexion sans en tirer de conclusion.

Le directeur remercia son nouveau professeur d'avoir accepté d'assurer cet enseignement. Les cours auraient lieu trois jours par semaine, de quatorze à seize heures. Il lui tendit un opuscule résumant le programme à suivre. En contrepartie, Florent recevrait des émoluments, modestes, mais qui s'ajouteraient à sa solde, au titre d'une convention signée avec l'armée. Il aurait aussi accès, bien entendu gratuitement, au réfectoire de l'école s'il le souhaitait.

Florent sortit de cet entretien un peu abasourdi. Ce travail à Mustapha représentait, évidemment, une sorte de sinécure pour quelqu'un qui aime enseigner, et c'était son cas. Mais s'agissait-il vraiment d'un signe de gratitude de la part de Walid ? Florent n'accordait pas la moindre confiance à l'inquiétant personnage. Une foule de questions l'assaillaient : quels étaient les liens entre Walid et le directeur de l'école ? Serait-il possible que Kamaleddine soit lié, lui aussi, à la rébellion ? Pourquoi l'avait-on nommé à ce poste ?

Bien décidé à faire face en tout état de cause, il quitta l'hôpital au pas de charge, animé d'une énergie nouvelle.

La marche apaisa son angoisse.

Il lui fallait d'abord prendre ses distances avec Maillot. Ses émoluments – comme disait l'onctueux directeur –, ajoutés à sa solde de lieutenant, devaient lui permettre de

218

se loger en ville. Dans une agence immobilière, il demanda s'ils avaient des studios à louer. Les tarifs lui parurent abordables.

– Je pourrais visiter ?

Une heure plus tard, il avait arrêté son choix : une grande pièce ensoleillée, modeste mais convenablement meublée, au troisième étage d'un immeuble de la rue Michelet, avec une salle de bains attenante. La propriétaire, Mme Gallois, une vieille dame au chignon blanc criblé d'épingles à cheveux, proposait de lui faire le ménage, et même ses repas, s'il le souhaitait, pour une somme modique.

Après la visite, l'agent immobilier lui dévoila le dessous des cartes. Pour cette veuve esseulée, le plus important était d'avoir de la compagnie. Pouvoir s'occuper ainsi d'un jeune officier égayerait sa vie.

– Vous verrez, elle est très discrète, et vous lui ferez un plaisir immense à chaque fois que vous aurez un service à lui demander.

Florent n'avait jamais vécu seul. La perspective d'être chouchouté par une grand-mère d'emprunt lui plut.

Documents en règle, clés en poche, il se dirigea vers un magasin de cyclomoteurs sur le boulevard du Télémly, vaste artère qui domine la mer. Il y choisit un scooter Vespa d'un joli gris. Il signa un chèque, fit le plein de mélange et sortit de là avec la sensation d'être armé pour conquérir le monde.

Un peu plus loin, Florent, se souvenant des conseils de David, fit l'acquisition d'un blouson de nylon d'un joli brun acajou qui allait bien avec son pantalon kaki. Il rangea son calot, endossa son camouflage, enfourcha son bolide et prit le chemin de l'hôpital.

Le sous-officier responsable du détachement lui proposa de faire transporter ses bagages à sa nouvelle adresse et Florent monta ranger sa chambre.

Fini la cohabitation !

Restait à rendre visite à son supérieur hiérarchique direct, le médecin-commandant Harzon. Celui-ci manifesta beaucoup de plaisir à le revoir. Il l'interrogea, le félicita pour sa promotion et déplora l'incident de Sidi-Afna :

– Valmondois, je le connais, confia-t-il à Florent. Il fait partie de ces officiers supérieurs ambitieux qui ne pensent qu'aux résultats. Il leur faut aligner des chiffres ! Peu importe les moyens pour les obtenir. La bataille d'Alger a pourri les mentalités. Un jour, on regrettera la généralisation de ces méthodes.

Finalement, il lui dit sa satisfaction de l'avoir avec lui pour une longue durée.

– Avec ce poste à l'école d'infirmières, vous serez tranquille durant toute une année scolaire, c'est formidable. Personne ne vous déplacera avant juillet prochain et vous aurez du temps libre. Alors, je vais vous faire une proposition. Voilà : je prépare l'agrégation du Val-de-Grâce et l'épreuve d'anatomie y est essentielle. Au cours de votre internat, vous aurez, vous aussi, l'obligation de passer des concours. Je vous offre de vous joindre à moi pour des séances de travail en commun. On se retrouvera une fois par semaine pour traiter un sujet, et chacun critiquera le travail de l'autre, avec dessins au tableau, etc. Ça vous tente ?

– J'accepte avec joie.

– Parfait. On commence la semaine prochaine.

– Sur quel thème ?

Harzon hésita.

– Commençons par le haut : région de l'épaule, articulation, muscles, nerfs et vaisseaux.

– Banco !

Le soir même, Florent dormait rue Michelet. Le matelas lui parut un peu mou, mais les draps sentaient la lavande et un bouquet de colchiques trônait sur la cheminée, au pied d'une photo représentant un soldat de la guerre de 1939-1940 en uniforme de capitaine. Un crêpe noir précisait comment l'aventure s'était terminée.

Florent se coucha avec ses propres souvenirs de la débâcle. Que d'angoisses avant d'être recueilli, début juin 1940, par sa grand-mère de Provence ! Le même portrait au mur, le même lit trop mou, les mêmes odeurs accompagnèrent, pendant plusieurs mois, ses nuits de petit enfant accablé par la disparition de son père. Les communications étaient interrompues par l'offensive des blindés allemands, les familles privées de nouvelles ressassaient les pires hypothèses. Florent pleurait en s'imaginant orphelin. Sa mère et lui avaient dû attendre jusqu'en octobre pour savoir que leur héros était prisonnier en Poméranie.

Le lendemain matin, il traîna au lit. Cela ne lui était plus arrivé depuis sa convalescence chez Myriam. Myriam ! Comme elle lui manquait. Pourquoi cette garce n'avait-elle pas répondu à ses lettres ? Comme il aurait aimé la serrer dans ses bras, caresser sa peau si douce, promener ses mains sur ce corps généreux qui savait s'abandonner.

Sa rêverie érotique fut interrompue par de discrets coups frappés à la porte.

– Oui ?

– Je crois que vous êtes réveillé. Vous me permettez de vous apporter un peu de café ?

– Bien sûr.

Il se redressa dans le lit.

La vieille dame entra, un plateau dans les mains.

– Je vous ai mis de la confiture d'abricots que j'ai préparée cet été. Mais si vous préférez, j'ai aussi de la prune et de la cerise.

– Non, non, ça ira très bien, je vous remercie. Il ne fallait pas vous déranger.

– Ça ne me dérange pas. Mais ne croyez pas que ce sera pareil tous les jours. C'est un peu mon cadeau de bienvenue. Bon appétit !

Elle sortit comme elle était entrée, légère, marchant sur la pointe des pieds, à la manière d'une danseuse. Une danseuse d'autrefois.

XIII

Le lundi suivant, Florent se retrouva dans un amphi-théâtre, en face de trente-quatre filles d'une vingtaine d'années, algériennes pour la plupart. Le directeur le présenta aux élèves en insistant sur son titre prestigieux d'interne des hôpitaux de Paris et sur son expérience pratique de la chirurgie de guerre, acquise à l'hôpital Maillot et à Sidi-Afna. Il broda longuement sur l'attention et le sérieux qu'elles devraient manifester tout au long de cette année scolaire, et conclut sur les résultats qui devraient faire honneur à leurs parents.

Une fois M. Kamaleddine parti, Florent ouvrit sur le bureau l'opuscule qui contenait ses directives péda-gogiques et lut à haute voix le premier titre :

– *Place de la chirurgie dans la thérapeutique moderne.*

Les filles s'agitèrent, sortirent des classeurs, des cahiers, et firent bientôt silence, le stylo dégainé.

Florent leur parla de son métier et du rôle privilégié que jouaient les infirmières au service des opérés. Il évoqua la compassion, l'écoute et l'importance essentielle de la disci-pline personnelle.

– Dans la guerre contre l'infection hospitalière, cauchemar du monde médical, seuls le raisonnement et la rigueur de chacun peuvent conduire à la victoire. Les fautes d'asepsie, insista-t-il, véritable terreur de la chirurgie moderne, tuent à distance, sans qu'il soit toujours possible de désigner le coupable, et sans permettre non plus d'éviter les récidives.

Florent marchait de long en large sur l'estrade, tout en parlant et en regardant la salle. Non pas la salle, mais chacune de ses élèves, dont il cherchait à croiser le regard. Ces filles, qu'il allait côtoyer presque quotidiennement pendant toute une année scolaire, qui étaient-elles ? Quelles seraient les bonnes élèves ? Où se cachaient les cancres ?

Quand il leur demanda de poser des questions, elles parurent frappées de mutisme, manifestement pas habituées à parler au professeur. Florent les intimidait-il ?

Pour terminer, il ajouta quelques commentaires interrompus bientôt par une sonnerie. Il leur donna rendez-vous pour le surlendemain, tandis que les filles se levaient dans le brouhaha commun à toutes les fins de classes.

Alors que le flot commençait à s'écouler vers le couloir, l'une des élèves s'approcha de lui. Grande, mince, le visage fin, les cheveux abondants et frisés :

– Bonjour monsieur. Excusez-moi…

– Bonjour.

– Je m'appelle Yamina. Yamina Souleïmane.

Florent fronça les sourcils. Ce nom…

– Vous êtes parente de…

– Walid, oui. C'est mon frère.

Florent attendait la suite, le cœur serré.

– M. Kamaleddine est l'oncle de ma mère.

Voilà donc pourquoi Florent avait été affecté là ! Le chef rebelle l'avait sans doute fait placer dans cette école avec un but précis, mais lequel ? Le remercier ? Le surveiller ?

Il regarda mieux la jeune Yamina. Il retrouvait la forme de visage, l'intensité du regard et l'allure hautaine du frère. Elle était ravissante.

– Vous vouliez me poser une question ?

– Oui. Enfin, non. Walid est à la maison et il aurait aimé vous voir… (Elle baissa les yeux.) Il est malade.

Florent sentit la sueur lui couler le long du dos. Dans quel guêpier s'était-il fourré ? Qu'était-il venu faire dans cette école ? Une petite voix, tout au fond de sa conscience, le suppliait de refuser l'invitation. Il l'accepta.

– Quand veut-il que je vienne ?

– Tout de suite. Monsieur K nous emmènera.

– De qui parlez-vous ?

– De mon oncle, c'est ainsi qu'on l'appelle à l'école. Kamaleddine, c'est trop long. Excusez-moi, ce n'est pas très respectueux. Vous ne direz rien, n'est-ce pas ?

– Soyez tranquille. Je ne raconte jamais rien à personne.

– Je sais. C'est la raison pour laquelle vous êtes ici. Venez, il nous attend en bas.

Médusé par cette réflexion, Florent suivit la jeune fille.

Monsieur K les fit monter dans sa Dauphine et, sans plus d'explications, les conduisit vers les hauteurs de la ville.

À peine assise, la jeune fille engagea la conversation :

– Ça doit être formidable d'être chirurgien.

– Ouais, grommela Florent.

– Moi, je travaille au bloc, en ce moment. J'aimerais bien devenir panseuse. Vous croyez que j'y arriverai ?

– Ça dépend de vous. Il doit falloir un ou deux ans de spécialisation supplémentaires.

– En principe, oui. Mais, en ce moment, comme on en manque, il suffit d'avoir le diplôme d'infirmière. Pour la spécialité, je m'inscrirai plus tard.

Florent n'avait aucune envie de faire la conversation. Toute cette histoire l'agaçait profondément, et le ton enjoué de la petite sœur lui rappelait trop que Walid dirigeait sans doute des rebelles dangereux.

La voiture tourniquait en grimpant. Il s'inquiéta :

– Où allons-nous ?

– À Birmandreis.

– C'est où, ça ?

– En haut de la ville.

– Ah bon.

Il aurait préféré El-Biar !

Regardant attentivement autour de lui, il eut la désagréable impression que monsieur K prenait délibérément un chemin que son passager serait incapable de mémoriser. Le gros homme se fatiguait pour rien. Florent n'avait aucun sens de l'orientation.

Ils pénétrèrent bientôt dans un quartier calme, avec des petites villas disséminées dans la végétation, et stoppèrent devant l'une d'elles, coquette, précédée d'un bout de jardin fleuri. Une maison qui aurait pu appartenir, en France, à un instituteur ou à un contremaître.

Une femme d'une cinquantaine d'années, habillée de manière traditionnelle, vint les accueillir. Yamina l'embrassa et présenta sa mère. Elle les fit entrer dans un vaste salon-salle à manger où Walid pénétra en même temps, par une autre porte. À la grande surprise du Français, il le prit dans ses bras pour une accolade fraternelle.

– Florent, je suis fier de te recevoir dans ma maison.

– Et moi je suis heureux de te voir… en si bonne santé.

Et Florent lança un regard courroucé vers Yamina. Walid s'excusa :

– C'était un petit mensonge pour que tu acceptes de venir. Jamais un militaire français n'a mis les pieds ici.

– Je suis très flatté, mais… j'espère que je ressortirai vivant.

Walid grimaça une ébauche de rire.

– Si je ne connaissais pas ton sens de l'humour, je me vexerais. (Il prit un air plus sérieux.) Chez nous, tu sais, tout ne va pas aussi bien que nous le voudrions, mais l'hospitalité, c'est sacré. (Il ajouta, l'air entendu :) Comme, pour toi, le secret professionnel.

– Ah, alors je suis rassuré.

« Que cet homme est beau », pensait Florent. Son élégance, la distinction de ses gestes, la qualité de son élocution, tout traduisait une supériorité flagrante. Et sa sœur lui ressemblait trait pour trait. Il voyait avec étonnement la timide élève infirmière se muer en jeune princesse dans cet univers modeste où ne brillaient que quelques objets de cuivre. Assise devant une vaste table ovale, la mère regardait ses enfants comme s'il s'agissait de pures merveilles.

Trois autres personnes se succédèrent dans la pièce. D'abord, un homme âgé, grand et mince lui aussi, l'œil vif, les cheveux et la moustache d'un blanc immaculé, qui donnait l'impression d'être un ancien militaire à la retraite.

– Florent, voici mon père, Abdallah.

Puis vinrent deux vieillards en tenue traditionnelle, dont – ô surprise ! – celui que Florent avait fait plâtrer à Sidi-Afna après qu'il avait eu les deux avant-bras brisés.

Walid les présenta comme ses grands-oncles. Florent comprit pourquoi les policiers s'étaient intéressés à cet homme. Monsieur K vint les rejoindre.

Tout le monde s'installa autour de la table, où Yamina posa un grand plateau avec les habituelles pâtisseries et les verres à thé aux arabesques dorées. Oncles et parents parlaient entre eux en arabe, sauf le sourd-muet. Florent avait l'impression étrange d'être au théâtre.

Walid s'assit à son côté et, sans se préoccuper de sa famille, engagea la conversation. Florent raconta son accueil à l'école et sa décision de loger en ville.

– Tu as raison. Tu n'as plus l'âge de vivre en tribu.

– Et toi, tu habites ici, maintenant ?

Il leva les yeux et les mains vers le ciel :

– Moi, tu sais, je vais là où Allah me guide…

Florent fit la moue :

– Fais-moi croire ça ! (Il baissa la voix.) Peut-être vas-tu seulement là où la police ne te recherche pas…

Walid rit. Mais son rire sonnait faux. Trop bref, trop sec, plutôt un ricanement aigre. Aucune joie n'égayait son visage. Il changea de sujet :

– Tu sais que le GPRA est prêt à discuter d'un cessez-le-feu immédiat.

– Non. Je ne reçois plus mes journaux. Je n'ai pas encore demandé mon changement d'adresse.

– C'est Ferhat Abbas qui a pris la décision. Il a également libéré quatre prisonniers français.

– Tu crois que nous allons pouvoir tourner une page ?

– *Inch Allah !* Mais toi, tu as les moyens de savoir ce qu'en pensent Salan et les autres.

Florent leva les sourcils :

– Ah oui ? Comment ?

– En interrogeant Francis Brunet.

Florent se sentit envahi par une bouffée d'angoisse. Les convives bavardaient à voix basse. De l'autre côté de la table, Yamina le fixait. Il se tourna vers Walid et prit une respiration profonde.

– Tu me déçois, lâcha-t-il, désabusé. Je t'ai soigné sans te dénoncer. Tu m'as fait nommer à l'école d'infirmières, soi-disant par reconnaissance. Alors que ton véritable but était de me faire jouer les espions. (Il lui posa la main sur l'avant-bras.) Honnêtement, Walid, tu me prends pour qui ? Tu me vois en train d'interroger mes copains, puis courir jusqu'ici te rapporter leurs indiscrétions ?

– Ce ne sera pas nécessaire.

Sa voix avait claqué. Florent sursauta :

– Qu'est-ce qui ne sera pas nécessaire ?

– De courir jusqu'ici. Yamina servira d'intermédiaire. Elle te transmettra mes questions et tu lui confieras tes réponses.

Le visage de Florent se ferma. Il fallait agir vite. Se lever et sortir en claquant la porte ? Il n'irait pas loin. Se fâcher, crier, faire un scandale ? Il était seul au milieu d'un groupe d'hommes sûrement armés. Personne ne le savait là, et monsieur K devait appartenir à la même mouvance politique. Cette impression d'être piégé s'aggrava encore quand il entendit Walid lui jeter au visage le reste de son venin :

– Tu es obligé de nous aider, Florent. Tu ne voudrais tout de même pas qu'il arrive quelques chose de regrettable à Myriam ou à Lydie ? Ou à la ferme de ton ami David ? Tu y penses, à la ferme de Mirallah ?

Envahi par le dégoût, Florent ne répondit pas. Il se leva et articula avec peine :

– Ça suffit. Je voudrais m'en aller, maintenant.

– Bien sûr, répondit Walid, tout sourire, en se dressant à son tour. Kamaleddine va te ramener, et Yamina te verra à l'école.

Dehors, le soir noyait les jardins dans une lumière bleue. Monsieur K, toujours aussi onctueux, fit monter Florent dans sa Dauphine, et la voiture démarra. Les deux hommes n'échangèrent pas un mot jusqu'à l'hôpital Mustapha, où ils se séparèrent sur un « bonsoir » glacial.

Florent récupéra son scooter et mit le cap sur la rue Michelet. Furieux de sa naïveté, affolé par ce chantage dont il ne parvenait pas à mesurer les conséquences, il erra dans les rues, redescendit en direction du port, remonta vers El-Biar, passa devant l'immeuble de Myriam. De la lumière brillait à son étage. Il stoppa et faillit sonner. Mais il craignit de la trouver avec un autre homme. Il se remit en route, la gorge nouée, et rentra chez lui sans dîner.

Selon son habitude en pareilles circonstances, il entreprit d'écrire à sa mère. Une longue lettre où il lui racontait sa mutation – sans en donner les raisons –, son retour à Alger et sa nomination à l'école. Tout pour la rassurer. Il cacheta l'enveloppe avec l'amère conviction que c'était peut-être la dernière fois qu'il donnait de ses nouvelles. Puis il se coucha, au bord de la nausée.

Il dormit mal, hanté par les menaces de Walid. L'image des crânes fendus à la hache lui revenait sans cesse à l'esprit. Comment traiter avec des gens capables d'une telle sauvagerie ? S'en prendre à Myriam et Lydie, quelle honte ! Il imaginait ce qui pouvait leur arriver par sa faute. Comment avait-il pu se laisser enjôler par ce salaud de Mouktar, qui l'avait poussé dans les pattes du redoutable

Walid ? Et Yamina ? Quelle cruauté cachait-elle derrière ses grands yeux sombres ?

Il passa une nuit d'enfer, réveillé dix fois par des cauchemars horribles. Elvire et son père le sermonnaient de n'avoir pas respecté ses engagements vis-à-vis de Walid. « Tu aurais dû rester à Paris », lui répétaient-ils. À d'autres moments, il était jugé pour trahison par un tribunal militaire. Son père faisait partie du jury et proposait de doubler la sanction. Impossible : le président le condamnait à mort et son père approuvait de la tête.

Quand sa montre sonna sept heures, il se leva épuisé, avec l'impression de n'avoir pas fermé l'œil. Il se prépara en vitesse et fila vers Maillot. En chemin, il eut la pénible impression d'être suivi.

Arrêté à un feu rouge, il regarda autour de lui. Dans les encombrements du matin, une foule dense déambulait en tous sens. Où étaient ceux qui étaient chargés de l'épier ?

À l'hôpital, il se dirigea vers la cafétéria en jetant de rapides coups d'œil vers les jardins. Jamais il n'avait remarqué le nombre d'Arabes qui, là aussi, allaient et venaient : des soldats, des civils, des manœuvres travaillant pour des entreprises extérieures. Combien d'entre eux le surveillaient ? Et Ahmed, le serveur ? Pourquoi le regardait-il ainsi ?

« Je tombe dans la paranoïa », constata-t-il avec amertume.

À qui se confier ? Au commandant Harzon ? Il préviendrait les RG, la police, les DOP. Autant condamner ses amis à mort.

Tout en suivant la visite, il réfléchissait. Puisqu'il ne pouvait ni céder au chantage ni prendre le risque d'attirer des ennuis à ses proches, il allait naviguer à vue. Faire semblant. Jouer au plus fin avec Walid. Voir Francis Brunet et bavarder avec lui. Que pouvait-il lui apprendre de tellement grave ? Walid se leurrait. Jamais Florent n'aurait accès à des informations confidentielles susceptibles d'être exploitées par les rebelles. Et même s'il en recevait, il ne dirait rien. Il ne trahirait pas.

Il allait temporiser. Voir venir. Rester aux aguets. S'armer de patience et essayer d'être le plus fort.

XIV

Quelques jours passèrent et Florent commença à se rassurer. Les cours aux infirmières se déroulaient dans une atmosphère sereine et studieuse, monsieur K se montrait toujours aussi obséquieux, et la jeune Yamina restait d'une extrême discrétion.

Du moins jusqu'à ce soir de la fin octobre où, sous prétexte de lui demander un renseignement, elle lui glissa dans la main, au moment de sortir, un papier plié. Il ferma le poing et, soudain paralysé, la regarda quitter la salle sans la questionner. Il se laissa tomber sur sa chaise, et il lui fallut un bon moment pour trouver le courage de lire le message :

Francis Brunet. Ce soir. Restaurant Chez Dominique, *185, rue Michelet.*

Un vertige lui brouilla la vue. Cette fois, il allait devoir faire face.

Le jour même, revenant de l'hôpital Mustapha, il passa devant l'Otomatic, le célèbre bar de la rue Michelet, qui connaissait toujours la même affluence malgré l'attentat dont il avait été la cible en 1957. Il entendit soudain crier son nom et aperçut Lydie qui lui faisait de grands signes. Il freina, gara son engin sur le trottoir à côté d'une dizaine d'autres, et rejoignit la jeune fille assise en terrasse avec des amis. Ils s'embrassèrent avec effusion et elle le présenta à ses copains, qui – discrets – en profitèrent pour disparaître.

– Tu es à Alger ? s'étonna-t-il. Et ta rentrée scolaire à Mirallah ?

– J'ai démissionné pour me réinscrire à la fac de lettres.

– Qu'en dit ta mère ?

– Elle pleure ! Mais Alger est paisible, et je ne vois pas pourquoi je continuerais à enseigner des gamins alors que j'ai tellement de choses à apprendre.

Florent raconta son retour, sans en détailler les raisons, sa nomination à l'école d'infirmières, sa Vespa et sa chambre en ville.

– Voilà, conclut-il, pour moi, une nouvelle vie vient de commencer, et, si Dieu veut, elle durera jusqu'en juin prochain. Après, on verra.

Il apprit que David ne tarderait pas à revenir lui aussi à Alger, car son régiment quitterait bientôt Sidi-Afna.

– Chic alors, s'exclama-t-il, on va pouvoir reprendre nos engueulades. Elles commençaient à me manquer.

Lydie rit et préféra changer de sujet.

– Et après tes cours, tu fais la fête ?

Florent rit et fouilla dans sa poche.

– La fête ? Je commence ce soir. Si tu es libre, on dîne ensemble. Je t'emmène... (Il lut le papier sorti de sa poche :) *Chez Dominique*, ça te va ?

– Bien sûr, c'est à deux pas de chez moi, en bordure du parc de Galland. Et toi, tu habites où ?

– Près de l'entrée du tunnel.

– Alors, nous sommes voisins.

Visiblement, cette constatation la réjouissait. Florent s'en fut, perplexe, après lui avoir promis de passer la prendre.

Lydie correspondait à l'archétype de la jeune pied-noir dont parlaient les Parisiens. « Fais gaffe, elles sont ravissantes et aguicheuses, mais si tu y touches, tu te retrouves avec la bague au doigt avant d'avoir compris ce qui t'arrive. » C'est du moins ce qu'affirmaient les copains en salle de garde.

À l'heure convenue, Florent sonna à sa porte. Elle apparut au balcon et lui fit signe qu'elle descendait. Dieu, qu'elle était mignonne, habillée en vichy bleu et blanc avec cette queue de cheval qui lui battait les reins !

– C'est mon côté femme des cavernes. Pour permettre à mon homme de me ramener plus facilement à la maison !

Elle sauta en selle derrière lui, l'embrassa dans le cou et noua ses bras autour de son ventre en ordonnant.

– En avant !

Le restaurant était à quelques centaines de mètres seulement, mais le bref trajet en scooter, dans la fraîcheur de cette fin octobre, procura à Florent un plaisir infini. En percevant cette présence féminine si proche, il ne put s'empêcher de penser à Myriam qui lui avait fait découvrir ce genre de bonheur. Où pouvait-elle être ?

La salle de *Chez Dominique* donnait sur la rue, séparée du trottoir par trois marches en contrebas. Les bougies posées un peu partout diffusaient une lumière mouvante dans une atmosphère enfumée. Quand ils entrèrent, les clients se pressaient déjà. Toutefois, quelques tables restaient encore libres. Ils slalomèrent vers le fond de la salle, et Lydie, à voix basse, montra à Florent le célèbre Lagaillarde qui dînait avec des amis, dans le coin le plus éloigné de la porte, vitupérant comme à son habitude.

– Je l'ai vu haranguer les foules le 13 mai, lui souffla-t-il à l'oreille.

– Ils parlent sûrement de la « paix des braves », répondit Lydie en s'asseyant.

– C'est quoi ça, encore ?

– Tu n'es pas au courant ?

– Non.

– C'est la formule que de Gaulle a proposée aux rebelles, cette après-midi, lors d'une conférence de presse à Paris.

– Et alors ?

– Je ne sais pas ce que va en penser le GPRA à Tunis, mais pour nous, les pieds-noirs, négocier avec l'ennemi, c'est reconnaître son existence, et nous n'en sommes pas là, je te prie de le croire ! Tu vois, là-bas, en face de Lagaillarde, le jeune agité, c'est Roseau, le leader des lycéens. À côté, tu as Neuwirth, un solide gaulliste de la première heure, et le gros gominé, c'est Ortiz, un commerçant, le plus déterminé de tous, peut-être. Regarde s'ils sont excités !

Florent considérait sa jeune amie avec stupéfaction :

– Dis-moi, tu en connais, des gens, ici.

– Enfin, Florent, tout le monde les connaît. C'est notre histoire que ces hommes écrivent. Ils ont le courage de se mettre en première ligne, et nous devons les soutenir.

– Et s'ils vous conduisaient vers le précipice ?

Cette dernière phrase la fit blêmir. Aussi blessée que si Florent l'avait giflée, elle le considéra longuement, la mine triste, et prit un ton douloureux pour lui poser la question essentielle :

– Tu crois que nous avons tort de défendre notre pays ?

Mesurant son trouble, Florent ne savait comment se rattraper. Il poursuivit :

– Vous avez tort d'être intransigeants, oui. Il n'y aura pas de solution toute blanche ou toute noire, Lydie. C'est une évidence. Enfin, redescends sur terre. L'Algérie ne sera plus jamais ce qu'elle était il y a seulement dix ans. La Tunisie et le Maroc sont indépendants depuis 1956, ne l'oublie pas, et tu crois que, seule au Maghreb, l'Algérie pourrait rester sous la houlette française ? Tu le crois vraiment ?

Lydie hésita :

– Bien sûr ! Ma mère le croit, mes oncles le croient, David le croit. Pourquoi serais-je seule à ne pas le croire ?

Florent sentait la jeune fille plus motivée par la solidarité familiale que par une conviction politique personnelle. À l'évidence, elle doutait. Refusant toutefois de la brusquer, il résolut d'aller dans son sens :

– En fait, Lydie, nul ne sait ce que nous réserve l'avenir. S'il était si facile de détenir la vérité, il n'y aurait pas tant d'opinions divergentes sur le sort de l'Algérie. Je ne sais pas plus que toi ce qui va se passer. (Du menton il lui désigna la table de Lagaillarde.) Et eux non plus, sans doute, ne le savent pas.

– Oui, mais eux ont pris parti. Et ils s'y tiennent. J'admire leur courage.

Florent la trouvait adorable avec son air buté de petite fille. Il aurait aimé ne pas la contredire. Il transigea :

– C'est vrai qu'ils sont courageux. (Il lui prit la main.) Leur combat sera sûrement long et difficile.

Elle sourit tristement.

– En attendant, il faut vivre.

– Tu as raison. Vivons. Que veux-tu manger ?

Ils plongèrent dans le menu. Le maître d'hôtel vint prendre la commande et leur apporta une carafe de vin blanc du patron.

À peine avaient-ils trinqué que Florent aperçut Francis Brunet debout sur le pas de la porte, une jeune femme à son bras. Il leur fit un signe et le couple progressa entre les tables pour parvenir jusqu'à eux.

Florent se leva :

– Bonjour, nous nous sommes rencontrés à la Pêcherie avec Gaignault.

– Je me souviens. Vous êtes le chirurgien de l'équipe.

– Bonne mémoire !

Brunet s'inquiéta aussitôt de savoir où se trouvait Gaignault, leur ami commun.

– À Alger ?

– Non ! Parti à Colomb-Béchar pour trois mois.

– Il a de la chance, l'hiver y est agréable.

– Et vous, toujours sur la brèche ?

L'énarque regarda autour de lui.

– Oh oui ! Avec la paix des braves, on n'a pas fini !

– Vous avez une idée de la manière dont réagiront les gens du GPRA ?

– Ils refuseront. Ils veulent un règlement politique, pas une reddition avec drapeau blanc comme le leur propose « la grande Zohra ».

Florent sourit, étonné.

– La grande Zohra…

– C'est le petit nom que les habitants de Bab el-Oued donnent à notre cher Général. Vous savez, ici sa popularité est récente. En 1940, l'Algérie était pétainiste, et le jour où elle a changé de camp, elle lui a préféré le général Giraud. Lui n'a pas oublié…

Le patron montrait à Francis une table qui se libérait.

– Excusez-moi, on m'a trouvé un point de chute. À bientôt.

– Vous venez souvent ici ?

– Plusieurs fois par semaine.

– On dînera ensemble un de ces soirs.

L'énarque tendit une carte à Florent.

– Avec plaisir. Appelez-moi. (Puis, se penchant, il ajouta sur le ton de la confidence :) J'aimerais bien assister à une opération, une fois dans ma vie. Vous pensez que ce serait possible ?

– Pas de problème, je vous organise ça.

Ils se serrèrent la main, Francis s'inclina vers Lydie et conduisit sa compagne vers l'autre extrémité de la salle.

Lydie était intriguée :

– Qui est-ce ?

– Je t'expliquerai.

– Qu'a-t-il dit à propos de la paix des braves ? Je parlais avec sa femme et je n'ai pas entendu.

– Que les gens de Tunis refuseraient.

Elle secoua la tête, déçue :

– Tu vois que ce sont des salauds !

Florent lui prit la main.

– Attends ! Il y a cinq minutes à peine, tu m'affirmais que vous, les pieds-noirs, vous n'accepteriez jamais de discuter avec l'ennemi. Que ce serait un signe de faiblesse. Sans doute raisonnent-ils de la même manière. Tu sais, quand deux camps s'affrontent, chacun est le salaud de l'autre.

– C'est fou ce que tu es conciliant !

Il prit un ton faussement sentencieux :

– Quand vous aurez mon grand âge, mademoiselle, vous deviendrez conciliante, vous aussi.

Elle rit pendant que le serveur apportait le loup grillé, le préparait et le servait dans des assiettes admirablement présentées. Le bonheur !

La soirée continua ainsi, délicieuse à partir du moment où ils ne parlèrent plus politique. Lydie se montra bavarde et drôle pour évoquer la vie à Mirallah, les petites rivalités familiales, les autorités opposées les unes aux autres, la compétition entre les enfants.

– Et Sami-le-noir ? s'enquit Florent.

– Quelle merveille d'homme ! Tout le monde l'adore. Quant à savoir ce qu'il pense réellement…

– Tu trouves que David lui ressemble ?

– Non. David ressemble à sa mère, même si, physiquement, il a la même stature que son père.

– J'ai eu cette impression aussi. Le père et le fils ne doivent pas être souvent d'accord.

– Ils ne sont *jamais* d'accord. C'est pour ça que David a choisi la médecine, alors que, étant le seul fils, il aurait dû reprendre l'exploitation.

Florent s'autorisa un air rêveur.

– Peut-être a-t-il eu raison…

Lydie leva les yeux au ciel :

– Tu ne vas pas recommencer ?

– Non, non ! Que fais-tu de beau, demain ?

– Je vais acheter mes bouquins pour l'année. Tu viens avec moi ?

– Je travaille, moi, mademoiselle, qu'est-ce que vous croyez ?

– Un militaire, travailler ? Laisse-moi rire.

Ils rirent beaucoup, effectivement, en se chamaillant ainsi jusqu'à la fin du repas.

Il faisait nuit quand ils sortirent du restaurant. Devant son immeuble, Lydie sauta de la Vespa. Qu'elle était fraîche et séduisante ! Il se sentait pris d'une folle envie de l'embrasser. Il regarda ostensiblement sa montre : le couvre-feu leur laissait encore une petite heure.

– Tu crois que nous aurions le temps de boire un dernier verre ? proposa-t-il à la manière d'un amoureux timide.

Elle lui sourit, devinant ses pensées. Elle hésita, puis lui posa un rapide baiser sur le front et recula avant qu'il ne puisse la saisir dans ses bras.

– Il est temps de coucher les travailleurs, lieutenant Schœnau. En revanche, si tu es libre samedi, c'est moi qui t'invite à la maison, c'est mon anniversaire.

– Combien de bougies ?

– Vingt.

– Vingt ans ! Que c'est beau ! Je serai là, promis.

– J'ai convié quelques copains que tu trouveras sans doute un peu jeunes, mais je n'en ai pas d'autres. Ma tante Émilienne, qui me loge ici pendant l'année scolaire, me laisse son appartement quand elle va à Mirallah. Tu aimes danser ?

– Bien sûr.

– Alors à samedi. Dix-neuf heures trente environ. On commence tôt, à cause du couvre-feu.

Florent rentra chez lui le cœur en joie. Vingt ans ! Depuis quand n'avait-il pas été invité à une fête pour danser ? À Paris, ses amis se moquaient de ces surprises-parties démodées. Pendant la préparation de l'internat, ils préféraient passer un moment dans des boîtes de jazz pour écouter de la bonne musique, et si, en salle de garde, il arrivait qu'on danse, les *tonus* tournaient volontiers à la franche paillardise. Les filles savaient pourquoi elles étaient venues là.

Se retrouver avec des gamines de vingt ans, alors qu'il en aurait bientôt dix de plus, l'amusait – et en même temps l'effrayait un peu. Cette Lydie lui inspirait des sentiments nouveaux. Elle était si jolie et si pleine de charme qu'il ne savait plus très bien comment se comporter avec elle.

« Pas touche », lui criait la petite voix de sa conscience.

Le lendemain, en prenant le chemin de l'hôpital Mustapha, Florent jura de se maintenir à distance de Lydie. Il n'avait pas le droit d'entraîner cette fille dans une amourette sans issue. Elle méritait mieux. Il entra dans sa salle de cours et oublia ses tentations pour se concentrer sur ce qu'il allait raconter, à propos de chirurgie digestive, à d'autres filles de vingt ans.

Il s'y consacra avec brio.

Quand la sonnerie retentit, il estima, en toute bonne foi, que sa prestation aurait mérité des éloges. Les filles s'étaient montrées attentives, intéressées, posant les bonnes questions, exprimant des réflexions intelligentes... Bref, il était content de lui.

En passant devant le secrétariat, il tomba sur monsieur K.

– Cher docteur, je vous guettais, lui susurra-t-il à l'oreille. Mon neveu souhaiterait vous voir un moment. Pardonnez-moi, c'est urgent.

Que lui voulait encore l'intrigant Walid ? Florent s'interrogea en silence. Le compte rendu de la soirée de la veille ? Cette situation devenait insupportable.

Il acquiesça sans enthousiasme et suivit le directeur jusqu'à sa voiture, où Yamina était déjà installée à l'arrière comme si elle était sûre que Florent viendrait. La mauvaise humeur qu'il afficha ostensiblement n'incitait pas à la conversation et ce fut le silence jusqu'à Birmandreis.

À la porte de la villa, Walid attendait. Il se précipita vers la voiture :

— Excuse-moi, toubib. J'ai demandé à mon oncle de t'amener jusqu'ici parce que nous avons un problème grave...

Tout en menant Florent vers le premier étage, il expliqua qu'un de ses « amis » avait eu un accident en montagne, et qu'il avait tardé à se faire soigner, pensant que ça s'arrangerait tout seul...

Ils entrèrent dans une pièce sinistre où un homme était assis sur le bord d'un lit de camp, penché en avant, dans une position bizarre. Walid prononça quelques paroles en arabe et l'homme, sans se lever, montra un visage ravagé par la douleur. À peu près du même âge que Walid, pas rasé, hirsute, vêtu comme un ouvrier, il ne payait pas de mine.

— C'est son épaule, chuchota Walid.

Florent avait deviné.

— Il faudrait lui enlever son blouson et sa chemise.

Yamina se précipita pour aider Walid. L'homme se prêta à la manœuvre en retenant des gémissements, et Florent fit son diagnostic au premier coup d'œil :

— Luxation antéro-interne ! Quand est-ce arrivé ?

Walid interrogea le blessé en arabe et répondit que l'accident datait de huit jours.

— Huit jours ! On ne peut plus la lui réduire comme ça. Il faut l'hospitaliser.

– Pourquoi l'hospitaliser ? s'insurgea Walid.

– Parce qu'une anesthésie générale est indispensable.

Devant son air dubitatif, Florent développa des explications plus précises :

– Quand une épaule déboîtée est vue dans les premières heures, en règle générale, on peut la remettre en place sans anesthésie, à condition de bien maîtriser la technique. Cette intervention est d'autant plus facile qu'on s'y prend plus tôt. L'idéal étant d'intervenir sur les lieux mêmes de l'accident. Mais, après une semaine, tout est figé, collé, et, sans anesthésie, la réduction est absolument impossible.

Yamina intervint, péremptoire :

– Eh bien, on va l'endormir ici. Pourquoi le transporter ?

Florent resta muet de surprise en voyant la jeune fille ouvrir une armoire remplie de médicaments, véritable pharmacie hospitalière. Elle en sortit une boîte contenant une seringue et un flacon de Penthotal, puis se retourna vers lui.

– Sous Pentho, ça devrait marcher, non ?

– Vous avez volé tout ça à l'hôpital ?

Vexée, elle haussa le ton :

– Ah non, monsieur, vous n'allez pas commencer à me faire la leçon. À vous, je n'ai rien volé. Bon ! Alors, répondez-moi, s'il vous plaît. Quelques centimètres cubes de Penthotal suffiront, n'est-ce pas ?

– Mais enfin, Yamina, vous ne vous rendez pas compte des risques que vous prenez. Vous n'avez même pas d'oxygène, aucun moyen de réanimation. En cas de syncope, que ferons-nous ?

Walid intervint avec son air de prince d'Arabie :

– Si Allah décide de le rappeler à lui, toubib, nul n'y pourra rien. Mais ne t'inquiète pas, tout se passera bien. C'est un bon musulman qui ne boit pas et ne fume pas. (Il posa sa main sur le bras de son ami pour ajouter :) De toute façon tu ne seras pas responsable, je te le promets. C'est moi…

– C'est toi, c'est toi, c'est toi rien du tout ! coupa Florent, en colère. Moi, je me sentirai responsable, et ça me suffit.

Walid se fit suppliant :

– Allons, Florent, je t'en prie, tu me ferais plaisir en acceptant. Comprends bien que nous n'avons aucun autre moyen de le tirer de là. Il faut que je te fasse un dessin ?

Florent hocha la tête en maudissant son imprudence : « Putain ! Pourquoi m'être fourré dans cette galère ! »

Yamina, sans se soucier de la conversation des deux hommes, avait rempli sa seringue et s'était approchée du blessé en lui parlant arabe. Résigné, l'autre lui tendit son bras valide. Elle y posa un garrot de caoutchouc et frotta les veines saillantes au pli du coude avec un tampon alcoolisé.

Florent s'approcha, aussi furieux qu'intrigué :

– Où as-tu appris ça, toi ? demanda-t-il sans se rendre compte qu'il la tutoyait pour la première fois.

– En salle d'op. J'aide l'anesthésiste depuis un an déjà. Souvent, il me laisse injecter le produit à sa place. (Radoucie, elle tourna vers lui un regard d'enfant :) Alors, j'y vais ?

Florent poussa un profond soupir. Il détestait ce qu'on l'obligeait à faire là ! Mais comment reculer ?

– Attends.

Il passa derrière l'homme encore assis, incapable de se mouvoir avec son humérus déplacé, et se prépara à l'empêcher de tomber.

– Vas-y.

Sans la moindre hésitation, Yamina piqua la grosse veine, dénoua le garrot et poussa sur le piston de la seringue, lentement, l'œil fixé sur le visage de son patient, comme une professionnelle. Celui-ci, sous l'action du produit, perdit conscience et partit en arrière dans les bras de Florent qui l'allongea sur le lit, sachant qu'avec la dose injectée le sommeil ne serait que de courte durée.

Se souvenant des gestes appris en garde à Beaujon, il s'empara du membre luxé et commença à le mobiliser. Yamina, sans qu'il le lui demande, s'agrippa au torse de son patient pour résister à la traction qui allait venir. De fait, Florent, tout en palpant d'une main la tête humérale perceptible sous la masse musculaire, variait la position du membre en modifiant l'axe de sa traction. Il sentit les muscles se relâcher progressivement. Tirant, tournant, mobilisant la tête osseuse, il fit un dernier effort, entraînant presque Yamina à plat ventre sur le lit – sans succès.

Il s'écarta alors, délaça son soulier droit et posa le pied sur l'aisselle du patient. Assuré, cette fois, d'une contre-traction efficace, il reprit sa manœuvre, et, au troisième essai, un bruyant sursaut signa l'heureux aboutissement de ses efforts. D'un coup, l'épaule avait repris un modelé normal, et le blessé, agité de tremblements, poussa une profonde expiration. Florent lui replia le coude et le lui colla contre le thorax tandis que le malheureux ouvrait les yeux. Il constata vite que son bras avait repris bonne tournure et il gratifia Florent d'un immense sourire.

Le jeune chirurgien lâcha son patient et se redressa, avec, dans la poitrine, cette fantastique sensation qu'ont les praticiens quand ils goûtent la joie d'un succès immédiat.

Sans montrer sa satisfaction, il remit sa chaussure.

Comme Walid le regardait en souriant, Florent précisa, d'un ton glacial :

– Ne me refais jamais ça. Sinon, c'est moi qui crèverai d'un infarctus.

L'autre leva le menton, fier d'avoir imposé sa volonté.

– Allez, viens, on va boire une tasse de thé.

– Tu n'aurais pas plutôt une bière ?

– Il en reste peut-être une dans le fond du frigo, oubliée par un ivrogne de ton espèce.

Derrière eux, une petite voix retentit.

– Oh, monsieur, vous me laissez toute seule pour poser le bandage ?

– Pardon, s'exclama Florent. Excuse-moi. Tu as ce qu'il faut ?

Du fond de l'armoire, la jeune infirmière sortit un impressionnant paquet de bandes Velpeau en grande largeur.

– Décidément, tu avais tout prévu, sourit le chirurgien.

– À chacun son travail. La gloire pour les hommes, et les taches subalternes pour le petit personnel féminin. C'est bien ça, la vie de l'hôpital, non ?

Réconciliés par l'humour de la jeune infirmière, Walid et Florent éclatèrent de rire. Pendant que tous trois s'attelaient à la momification du blessé, le bras plié contre le corps avec la main à hauteur de l'épaule opposée – « comme dans les livres », fit remarquer Yamina pour bien montrer sa science –, Florent parla à l'oreille de Walid, assez fort pour que sa sœur entende :

— Moi, je pense au brave gars qui, un jour, va demander à ton père la main de sa fille qu'il aura à peine vue. Je te dis pas la surprise du type quand il découvrira le caractère de sa moitié !

— Il ne sera pas déçu du voyage ! approuva Walid.

Et les deux hommes s'esclaffèrent comme des gamins, sans se soucier du regard courroucé de Yamina, qui ne desserra pas les dents. Cette référence à la tradition, hélas encore en vigueur dans beaucoup de familles, ne devait pas la réjouir.

Dans le salon, Walid but du thé, et Florent, une bière bien fraîche.

— Alors, attaqua le chirurgien, que pense-t-on de la paix des braves à Birmandreis ?

— Et Francis Brunet, rétorqua Walid. Qu'en dit-il ?

Florent ne répondit pas immédiatement. Il venait de vérifier une hypothèse qui lui avait paru évidente la veille au soir. C'était forcément un serveur du restaurant qui renseignait Walid. Voilà un endroit où il ne pourrait plus dîner en paix. Néanmoins, il se força à garder son calme.

— Francis ? Il pense que ceux de Tunis vont refuser.

— C'est évident. Autant leur demander de venir déposer les armes au Forum sous les huées de la foule. De Gaulle se moque de nous.

— C'est drôle, j'ai l'impression que, pour une fois, les pieds-noirs raisonnent comme vous. (Florent dressa son index vers le ciel.) J'ai toujours entendu mon père, grand homme d'affaires devant l'Éternel, affirmer que si deux négociateurs refusent d'une même voix la solution proposée, c'est qu'elle est bonne.

– Ton père a peut-être raison, Florent, je respecte son opinion ; mais là où toi tu te trompes, c'est qu'entre la France et nous il n'est pas question de négociations. Il s'agit seulement de savoir quand et comment les Français vont débarrasser le plancher. Ne cherche pas plus loin !

XV

Francis Brunet choisit de venir assister à une intervention chirurgicale un samedi matin.

Harzon avait mis à son programme une belle fracture du fémur, et accepté volontiers la présence d'un visiteur en sachant de qui il s'agissait. Un membre du Gouvernement général, ça peut toujours servir !

À l'heure dite, Florent attendait près du portail d'entrée.

Huit heures, huit heures dix, huit heures quinze, il vit enfin Francis descendre d'un taxi et traverser le carrefour en courant.

— Excusez-moi, j'ai été appelé au téléphone au moment de partir ! Vous savez ce que c'est.

— Ne vous inquiétez pas, le rassura Florent, le commandant Harzon ne vous aura pas attendu pour commencer ! On y va ?

— On y va.

Au pas de course, Florent coupa par les jardins, empruntant l'itinéraire des urgences, chemin le plus direct.

Dans la salle de triage — vide, heureusement —, Francis Brunet s'arrêta. Aussi peu sportif que possible, il demanda une minute de répit avant d'entrer, le temps de reprendre son souffle. Considérant, autour de lui, l'alignement des brancards qui évoquait de façon particulièrement réaliste l'accueil des urgences, il s'étonna :

– C'est là que…

– Oui, répondit Florent. C'est là qu'on allonge les blessés.

– Ils viennent d'où ?

– Ils sont évacués du lieu des combats par hélicoptère, et montés de la DZ jusqu'ici en ambulance.

Brunet poussa un profond soupir pour calmer sa respiration – ou sa nervosité.

– Au fait, reprit-il, expliquez-moi en quoi consiste cette opération que nous allons voir.

Florent tenta de rassurer son invité :

– Il s'agit d'un simple enclouage du fémur.

– Un enclouage ?

Le visage du jeune fonctionnaire en disait long sur l'étendue de son anxiété.

– Je vais vous donner des détails, continua Florent, car l'anecdote est intéressante. C'est une méthode inventée pendant la Deuxième Guerre mondiale par un chirurgien allemand du nom de Kuntcher, et longtemps considérée comme un secret militaire tant elle est efficace. Elle permet de remettre sur pieds les soldats blessés, après un minimum d'immobilisation. D'où son intérêt.

Brunet écoutait avec passion :

– Mais qu'y a-t-il de si extraordinaire dans cette opération ? En quoi consiste-t-elle ?

– Elle consiste à enfiler dans le fémur une tige d'acier qui va maintenir les fragments d'os en bonne position jusqu'à la consolidation naturelle.

– Enfiler une tige d'acier ? Comment cela ?

252

– Avant l'intervention, on choisit une tige d'une longueur déterminée en mesurant le fémur du côté sain. Une fois le patient endormi, le chirurgien ouvre la cuisse brisée au niveau de la fracture, dégage les extrémités osseuses, puis enfile la tige – on l'appelle « clou de Kuntcher » – dans le fragment supérieur. Et il la pousse ainsi jusqu'à ce qu'elle ressorte au niveau de la hanche.

– Il la pousse ?

– Oui, avec un marteau.

– Un marteau ?

Florent commençait à être agacé par les exclamations répétées de son interlocuteur. Pourtant, il poursuivit :

– Quand on travaille sur les os, on utilise évidemment des outils qui ressemblent beaucoup à ceux d'un menuisier.

– Je ne l'aurais jamais imaginé.

– Une fois le clou ressorti à la hanche, les deux fragments osseux sont remis en ligne. On fait alors redescendre le clou dans le fragment inférieur…

– Avec le… marteau.

– Oui. Forcément.

– Forcément, prononça François Brunet d'une voix mourante.

Florent, soudain inquiet, vit le regard de son invité chavirer, son visage pâlir, et il n'eut que le temps de le rattraper avant qu'il ne s'écroule sur le sol.

Un infirmier qui rangeait du matériel dans les armoires de la salle d'urgence aperçut la scène de loin et se précipita pour aider Florent. À eux deux, ils allongèrent l'énarque émotif sur un des brancards, où il reprit rapidement des couleurs.

Il lui fallut quelques secondes pour réaliser ce qui lui était arrivé. Florent le rassura, le laissa récupérer complètement ses esprits avant de lui trouver une excuse :

– Je suppose que vous n'avez pas eu le temps d'avaler quoi que ce soit ce matin. L'hypoglycémie et les odeurs qui flottent toujours dans ces lieux font mauvais ménage. Venez, nous allons boire un café.

Remis sur pied, Brunet accepta volontiers, et ils se dirigèrent vers le mess des officiers tout proche qui sentait bon le croissant frais. Ils se nourrirent allégrement tout en bavardant, mais sans plus parler de l'opération.

Après deux croissants généreusement arrosés de café, Francis Brunet fit remarquer qu'il était tard et prétexta un rendez-vous avec son épouse pour se sauver.

– La prochaine fois, affirma-t-il comme s'il y croyait, je mangerai avant de venir.

Ils éclatèrent de rire et se séparèrent en se promettant de se téléphoner très vite – pour déjeuner ensemble.

– Cette fois, vous serez mon invité, conclut Brunet. Je vous dois bien ça !

Florent n'ajouta aucun commentaire et le regarda partir en s'assurant qu'il tenait bien sur ses jambes. Puis il se rendit au bloc expliquer à son patron les raisons de son absence. Tout le personnel se réjouit de l'histoire. Les spectateurs qui tournent de l'œil en salle d'opération amusent toujours ceux y qui passent leur vie sans en tirer gloire.

L'intervention se termina comme à la parade et les clichés de contrôle montrèrent un clou en bonne place dans une fracture parfaitement réduite. Le patient serait rapidement autorisé à reprendre un appui partiel, cette mise en compression du foyer de fracture contribuant à en hâter la consolidation. Florent regrettait que la défaillance de l'énarque l'ait empêché de clore son brillant exposé. Ce serait pour une autre fois.

Il profita de cette fin de matinée pour aider l'adjudant Muller à changer des pansements de brûlés, et s'engagea à venir lui donner un coup de main dès le lundi suivant. Cette part modeste mais essentielle de l'activité chirurgicale du bloc continuait à l'intéresser. Et il était bien le seul !

Il quitta l'hôpital vers quatorze heures, avec le projet d'aller acheter un disque pour l'anniversaire de Lydie, avant de rentrer chez lui se préparer.

Arrêté à un feu rouge près de la grande poste, il sentit un autre scooter s'immobiliser près du sien. Il tourna la tête, c'était Myriam !

Ils se regardèrent fixement et le feu passa au vert sans qu'ils y prennent garde. Un coup de klaxon les fit sursauter. Elle prit l'initiative :

– Suis-moi, lança-t-elle en démarrant.

Il s'exécuta.

Il s'était pourtant juré que c'était fini, terminé à tout jamais. Un mot avait suffi pour qu'il obéisse comme un caniche bien dressé. Ils prirent le chemin d'El-Biar et il se mit dans sa roue, sans plus se poser de questions. Ce regard, cette silhouette, ces boucles folles, cette allure, il se sentait incapable d'y résister.

Ils descendirent dans le garage souterrain, lâchèrent leurs engins et se jetèrent dans les bras l'un de l'autre. Elle interrompit ce premier baiser pour l'entraîner en courant vers l'ascenseur où ils s'embrassèrent encore. À l'étage, ils se précipitèrent vers la chambre en abandonnant leurs vêtements en chemin, et tout recommença. Entre eux, il n'était plus question de surprise, d'innovation, d'invention, mais de flamboyantes retrouvailles. Euphorie de répéter les gestes qui font hurler de bonheur, de rejouer, sans rien y changer, la scène de l'extase pour se prouver que rien n'a été oublié.

Ils retombèrent enfin sur le dos, épuisés, essoufflés, conscients d'être allés jusqu'aux limites extrêmes du plaisir. Ils restèrent ainsi sans bouger, les yeux fermés, comme s'ils redoutaient de redescendre sur terre, et finirent par s'assoupir.

Florent reprit conscience le premier. Il se leva sans bruit, sortit de la chambre en ramassant ses vêtements éparpillés, et se rhabilla au salon. Puis il passa sur le balcon où le soleil couchant allongeait les ombres. La baie paraissait aussi immobile qu'un lac. Calme mensonger, décor fallacieux qui masquait tant de douleurs. Il eut l'impression fugace d'être là pour la dernière fois. Ils avaient fait l'amour comme on crie son désespoir. Pour ne pas mourir. Ne pas mourir aujourd'hui.

Myriam vint le rejoindre en peignoir et s'étonna de le voir déjà rhabillé. Jamais il n'avait manifesté ainsi son intention de partir, et elle le ressentit cruellement. Elle s'appuya contre son épaule sans parler. Tout était dit.

Elle aurait pu changer le cours de leur vie. Donner à l'avenir des couleurs nouvelles, mais elle s'y refusait. Elle ne voulait pas s'impliquer dans une liaison durable comme si la guerre n'existait pas. Elle avait beau afficher un inaltérable optimisme, la réalité ne se laissait pas oublier. Les opérations militaires continuaient, aucun pourparler sérieux ne s'engageait, la rébellion affichait son assurance même si les combats lui étaient défavorables. Rien n'était acquis, et aucun pied-noir sérieux n'aurait osé jurer que demain ressemblerait à l'image qu'il voulait s'en faire.

Quant à Florent, il ne pouvait pas se résoudre à jouer les utilités dans la vie sentimentale d'une dame qui lui faisait si facilement tourner la tête.

Il s'écarta d'elle et la regarda droit dans les yeux sans un mot. C'était à elle de parler. Que voulait-elle ? Le garder ou le voir partir ?

Elle préféra se taire, baissa les yeux et pleura. Les larmes coulèrent sur son visage sans qu'elle fasse rien pour les cacher.

– Va-t-en, finit-elle par murmurer en se détournant. Va-t-en vite.

Il ne desserra pas les dents, s'écarta sans la toucher et prit le chemin du hall où il disparut.

Il enfourcha sa Vespa, descendit la colline et rentra chez lui. Une fois dans sa chambre, il se laissa tomber sur son lit sans se déshabiller. Il aurait voulu pleurer lui aussi, mais la douleur venait de trop loin. C'était une douleur d'adulte conscient de ce qu'il perd. Cette femme lui avait offert des joies qu'il ne retrouverait peut-être jamais plus. Et le plus dur, c'était de penser qu'elle le repoussait délibérément. Qu'elle refusait une union menacée par la guerre, par la stupidité humaine, par l'impossibilité de prévoir le lendemain.

Il finit par s'endormir, dernier réflexe d'adolescent. Dormir pour oublier.

Et il oublia. Tout.

Quand la bonne Mme Gallois frappa à sa porte, il eut l'impression d'émerger d'un sommeil profond, lourd, après une beuverie d'étudiant.

– On vous demande au téléphone. Excusez-moi...

Elle s'excusait toujours.

257

Il bondit. C'était Lydie.

– Tu n'as pas oublié mon invitation ?

– Bien sûr que non. Quelle heure est-il ?

– Neuf heures. Tout le monde est là.

– Pardon, je m'étais endormi. J'arrive.

Il raccrocha, confus, et se tourna vers la vieille dame :

– Merci d'être venue me réveiller. Sans vous, j'étais parti jusqu'à demain.

Elle leva les bras au ciel :

– Heureux âge ! Moi qui ne dors plus…

Il n'avait pas fini d'avoir l'air penaud :

– Je suis invité à un anniversaire et je n'ai même pas pensé à un cadeau…

– C'est pour une jeune fille ?

– Oui.

– J'ai acheté des fleurs ce matin. Voulez-vous que je refasse le bouquet ?

– Vous êtes trop gentille…

Elle partit en trottinant sur la pointe des pieds, tandis qu'il se changeait en vitesse.

Une demi-heure plus tard, Florent sonnait à la porte de l'immeuble où Lydie donnait sa fête. On entendait la musique jusque dans la rue. Le bouquet fit beaucoup d'effet. Elle le remercia et l'embrassa avant de l'entraîner dans le salon où les danseurs virevoltaient sur un *Rockin'in Rhythm* endiablé.

– Duke Ellington est de la partie, bravo ! lui cria-t-il à l'oreille.

– Ce soir, il y a des amateurs de bon jazz, tu vas voir !

Qu'ils étaient jeunes ! Et beaux ! Encore bronzés de leur été sportif, bien habillés, élégants, sûrs d'eux. Ils dansaient comme des conquérants.

258

Au buffet, Lydie remplit deux verres de sangria et le poussa vers le balcon. Le ciel resplendissait d'étoiles, annonçant une nuit d'automne, douce encore, qui aurait dû leur réjouir le cœur. Mais elle sentait qu'il n'avait pas envie de parler.

À la vérité, il ne parvenait pas à se libérer de la scène vécue l'après-midi.

Tant que sa rupture avec Myriam n'avait pas été formulée, il pouvait encore espérer, rêver d'elle, mais cette fois c'était bien fini. Et il avait du mal à s'y résigner. Discrète, Lydie respectait son silence. Elle passa sa main sous son bras et se serra contre lui.

C'est David qui rompit ce moment de paix avec une maladresse qui lui ressemblait bien.

— Alors, les tourtereaux, on roucoule ?

Ils se retournèrent en souriant et Florent s'exclama :

— David, te voilà revenu ! Tu m'as manqué !

— Le régiment est mis au repos. Ces derniers mois ont été terribles. Je ne suis pas fâché d'être rentré. Et toi, il paraît que tu es devenu prof ! ?

— Les nouvelles vont drôlement vite.

— Alger est une ville de province et j'ai passé dix ans de ma vie à Mustapha. Un tel événement ne pouvait pas passer inaperçu !

Une jeune fille s'approcha d'eux. Petite, un peu ronde, le regard vert dans un visage encadré de cheveux roux et frisés. David la prit contre lui :

— Je te présente Isabelle, mon amie d'enfance.

Lydie se pencha vers Florent pour ajouter :

— David n'a que des amies d'enfance. À croire qu'il ne s'est jamais donné la peine de se lancer dans la moindre conquête.

– Qu'importe, répondit Florent, si elles sont toutes aussi jolies, pourquoi irait-il chercher ailleurs ?

Isabelle s'approcha :

– Un tel compliment mérite un baiser. Tu permets, Lydie ?

– Mais je t'en prie, ma chérie, Florent est encore dans le domaine public.

Isabelle prit un air étonné.

– À mon avis, ça ne va pas durer !

Et elle posa sur la joue de Florent un baiser sonore qu'il lui rendit bien volontiers.

– Ça suffit, les embrassades ! Venez danser, clama David en tirant Isabelle par la main.

– *Mood Indigo* ! Comment résister ? murmura Florent à l'oreille de Lydie.

Ils dansèrent longtemps, sur les slows qu'une main complice enchaînait l'un derrière l'autre. Soudain le charme fut rompu par un flot de lumière et un roulement de batterie. Un rock remplaça les sanglots de Miles Davis, et une danseuse surgit au milieu de la piste avec autour de la taille un cerceau qu'elle fit tourner avec une adresse diabolique. Les danseurs s'écartèrent pour battre des mains en l'encourageant.

Florent la regardait avec stupéfaction.

– On appelle ça un hula-hoop, expliqua Lydie. C'est un jeu que pratiquent les enfants d'une lointaine tribu australienne. On dit qu'un professeur de gymnastique américain et voyageur aurait trouvé cet exercice excellent pour la colonne vertébrale et en aurait fait fabriquer pour ses patientes. Depuis, deux frères marchands de jouets se sont emparés de l'idée…

– Et ils sont devenus milliardaires !

– Comment le sais-tu ?

– En Amérique, toutes les histoires se terminent de la même manière.

Cinq filles occupaient maintenant le centre de la pièce, faisant assaut d'adresse. Le spectacle de cette rotation de la partie la plus séduisante de leur anatomie rendait les garçons hystériques, et on comprenait aisément la fortune des frères *made in USA*. Lydie, ne voulant pas être en reste, fit à son tour la démonstration de son talent, sous les applaudissements de Florent qui, à cet instant même, commença à oublier la belle Myriam.

L'épisode des cerceaux laissa la place à une série de cha-cha-cha, et tous les danseurs se lancèrent dans un déhanchement cadencé sur un pas que les plus expérimentés apprenaient aux débutants – dont Florent.

Vers deux heures du matin, bien après l'heure du couvre-feu, on ralluma les lampes et Lydie se précipita à la cuisine pour préparer une collation. Florent se rendit compte alors qu'il n'avait ni déjeuné ni dîné. Il suivit la gent féminine qui s'activait aux fourneaux et découvrit à cette occasion le savoir-faire de toutes ces jeunes filles de bonne famille. Manifestement, l'art culinaire faisait partie de l'éducation pied-noir. Il se retrouva bientôt installé devant une omelette majorquine à la soubressade (sorte de saucisse rouge, molle et relevée, originaire – lui expliqua-t-on – de Majorque) qui aurait mérité des étoiles. Puis arriva enfin l'immense gâteau garni de bougies, dans un concert de chants et d'applaudissements. Moka et crème Chantilly finirent d'anéantir les convives, qui demandèrent grâce.

La musique reprit en sourdine, mais beaucoup d'entre eux ne quittèrent plus les fauteuils et les canapés qui les avaient accueillis.

Lydie offrit à Florent un verre de digestif.

– C'est le marc « de Bourgogne » que Sami nous confectionne chaque année. Celui-ci a dix ans de tonneau, et tu vas voir, c'est un régal.

Elle ne mentait pas. Le chaleureux alcool contribua à effacer le fantôme de Myriam, et quand Lydie posa sa tête contre son épaule, ils furent seuls au monde.

Ils bavardèrent longtemps à mi-voix, de tout et de rien, sans aborder les sujets qui fâchent. Puis ils s'assoupirent. Le préposé à l'électrophone finit par s'endormir lui aussi, et le silence tomba sur la petite bande apaisée.

Il semble que certains couples disparurent un moment dans les chambres (David et Isabelle furent de ceux-là), mais personne n'émit la moindre protestation.

Vers huit heures du matin, la porte d'entrée s'ouvrit devant une grosse dame toute souriante, les bras chargés de viennoiseries et de pains frais. Un remue-ménage salua son arrivée et une bonne odeur de café se répandit bientôt dans l'appartement.

Ce copieux petit déjeuner signa la fin de la fête, et on se sépara sur de joyeuses embrassades où chacun promettait de récidiver bientôt.

Lydie avait demandé à Isabelle, David et Florent d'attendre que les autres invités soient partis car elle avait une proposition à leur faire :

– Florent sera en vacances pendant les congés scolaires de Noël, et David n'a pas encore pris de permission. Pourquoi ne partirions-nous pas tous les quatre passer les fêtes à Paris ? Ma tante Françoise a l'intention de venir à Mirallah. Elle me laisse son appartement du boulevard Saint-Germain. Qu'en pensez-vous ?

Florent eut un pincement au cœur. Depuis qu'il était parti de Paris, bien des choses avaient dû changer chez les Schœnau. En particulier l'installation dans un nouvel appartement en duplex avenue Foch qu'il ne connaissait pas encore.

L'idée de Lydie le tentait, et, en plus, il avait tellement envie d'embrasser sa mère !

Aurait-il droit à une permission ?

XVI

Jamais Florent n'aurait pu imaginer qu'il serait aussi ému en découvrant, par le hublot du Constellation qui le ramenait à Paris, le damier familier de la campagne française, avec ses petits villages blottis autour des clochers gris. Il ferma les yeux.

Pourtant, il avait découvert, en Algérie, des paysages somptueux comme celui de Tipaza, l'immensité des vergers de la Mitidja, les contreforts enneigés de l'Atlas… Sans crainte de tomber dans le cliché, Florent se dit que rien ne valait ce Massif central hérissé de volcans inoffensifs, ni le bonheur de se sentir chez soi, dans un pays en paix.

Aéroport d'Orly, taxi vers l'avenue Foch, comme tout allait vite !

N'ayant pas annoncé l'heure de son arrivée, il se sentait tout à coup plus angoissé que prévu. L'immeuble, où son père avait emménagé en son absence, l'impressionna par sa taille et son air majestueux, quoiqu'un peu nouveau riche comparé aux constructions classiques du début du siècle qui l'entouraient. Dans l'immense miroir du hall, il vérifia sa tenue : uniforme sur mesure, épaulettes amarantes à deux barrettes dorées et képi tout neuf, acheté pour des raisons de prestige. Il se trouva belle allure. Les chaussures brillaient, la cravate tombait juste... En avant ! Son père appréciait les gens qui ont de la tenue. Lui ne s'habillait que chez les grands tailleurs du Faubourg-Saint-Honoré et la plupart de ses cravates venaient de chez Hermès.

Il sonna.

Une domestique inconnue vint lui ouvrir. Jeune, pimpante, brune au regard noir, robe noire et petit tablier blanc, espagnole sans doute. Elle le fit entrer au salon en le regardant comme s'il était le messie.

Elvire se précipita pour l'embrasser :

– Florent, te voilà enfin ! Tu es superbe. Quelle mine !

Elle s'écarta d'un pas pour apprécier l'élégance de l'uniforme et se retourna vers son mari, guettant son approbation.

Maxime se leva. Fidèle à son image, habillé comme une gravure de mode, le cheveu éclatant de blancheur bleutée, il ne perdait pas un centimètre de sa haute taille et attendait, comme un monarque, l'hommage de son vassal. Immobile et sévère, il tendit sa joue aux lèvres de son fils sans un mot. Derrière ses lunettes cerclées d'écaille, son regard inquisiteur scrutait le revenant.

Florent pivota sur ses talons et jeta un regard admiratif à la pièce magnifique d'où la vue s'étendait de la porte Dauphine jusqu'au bois de Boulogne. Commodes anciennes, antiquités, tableaux de maîtres, bibelots de prix dans deux vitrines d'angle, rien que du beau, du brillant, du riche.

Durant la préparation de son internat, Florent avait, selon la coutume parisienne, beaucoup travaillé en groupe.

En « sous-colle », disait-on alors. Ce qui l'avait conduit à passer de longues soirées chez certains de ses copains, fils de bonnes familles, bourgeois authentiques, où mobilier et œuvres d'art se transmettent de génération en génération. Curieux de nature, il avait pu se former le goût dans des appartements de grande classe où les objets de valeur ne manquaient pas.

Elvire, qui descendait d'une famille aisée, affirmait détester ces appartements « qui sentent le décorateur à plein nez ». Dans le sien, avenue Foch, elle n'avait pas de crainte à avoir. On sentait bien qu'aucun décorateur n'était passé !

« Ces deux-là, pensa Florent, ont acquis une telle autorité, ils manifestent tant de certitudes, qu'aucun sens critique ne leur encombre plus l'esprit. »

Après quelques banalités sur le voyage, Elvire proposa à Florent de lui montrer sa chambre. Ils montèrent à l'étage et il découvrit l'endroit où il était censé vivre ses prochaines années. Il ressentit une sorte de frisson. Ses meubles de la rue Cardinet étaient là, et paraissaient aussi déplacés que lui. Il s'extasia poliment, s'assit sur son lit face aux rayonnages où l'attendaient ses jouets d'enfant et ses livres. Comme tout ça lui paraissait désuet, vieillot, inadapté à ce qu'il avait envie de vivre désormais.

Son père apparut à la porte :

– Alors, tu te retrouves chez toi ?

Florent murmura un « oui » sans conviction. À la vérité, il avait l'impression de revenir dans une maison qui portait les traces approximatives d'une jeunesse ressemblant à la sienne.

– On descend dîner. Mets-toi à l'aise.

Son père avait échangé, en toute simplicité, son veston contre une veste d'intérieur en velours noir à brandebourgs dorés. Florent aurait volontiers enlevé son uniforme, mais il lui aurait fallu défaire son sac à la recherche d'une tenue de rechange forcément chiffonnée. Il y renonça.

Il se borna à enlever veste et cravate.

La salle à manger jouxtait le salon. Cossue, avec au mur un grand tableau de Bernard Buffet représentant un bouquet d'iris squelettiques et tristes à mourir. « Un joli Buffet de salle à manger », pensa Florent. Il fut heureux de tourner le dos à cette angoissante œuvre d'art et d'être assis face à un vaisselier anglais plus sympathique.

– Olivia, vous pouvez servir.

L'Espagnole passait les plats comme au cinéma : main gauche en avant, main droite dans le dos, et décolleté offert en prime. On avait changé de catégorie sociale chez les Schœnau !

Tout en mangeant, Maxime regardait son fils avec un étonnement qu'il avait du mal à cacher :

– Alors tu es devenu professeur, maintenant ?

– Professeur, c'est un bien grand mot. J'enseigne les rudiments de la chirurgie à des élèves infirmières. Ce n'est pas un travail très sorcier.

– Tu ne fais plus de… chirurgie ?

– Si, bien sûr. Je participe aux gardes et je suis affecté à l'un des deux services chirurgicaux de l'hôpital Maillot. Mais, à la vérité, j'y travaille beaucoup moins que mes copains qui ne font que ça.

– Et tu ne regrettes pas le bled où tu étais avant : Sidi-machin ?

– À Sidi-Afna, l'avantage, c'était de pouvoir opérer à l'hôpital civil.

Son père ouvrait des yeux ronds :

– Alors, comme ça, tu *opérais* des gens…

Le ton de la phrase oscillait entre l'ironie et l'incompréhension. Un peu comme un athée aurait demandé à son fils curé s'il disait la messe.

Florent sourit, plein d'indulgence :

– Tu sais, papa, une grande partie de la population du bled vit encore comme au Moyen Âge. Ils ne consultent un médecin qu'en dernier ressort et on découvre souvent des maladies très évoluées. Les gestes thérapeutiques sont simples. Ce sont des actes de sauvetage qu'on apprend dès le début de nos études. Il n'est pas question de pratiquer une chirurgie élaborée.

– Heureusement !…

Pourquoi son père s'obstinait-il à être vexant ? Florent savait mieux que personne combien il avait encore à apprendre pour maîtriser son métier. Quel plaisir éprouvait-il à toujours le rabaisser ? Surtout lui ! Monsieur le Président Schœnau, maître du monde économique et financier, totalement ignare face aux choses de la médecine. Ignare et incapable de faire le moindre effort pour y remédier. Selon lui, par exemple, la « prostate » était une maladie de l'homme vieillissant au même titre que la rougeole et la varicelle sont des maladies du jeune enfant.

– Honnêtement, penses-tu que ce séjour en Algérie t'aura apporté quelques notions sérieuses de chirurgie ? demanda-t-il, plein de condescendance.

– Bien sûr ! Je me suis surtout habitué à prendre des responsabilités.

Maxime s'étonna :

– Quelles responsabilités ?

– Le droit de vie ou de mort. Décider d'opérer, c'est déclencher un processus qui peut se terminer par la mort d'un malade…

Maxime lui coupa la parole.

– N'importe quelle situation de commandement entraîne des responsabilités au moins aussi lourdes.

– Non ! Avoir entre ses mains la vie d'un gamin de vingt ans et savoir qu'elle dépend de ta décision, excuse-moi, mais c'est une responsabilité terrifiante.

Maxime le prit de haut :

– Moi, mon garçon, j'ai des milliers de personnes sous mes ordres et quelques centaines de milliards sont engagés sous ma signature. Voilà des responsabilités que tu n'auras jamais.

– C'est vrai. Pas plus que tu n'auras jamais entre tes mains la vie d'une personne unique, que tu regardes au fond des yeux et qui te fait confiance. À toi, pas à un président de société.

Avoir un fils aussi borné affligeait Maxime. Il éleva le ton :

– Si je me trompe dans mes choix, je peux mettre des familles entières en péril.

– Des gens que tu n'as jamais vus.

– Qu'est-ce que tu en sais ?

Elvire interrompit cette compétition de sourds.

– Arrêtez un peu. Florent est en vacances et il n'a aujourd'hui qu'une seule responsabilité : occuper son temps. Que comptes-tu faire ? Tu as un programme ?

Programme ! Un mot qu'ils adoraient.

– À vrai dire, j'ai peu de projets précis.

– De notre côté, nous en avons un : le 28 décembre, nous recevrons quelques amis ici pour pendre la crémaillère. Si tu veux te joindre à nous, tu seras le bien-venu.

– Je vous remercie, mais j'ai trois camarades qui, eux aussi, viennent d'Alger, et je ne peux pas les laisser tomber.

– Trois camarades ?

Toujours ce ton inquisiteur et suspicieux que son père adoptait pour évoquer les amis de Florent.

– J'ai un copain médecin, fils d'un pied-noir qui exploite une grosse ferme dans la Mitidja. Il a ceci de particulier qu'il porte le même nom que nous.

– Schœnau ?

– Oui. Sa famille est originaire d'Alsace comme la nôtre, mais, pour le moment, nous ne nous sommes pas trouvé de vrais liens de parenté. Nous nous lancerons dans une enquête généalogique quand nous en aurons le temps. Il est là avec deux filles d'une vingtaine d'années, sa cousine et une amie à elle. Ils logent tous boulevard Saint-Germain.

Le tableau ne déplut pas. Elvire prit les devants :

– Tu peux leur dire de venir, si ça les amuse. Hein, Maxime ?

Toujours prudente.

Maxime hocha la tête.

– Bien sûr. Et pour Noël, tu as prévu quelque chose ?

Florent n'avait aucune envie de passer le réveillon avec eux.

– En principe, nous sommes invités à une fête…

– Dans leur famille ?

– Oui.

– Nous, nous serons en Sologne. Si tu changes d'avis, je peux te faire inviter, mais il faudrait que je le sache suffisamment à l'avance.

Comment son père – si intelligent – ne comprenait-il pas que deux garçons et deux filles rentrant d'Algérie et en vacances à Paris peuvent avoir d'autres projets en tête que de passer leurs soirées au coin d'un feu de bois dans une propriété en Sologne ?

Florent avait donné rendez-vous à ses amis aux Deux Magots, haut-lieu de l'intelligentsia parisienne. Il eut un choc quand il les vit arriver. David portait une canadienne fourrée, sans doute empruntée à son père, et qui semblait dater des années vingt. Quant aux deux filles, elles avaient dévalisé les placards de la tante et portaient des fourrures vieillottes qui les amusaient beaucoup.

Il put constater, à cette occasion, que même dans ces tenues démodées elles demeuraient ravissantes.

Il leur fit commencer la promenade par la rue Saint-Benoît pour leur montrer les bistrots où Jean-Paul Sartre, Simone de Beauvoir, Françoise Sagan et tant d'autres célébrités, avaient leurs habitudes… Sous un timide soleil hivernal, il les conduisit ensuite vers le boulevard Saint-Michel, les faisant passer devant la vieille fac de médecine où il avait commencé ses études. Après un détour par le Champollion – inusable cinéma où il avait caché son premier flirt –, ils continuèrent vers les jardins du Luxembourg et se reposèrent un moment sur les chaises rangées au bord du bassin.

Gelées par le vent d'hiver qui s'était levé, les filles implorèrent grâce et il les fit monter boire un chocolat chaud dans un excellent salon de thé de la place Edmond-Rostand.

C'est là que, devant un séduisant plateau de friandises, il leur proposa de venir au cocktail qu'organisaient ses parents. Avant que David ait eu le temps de réagir, les filles applaudirent en posant l'unique question qui leur importait : « Qu'est-ce qu'on va mettre ? »

Afin de résoudre cet angoissant problème, elles exigèrent d'aller, dès le lendemain, faire les boutiques des Champs-Élysées. Faute d'une meilleure idée, les garçons acquiescèrent.

– Nous vous attendrons à la terrasse du Fouquet's, proposa Florent, et nous en saurons bientôt plus que vous sur la mode du moment. Pour l'heure, allons dire bonjour à la Seine.

« Elle s'enroule, roule, roule... »

En chantant, ils redescendirent le boulevard Saint-Michel et tournèrent sur le quai des Grands-Augustins, où les bouquinistes semblaient placés pour parfaire le décor et impressionner les touristes.

Transie de froid, Lydie se tenait serrée contre l'épaule de Florent, comme si elle craignait de le perdre dans cette foule inconnue, laissant à Isabelle, accrochée au bras de David, le soin de commenter le spectacle. Elles riaient toutes deux aux éclats, heureuses de goûter enfin les plaisirs d'une existence libre impensable à Alger.

Ils terminèrent la promenade, épuisés, dans un bistrot de la place Dauphine où ils dînèrent très mal pour un prix exorbitant.

Après le repas, Florent les raccompagna boulevard Saint-Germain en taxi, refusa un dernier verre et s'en fut après avoir échangé un bref et chaste baiser avec Lydie à moitié endormie.

Le lendemain, ils se retrouvèrent comme convenu à la terrasse du Fouquet's, et les filles s'envolèrent en gloussant.

– Elles vont dépenser une fortune, s'inquiéta Florent, qui n'avait jamais vu personne choisir les Champs pour courir les magasins.

– Tu sais, ce n'est pas à Alger qu'elles peuvent faire des folies. Pour une fois qu'elles ont la chance de vivre en liberté, elles en profitent.

– Qui est-ce, cette Isabelle ?

– Nous avons grandi ensemble. Son père est ami du mien. Il importe du matériel agricole des États-Unis. Une grosse affaire.

– Et elle fait quoi ?

– Du droit. Mollement. Son frère travaille déjà avec leur père. Un type sérieux qui reprendra la direction de l'entreprise.

David se refusait décidément à concevoir une Algérie où les pieds-noirs n'auraient plus leur place. Obstiné, il poursuivit :

– Tu sais, son père aime beaucoup les médecins. Un jour, je lui ai dit qu'Isabelle et moi pensions au mariage. Il m'a proposé de construire à Alger une clinique moderne, comme il y en a aux États-Unis, pour les check-up. On pourrait même y créer un service de chirurgie. Qu'en penses-tu ?

C'est pour ces élans de générosité que Florent pardonnait tout à David. On lui offrait une situation inespérée et il proposait immédiatement de la partager avec un copain.

– On l'appellerait la clinique Schœnau. Normal !

Ils rirent ensemble.

– Chez nous, tu as vu, continua-t-il comme pour justifier son optimisme, les choses bougent dans le bon sens. On a eu peur quand de Gaulle a viré Salan, mais le nouveau gouverneur, Paul Delouvrier, et le commandant en chef, Maurice Challe, forment une sacrée équipe !

Florent se taisait. Pour sa part, depuis l'épisode de la paix des braves, il avait compris que de Gaulle suivrait son idée à sa manière, sans se soucier de ce qu'espéraient les pieds-noirs.

Pauvre David ! Que de menaces pesaient sur son optimisme.

La foule se pressait sur les trottoirs s'affairant pour les cadeaux de Noël. La nuit tombait vite et la célèbre avenue resplendissait de toutes ses lumières. Ici, c'était la paix.

Isabelle et Lydie réapparurent pour une brève escale, le temps d'avaler une tasse de thé et de déposer des paquets à garder, avant de repartir au combat.

– À propos, lança soudain David quand ils furent à nouveau en tête à tête, j'ai rencontré Myriam.

Florent sentit un grand froid l'envahir. Il garda l'œil fixé sur la terrasse Martini qui leur faisait face, s'efforçant de rester impassible. David reprit d'une voix lasse, comme s'il parlait pour lui seul :

– Je lui ai reproché de m'avoir laissé tomber, et elle m'a ri au nez en m'expliquant que je n'avais aucun droit sur elle, pas plus que les autres. Je lui ai demandé qui étaient « les autres ». Elle a répondu qu'elle vivait comme un homme en risquant sa peau chaque jour. Alors, elle choisissait ses amants comme les hommes prennent les femmes dont ils ont envie. Elle a conclu en disant : « Lorsque la paix sera revenue, je trouverai celui qui m'emmènera au bout du monde. Je ne le connais peut-être pas encore. »

Tout était dit. Sans doute, Florent et David avaient-ils été aussi amoureux l'un que l'autre de la belle veuve, et s'étaient-ils fait larguer de la même manière. Douloureuse manière ! Par moments, Florent n'était pas sûr d'être complètement guéri. Parfois, au contraire, il parvenait à oublier. Surtout avec Lydie.

Pour le réveillon de Noël, ils furent invités à une fête déguisée sur le thème du cirque. Florent et David louèrent des costumes d'Alex et Zavatta, les filles, des tenues d'écuyères qui convenaient parfaitement à leur plastique. Florent n'avait jamais remarqué à quel point Lydie avait de jolies jambes.

Dans l'appartement du boulevard Saint-Germain déserté par la propriétaire, les maquillages avaient déjà donné lieu à des fous rires qui présageaient bien de la suite des festivités. Ils ne furent pas déçus : dans un véritable décor de cirque, ils dansèrent et s'amusèrent jusqu'à l'aube. Comme s'ils avaient du bonheur à rattraper. Le petit matin les trouva affalés sur les canapés, repus, épuisés. Lydie saisit la main de Florent.

– Promets-moi que tu reviendras à Alger, lui chuchota-t-elle soudain d'une toute petite voix.

– Bien sûr ! J'en ai encore pour une année, au moins.

– Et après ?

Il lui prit le visage à deux mains et le tourna vers le sien.

– Nous en avons déjà parlé, Lydie. Il me reste trois ans et demi d'internat, puis deux ans de clinicat, avant de savoir ce que je deviendrai.

– Un interne n'a pas le droit de se marier ?

Florent s'efforça de rire.

– Il a tous les droits, mais, normalement, pour se marier il faut avoir de quoi nourrir femme et enfants.

– Normalement… Mais nous ne vivons pas une époque normale. Certaines femmes ont une famille qui pourrait les aider…

Il préféra changer de conversation et lui proposa de l'emmener prendre un petit déjeuner quelque part.

– Dans cette tenue ?

L'émotion du moment lui avait fait oublier son costume de clown. Lydie se redressa :

– Rentrons chez ma tante pour nous changer. Nous verrons ensuite.

– Où sont Isabelle et David ?

– Partis. Tout à l'heure, ils m'ont fait signe qu'ils se sauvaient.

Boulevard Saint-Germain, les oripeaux d'Isabelle et David traînaient aux quatre coins de l'appartement, comme s'ils s'étaient déshabillés en se poursuivant. Sans doute s'étaient-ils rattrapés dans une chambre.

Florent se changea en silence, pressé de repartir. Après la conversation qu'ils venaient d'avoir, il ne lui fallait pas rester là, avec une Lydie à qui il ne voulait rien promettre. Il se débarrassa de son maquillage, se doucha et reprit sa tenue normale avant de revenir au salon, où son écuyère l'attendait, assise dans un fauteuil, rêveuse. L'idée d'aller prendre un petit déjeuner dans Paris n'était manifestement plus d'actualité.

Ils se regardèrent un moment et c'est elle qui rompit le silence :

– Dites-moi, docteur. Vous êtes mon ami ?

– Bien sûr.

Il ne comprenait pas ce vouvoiement soudain.

– Alors pouvez-vous me donner un conseil ?

– Je peux essayer. Dites toujours…

– Eh bien, voilà, docteur : je suis amoureuse d'un garçon qui ne m'aime pas. Que faire ?

Il s'assit en face d'elle, acceptant de jouer le jeu.

– D'abord vous assurer que vous l'aimez vraiment...

– C'est fait. Je ne pense qu'à lui, je ne peux pas imaginer ma vie sans lui, et les garçons de mon âge me semblent totalement insipides. Pis encore, je rêve chaque nuit que je suis dans ses bras et ça me rend folle.

– Comment pouvez-vous affirmer qu'il ne vous aime pas ?

– Parce qu'il me fuit. Il me promène, me montre à ses amis parce qu'il me trouve mignonnette, mais dès que je lui parle d'amour, il part en courant.

– Peut-être n'est-il pas encore en mesure de se déclarer. Ce qui ne l'empêche pas d'avoir des sentiments qu'il ne sait – ou ne peut – exprimer.

Elle se leva et tourna le dos à Florent.

– Si vous le rencontrez, docteur, ce garçon que j'aime, dites-lui qu'il se presse, car l'amour est périssable si on le néglige.

Et elle shoota dans une grande chaussure de Zavatta abandonnée à la porte du salon. Elle fit au revoir de la main et disparut dans la salle de bains.

Trois jours plus tard avait lieu le cocktail chez les parents de Florent. Il n'avait pas revu Lydie depuis la soirée cirque close par des déclarations douces-amères.

L'appartement de l'avenue Foch resplendissait de fleurs, et les serveurs fournis par Lenôtre avaient décoré les buffets comme s'il s'était agi d'une réception à l'Élysée. Les invités arrivèrent en rangs serrés à partir de dix-neuf heures environ et l'étage de la réception fut bientôt comble.

Florent commençait à se demander si ses amis ne lui avaient pas fait faux bond, quand il les vit pénétrer dans le salon. Il crut alors mourir d'émotion devant la beauté des deux filles.

Isabelle avait laissé ses cheveux flamboyants couler sur ses épaules nues, et une robe à bustier vert d'eau, assortie à ses yeux, mettait en valeur les rondeurs de sa poitrine.

Lydie portait une robe trapèze d'un rose framboise qui tranchait sur ses cheveux noirs de jais ramassés en un chignon banane laissant échapper une frange discrète. Un collier fantaisie de la même couleur que la robe agrémentait son décolleté.

Le silence se fit quand elles entrèrent, suivies de David.

Florent vint les embrasser et les conduisit vers son père qui les avait déjà repérées. Maxime s'inclina, leur proposa de prendre une coupe de champagne et les entraîna, sans plus se préoccuper des deux garçons.

– Elles sont sapées comme des princesses, glissa Florent à David qui paraissait agacé.

– Non, comme des mannequins.

– Elles sont allées dans une maison de couture ?

– Évidemment, chez le petit Saint Laurent.

– Qui ça ?

– Yves. Tu ne le connais pas ? C'est un copain d'Alger. Il a leur âge et a toujours travaillé dans la mode. Depuis la mort de Christian Dior, on dit qu'il va prendre la direction de la maison de couture. Il leur a prêté des robes. Tu as vu, ça en jette. D'ailleurs, ton père semble les trouver à son goût.

Les deux amis se glissèrent dans la foule massée devant un buffet où deux serveurs tartinaient des toasts de caviar à la chaîne. Ils atteignirent bientôt le groupe que Maxime dominait de sa haute taille et l'écoutèrent pérorer devant les deux filles occupées à se régaler avec distinction.

– Quel baratin il a, grinça David en s'emparant d'une coupe de champagne avant de s'écarter. Et que de monde ! Qui sont tous ces gens ?

– On va demander à ma belle-mère, suis-moi. Elle est là-bas.

– Jolie femme ! siffla David.

Elvire ne se fit pas prier pour énumérer les personnalités présentes : le président de la banque d'Indochine, le secrétaire général du parti de « je ne sais plus quoi », le directeur financier des Houillères de Bretagne, etc.

« Rien que du beau linge, mais pas très marrant ! » pensait David.

Le lendemain, Florent déjeuna avenue Foch.

– Pour éblouir les gens, c'est facile, lança Maxime tout fier de sa formule. Tu achètes ce qu'il y a de plus cher et tu en sers à volonté. Il faut qu'il y en ait assez pour qu'ils ne puissent en venir à bout, et ils raconteront que tu as la meilleure table de Paris.

Florent constatait que son père ne parlait plus qu'à coups de superlatifs : « le plus » et « le meilleur » revenaient sans cesse dans sa conversation. Et c'est dans ce registre qu'il complimenta son fils sur ses invitées : les plus intelligentes, les mieux habillées, sûrement fortunées.

– Le jour venu, il te faudra en trouver une de ce genre, glissa-t-il avec un regard égrillard.

– Ne te leurre pas, papa, répondit Florent, agacé. Les robes leur étaient prêtées, et les fortunes familiales vont tomber à coup sûr aux mains des fellagha, alors…

Maxime ne réagit pas. La conversation passa à la critique détaillée des invités : leur carrière, leur avenir, leurs femmes, leurs maîtresses. Florent commençait à s'ennuyer. C'est alors qu'il se produisit un événement imprévisible, un de ceux qui marquent la vie d'un individu. Ce jour-là, son père portait une montre que Florent aimait particulièrement et qu'il n'avait plus vue à son poignet depuis longtemps. C'était une Oméga en or, automatique, dont le cadran et les aiguilles, en or également, formaient un camaïeu chatoyant. Cet objet de luxe représentait pour Florent, depuis son adolescence, le comble de l'élégance. L'avènement des montres extraplates l'avait malheureusement démodée, et son père ne la mettait plus que rarement.

– Tiens, tu as ton Omega, remarqua-t-il avec une nuance d'admiration qui surprit Maxime.

– Oui, en remplacement de ma Piaget, dont j'ai fait changer le bracelet. Moi aussi, je l'aime beaucoup, et j'ai toujours du plaisir à la retrouver. Hélas, elle est un peu désuète, maintenant. Où l'avons-nous achetée, demanda-t-il en se tournant vers Elvire.

– À Genève, chez Bucherer, près du lac.

– Ah oui, je me souviens.

Florent sursauta.

« Mais non, pensa-t-il. Moi aussi je me souviens, papa. Tu étais en cure d'amaigrissement à Brides-les-Bains, en 1948, et tu avais été invité au centenaire de la maison Omega. Cette montre, prétendais-tu, t'avait été offerte, comme aux autres invités… »

281

Elvire et Maxime avaient déjà oublié la montre et dissertaient sur d'autres sujets, mais Florent ne les écoutait plus. En 1948. Elvire n'était alors que la secrétaire de son père, et sa mère souffrait de l'absence continuelle d'un mari surchargé de travail. Cet été-là, Florent avait seize ans. Il était parti en vacances avec elle dans le Midi tandis que Maxime, la mort dans l'âme – disait-il –, allait faire sa cure d'amaigrissement annuelle dans le seul établissement thermal spécialisé à cette époque. Et Elvire ? Florent se rappelait parfaitement qu'elle affirmait être partie avec des amis à Rome, d'où elle leur avait envoyé une carte postale. La menteuse !

Il tombait de haut. Déjà en 1948, ces deux-là filaient le parfait amour.

Florent n'avait jamais douté qu'ils s'étaient offert quelques divertissements privés avant de passer devant monsieur le maire, en 1951. Mais de là à organiser cet adultère crapuleux à une époque où Elvire se présentait comme une amie fidèle et dévouée de la famille, quelle duplicité !

Au moment du divorce, n'était-ce pas Elvire en personne qui expliquait à sa « chère Mme Schœnau » combien Maxime se montrait difficile à vivre ? N'avait-elle pas menacé de démissionner tant il devenait un patron insupportable ?

Voilà que, dans le même temps, ils étaient en vacances ensemble ! Traîtresse !

Quelle déception !

Le nez dans son assiette, il bouillait d'une rage muette.

« Ce sont ces gens-là qui osent contrôler ma vie sentimentale, interdire les filles à la maison, me faire des réflexions quand je découche ! Et ma pauvre mère !

Comme elle a été bernée ! Elle qui adorait son mari et élevait son fils dans l'admiration inconditionnelle du seigneur et maître. Eh bien, pendant qu'elle pleurait dans son coin, son grand seigneur s'envoyait en l'air avec sa secrétaire qui faisait poster par quelque copine complice des cartes écrites à l'avance. »

Quelle honte !

Ce jour-là, sans le savoir, Maxime tomba du piédestal d'où il dominait son fils depuis toujours.

Avant la fin de sa permission, Florent se décida à aller faire un tour à Beaujon. Il rendit visite à son ancien patron, embrassa quelques infirmières, leur raconta ses pauvres exploits guerriers et finit la matinée par un déjeuner en salle de garde.

Par chance, l' « économe », maître élu de la communauté des internes, Pierre Hardy, connaissait bien Florent pour lui avoir enseigné les rudiments d'une obstétrique chirurgicale dont son élève avait fait le meilleur usage. Il l'installa à son côté et lui demanda comment il vivait sa guerre. Florent conta quelques anecdotes pittoresques ou croustillantes en se gardant bien, selon la coutume, d'aborder les sujets sérieux.

À son tour, il apprit que, par solidarité avec un collègue mort dans les djebels, le bal annuel de l'internat, une des plus fameuses manifestations de la vie estudiantine parisienne, avait été supprimé jusqu'à nouvel ordre.

Les banalités avaient repris leur droit, quand apparut un collègue de médecine bien connu, nommé Lipski. Petit, maigre et d'aspect plutôt chétif malgré une chevelure de prophète, il était capable de faire preuve, à l'occasion, d'une redoutable combativité. Issu d'une famille originaire de Pologne, il militait au Parti communiste et vendait *L'humanité-Dimanche* à la porte des églises après la messe, ce qui lui avait valu quelques horions fièrement arborés à l'hôpital comme autant de titres de gloire. Nommé au même concours que Florent, ils avaient passé ensemble de longs moments d'attente anxieuse, à l'époque où l'oral avait encore lieu dans l'amphithéâtre de l'hôpital Necker. Ils se connaissaient donc bien.

– Tiens, tu es revenu, toi ? claironna-t-il en voyant Florent bavarder avec l'économe.

– Eh oui, on m'a relâché.

– Seulement en permission, précisa Hardy.

– Comment ça se passe, là-bas ?

Florent sentit le piège. Mais le serveur venait de poser deux énormes cafetières à chaque bout de la table et on avait donc le droit de parler politique.

– Je suis affecté dans un hôpital civil en bordure de la Mitidja où l'on fait à peu près le même boulot qu'ici.

– Et la torture ? Qu'est-ce que t'en dis ? Tu as dû en voir, des malheureux torturés !

Et voilà ce que Florent redoutait.

– Jamais. J'opère des cancers de l'estomac ou du colon, des appendicites et des hernies étranglées. C'est tout.

Lipski prit les collègues à témoin en pointant sur Florent un doigt accusateur :

– C'est quand même fou qu'il y ait des mecs aussi dénués de conscience politique ! Voilà un type qui vit au milieu d'une armée colonialiste dont il porte l'uniforme apparemment sans complexes, qui assiste à la pire agression que puisse subir un peuple, et qui ne voit rien, ne sait rien, fier de faire son petit boulot de tâcheron chirurgical. (Il se retourna vers Florent) : Mais, putain, t'es aveugle ou débile ?

Florent se tourna calmement vers Pierre Hardy :

– Économe, me permets-tu d'aller foutre mon poing sur la gueule de ce con mal embouché ?

– Non, répondit l'obstétricien. Parce qu'il est trop con, et qu'il va nous offrir les alcools. Alors contentons-nous de le remercier, en lui ordonnant de la boucler !

Selon la tradition, le paiement d'une tournée générale imposée par l'économe sanctionnait le collègue coupable d'une faute contre l'éthique de la salle de garde.

Lipski accepta la punition, sans se taire pour autant.

– Heureusement, il y a des gens qui prennent de vrais risques pour défendre leurs idées. J'en connais…

– Tu parles des « porteurs de valises », je suppose, l'interrompit Florent, devenu blême.

Lipski l'affronta du regard :

– Parfaitement. Des mecs qui n'ont pas peur…

Florent se dressa en faisant tomber sa chaise.

– C'est vrai ! Ils n'ont pas peur. Ni honte, d'ailleurs, de fournir en argent des rebelles qui grâce à ces dons achètent des armes pour tuer de pauvres bougres présents en Algérie par obligation. Le paysan du Berry qui crève par ta faute, connard, moi, j'ai envie de le venger, et pas plus tard que tout de suite, d'ailleurs.

Lipski allait répondre quand il vit, éberlué, Florent s'emparer d'une bouteille vide et sauter sur la table.

– Maintenant, tu te tires d'ici vite fait, ou je te démolis la tronche, et tu ne te reconnaîtras plus dans la glace ! Compris ? Dégage !

Lipski hésitait. La salle de garde était devenue houleuse et il sentait que tous les internes présents – futurs ou anciens appelés d'Algérie – allaient lui tomber sur le poil. Il battit en retraite, le poing dressé, en fredonnant *L'Internationale.*

Florent leva les bras en signe de victoire et sauta de la table dans l'amical fracas des couverts frappés sur les assiettes. Une « périphérique, belle et bien battue », salve traditionnelle des rites carabins, salua son exploit tandis qu'une bouteille d'armagnac apparaissait sur la table.

Hardy, qui n'avait pas perdu son sang-froid une seconde, regardait son cadet en souriant.

– Dis donc, petit, tu t'es forgé le caractère, là-bas !

Florent se rassit.

– Tu sais, c'est pas marrant de réparer des petits gars qui vont sur le terrain défendre des idées politiques auxquelles ils ne comprennent rien. Ni le bidasse ni le fellouze de base ne savent vraiment pour qui et pour quoi ils se battent. Ceux qui les envoient au casse-pipe sont installés, les uns à Matignon, les autres à Tunis, soutenus, de chaque côté, par des excités comme cet abruti de Lipski. Et les collègues qui passent leur temps à recoller les morceaux, eh bien, certains jours, crois-moi, ils en ont vraiment ras le képi.

XVII

Florent quitta Paris, l'âme en perdition.

Rien n'allait plus.

Quand il avait appelé sa mère à Saint-Raphaël pour lui annoncer sa venue, il avait été surpris par ses protestations.

– Ce n'est pas la peine. Je dois me rendre à Paris. Je serai là le 2 janvier. Ça te va ?

– Bien sûr, mais tu ne crois pas…

– Non, non ! La Côte en cette saison est sinistre. Et puis j'ai des affaires à régler dont je te parlerai. Il faut aussi que j'aère mon appartement.

Depuis son divorce, elle possédait, place Maubert, un charmant deux-pièces qu'elle n'avait jamais voulu vendre malgré son installation dans le Midi.

– Je suis heureuse de posséder quelque chose à Paris, prétendait-elle. On ne sait jamais…

Florent l'attendit à l'arrivée du train, gare de Lyon, et il eut un mauvais pressentiment en la voyant descendre de son wagon. Elle avait vieilli de vingt ans. Ils s'embrassèrent tendrement.

– Maman ! Comment vas-tu ?

– Bien, tu vois, en pleine forme.

– Mais, il me semble que tu as maigri, non ?

– Je fais régime. Je suis très fière d'avoir retrouvé mon poids de jeune fille.

Il ne put rien en tirer d'autre. Elle riait de tout et se moquait des inquiétudes de son fils.

Place Maubert, elle lui montra où elle rangeait les papiers de famille, lui confia un double des clés, « au cas où il aurait besoin d'être tranquille », et libéra un placard, s'il voulait y ranger des affaires.

Ils bavardèrent longuement, comme ils n'avaient jamais eu le temps de le faire. Elle parla de sa jeunesse, de sa rencontre avec Maxime, de son enthousiasme de jeune mariée puis de jeune mère, et de la peine qu'elle avait ressentie quand il avait voulu divorcer. Elle ne comprenait toujours pas ce qui l'avait motivé. De lourds silences ponctuaient son monologue.

Ils dînèrent et déjeunèrent plusieurs fois ensemble avant que Florent ne rentre en Algérie. Ils se quittèrent en se serrant très fort l'un contre l'autre. Comme si c'était la dernière fois.

Depuis, Florent ne cessait de penser à elle. À son père aussi, sans parvenir à lui pardonner ses mensonges minables. Comment un homme de son envergure avait-il pu s'abaisser ainsi ?

– Moi, je ne sais pas mentir, répétait-il souvent pour fustiger les incartades scolaires de son fils.

Eh bien, qu'aurait-ce été s'il avait su !

Dans l'avion du retour, des pensées noires tournaient dans la tête de Florent. Sa mère manifestement malade, son père délirant de mégalomanie, Lydie fâchée, Myriam perdue… Et, à Alger, le tandem Yamina-Walid qui l'attendait.

L'angoisse lui nouait la gorge.

Mme Gallois mit une note joyeuse dans la partition sinistre de ce retour forcé. Elle l'attendait, toute pimpante, avec une jolie robe qui sentait un peu la naphtaline. Elle avait disposé des fleurs dans la chambre repeinte à neuf.

– Pensez ! La peinture datait de mon mariage ! J'ai choisi ce blanc cassé, pour donner plus de lumière.

– C'est magnifique !

– Et puis j'ai enlevé ma vieille armoire qui remontait à Mathusalem, pour la remplacer par des rayonnages. J'ai vu que vous aviez beaucoup de livres. Pour vous, ce sera mieux.

Elle espérait sans doute le garder jusqu'à la fin des temps !

Le lendemain, il reprit le chemin de l'hôpital Mustapha, sans enthousiasme. Le temps s'était mis au gris, la pluie tombait par intermittence. Il faillit chuter avec sa Vespa sur le pavé glissant. Il arriva de fort mauvaise humeur.

Ses élèves lui parurent laides et sournoises. Elles devaient sentir son hostilité. Et Yamina, au premier rang, le considérait d'un air narquois. Quelle tête à claques !

À Maillot, il reprit ses séances hebdomadaires avec Harzon. Seul ce travail sur le programme de l'agrégation militaire lui faisait oublier ses soucis. Il étudiait, répétait les croquis, recherchait la meilleure façon de représenter tel ou tel organe. Il avait fait découvrir à son supérieur les fascicules de Brizon et Castaing, deux chirurgiens anciens internes de Paris dont le talent pédagogique révolutionnait la représentation anatomique. Leur complicité y gagnait.

Un jour qu'ils s'étaient affrontés sur un point de détail, Harzon, sans doute fatigué, se mit en colère et fit peser le poids de ses galons. Florent réagit en omettant volontairement le « monsieur » respectueux qu'il utilisait habituellement :

– C'est comme vous voulez, mon commandant, répondit-il, vexé.

Harzon sursauta :

– Ne vous fâchez pas, Schœnau, je ne voulais pas être désagréable !

Florent s'amusa de ce bref affrontement qui rendait leur relation amicale, rassurante et durable.

Presque chaque jour, David venait déjeuner à Maillot. Lui aussi arborait une mine sinistre. Depuis que de Gaulle avait été élu président de la République, le 8 janvier 1959, ce grand *coulo* avait fait bénéficier de la grâce présidentielle un millier de prisonniers politiques algériens.

– Tu sais, pestait le pied-noir, ici, libérer des prisonniers, c'est considéré comme un signe de faiblesse. Où on va, là ? Un coup je te montre les dents, et le coup d'après je te passe la main dans le dos. Il a expédié Ben Bella à l'île d'Aix ! Pourquoi pas à Cannes au Carlton !

– On dit que Challe fait un boulot formidable.

– Oui, c'est vrai. Ses commandos de chasse remportent des succès indéniables. Il enrôle de plus en plus de harkis et redonne ainsi confiance aux populations du bled. Alors pourquoi ce grand pendard de l'Élysée, lui, ne se montre-t-il pas intransigeant vis-à-vis des rebelles ? Et pourquoi n'est-il pas plus clair sur ses intentions ?

Florent se gardait d'envisager un semblant de réponse.

En revanche, il se sentait de plus en plus en harmonie de pensée avec Francis Brunet. Tous deux se retrouvaient souvent à la Pêcherie ou *Chez Dominique* et bavardaient des heures durant. Pour l'énarque, la partie était jouée : de Gaulle menait l'Algérie vers l'indépendance. Même si Delouvrier et Challe n'y croyaient pas encore, les seules vraies questions qui se posaient désormais concernaient le rythme du passage vers l'autonomie et les modalités de la prise de pouvoir par les rebelles de Tunis. Mais, au bout du compte, le résultat serait le même.

Difficile d'évoquer cette hypothèse avec David !

Le pied-noir se révélait incapable de concevoir une autre issue que la victoire. De plus, il avait renoué avec un de ses anciens copains d'études, Jean-Jacques Susini, brillant sujet écarté de la fac de médecine trois ans auparavant pour raisons de santé. Guéri, il venait de rentrer à Alger, bien décidé à occuper une place dominante dans les mouvements de résistance à la politique du Général. Cette camaraderie militante renforçait l'intransigeance de David.

– Susini est persuadé qu'un jour ou l'autre nous serons obligés de nous soustraire à l'autorité de Paris et de confier le pouvoir en Algérie à des militaires fidèles à notre cause. Ensuite, nous n'aurons plus qu'à les imposer en métropole.

Et de conclure, songeur :

– S'il fallait en arriver là, je serais avec lui.

– Attends, protesta Florent, scandalisé. Ton copain tient un discours fasciste, comme autrefois Hitler ou Mussolini. Nous sommes en démocratie, David.

– Et si la démocratie déconne, qu'est-ce qu'on fait ?

Florent était catastrophé.

Leurs conversations allaient s'interrompre par la force des choses puisque le 12ᵉ RPC devait reprendre le chemin des djebels avec l'opération Courroie lancée par Challe dans l'Ouarsenis.

Le dernier soir, ils dînèrent ensemble avec Lydie et Isabelle. Le quatuor parisien au complet. Les deux filles firent oublier à David la tristesse de son départ en lui rappelant les bons souvenirs de Paris. Elles riaient encore de la réception avenue Foch, et du caviar à la louche.

– Sacré bonhomme, ton père ! s'exclama Isabelle. Beau, intelligent, séduisant et, pour ne rien gâcher, riche comme Crésus. Un type comme ça, malgré son âge, moi, il peut me demander ce qu'il veut.

Florent essaya de tempérer son ardeur :

– Attends ! Tu ne l'as jamais vu en colère !

– Peut-être, mais ça me gêne pas, moi, les mecs à poigne.

Les trois autres la regardèrent, ébahis.

– Ton père, déclara David à son tour, tu m'excuseras, Florent, mais il ne m'a pas vraiment plu. Ce regard bleu sans chaleur, ces lèvres serrées, cette mâchoire de prédateur, cette façon d'envelopper tout le monde dans un même sourire enjôleur... Pour être franc, il m'a fait peur. Pas toi, Lydie ?

Elle réfléchit une seconde :

– Je l'ai trouvé séduisant, mais il le sait tellement que c'en est indécent. Intelligent aussi, tu as raison, mais sûrement dangereux. (Elle jeta un regard en biais à Florent avant de conclure) : De toute façon, pour ce que j'en ai à faire, j'aurais mauvaise grâce à le critiquer. Il a été aimable, son caviar était succulent et son appartement, magnifique. Meublé avec un goût de chiotte, mais ça, c'est facile à corriger.

Ils éclatèrent de rire.

– Eh bien, le voilà arrangé, mon pauvre géniteur, s'exclama Florent avec une pointe d'amertume. À sa décharge, il faut reconnaître qu'il a dû se battre sans cesse pour en arriver là. Pour lui, on dirait que le monde est scindé en deux parties : d'un côté les ennemis, de l'autre les alliés. Pas de milieu. Et encore, ceux qui appartiennent à cette dernière catégorie ne sont pas assurés d'y rester. Il a toujours vécu dans une jungle où tous les coups sont permis. Du moins, c'est ainsi que je le ressens.

– On comprend pourquoi tu es devenu médecin !

Une fois David exilé loin d'Alger, Florent se retint d'appeler Lydie. Quant à Isabelle, elle disparut du paysage. Pourtant, Florent eut la surprise, un jour, de la croiser rue Michelet au bras d'un capitaine para en tenue léopard. Il changea de trottoir pour ne pas être vu. David était-il au courant ?

Ce séjour à Alger tournait mal.

Et le pire était à venir.

Un soir, après le cours, Yamina lui glissa un message caché dans un devoir : *Rendez-vous demain à 14 heures Chez Driss.*

Il se sentit blêmir et la rattrapa :

– C'est quoi, ça, *Chez Driss ?*

– Le café maure derrière la mosquée El-Aïssa, au pied de Birmandreis.

– Un café maure ? Mais qu'est-ce que je vais foutre là-bas, moi ?

Elle eut un sourire méprisant :

– Tu n'as pas le choix, mon lieutenant. Tu dois obéir, c'est tout.

Ce n'était pas la meilleure façon de s'y prendre avec Florent.

Le soir même, il devait retrouver le commandant Harzon pour une séance de travail. Il n'hésita plus et lui confessa tout ce qu'il avait sur le cœur : les rebelles soignés à l'hôpital de Sidi-Afna, sa rencontre avec Walid dans la maison de l'infirmier chef, puis à Birmandreis, et le chantage qu'il subissait maintenant par l'intermédiaire de Yamina.

Harzon posa quelques questions, réfléchit et appela au téléphone un certain Louviers qu'il pria de venir immédiatement à Maillot.

Le capitaine Louviers, la quarantaine musclée, avec un faciès et une carrure de baroudeur, se présenta comme officier de renseignements. Il se fit répéter toute l'histoire de Florent et prit des notes.

– Walid ben Souleïmane ? C'est bien lui ?

Florent n'aurait jamais cru que son inquiétant patient fût déjà connu de la police.

– En tout cas, merci pour l'information. Nous avions perdu sa trace depuis Sidi-Afna. Bien entendu, vous n'allez pas à ce rendez-vous.

– Et à l'école ?

– Je ne sais pas encore. Pour le moment, ne changez rien à vos habitudes. Jusqu'à ce que nous en sachions un peu plus.

Le capitaine parti, Harzon renonça à la séance de travail et, percevant le désarroi de Florent, lui proposa un verre de whisky. Pour la première fois, ils parlèrent d'autre chose que de leur métier. Le médecin-commandant ne se fit pas prier pour exprimer ses propres certitudes : en Algérie, tout allait changer, mais la France ne partirait jamais. Une part croissante des décisions les concernant serait prise par les Algériens eux-mêmes, mais les gens du GPRA comprendraient que la présence française demeurait indispensable.

– Surtout avec le pétrole du Sahara. On ne peut pas abandonner un tel investissement et le laisser aux mains de gens incompétents. Gérer un capital de cette importance ne s'improvise pas. Pour être révolutionnaires, ils n'en sont pas moins réalistes !

Que d'illusions encore !

Il développa son point de vue, insistant sur les relations uniques entre les deux communautés. Peut-être certains pieds-noirs se sentiraient-ils de trop dans les structures à venir. S'ils décidaient de partir, les métropolitains ne manqueraient pas lorsqu'il faudrait renforcer les liens économiques et culturels entre les deux pays.

« Les deux pays ». Cette formule n'aurait pas plu à David !

Le lendemain, Florent n'avait pas de cours à Mustapha. Walid et Yamina le savaient bien, puisqu'ils lui avaient donné rendez-vous à quatorze heures. Il resta toute la matinée à Maillot, où un groupe de blessés venait d'arriver en provenance du Constantinois. Surtout des brûlés. Muller accueillit Florent au bloc avec plaisir et le mit au travail avec mission d'apprendre aux nouveaux internes les méthodes de l'hôpital.

Florent avait l'impression d'être devenu « un ancien ».

En fin d'après-midi, il commença à se demander ce qui avait bien pu se passer *Chez Driss*. Une arrestation ? Un fiasco ? Pas de nouvelles. Il ne quitta pas le bloc, resta avec les infirmiers et les aida à des tâches qu'ils effectuaient d'ordinaire sans les médecins. Dans cette ambiance,

Florent se sentait bien, rassuré, en sécurité. Dans une salle d'opération, il s'épanouissait.

Le soir même, il fut convoqué chez Darbois qui lui remit son ordre de mutation pour l'hôpital du Val-de-Grâce à Paris. Florent s'effondra. Il voulut raconter ce qui s'était passé, mais le colonel l'interrompit :

– Je suis au courant, Schœnau. Partez immédiatement, mon petit. J'assurerai votre remplacement à Mustapha. Et si personne n'est volontaire, l'école se débrouillera sans nous. Ce directeur joue un jeu trop dangereux, et il pourrait peut-être bientôt changer d'affectation, lui aussi. Il y a de la place en prison.

Florent baissa la tête.

– Que dois-je dire à mes copains ?

– Rien. Vous n'avez rien à dire. Vous devez simplement trouver une excuse plausible pour expliquer votre retour en France. Dans votre entourage, vous n'avez pas quelqu'un de souffrant ?

– Ma mère n'était pas bien...

– Parfait. Vous venez de recevoir un télégramme : elle a été hospitalisée et je vous ai donné huit jours de permission. J'en parlerai à Harzon et il confirmera.

Le colonel le rappela au moment où il allait sortir :

– À propos, votre ami Gaignault vient de rentrer de Béchar, mais vous ne lui confiez pas un mot de tout ça. Pas plus à lui qu'à quiconque.

Florent promit, remercia et courut jusqu'au détachement. Le grand réanimateur était bien là, et on l'entendait d'en bas raconter ses exploits.

– Une anesthésiste formidable. Une poitrine, des fesses, je vous dis pas !

Il s'interrompit en voyant surgir Florent et se précipita :

– Ah ! Schœnau ! Te voilà ! J'avais peur de ne pas te trouver. On dîne ensemble ce soir ?

– Non, je prends le premier avion pour Paris, ma mère est au plus mal.

– Merde alors !

– J'ai une chambre en ville. Si tu veux, occupe-la en attendant mon retour. J'ai l'intention de faire traîner, tu l'imagines.

– Génial ! Tu vois, je n'avais pas encore défait mon barda.

– Je te laisse aussi ma Vespa.

– J'y ferai attention.

XVIII

Dès son arrivée à Orly, Florent se précipita au Val-de-Grâce. Il avait hésité à prendre quelques libertés avec les délais de route, mais, dans sa situation, il préférait ne pas prêter le flanc à la critique.

Au bureau du personnel, il présenta son ordre de mutation signé du directeur de la 10ᵉ région militaire. Le sergent-chef qui l'accueillit le fit asseoir et le laissa seul, pour ne revenir qu'une demi-heure plus tard, l'air penaud.

– Désolé, mon lieutenant, votre dossier n'est pas encore là. Vous habitez Paris ?

– Oui.

– Parfait. Je ne suis donc pas dans l'obligation de vous loger. Le mieux que vous ayez à faire, mon lieutenant, c'est de rentrer chez vous. (Il parut réfléchir longuement). Nous sommes vendredi… Revenez lundi matin. Je pense que le colonel vous recevra.

– Merci beaucoup. Alors…

– À lundi, mon lieutenant.

Florent se retrouva rue Saint-Jacques, dans ce Quartier latin qu'il aimait tant. S'il avait osé, il aurait sauté de joie.

Loin de ce bourbier algérien qu'il ne supportait plus, il allait revivre en paix, comme tout le monde, et parler enfin d'autre chose.

Que penserait David de cette fuite ?

Pour le moment, son pauvre copain devait crapahuter dans l'Ouarsenis, convaincu d'exterminer les derniers rebelles de son pays.

Son sac accroché à l'épaule, Florent descendit la rue Soufflot en chantonnant, tourna dans le boulevard Saint-Michel jusqu'à la rue de l'École-de-Médecine, marcha vers le boulevard Saint-Germain et se laissa tomber à la terrasse du Flore. Il commanda un petit déjeuner royal et dévora ses tartines en se rappelant avec quelle joie il avait fait découvrir Saint-Germain-des-Prés à ses amis, quelques mois auparavant.

On était en avril 1959, il avait déjà dix-huit mois d'armée. Les arbres bourgeonnaient, les filles commençaient à montrer leurs jambes sous des jupes de plus en plus courtes, et rien ne pouvait laisser penser que de pauvres bougres se faisaient trouer la peau de l'autre côté de la Méditerranée.

Il regarda sa montre : onze heures. Il se résigna à prévenir son père de son retour. Il monta téléphoner au premier étage.

La soubrette espagnole lui répondit. Elle devait lire un texte écrit par Elvire :

– Monsieur et Madame sont absents. Rappeler lundi matin.

Il raccrocha, pas mécontent d'avoir devant lui un week-end en solitaire dans la capitale.

Il vérifia que les clés de l'appartement de sa mère n'avaient pas quitté son sac de voyage, et prit joyeusement le chemin de la place Maubert.

Au troisième étage d'un immeuble construit au XIXᵉ siècle, le logement comprenait un salon-salle à manger avec cuisine donnant sur la place, côté soleil, et une chambre avec salle de bains ouvrant sur une cour tranquille. Les meubles dormaient sous des draps blancs que Florent s'empressa d'arracher.

Une extraordinaire impression de liberté lui gonfla le cœur. Euphorique, il s'allongea sur le lit de sa mère et s'empara du téléphone :

– Allô ! maman ?

– Florent ? Où es-tu ?

– Tu ne devineras jamais.

– Allez, ne me fais pas languir.

– Chez toi, place Maubert.

– Comme c'est bien ! Tu es libéré ?

– Non, muté à Paris, au Val-de-Grâce.

– Quelle chance ! On va se voir, je viens la semaine prochaine.

Sa voix lui sembla lointaine, fatiguée.

– Comment va ta santé ? Tu as encore maigri ?

Elle hésita :

– Je te raconterai.

– Maman ! Qu'est-ce qui ne va pas ?

– Rien de grave, rassure-toi, un peu d'anémie.

– Dépêche-toi de venir.

– Promis.

Il raccrocha, inquiet, et se remémora leur dernière rencontre. Il se reprocha de ne pas l'avoir poussée à voir un médecin. Elle aimait si peu se soigner, s'occuper d'elle.

Il s'endormit.

Quand il se réveilla, le jour baissait déjà. Il quitta son uniforme, passa une tenue civile et descendit se promener. Paris lui appartenait. Pas de parents, pas de petite amie, pas d'officiers supérieurs, pas de fellouzes, rien que des anonymes déambulant dans les rues un jour de printemps.

Il acheta les journaux. On y parlait d'Adenauer, candidat à la chancellerie de la République fédérale d'Allemagne, du prince Akihito, qui se mariait au Japon, tandis que de Gaulle visitait le Nivernais, le Bourbonnais et la Bourgogne ! Quel bonheur de lire des nouvelles dont il se foutait éperdument.

Place de l'Odéon, on jouait *Le Beau Serge*, de Claude Chabrol. Il entra. Depuis quand n'était-il pas allé au cinéma ainsi, en pleine journée ? Aux actualités, on avait montré des fellagha arrêtés par des paras, et un sous-officier faisant la classe à de jeunes Arabes. Pour l'opinion, c'était donc ça, la guerre d'Algérie ?

Le soir, il entra chez Lipp et commanda un cervelas-rémoulade, une choucroute et une bière. À quelques tables de lui, un groupe faisait beaucoup de bruit.

– Qui est-ce ? demanda-t-il au serveur.

– C'est Boris Vian, avec ses copains Vadim et Marquand. On va tourner un film tiré d'un de ses livres : *J'irai cracher sur vos tombes*.

De joyeux drilles !

Après le dîner, il alla s'asseoir à la Rhumerie martiniquaise pour siroter un planteur en regardant « les passants passer ».

Reverrait-il un jour David, Isabelle et Lydie ? Lydie, la plus douce, la plus séduisante jeune fille jamais rencontrée.

Combien de temps resterait-elle célibataire ? Et Myriam, l'inaccessible ? Il ne pensait jamais à elle sans un pincement au cœur. Si elle traversait la rue, là, devant lui, et lui disait : « Tu viens ? », il courrait. Mais combien étaient-ils à penser comme lui ?

Florent ne fut reçu par le médecin-colonel Drocourt que le mercredi matin. Un homme grand et maigre, avare de mots, auquel il ne manquait qu'un monocle pour jouer dans *La Grande Illusion*. Il était assis derrière son bureau et Florent lui faisait face, au garde-à-vous.

– Lieutenant Schœnau ?

– Oui, mon colonel.

Il feuilletait un dossier posé sur le bureau.

– Les rapports vous concernant sont… contrastés. C'est le moins qu'on puisse dire.

Florent ne broncha pas, tendant le dos.

– Le colonel Valmondois, commandant le secteur de Sidi-Afna, a demandé votre mutation en termes peu amènes.

– J'ai refusé de…

Il l'interrompit d'un geste :

– Je ne veux pas le savoir. En revanche, mon ami Darbois ne tarit pas d'éloges.

– C'est un homme remarquable.

– Parce qu'il ne tarit pas d'éloges ?

Une lueur d'humour venait de briller dans l'œil de l'officier.

– Asseyez-vous, Schœnau.

La glace était rompue. Comme si le rapport de Valmondois, comparé à celui de Darbois, jouait finalement en sa faveur. Florent se détendit et le colonel se rejeta en arrière dans son fauteuil.

– Dites-moi, qu'en est-il de la torture dont on parle tant ?

Toujours cette question piège. Florent entrevit le moment où il allait encore en prendre plein la tête.

– Mon opinion personnelle n'est pas étayée par une grande expérience, mon colonel. Le corps médical est, par essence, aux antipodes de ces pratiques. J'irai jusqu'à dire qu'on nous les cache.

– Certains médecins y participent, pourtant.

– J'espère que non, mon colonel. Même si je ne peux pas en jurer.

– Quelle est votre impression ?

Florent hésita. Lui fallait-il livrer le fond de sa pensée, au risque de déplaire ? Comme à son habitude, il renonça à travestir ses sentiments.

– Je pense que l'armée est prise dans un engrenage imparable. La rébellion se conduit avec une sauvagerie dont j'ai été témoin. On ne peut la combattre qu'avec l'aide d'un service de renseignements efficace. Or la quête des renseignements, vous le savez bien, est rarement confiée à des enfants de chœur. Les tortionnaires de vocation ne manquent pas. Excusez-moi, mon colonel, vous rempliriez cette fonction, vous ?

– Non, bien sûr.

Il resta silencieux un moment en continuant à feuilleter le dossier de Florent, puis releva la tête :

– Darbois dit dans son rapport que vous êtes un spécialiste des brûlés ?

– Un spécialiste, c'est beaucoup dire. Mais il est vrai que j'ai suivi de nombreux cas tant à Maillot qu'à Sidi-Afna.

– Cela vous intéresserait de continuer ici ?

– Avec plaisir, mon colonel.

Drocourt remplit un court formulaire et se pencha sur un interphone :

– Mademoiselle, je vous envoie le lieutenant Schœnau, que vous voudrez bien conduire au capitaine Avignon. Je vous remercie.

Pour Florent, il continua :

– Gilbert Avignon est le capitaine d'administration, chargé du personnel militaire. Il vous présentera à votre chef de service, vous donnera vos horaires de travail, s'occupera de votre solde et, plus généralement, de tout ce qui touche à votre séjour dans notre établissement. Pas de question ?

– Non mon colonel.

– Voici votre fiche d'affectation. Revenez me voir si un problème quelconque se pose.

Il se leva et tendit la main à Florent avec un sourire bien différent de l'air sévère des premiers instants.

Le capitaine Avignon, gestionnaire du corps de santé des armées, était un homme rond, presque chauve, affable et compétent. À peine plus âgé que Florent, il lui expliqua comment fonctionnait l'hôpital, et le conduisit dans le service où il allait devoir remplir ses fonctions pendant – sans doute – le temps qui lui restait à faire, c'est-à-dire huit à dix mois. Tout dépendrait des « événements ».

Le service des brûlés avait été créé pour faire face à la recrudescence des hospitalisations relevant de cette spécialité. Manipulation de carburants, incendies de forêts, utilisation de napalm et de mines, fournissaient un lot grandissant de ces blessures dangereuses, toujours longues à guérir.

Florent avait vécu une expérience pénible lorsqu'il était à Sidi-Afna. Un deuxième classe nommé Breton, chargé de nettoyer le local abritant le générateur électrique du camp, avait eu l'idée saugrenue d'utiliser de l'essence pour venir à bout du sol graisseux. Sans songer à débrancher la machine. Ce qui devait arriver arriva : le générateur se mit en route, une explosion retentit, et Breton sortit comme une torche. Des copains se précipitèrent avec une couverture pour étouffer les flammes, et le troufion se releva, ahuri, écarlate, les cheveux et les sourcils roussis, quitte pour la peur – du moins le pensait-on. On le conduisit immédiatement à l'infirmerie, où Florent rédigeait ses comptes rendus en retard.

Le brûlé gesticulait :

– Oh, j'ai eu chaud, mon lieutenant, mais y a pas de mal, juste un coup de soleil. Comme une crêpe flambée. C'est pas grave !

Florent regarda sa montre. Il était cinq heures du soir. Fallait-il demander une évacuation ? L'autre comprit.

– Oh non ! mon lieutenant ! Ne m'envoyez pas à Alger. Ici, j'ai mes copains, là-bas je connais personne. C'est rien, je vous jure. J'ai juste les mains un peu cuites. Mais vous voyez, elles bougent bien.

Florent se laissa attendrir et le confia aux infirmiers qui le prirent en charge.

Ils lui entortillaient les mains dans du tulle gras quand le pauvre Breton tourna de l'œil. On l'allongea sur un brancard et, par précaution, Florent prescrivit une perfusion de sérum physiologique avant d'aller dîner avec les autres officiers.

Quand il revint du mess, il voulut jeter un dernier coup d'œil à sa « crêpe flambée » et eut un choc : le pauvre type semblait dormir, mais son corps n'était qu'une cloque.

Breton l'entendit et ouvrit des yeux gonflés d'œdème :

– J'ai drôlement mal, mon lieutenant, et regardez ça !

Il leva ses avant-bras couverts de phlyctènes. Florent battit le rappel des infirmiers et Gaignault se pointa à son tour, ignorant ce qui s'était passé.

– Putain ! s'exclama-t-il. Ce mec a besoin de flotte. Pourquoi ne m'a-t-on pas prévenu plus tôt ?

Mal à l'aise, Florent lui expliqua que, pratiquée dans la seconde qui suit la brûlure, l'évaluation de l'étendue et de la profondeur des dégâts est un vrai piège auquel il s'était laissé prendre.

– Ce type est arrivé sur ses pieds en m'assurant que ce n'était pas grave, et, pour un peu, il serait retourné dormir avec ses copains.

Le lendemain, les copains en question découvrirent le brûlé entièrement peint en rouge, couché entre des draps stériles sous des cerceaux de protection. Finalement, le trio médical avait décidé de lui appliquer ce qu'on appelait alors la « méthode ouverte », c'est-à-dire sans pansement, et de le réhydrater selon les formules traditionnelles. L'inconvénient de cette méthode, c'est que, une fois mise en pratique, elle interdisait toute évacuation. Mais la guérison serait complète et obtenue dans des délais raison-nables. À condition, toutefois, d'apporter au patient une dose de protides en rapport avec la cicatrisation attendue. Or ce nigaud détestait le mouton et le poulet. En terre d'islam !

– Mais qu'est-ce que tu aimes, alors ? lui demanda Florent, exaspéré.

– Le steak-rites.

– Moi aussi, j'aime le steak-frites, mais pas QUE le steak-frites.

– Ben moi, si, mon lieutenant. QUE le steak-frites.

De ce jour, Florent descendit en ville chaque matin acheter chez le boucher un bifteck pour celui que tout le monde appelait désormais « la crêpe bretonne ». Il l'apportait aux cuisines, où le chef y ajoutait une portion de frites. Et un infirmier lui donnait la becquée ! Jamais on n'avait mangé autant de frites dans ce camp. Personne ne s'en plaignait.

Moyennant quoi, le brûlé cicatrisa parfaitement après quelques semaines de traitement intensif – et de régime carné.

Cette histoire avait fait le tour du corps médical, et Florent avait acquis le surnom ironique de « spécialiste des brûlés ». Darbois connaissait-il l'anecdote ? Toujours est-il que cette erreur de diagnostic lui avait peut-être valu son affectation dans ce service du Val-de-Grâce.

Elvire et son père étant revenus de voyage, Florent quitta avec regret l'appartement de la place Maubert pour rentrer avenue Foch, où il posa son sac. Allait-il dire les raisons réelles de sa mutation ? Il y renonça. Il n'avait pas le courage d'affronter l'avalanche des « Tu n'aurais pas dû faire ceci », « Si tu avais fait cela… ». De plus, il avait promis le secret. Dès le premier dîner, il justifia son retour par ses bonnes relations avec le colonel Darbois et sa spécialisation dans le traitement des brûlures.

Selon son habitude, Maxime s'étonna, ironique :

– Parce qu'il faut voir un spécialiste quand on se brûle ?

– Mais non, papa ! Si tu te renverses de l'eau chaude sur les doigts, pas la peine d'aller dans un centre de brûlés. Mais il faut savoir que, jusqu'à ces dernières années, les brûlures atteignant 60 à 70 % de la surface corporelle étaient toujours mortelles. Heureusement, des progrès sensibles ont été obtenus dans ce domaine.

– Grâce à toi ?

Ce ton persifleur, Florent l'avait oublié. Combien de temps encore devrait-il se laisser ridiculiser ?

On passa à table et la bonne espagnole surgit de l'office, plus accorte que jamais, gratifiant le fils de la maison d'un sourire ravageur.

Très vite, la conversation dévia vers des sujets qui ne concernaient plus Florent. Elvire, ce jour-là, détaillait à son mari les points forts de la prochaine chronique qu'elle écrirait – et qu'il signerait – dans la revue *Banque*. Florent avait oublié le spectacle de leur vie commune, avec cette connivence, cette complicité même, qui en étonnait plus d'un.

Il releva toutefois quelques escarmouches prouvant que leur entente n'était plus aussi parfaite qu'avant. Manifestement, l'excitation permanente de son mari fatiguait Elvire. Les mondanités, les réceptions officielles et autres manifestations parisiennes dont elle raffolait au début de leurs amours semblaient l'amuser moins. Avait-elle commencé à en mesurer la vanité ?

Florent les laissa passer au salon, où Olivia avait servi les infusions, et monta directement dans sa chambre, prétextant devoir « ranger ses affaires ». Il s'allongea sur le lit, mains derrière la nuque, et se mit à rêver. Tout compte fait, il devait reconnaître que l'installation chez son père n'avait rien de tragique. Certes, il trouvait ses discours aussi pénibles qu'avant, mais, après tout, rien ne l'obligeait à prendre ses repas à la maison. À midi, il déjeunerait à l'hôpital, et le soir les occasions de sortir ne manqueraient pas. Il écouta quelques disques en remettant de l'ordre dans ses livres, puis allait se coucher quand on frappa discrètement à sa porte.

La soubrette passa la tête en demandant à quelle heure il voulait le petit déjeuner. Le petit déjeuner au lit. Un bonheur rare qu'il appréciait toujours. Il eut une pensée pour Fatima et Mme Gallois. Les reverrait-il jamais ?

Le travail hospitalier accapara Florent plus qu'il ne l'aurait cru. Un service consacré exclusivement aux brûlés exigeait des médecins une attention permanente. Du moins pour ceux qui, comme lui, prenaient leur tâche à cœur. Il aimait connaître tous ses patients, les appeler par leur prénom, bavarder avec eux, les interroger sur leur province d'origine, leur famille, leur métier, leurs projets. Ainsi se créaient des liens affectifs qui facilitaient les relations quand il s'agissait de leur faire accepter un nouveau geste chirurgical, une kinésithérapie difficile ou des soins inconfortables. Il fallait aussi les pousser à se nourrir (Florent en savait quelque chose !) et les aider à prendre une part active à leur propre traitement, tout en atténuant la lassitude d'une interminable hospitalisation. Les coups de déprime n'étaient pas rares.

Bref, un travail à plein temps dont l'aspect humain le passionnait. Sans parler des enseignements que lui apportaient les multiples interventions auxquelles il participait avec les plasticiens militaires : excisions, réfections de cicatrices, résections de brides et greffes en tout genre. Une expérience dont il tirerait les bénéfices tout au long de sa vie professionnelle.

Cette activité lui laissait bien peu de loisirs pour suivre les événements d'Algérie. Pourtant, d'après les journaux qu'il continuait à lire, les choses bougeaient. De Gaulle avait mis la communauté pied-noir sens dessus dessous en accordant une interview à Pierre Laffont, directeur de *L'Écho d'Oran,* qu'il avait conclue par un retentissant : « l'Algérie de papa est morte ! » Après cet éclat, un autre mot avait fait son apparition dans son vocabulaire : autodétermination. Il promettait aux Algériens un référendum qui leur offrirait le choix entre trois solutions : sécession, francisation ou association. Cette dernière option devait être soutenue par l'armée, au grand dam des pieds-noirs qui n'acceptaient même pas le principe de cette consultation satanique.

Le retour à Paris du bruyant Gaignault, libéré de ses obligations militaires, fit diversion. Il rapportait avec lui les bagages de Florent et un lot conséquent d'informations sur la vie algéroise.

Depuis le papier paru dans *L'Écho d'Oran* et repris dans toute la presse, les commentaires allaient bon train. L'anniversaire du 13 mai avait donné lieu à de multiples passes d'armes entre les différents clans. Un tract émanant des milieux les plus ultras d'Alger avait recommandé à la population de boycotter la manifestation organisée par le Gouvernement général. La célébration avait tout de même eu lieu dans un calme relatif sous l'œil vigilant des militaires, et les pieds-noirs s'étaient vengés par un concert de casseroles particulièrement vigoureux.

Les deux garçons fêtèrent ces retrouvailles par une soirée de libations qui se termina à l'Épi Club, une nouvelle boîte de Montparnasse créée par un certain Castel. Ils n'en ressortirent qu'à l'aube, passablement gais.

Le réveil de Florent fut douloureux : le téléphone sonna à sept heures. Une voix inconnue lui annonça que sa mère était morte dans la nuit. Une voix qui pleurait en lui expliquant l'accident cardiaque imprévisible qui l'avait emportée.

Florent était abasourdi :

– J'avais senti qu'elle n'était pas bien ces temps-ci.

– Elle avait consulté un hématologue...

– Pour son anémie ?

– Bien pis que ça, monsieur, mais elle ne voulait pas vous en parler. Elle était atteinte d'une leucémie aiguë. Depuis six mois.

Florent ne comprenait plus :

– Une leucémie ? Pourquoi ne m'a-t-elle rien dit ?

– Le spécialiste affirmait qu'il n'y avait rien à faire. Alors elle n'a pas voulu vous inquiéter. Vous aviez déjà tant de soucis.

– Mais j'aurais voulu la voir, m'occuper d'elle, l'embrasser...

Sa voix s'était brisée. Là-bas, au bout du fil, l'homme sanglotait à présent.

– C'est la malchance. Personne n'imaginait qu'elle ferait un accident aussi brutal. En une heure, c'était fini... Elle n'a pas souffert.

Florent griffonna un message pour son père : « Maman est morte, je descends dans le Midi. »

Il se précipita au Val-de-Grâce pour voir Avignon, et obtint sur l'heure la permission de trois jours réglementaire dans un cas pareil. « Renouvelable, évidemment », ajouta le gestionnaire avec un sourire compatissant. Gare de Lyon, Florent attrapa un Mistral et s'y effondra, au bord des larmes.

Que de souvenirs déferlaient dans sa mémoire. Et comme il regrettait de n'avoir pu être auprès de sa mère dans ses derniers moments. Il aurait pu lui dire toute la honte qu'il ressentait quand il pensait à la période du divorce. Il n'avait pas été suffisamment à ses côtés, et avait trop soutenu son père, croyant à la bonne foi de celui qui prétendait vouloir libérer sa femme des pénibles contraintes imposées par sa carrière. Alors qu'à l'évidence Maxime n'avait qu'un but : larguer l'épouse vieillissante pour une maîtresse de vingt ans sa cadette – Florent le savait maintenant.

Il descendit à Cannes, loua une voiture et se précipita vers l'arrière-pays, où sa mère habitait une petite villa discrète perdue dans les oliviers. C'est là qu'attendait un vieux monsieur qui retenait difficilement ses pleurs en décrivant à Florent toutes les qualités de sa mère. Ce décès sonnerait sûrement le glas de sa propre existence. Que pouvait-il espérer, maintenant qu'il se retrouvait seul ? Au bout d'un moment, c'est Florent qui dut le consoler en lui expliquant que personne n'est irremplaçable.

Sauf une mère !

Pour ne jamais être séparé, le couple avait acheté une concession au cimetière Saint-Jean, à deux pas de la maison, et les obsèques y furent célébrées dans la plus stricte intimité.

Florent promit de revenir. Il revint effectivement, un an plus tard, pour accompagner le cercueil du monsieur qui avait aimé sa mère mieux que personne.

XIX

Le décès de sa mère bouleversa Florent. Dans le quotidien, elle ne lui manquait guère. Il était habitué à la savoir loin et elle ne le tenait pas au courant de ses activités, de peur de l'importuner. Pourtant, maintenant qu'elle était partie, il se rendait compte qu'elle avait toujours occupé un coin de ses pensées. Il garda ce vide pour lui. Un vide que personne ne pourrait combler.

Quand Florent avait revu Maxime et Elvire, après les obsèques, il s'était borné à un récit sommaire.

Il était monté dans sa chambre redoutant que son père ne se lance dans de grandes phrases de fausse compassion, ou qu'il n'évoque, une fois de plus, à sa manière, ce funeste divorce. S'il avait la maladresse de mettre en cause celle qui venait de quitter ce monde, Florent craignait de ne pas se dominer. Il valait mieux laisser le silence accomplir son œuvre apaisante.

Après les trois jours de permission réglementaires, Florent retourna au Val-de-Grâce auprès de ses jeunes brûlés qui avaient besoin de lui et dont l'attachement le consolait. Gaignault fut le seul à trouver les mots qui convenaient. Il avait perdu sa mère deux ans auparavant.

Vint l'été. Le premier samedi de juillet, le président Schœnau et madame quittèrent l'avenue Foch avec voiture et chauffeur en direction d'Orly, pour une croisière en Turquie, tandis que Florent leur faisait de grands signes d'adieu depuis le balcon. Au Val-de-Grâce, un surcroît de travail l'attendait : les tours de garde reviendraient plus vite, mais il goûtait déjà le plaisir d'un été solitaire. Il quitta la maison en laissant un mot sur la table de la cuisine : *S'il vous plaît, Olivia, demain, grasse matinée, petit déjeuner vers neuf heures. Merci.*

Le soir même, il invita Gaignault à dîner dans un nouveau bistrot de la rue Saint-Benoît, où ils refirent le monde jusqu'à point d'heure. Il rentra épuisé mais ravi.

Le lendemain, encore endormi, il entendit à peine Olivia frapper à la porte. Quand elle entra dans la chambre, il prit conscience du fait qu'il arborait une superbe érection matinale. Couché sur le dos, couvert de son seul drap, il n'eut pas le temps de jouer les pudiques. Il ne bougea pas. Parfaitement réveillé maintenant, les yeux fermés, il feignait un sommeil profond.

Le bruit du plateau posé sur la table de chevet signalait la présence de la soubrette. Puis plus rien ne se passa pendant quelques secondes jusqu'à ce qu'il sente, glissant sous le drap, une main qui se posa sur son sexe dressé. Une main chaude et douce qui commença à le caresser. Exquise sensation.

Renonçant à jouer la comédie, il sourit béatement et croisa ses mains sous sa nuque, goûtant sans plus le dissimuler ce plaisir si généreusement offert. Cette fois, l'invite n'était plus déguisée. La main interrompit sa caresse une demi-seconde, bientôt remplacée par des lèvres qui se mirent à besogner.

Puis tout alla très vite : Olivia se redressa, se débarrassa de ses chaussures et de sa petite culotte qui vola dans les airs, puis bondit sur le lit pour venir s'embrocher en douceur sur ce phallus triomphant qui ne demandait rien d'autre. Allant et venant d'abord lentement, elle abandonna bientôt toute retenue, s'agitant si fort, si vite et si bien que Florent capitula. Il poussa un râle incontrôlé pendant que ses reins venaient au devant de sa cavalière déchaînée. Elle continua sa route en solitaire, quelques minutes encore, entraînant Florent aux confins de l'extase, et se cabra à son tour, figée dans la volupté, avant de s'effondrer sur la poitrine de son amant qui l'enserra dans une étreinte reconnaissante.

Ils restèrent ainsi enlacés, à bout de souffle, perdant presque conscience un moment.

Elle finit par se dégager en douceur, sauta du lit, ramassa culotte et chaussures et se sauva dans le couloir sans un regard pour celui qu'elle venait d'envoyer au paradis.

Florent la vit partir avec un soupçon de regret et demeura rêveur. Cette avenue Foch présentait, quoi qu'il en pense, beaucoup de bons aspects. Décidément, les vacances de son père commençaient bien.

Il tira à lui le plateau du petit déjeuner pour un festin bien mérité.

Quand il descendit pour aller faire sa visite dominicale au Val, l'appartement était vide. Peut-être Olivia, qui habitait une chambre de bonne dans l'immeuble, n'était-elle venue que pour cette cérémonie matinale ? Il trouva l'idée plaisante.

À l'hôpital, il vérifia les prescriptions, gratifia ses patients de paroles rassurantes, ajusta quelques traitements et se rendit dans le bureau de l'infirmier de garde pour établir avec lui le programme opératoire de la semaine suivante.

La vie était belle.

Il sortit dans cette rue Saint-Jacques qu'il aimait de plus en plus, sous un soleil qui semblait posé là pour participer à la fête. Tout en marchant vers le boulevard Saint-Michel, il eut un pincement au cœur. Comme il aurait aimé téléphoner à sa mère, là, maintenant – non pour se confesser, bien sûr, pudeur oblige, mais pour lui dire qu'il pensait à elle, qu'elle manquait à son bonheur et qu'il admettait mal son départ précipité. Pourquoi s'en être allée au moment où son fils goûtait enfin, et pour la première fois, les joies de la liberté à Paris. L'an prochain, il serait interne à l'hôpital Cochin, à deux pas de la place Maubert...

Il prit, presque à son insu, le chemin du petit appartement de sa mère et se retrouva bientôt assis par terre, devant le dernier tiroir de la commode où elle avait jeté en vrac clichés et souvenirs de toute sa vie.

Il fut aussitôt frappé par le nombre de photographies représentant son père : adolescent séducteur, joueur de violon, athlète lançant le poids, militaire, cavalier, homme d'affaires arrivé trônant derrière son bureau... Comme elle l'avait aimé ! Pas une seule photo après 1950. À cette date, la vie de sa mère semblait s'être arrêtée. Dans les affaires personnelles renvoyées de Cannes, rien ne rappelait l'existence qu'elle avait menée pendant toutes ces années. Sauf un coffret de bois précieux où il découvrit la totalité de ses lettres d'Algérie, soigneusement classées. Quelle émotion !

Le notaire rencontré aux obsèques avait promis d'envoyer un petit mot pour convoquer Florent à son étude un jour prochain. Sans urgence. La succession ne poserait pas de problème puisqu'il était seul héritier d'un très modeste patrimoine. Quelques signatures permettraient le transfert de propriété de l'appartement. Rien de plus.

Ces photos représentaient donc l'essentiel de sa mémoire familiale. Il prendrait un jour le temps de les classer. Il referma le tiroir et consacra sa fin d'après-midi à rédiger le faire-part qu'il enverrait à ses amis.

Satisfait de sa journée, il se décida enfin à rentrer avenue Foch.

Tout y était calme.

Il s'assit devant la télévision, regarda un programme tardif qu'à titre exceptionnel il avait pu choisir lui-même, et monta se coucher en se demandant comment se passerait le réveil du lendemain.

Il ne fut pas déçu.

À sept heures et demie, Olivia frappa discrètement à la porte et entra. Elle posa le plateau, hésita une seconde. Mais sur un signe de Florent, elle se déshabilla très vite et vint se couler près de lui.

Ce petit jeu se répéta, mais d'un commun accord ils choisirent très vite de se retrouver plutôt le soir afin de profiter d'une plus grande liberté. Dès lors, chacun put laisser libre cours à son imagination. Olivia parlait mal le français et ne cherchait pas à améliorer ses connaissances dans ce domaine. En revanche, elle possédait des moyens d'expression infinis dans d'autres registres et transmit volontiers à Florent l'essentiel de son savoir.

Cette quinzaine prendrait une place de choix au panthéon amoureux de Florent. Mais la ludique Andalouse devait passer deux semaines chez ses parents en Espagne, et les amants clandestins se séparèrent non sans quelques larmes mal dissimulées.

Hélas, en août, Olivia ne revint pas. La concierge, une volumineuse matrone au système pileux redoutablement développé, assura l'intérim domestique… sans émouvoir la libido de Florent.

Durant cette période, quand ses gardes le lui permettaient, il accompagnait son père dans sa villa de Chevreuse. Il put flemmarder à son aise et se baigner dans la somptueuse piscine qui agrémentait le parc. La bonne humeur générale rendait la vie facile, et de nombreux amis venaient dîner, dissertant à l'infini sur les bénéfices économiques tirés de cette période de stabilité politique. À les entendre, l'Algérie n'existait plus. Si Florent se hasardait à leur demander leur avis sur les « événements », ils s'accordaient pour répondre qu'avec de Gaulle le problème serait bientôt réglé.

Comment ?

Ils ne se posaient pas la question. Pas plus que de savoir ce que pensaient les Français de là-bas. Ni ce qu'ils allaient devenir.

Florent n'aimait pas ces gens farouchement insensibles au malheur des autres.

Un dimanche matin, vers la fin août, au cours du petit déjeuner sous la tonnelle, Elvire, qui ouvrait le courrier, annonça que la concierge leur avait trouvé une nouvelle bonne. Une Portugaise d'une quarantaine d'années, nantie de quelques certificats emphatiques.

– Et Olivia ? s'informa Florent, désappointé.

– Pas assez compétente, répondit Elvire. Trop jeune.

– En plus, dans l'immeuble, elle avait acquis une déplorable réputation de gourgandine, ajouta Maxime sur un ton sentencieux. Ce n'était pas très convenable.

– Ah bon ?

– Oui, continua-t-il avec ce sourire un peu grivois qu'il adoptait pour raconter des histoires salaces, nous avons même eu peur qu'elle ne s'en prenne à ta vertu !

Florent ne répondit rien et continua à beurrer sa tartine.

« Convenable » ! De quel droit son père jugeait-il ce qui était convenable ou non ? Etait-ce plus « convenable », pour un homme marié, de s'envoyer en l'air avec sa secrétaire ? De quoi se mêlait-il ? Était-il le mieux placé pour donner des leçons de morale ?

Florent n'éprouvait aucun attachement pour la jolie soubrette andalouse. Les amours ancillaires et les fils de famille déniaisés par les femmes de chambre font partie d'un folklore bourgeois. Mais la condescendance affichée par son père lui sembla odieuse.

Un père qui aurait sans doute été surpris d'apprendre qu'à cette seconde même son fils venait de décider qu'en septembre il habiterait place Maubert.

XX

Le déménagement de Florent fut monté comme une opération de commando. La veille de l'ouverture de la chasse, il assista au départ familial vers la Sologne. Elvire avait pris des cours de tir chez Gastine-Reinette, avenue Montaigne, puis s'était équipée chez Palu pour ressembler aux chasseresses photographiées dans *Vogue*.

À peine le couple était-il parti que les copains, Gaignault en tête, se pointèrent pour l'aider à transporter ses paquets.

— Vous déménagez ? demanda la concierge intriguée.

— Oui, répondit Florent, narquois, je vais habiter avec Olivia. On se marie le mois prochain !

La grosse Portugaise manqua s'étrangler. Elle resta éberluée, sans doute à mijoter la version qu'elle livrerait au petit peuple des chambres de bonne. Un récit qui ferait rêver plus d'une de ces demoiselles.

Place Maubert les déménageurs improvisés terminèrent la journée autour d'un buffet campagnard arrosé de beaujolais. Ces joyeuses agapes, Florent en avait conscience, mettaient un terme à sa vie d'adolescent. La roue avait tourné. Jusqu'alors satisfait d'une immaturité studieuse, sous l'emprise d'une autorité paternelle dont il s'était long-temps accommodé, il avait senti soudain l'irrépressible envie de respirer l'air du large.

Restait à mettre le point final.

Florent reprit sa voiture pour aller dormir une dernière fois avenue Foch. Quand il arriva, la maison était encore vide. Les chasseurs rentreraient plus tard.

Le lendemain matin, il était déjà dans la salle à manger au moment où son père et Elvire vinrent prendre leur petit déjeuner. Pomponné, fleurant bon son Guerlain préféré, Maxime s'assit sans paraître voir son fils et déplia *Le Figaro* du jour.

C'est Elvire qui s'étonna la première :

– Tu ne vas pas à l'hôpital ?

– J'ai prévenu que j'y serais un peu plus tard.

– Ah bon ! ?

Elle sentit que Florent ne s'exprimait pas sur le ton habituel. Elle le regarda avec une suspicion presque comique, attendant qu'il s'explique. Il ne se déroba pas :

– Voilà, j'ai décidé d'aller habiter l'appartement que m'a laissé maman.

Comme si de rien n'était, son père continua à tourner les pages de son journal. Puis il risqua une remarque :

– Tu ne vas pas te sentir à l'étroit, dans ce trou à rats ?

– C'est dans ce trou à rats qu'elle s'est installée après votre divorce, et elle y a survécu, que je sache !

Le ton agressif de Florent surprit Maxime qui haussa les sourcils.

– Elle aurait pu se choisir quelque chose de mieux.

Elvire désamorça l'affrontement :

– Il faut reconnaître que tu seras plus près des hôpitaux.

– Comment vas-tu faire, sur le plan pratique ? Tu auras la possibilité de te payer une femme de ménage ?

Florent éluda d'un geste :

– Je me débrouillerai.

Un lourd silence s'installa. Maxime plia son *Figaro* et revint en lice :

– Tu te débrouilleras… c'est vite dit ! Passe encore pendant la fin de ton service militaire. Avec ta solde de lieutenant, tu peux survivre. Mais après ? Ce n'est pas ton salaire d'interne qui te permettra de préparer tes concours en menant une vie décente. Tu vas te clochardiser.

Se clochardiser. Cette formule avait été mise à la mode par le général de Gaulle, qui définissait ainsi l'état de l'Algérie si la France ne l'aidait pas à se développer. La comparaison avec Florent n'était pas anodine. Il sourit.

– Sois tranquille, papa. Je ferai face aux impératifs de mon indépendance.

Maxime eut un sourire suffisant.

– Tu n'as jamais eu le moindre sens des réalités, mon pauvre Florent. Ce n'est pas aujourd'hui que ça va changer. Tu te dis probablement que, de toute façon, papa sera là, n'est-ce pas ?

Florent releva sèchement :

– Je ne vois pas ce que tu vas chercher. Je gagne ma vie et je m'en vais, un point c'est tout.

Elvire intervint encore une fois :

– Ne te méprends pas, Florent. Il est tout à fait naturel que tu aies envie de vivre de manière plus indépendante. À vingt-sept ans, quoi de plus normal ? Simplement, ton père veut dire que s'il te faut de l'aide, nous sommes là. C'est notre rôle.

Maxime avait un autre point de vue :

– Moi, à vingt-sept ans, j'étais marié, j'élevais un fils et j'aidais ma mère, veuve sans ressources.

– Je t'aiderai si tu en as besoin, rétorqua Florent sur un ton qui ne fit rire qu'Elvire.

Son père se leva pour mettre fin à cette conversation qui commençait à l'irriter profondément.

– Elvire a raison, lança-t-il en se dirigeant vers le hall où la nouvelle bonne portugaise l'attendait pour l'aider à enfiler sa gabardine. Si tu as des difficultés, tu pourras toujours faire appel à nous.

– Papa ! Tu sais bien que je ne te demanderai jamais rien.

Elvire s'interposa encore :

– Mais cela ne nous empêchera pas de te faire quelques cadeaux. Tu accepteras, j'espère ?

Florent se leva à son tour, tout miel.

– On accepte toujours les cadeaux, ma chère Elvire. Je vous en ferai aussi, c'est promis.

Son père avait de plus en plus de mal à cacher son agacement. La main sur la poignée de la porte, il s'immobilisa, puis fit demi-tour :

– Tu es bien sûr de vouloir t'en aller ?

– Oui.

– Tu n'as pas l'intention de revenir sur ta décision ?

– Non.

– Je ne te pose pas cette question pour te reprocher la manière dont tu te comportes, ni même pour critiquer tes choix. Tu es assez grand pour mesurer les conséquences de tes actes. J'en pense ce que je veux, mais c'est ton affaire. Seulement, si tu n'habites plus ici, autant que tu saches tout de suite que nous ne conserverons pas ta chambre. Elvire, tu le sais, travaille dans un bureau trop petit. Toi parti, nous ferons tomber la cloison et elle disposera ainsi d'un espace mieux adapté à ses activités. Tu imagines bien que cette transformation sera irréversible.

Florent sauta sur l'occasion :

– Je suis heureux de savoir qu'Elvire sera désormais plus à l'aise. Mon départ aura eu au moins cet avantage.

Pris à contre-pied, Maxime sortit sans ajouter un mot.

Florent regarda l'heure, se leva à son tour et embrassa Elvire qui se laissa aller à quelques réflexions amères :

– Je n'ai jamais vu deux hommes s'affronter avec une telle régularité, déplora-t-elle. Sache tout de même que tu seras toujours ici le bienvenu.

– Je n'en doute pas une seconde, Elvire. J'ai l'impression que vous ne me comprenez pas. Je ne suis pas fâché du tout et je reviendrai volontiers quand vous m'inviterez. Dans un mois, par exemple, c'est l'anniversaire de papa. Si vous souhaitez lui faire souffler ses bougies en ma présence, je serai honoré de votre invitation.

– Sinon ?

Florent leva les yeux au ciel et reprit, bien décidé à rester calme :

– Sinon, je n'aurai pas de raison de venir ce jour-là et je me bornerai à un coup de téléphone ou à une carte postale. J'ai des parents qui tiennent une grande place dans ma vie, mais j'ai aussi un métier, des occupations, des amis, une vie sentimentale.

Elle lui lança un regard par-dessous sans l'interrompre, et il continua, déterminé :

– Autrement dit, chacun suivra désormais son chemin. Vous, avec papa, moi, avec mes copains. Ce qui ne nous empêchera pas de nous voir. Je n'aurai que la Seine à traverser. Donc à bientôt ! Je ne vous promets pas de vous inviter pour la pendaison de crémaillère dans mon trou à rats, mais le cœur y sera.

Place Maubert, Florent retrouva cette étrange sensation déjà perçue à Alger, quand il s'était installé rue Michelet. Une sensation de légèreté et de liberté.

Florent imprimait sa marque dans un décor qui pour la première fois de sa vie serait le sien. Personne n'influencerait ses choix et il assumerait tout, même les maladresses et les fautes de goût. Parodiant Cyrano, il clamait, en son for intérieur : *Ne pas avoir raison, peut-être, mais tout seul.*

Le 16 septembre 1959, de Gaulle, dans un discours officiel, scella le destin de l'Algérie : « Je m'engage à demander aux Algériens ce qu'ils veulent en définitive, et d'autre part, à tous les Français d'entériner leur choix. » Le mot « autodétermination » était publiquement prononcé, expliqué, affirmé.

Florent ferma son poste et resta songeur.

Qu'allait-il se passer là-bas ?

Il avait suffisamment entendu discuter ses amis pieds-noirs pour savoir ce qu'ils pensaient d'une consultation au suffrage universel.

Il les vit défiler dans sa mémoire : Myriam, Lydie, David, Sami-le-noir, les Mercier, les Schœnau de Mirallah, Mme Gallois, eux tous qui l'avaient si bien accueilli, que deviendraient-ils ?

Une partie de la réponse fut fournie peu après par un de ses patients, le capitaine Bruno Robin, membre du 5ᵉ Bureau à Alger, victime d'un attentat sur la route de Sidi-Ferruch, grièvement brûlé, évacué à Maillot puis transféré au Val. L'histoire de ce normalien de vingt-huit ans avait de quoi faire frémir. Coincé jusqu'à la taille dans un véhicule en flammes, carbonisé jusqu'à la poitrine, il avait survécu par miracle, mais son sort restait lié à l'efficacité des interventions chirurgicales à venir et aussi à la qualité de sa résistance.

Profondes, la plupart de ses brûlures nécessiteraient des greffes de peau, mais la surface insuffisante des zones donneuses résiduelles rendait ce programme difficile à réaliser. De plus, ces plaies demeureraient, jusqu'à cicatrisation parfaite, à la merci d'une infection sournoise qui risquait de réduire à néant tous les efforts réalisés jusqu'alors, et d'entraîner une issue fatale.

Couché sur son lit spécial, il donnait le change avec un visage et des mains pratiquement intacts, mais si on soulevait le drap, le spectacle de son corps soulevait le cœur. Le treillis léopard avait entièrement brûlé, calcinant la peau à son contact. Par chance, les organes génitaux et les fesses, protégés par un slip de coton épais, avaient mieux résisté au feu. Les pieds aussi, enfermés dans des rangers.

C'est peu de dire que Florent se sentit tout de suite concerné par l'état de santé de cet homme, né à Paris comme lui, ayant suivi un cursus comparable au sien, et promis à une issue fatale si les chirurgiens ne parvenaient pas à concrétiser leurs projets thérapeutiques. Un homme qui lui avait inspiré, dès le premier regard, la plus franche sympathie.

Exposé à des crises de désespoir irrépressibles, le jeune capitaine, certains soirs, réclamait la mort. À d'autres moments, et surtout depuis que Florent s'occupait de lui, son moral reprenait le dessus. Entre deux séances de pansements, quand les effets abrutissants de la morphine s'atténuaient, les deux hommes bavardaient de longues heures, parfois jusqu'à la nuit.

Lors de leur premier tête-à-tête, isolés dans le silence de l'hôpital endormi, Bruno avait posé à Florent la question de confiance :

– Honnêtement, penses-tu que j'ai la moindre chance de m'en tirer ?

Le jeune chirurgien s'était trouvé dans une situation embarrassante. D'ordinaire, la règle, avec les malades et blessés gravement atteints, consistait à en dire le moins possible, et à n'exprimer que des opinions optimistes, positives, propres à les aider à supporter les contraintes de leur traitement. « La vérité se limite à ce que le patient est capable d'entendre », prônaient la plupart des patrons.

Mais ce blessé-là sortait du lot commun. Florent n'avait pas affaire au bidasse lambda. Fin, cultivé, courageux, Bruno avait immédiatement instauré, avec son chirurgien, un mode relationnel original. Ils traitaient d'égal à égal. Florent jugea donc qu'il parviendrait à un meilleur résultat s'il l'informait très précisément de l'enjeu et des méthodes qui allaient être utilisées.

– D'abord, tu dois assimiler des notions élémentaires de physiologie. La peau est un organe complexe que rien ne peut remplacer. Il en est de même pour le cœur ou le foie. Ce sont des organes irremplaçables.

– On fait bien des greffes ?

– Jamais avec des donneurs. À moins qu'il s'agisse d'un jumeau vrai. Or tu n'as pas de jumeau. Tant que les scientifiques ne découvriront pas le moyen de juguler la réaction de l'organisme, qui consiste à rejeter tout corps étranger, il n'y aura pas de greffe possible.

– Mais pour les brûlures, on m'a dit…

– Que tu subirais des greffes.

– Oui.

– Ce seront des autogreffes. On prélèvera des fragments de ta propre peau, en zone saine, pour les transplanter sur une autre partie du corps.

– Mais quel intérêt, puisque, là où sont prélevés les greffons, il n'y aura plus de peau ? Ce sera comme une brûlure de plus.

L'homme était intelligent et Florent se félicita d'avoir choisi, avec lui, le chemin de la vérité, même s'il n'était pas simple à parcourir.

– Bonne remarque, mon capitaine ! Voici l'explication : la peau est formée de deux couches, l'une profonde, le derme, épaisse et solide, l'autre superficielle, l'épiderme, fine, protectrice, riche en pouvoir de cicatrisation. Mais – écoute bien, Bruno – seul l'épiderme fabrique de l'épiderme.

– Et le derme ?

– Il fait ce qu'il peut, mais quand il n'a pas d'épiderme pour le recouvrir, il reste à vif et ne devient jamais de la peau.

– Alors, si l'épiderme est détruit…

– Ne va pas si vite. Il faut savoir aussi qu'entre le derme et l'épiderme la limite n'est pas plane. La frontière entre les deux est accidentée, pleine de creux et de bosses. Donc, trois possibilités…

– Les brûlures du premier, deuxième et troisième degré ?

– Aujourd'hui, on a tendance à utiliser une autre terminologie, mais conservons celle-ci, si tu veux. Premier degré, seule la couche superficielle de l'épiderme est atteinte. La partie « cuite » s'élimine sous la forme d'une cloque. Nous disons une phlyctène.

– Compris. C'est ce qui m'est arrivé sur les épaules.

331

– Exact. À l'opposé, le troisième degré concerne les cas où toute l'épaisseur est cuite. Derme et épiderme.

– Comme sur mes jambes. Traitement ?

– Autogreffe. Il n'y a plus du tout de peau, il faudra en remettre.

– OK. Entre les deux, le deuxième degré ?

– Entre les deux, l'épiderme est atteint, mais pas complètement détruit. Il en reste des îlots plus ou moins nombreux, plus ou moins larges. Là où ces îlots existent, l'épiderme se reconstruira et – écoute-moi bien – il recouvrira les zones voisines. À une vitesse qui dépend de la proportion de surface épargnée par rapport à celle qu'il faut recouvrir. S'il reste beaucoup d'épiderme, c'est un deuxième degré superficiel. Peu d'épiderme, c'est un deuxième degré profond. Compris ?

– Lumineux. Programme thérapeutique ?

– Là où il n'y a plus d'épiderme du tout, il faudra en remettre.

– L'autogreffe.

– Exactement. Sous anesthésie générale, avec un matériel adapté, on prélèvera, sur une de tes zones saines, une fine pellicule d'épiderme et on l'étalera là où il n'y en a plus.

– Mais alors…

– Attends : à l'endroit du prélèvement, on en laissera assez pour que la zone donneuse se reconstitue, comme un deuxième degré superficiel.

Bruno fit la grimace.

– Si je comprends bien, pour recouvrir mes jambes, vous allez me massacrer les bras ?

– Pas faux. Voilà pourquoi on ne se décide pas trop vite. Première étape, on évalue la véritable profondeur de la brûlure et, par conséquent, son potentiel de récupération spontanée. Deuxième étape, on « excise » les zones où la peau est totalement morte.

– Ces croûtes noirâtres et cartonnées ?

– Voilà. Le problème, c'est qu'il faut respecter à tout prix les moindres îlots d'épiderme résiduel. Entre-temps, Bruno, et là, tu as ton propre rôle à jouer, il faudra reconstituer ton capital protidique…

– Je sais, et « manger de la viande ». On m'a raconté l'histoire de ton mec qui n'aimait que le bifteck.

Florent resta sans voix. Qui avait pu lui raconter cela ? Il se promit d'élucider ce mystère plus tard. Il se contenta de rire et de confirmer. Puis il reprit :

– Une dernière information : le derme dénudé lutte pour se protéger en sécrétant un tissu intermédiaire particulièrement propice à la greffe, une sorte de bourgeon charnu. Tu nous entendras sans cesse parler de « bourgeonnement ». Là où ça bourgeonne un peu, on greffe ; là où ça ne bourgeonne pas, on met du tulle gras ; là où ça bourgeonne trop, on met des produits à base de cortisone…

– … pour que ça bourgeonne moins. Rien n'est simple !

À chacune de ces conversations, de préférence en dehors des heures de service, Bruno allait toujours plus loin, cherchant à mieux comprendre l'étendue de son malheur.

Florent se prêtait d'autant plus volontiers à ce jeu de la vérité que l'état de son patient s'améliorait de manière spectaculaire. Sa mine même changeait. Ses cheveux coupés ras (et brûlés en partie) repoussaient en vagues épaisses de couleur châtain. Son visage amaigri reprenait forme. Ses yeux enfoncés dans des orbites profondes et sa grande bouche mobile, plus vivante que le reste de sa physionomie se ré-humanisaient. Son regard pétillant d'intelligence ne laissait personne indifférent. La plupart des infirmières s'accordaient pour admirer sa force de caractère, sa volonté de guérir et son humour.

Il était devenu la vedette du service.

Florent profitait de cette amélioration pour le faire parler des mécanismes souterrains de la politique algérienne. Bruno Robin n'était pas avare d'explications. Mieux même, cet effort intellectuel lui apportait un bénéfice moral indéniable. Il était à nouveau « quelqu'un ». Et, dans un cas comme le sien, c'était essentiel.

Bavard de nature, Bruno raconta avec force détails comment le 5e Bureau, structure administrativo-militaire bancale datant de 1940, n'avait jamais joué un grand rôle dans les différents conflits où la France s'était engagée. Mais en 1957, il s'était vu attribuer une fonction primordiale. Cette année-là, l'état-major avait décidé de lui confier « l'action psychologique » en Algérie. Ce redoutable concept, hérité des camps d'internement du Viêt-minh, consistait à « faire la guerre dans la foule », avec une arme nouvelle, l'information.

Après le limogeage de Salan, à la fin de 1958, le colonel Gardes, un brillant spécialiste de la guerre subversive, en avait pris le commandement, et Bruno, son adjoint depuis plusieurs mois déjà, avait rempilé pour le suivre. Véritable carrefour du renseignement, point de départ de multiples décisions, ce service était chargé, en théorie, d'appliquer la politique choisie par le gouvernement.

– « En théorie ». Parce que, en pratique, le colonel Gardes appliquait la politique du général de Gaulle telle que lui l'interprétait.

– C'est-à-dire ? s'indigna Florent.

– Tu sais que la future autodétermination débouchera sur une des trois options : sécession, association ou francisation.

– Oui. Et alors ?

– Si le GPRA est évidemment pour la sécession, de Gaulle est censé préférer l'association. Eh bien, Gardes, lui, a décidé que la population voterait pour la francisation. Et il fera tout pour y parvenir.

– Ça promet une campagne agitée.

– Tu l'as dit ! Il faut savoir aussi qu'il existe à Alger d'innombrables réseaux d'hommes décidés à influer sur la politique du gouvernement. Des mecs comme Ortiz, Lagaillarde…

– Je les connais ! J'étais dans la rue le 13 mai. À Vespa.

Une brève bouffée de souvenirs ramena Florent dans les bras de la belle Myriam. Il ferma les yeux et fit un effort pour consacrer toute son attention au récit de Bruno.

– Il faut compter aussi avec les Susini, Laquière, Perez, Ronda et autres, prêts à prendre les armes pour imposer leurs idées. Et ce ne sont pas celles de De Gaulle, je te prie de le croire.

– Comment sont-ils armés ?

– Tout le monde est armé là-bas. Tu connais les UT, les unités territoriales, ces anciens appelés qui se mettent en uniforme quelques jours par mois pour aller garder les bâtiments publics, les gares, les lignes de chemin de fer, etc. Ce ne sont pas des va-t-en guerre, mais chacun emporte son arme à la maison après le service.

Florent sourit :

– Je ne peux pas les avoir oubliés, ces UT qui agaçaient tant les « vrais » militaires. Je me souviens d'un soir de gros

335

arrivage à Maillot. Des blessés partout dans la salle de triage…

— Je vois, j'y suis allé souvent.

— Au milieu du bordel général, déboule une 403. En sortent trois gus ventripotents, à l'uniforme approximatif, qui transportent un quatrième larron, bourré comme un canon, avec une guibole ensanglantée. « Je me suis tiré une balle dans le pied », avoue-t-il, piteux. « Mettez-moi ce type dans un coin », gueule l'adjudant débordé. Un infirmier farceur lui apporte une bassine en plastique pour qu'il y pose son pied. « Comme ça tu dégueulasseras pas tout. » Figure-toi que le pauvre est resté assis là, aux trois quarts endormi, à cuver son pinard, une bonne partie de la nuit.

— Vous n'aviez pas le temps de vous en occuper ?

— Le problème n'était pas là : en dehors des urgences vitales, pour une anesthésie, il faut que le malade soit à jeun. Celui-là ne l'était visiblement pas !

Bruno s'esclaffa. Il adorait les canulars de carabin.

— Quoi qu'il en soit, reprit-il, aujourd'hui, ces UT se sont unies aux groupes d'autodéfense constitués dans les villages avec les musulmans favorables à la France. Tout cela représente des centaines de milliers d'hommes susceptibles d'obéir à l'armée. Parmi eux, les pieds-noirs sont les plus nombreux. Des pieds-noirs qui refusent l'idée même d'autodétermination. Pour eux, ce mot est synonyme d'abandon. Ils sont prêts à se faire tuer pour empêcher que cette consultation ait lieu. Ce qu'ils veulent, c'est que de Gaulle prononce le mot « intégration », le fameux slogan du 13 mai. Jusqu'à présent, il s'y est toujours refusé, et je serais étonné que ça change.

— Mais ça veut dire quoi, intégration ?

Bruno connaissait son sujet mieux que personne. Sans pédantisme aucun, il essaya d'expliquer à Florent ce qui lui semblait motiver la colère de la population algérienne.

— Il existe, dans ce pays, des gens semblables à ces aristocrates qui refusaient les réformes, pourtant timides, que Louis XVI proposait avant la Révolution. Ils n'acceptaient aucune atteinte à leurs privilèges tout en préparant déjà leur fuite éventuelle vers l'étranger. Quelques pieds-noirs richissimes et dont une grande partie de la fortune est réinvestie en France depuis longtemps croient, ou font semblant de croire, que ce mot d'intégration calmera les aspirations musulmanes. Sans préciser, d'ailleurs, quels progrès ils envisagent, puisqu'en réalité ils n'en prévoient aucun. Et ils sont suivis, sur ce chemin maléfique, par une majorité de « petits Blancs » qui craignent de tout perdre si les fellouzes prennent le pouvoir. Ils réclament eux aussi une intégration à laquelle ils prêtent un pouvoir magique, sans s'être demandé ce qu'elle signifierait.

— Pourquoi imaginent-ils que référendum signifie indépendance ?

— Ils craignent que les musulmans modérés ne soient poussés dans cette voie par les rebelles. N'oublie pas qu'ils sont dix fois plus nombreux que les Européens. Alors…

— Que va faire l'armée ?

— L'armée, je ne sais pas. Mais, d'après moi, le but du colonel Gardes consiste à faire glisser l'opinion publique de l'intégration à la francisation.

Florent jeta un coup d'œil discret à sa montre et décida de sonner l'extinction des feux. Il se leva pour déclamer sur un ton très officiel :

— Mon cher capitaine, je vous remercie de la leçon d'aujourd'hui. Nous reprendrons le sujet en détail une autre fois. En attendant, je vous souhaite une bonne nuit et vous rappelle que demain matin vous subirez un pansement-excision de première importance.

– Je vous souhaite bonne nuit moi aussi, lieutenant Schœnau. Dormez bien, j'y ai intérêt.

Pansements, excisions et greffes alternaient dans un programme savamment établi par les spécialistes du service. C'est à ce moment-là que Florent découvrit, dans une revue américaine que recevait son patron, une publicité pour un appareil révolutionnaire : un expanseur de peau. Il s'agissait d'un outil astucieux, à utiliser juste après le prélèvement du greffon. Celui-ci se trouvait pris entre les mors d'un double rouleau qui transformait – affirmait l'article – la fine plaque cutanée en une sorte de filet. La surface utilisable se trouvait ainsi multipliée par trois. Entre les mailles, l'épidermisation se produisait par continuité, d'autant plus aisément que l'on ne risquait pas de voir se décoller la peau transplantée, comme c'était souvent le cas.

Avec l'accord de son chef de service, Florent alla rendre visite au capitaine Avignon pour lui expliquer l'intérêt d'un tel appareil. Le gestionnaire comprenait vite. Il promit de tout faire pour se procurer l'instrument dans les meilleurs délais. Il remua ciel et terre, tant et si bien qu'une semaine plus tard l'expanseur passait à la stérilisation pour améliorer le sort du capitaine Robin.

Florent et son patron se lancèrent dans les premiers essais. Ils furent concluants. On en parla dans tout l'hôpital.

Le seul endroit où ce genre d'événement ne présentait pas le moindre intérêt, c'était l'avenue Foch. Florent y dînait parfois, respectant un rite immuable : Elvire téléphonait à l'hôpital en demandant que le lieutenant Schœnau rappelle son père. Florent rappelait aussitôt l'appartement et elle lui proposait une date. Il acceptait sans discuter et s'arrangeait avec ses copains pour organiser, au besoin, un échange de garde.

Le jour dit, il sonnait à vingt heures et la bonne le faisait entrer au salon, où Elvire lui proposait un verre de porto, le meilleur, le plus vieux, le plus cher, offert par l'ambassadeur du Portugal en remerciement de... Suivait le récit d'un exploit paternel. Qu'il s'agisse d'un vieux whisky pur malt, d'un xérès, ou d'un rhum centenaire, il y avait toujours une glorieuse explication à la clé.

Puis le maître de céans arrivait. Sapé comme un milord, il abandonnait dans les mains de la domestique stylée chapeau à bord roulé, manteau de vigogne et serviette de cuir Hermès pour entrer dans le salon d'un pas altier.

– Tiens, tu es là, toi ?

– Tu m'as invité.

– Ah bon. Comment vas-tu ?

– Très bien, et toi ?

– Merci. Le Val-de-Grâce est toujours à la même place ?

– Toujours.

– Très bien.

– Une goutte de porto ? lui proposait Elvire.

– Volontiers.

Maxime s'installait dans un fauteuil, un pouce passé dans l'emmanchure de son gilet, et la soirée s'écoulait, immuablement sinistre. On évoquait le monde des affaires, les chausse-trapes que se tendaient entre eux ces messieurs manipulateurs de finances.

Florent se débranchait de la conversation, réglait sa machine à cogiter sur un sujet ou sur un autre – ses malades le plus souvent – et attendait patiemment que le dîner se termine par la traditionnelle tasse d'infusion. L'eau chaude avalée, il se levait, saluait son grand homme, embrassait la groupie et se sauvait en courant vers le Quartier latin pour y trouver un air enfin respirable.

Partout ailleurs, on le saluait, on l'appelait « mon lieutenant » ou « docteur » avec une nuance de respect, on lui demandait son avis, on le remerciait de ses bons soins, on le félicitait d'un résultat obtenu, bref, on le considérait. Chez lui, rien. À peine la porte franchie, il devenait quantité négligeable, comme ces demeurés qu'on oublie dans un coin. Il était l'autiste de son père.

Cette année 1959 se terminait, à en croire les journaux de métropole, dans un calme parfait. On inaugura l'oléoduc Hassi Messaoud-Bougie, les anciens États africains de la France d'outre-mer s'engageaient paisiblement, un à un, vers l'indépendance, et le mariage du chah d'Iran avec Farah Diba occupait la première page de tous les magazines. Enfin et surtout, on allait changer de monnaie le 1er janvier 1960. Le franc « nouveau » vaudrait cent francs « anciens », on n'avait pas fini de se tromper.

Et en Algérie ? Rien. Il ne se passait rien.

Tel n'était pas l'avis du capitaine Robin. Approvisionné en nouvelles fraîches par « porteur spécial », il dépouillait chaque jour un volumineux courrier qu'il commentait à Florent, le soir, à la veillée :

– Écoute ça : « Pour nous Français d'Algérie, un seul choix : la valise ou le cercueil. Nous ferons la révolution les armes à la main et nous resterons. » Voilà ce que vocifère Ortiz, au cours des réunions du FNF (Front national français), le parti qu'il a fondé.

– Dangereux, ce type.

– Oui, mais je sais que le colonel Gardes l'a à l'œil. Ils sont très copains tous les deux. À mon avis, Susini est le plus inquiétant de tous. Il vient d'être élu à la tête de l'association générale des étudiants, et ça, c'est un poste clé.

« Susini, le copain de David, pensa Florent. Pourvu qu'ils ne fassent pas de conneries ensemble ! »

Bruno exprimait des opinions de plus en plus souvent pessimistes :

– J'ai toujours pensé que Gardes serait, malgré tout, fidèle au Général. Mais, ces derniers temps, je finis par en douter. Toutes les mesures qu'il réclamait pour faire pencher la balance du côté de la francisation sont restées lettre morte. Quel parti va-t-il prendre ? Mystère.

Florent voulait toujours en savoir davantage et Bruno ne se faisait pas prier.

– Les Ortiz et Lagaillarde n'ont, à mon avis, qu'un seul but : refaire le coup du 13 mai en exigeant la suppression du référendum. Ils peuvent mobiliser beaucoup de monde et bloquer Alger. Que feront alors Challe et Delouvrier ? Envoyer la troupe ? Est-ce qu'elle obéira ? Si elle fraternise à nouveau avec la population, les gens de Paris seront bien dans la merde. Ils ne pourront plus appeler de Gaulle, ils l'ont déjà.

Vus d'une chambre du Val-de-Grâce, ces scénarios catastrophes pouvaient passer pour de simples élucubrations. Sur le terrain, des hommes et des femmes allaient s'affronter, mourir peut-être, tandis que le bon peuple de Paris préparait Noël.

Les fêtes de fin d'année se déroulèrent par un froid de loup. Bruno Robin continuait de cicatriser peu à peu. Mais il manquait d'appétit et supportait mal les compléments alimentaires que les diététiciennes du Val lui concoctaient. S'il maigrissait, moralement il tenait bon. Florent aussi.

Le 31 décembre, à minuit, ils sablèrent le champagne tous ensemble, avec les infirmiers et infirmières du service.

– Je bois à votre courage, déclara Bruno, sa coupe à la main, inversant les rôles. Sans votre talent et vos soins obstinés, je ne serais déjà plus de ce monde. Je n'ai qu'un espoir, venir trinquer avec vous l'année prochaine à la même date.

Les larmes aux yeux, les filles l'embrassèrent une à une.

Après les agapes, Florent laissa officier l'équipe de nuit, et descendit se promener dans le quartier. Nostalgique, il arpenta les rues en écoutant les klaxons déchaînés, se remémorant le réveillon de l'année passée, quand Lydie, Isabelle et David marchaient à ses côtés. Où étaient-ils ce soir ?

Rue de Buci, il s'offrit une tranche de foie gras frais, du pain de mie et une bouteille de sauternes et prit le chemin de la place Maubert, apaisé.

Mais son apaisement fut de courte durée. Dans sa boîte aux lettres, un pli avait été déposé : Lydie lui souhaitait une heureuse année 1960. Elle était boulevard Saint-Germain, chez sa tante, et attendait son appel.

Il monta l'escalier à pas lents, songeur, et hésita longuement devant le téléphone. Le cœur battant à tout rompre en se remémorant la belle écuyère de l'année précédente, il prit plusieurs fois le combiné et le reposa. Il se retint d'appeler. Non, il ne fallait pas. Rien n'avait changé. Il ne pouvait pas se permettre de l'embarquer dans son aventure misérable à deux mille francs par mois. La revoir par hasard, d'accord. Déjeuner un jour avec elle pour parler du pays, pourquoi pas ? Mais lui téléphoner le 31 décembre, il n'avait pas le droit. Il ne devait pas nouer avec elle des relations durables.

Il mit son pain à griller, choisit un disque d'Armstrong – les negro spirituals de 1938 réenregistrés en 1958 –, ouvrit sa bouteille de vin et se promit de passer le cap du Nouvel An comme le sage célibataire qu'il s'obstinait à demeurer.

XXI

L'année commença par une bonne nouvelle. D'après la radio, l'arrêté ministériel paru au *Journal officiel* fixait à vingt-sept mois le temps de présence sous les drapeaux de son contingent (57/2B). Appelé le 1ᵉʳ novembre 1957, il ne lui restait plus que trente jours à tirer ! Cette information signifiait que, compte tenu de sa permission de libérable, Florent serait rendu à la vie civile dans deux ou trois semaines au maximum.

– La quille, bordel ! clama-t-il à l'unisson des bidasses de son contingent.

Et Bruno Robin ? Où en serait-il dans trois semaines ?

Florent se voyait mal abandonner son malade en cours de route. De toute façon, son prochain stage d'internat ne commencerait qu'en mai. D'ici là, rien ne l'empêcherait de rester travailler un peu au Val pour ne pas quitter son patient préféré. Ce serait à voir avec Gilbert Avignon.

Ce 1ᵉʳ janvier, en fin de matinée, il mit le nez dehors dans une ville calme qui cuvait son réveillon. Il partit avec l'intention d'aller prendre son petit déjeuner au Thé

Caddy, un salon de thé anglais pittoresque de la place Saint-Julien-le-Pauvre. Un timide soleil essayait de jouer les boute-en-train, malgré un vent glacé bien de saison. Il traversait le boulevard en direction de la Seine quand soudain, sur l'autre trottoir, il vit Lydie qui l'attendait, emmitouflée dans le manteau de fourrure démodé qu'il connaissait déjà.

Il s'avança vers elle, comme dans un film au ralenti, et lorsqu'il fut à deux mètres elle sortit les mains de ses poches pour l'accueillir dans ses bras ouverts. Florent lui enserra la taille et eut l'impression que le monde s'arrêtait autour d'eux. Une fois joue contre joue, ils ne bougèrent plus. L'émotion qu'il ressentait dépassait les limites du simple plaisir de la retrouver. Était-ce de l'amour ?

Puis, selon son habitude, elle s'accrocha à son bras.

— Où allons-nous célébrer la nouvelle année ? questionna-t-elle du ton le plus naturel du monde.

— À deux pas d'ici, place Saint-Julien-le-Pauvre, en buvant du thé avec des *scones* et des *muffins*.

— J'adore.

Ils ne dirent plus un mot avant d'être assis dans une profonde banquette recouverte de chintz à fleurs.

— Alors, commença-t-il, que me racontes-tu ?

— Je suis arrivée à Paris hier matin et j'espérais passer le réveillon avec toi. J'ai téléphoné, mais ça ne répondait pas.

— Je suis rentré tard de l'hôpital.

— Je sais, j'ai déposé la carte vers huit heures. Tu n'étais pas encore là.

Il fit dévier la conversation :

— Comment vont les autres ? David ?

— Il est à Alger, complètement surexcité.

— Je l'imagine.

– Lui et ses copains vont tout casser. Ils sont devenus fous.

– Et à Mirallah ?

– Maman commence à trier ce qu'elle emportera.

– Sami-le-noir ?

– Il fait planter de la vigne dans le dernier morceau de terrain qu'il a acheté.

– Il a acheté du terrain ?

Florent n'en revenait pas.

– Oui. À cause du plan de Constantine. De Gaulle a ordonné d'investir. Il a investi.

– Que pense-t-il de l'autodétermination ?

– Que tous les employés de la ferme voteront pour la francisation.

– Et si la majorité lui donne un démenti ?

– Je crois qu'il n'a jamais envisagé cette hypothèse.

– Qu'en pense David ?

Elle poussa un profond soupir.

– Je crains que David ait perdu toute faculté de penser. Comme la majorité des Algérois qui passent leurs soirées à la fenêtre en tapant sur des casseroles. Ils courent au drame, Florent.

Il n'ajouta rien. Il faillit demander des nouvelles de Myriam mais n'osa pas. Lydie lui prit la main et tourna vers lui ce visage qui le faisait fondre.

– Et toi ?

– Pour l'instant, je travaille encore au Val-de-Grâce, dans le service des brûlés, et, en principe, je serai libéré de mes obligations militaires – comme ils disent – à la fin de ce mois.

– Comme tu dois être soulagé ! Tu vas recommencer ton internat ?

– En mai.

– Et d'ici là ? On part en voyage de noces ?

En prononçant ces mots, elle s'était collée contre son épaule. Il se força à rire.

– Ma Lydie. Je t'aime tant ! Trop pour t'embarquer dans ma galère. Je ne suis qu'un étudiant désargenté, tu le sais bien…

Elle s'écarta brutalement pour le regarder bien en face.

– Florent, ça suffit, maintenant. Écoute-moi une bonne fois pour toutes. Mon père et mes grands-parents m'ont laissé en héritage de quoi me permettre de nous faire vivre, toi, moi et nos enfants, même si tu ne gagnes pas un sou avant longtemps. Ce ne sera pas la richesse, mais l'aisance. Alors, aujourd'hui, je te le déclare solennellement : je t'aime et je veux t'épouser. Je veux me marier maintenant. Je veux une maison et des bébés qui ne mettront jamais les pieds dans cette fichue Algérie où nous ne serons plus rien. C'est toi que je veux comme mari et personne d'autre. Mais si toi tu ne veux pas de moi, exprime-le clairement et tu ne me reverras plus jamais.

Elle lui offrit son beau sourire triste pour ajouter :

– Et je te pardonnerai. Tu auras fait la plus belle bêtise que l'on puisse imaginer, tu auras gâché ta vie et la mienne, mais je ne te le reprocherai pas. Je te laisse une semaine pour réfléchir. Dans une semaine, je rentre à Alger. Je me marierai dans les six mois en te regrettant, mais ma vie suivra son chemin. Les candidats ne manquent pas. Tu as huit jours pour me téléphoner. J'attendrai tout ce temps-là, mais pas plus.

Elle reprit la main de Florent et sembla en étudier attentivement la paume, comme si elle cherchait à y déchiffrer son destin, puis replia ses doigts. Elle garda serré le poing qu'elle tenait entre ses deux mains et murmura :

– Florent, je t'en supplie, notre bonheur est au creux de cette main. Ne le laisse pas s'échapper.

Sur ces derniers mots, elle se leva brusquement et partit sans se retourner, oubliant ses gants sur la banquette.

Florent passa la plus mauvaise semaine de sa vie.

À l'hôpital, Bruno n'allait pas bien. Toute l'équipe s'était mobilisée pour essayer d'empêcher une issue qui paraissait inéluctable, mais que personne ne voulait accepter. Florent moins que tout autre. Dès qu'il avait une seconde de libre, l'image de Lydie s'imposait à ses yeux, redoublant son angoisse. Elle lui avait dit qu'il était en train de rater sa vie. Et si c'était vrai ?

À l'évidence, il n'avait qu'une envie, lui crier qu'il l'aimait, qu'il n'avait jamais aimé qu'elle et qu'il l'aimerait toute sa vie. Cent fois, il avait marché vers le téléphone pour composer un numéro qu'il connaissait par cœur. Les gants oubliés attendaient près du combiné. Il lui aurait dit : « Mademoiselle, je vous appelle parce que vous avez oublié vos gants. Alors je voudrais vous les rapporter et demander votre main… Les deux, même. »

Chaque fois il était resté planté là, sans oser composer le numéro. À la dernière seconde, il renonçait. On ne bouleverse pas son avenir ainsi, sur un simple coup de tête.

Il ne se voyait pas dire à son père : « Papa, je vais épouser une fille qui a de l'argent. Moi, je n'en ai pas, mais ça ne fait rien, on arrangera ça plus tard ! » Impossible de lui tenir ce discours après tout ce qu'il avait entendu sur les coureurs de dot sans scrupules. Son père le rangerait aussitôt dans la catégorie des profiteurs, pourquoi pas des maquereaux ? Il l'entendait d'ici : « Moi, je n'ai jamais emprunté un sou à personne. J'ai bossé jour et nuit pour assurer votre bien-être, à ta mère et à toi… Et pon-pon et pon-pon… »

Il n'avait pas la force d'affronter les sarcasmes paternels.

Pis encore, Maxime ajouterait : « J'ai compris. Pour faire le bonheur de monsieur, il faudra que papa mette la main à la poche, une fois de plus. » Il sortirait son chéquier avec un soupir à fendre l'âme en demandant : « Combien te faudra-t-il chaque mois ? »

Pour la première fois de sa vie, Florent avait la chance d'être indépendant, libre de travailler à sa guise, de rentrer à pas d'heure, de manger quand bon lui semblait sans que quiconque le lui reproche. Il n'allait pas gâcher cette liberté pour les yeux d'une fille à marier, fussent-ils magnifiques. Il avait besoin de cette liberté pour apprendre son métier, pour construire sa carrière, son avenir.

Il en rencontrerait d'autres, des filles à marier.

À l'hôpital, Bruno Robin ne parvenait plus à se nourrir. Amaigri, fatigué, il renonçait. Ses forces s'épuisaient. Le courage qu'il avait montré depuis le début l'abandonnait. Même Florent ne parvenait plus à relancer son enthousiasme.

– Quelles nouvelles d'Alger ? l'interrogeait-il, l'air faussement enjoué.

– Rien que des conneries, lui répondait Bruno, sinistre.

– Il y a du nouveau ?

– Non, justement. Massu roule des mécaniques en se vantant de maîtriser la situation ; le colonel Gardes flirte avec Ortiz ; Lagaillarde tient des réunions quotidiennes à la faculté ; les étudiants ne travaillent plus et défilent toute la journée dans la rue en braillant « Algérie française ». Où on va, là ? C'est le bordel, Florent. Ce pays est foutu… et moi aussi !

– Attends, Bruno, tu n'as rien à voir avec tout ça.

– Mais si. Tu ne comprends pas que j'ai rempilé pour aider l'Algérie à sortir de ce merdier. Pas pour qu'un bistrotier du Forum impose sa loi à toute une ville. J'en ai vraiment marre, Florent, tu n'y es pour rien. Laisse-moi.

À la réunion quotidienne des médecins, le patron sollicita l'opinion de chacun. Personne n'avait de solution à proposer. Bruno entrait dans le cycle infernal des grands brûlés. Le réanimateur de l'équipe émit un avis plus que pessimiste :

– Hypoprotidémie, insuffisance rénale, déprime et anorexie. Le capitaine Robin est mal parti. Ce syndrome-là, on ne sait pas encore comment le traiter. Manquerait plus qu'il s'infecte.

– Avec la baisse de ses moyens de défense, cela n'aurait rien d'étonnant, assena un biologiste.

Florent ne pouvait pas y croire. Il refusait de capituler. Son ami n'allait pas les abandonner maintenant, alors que 80 % des surfaces brûlées avaient été recouvertes. Les greffes en filet faisaient merveille, le kinésithérapeute commençait à lui faire récupérer ses mouvements… Même le psychiatre qui le visitait deux fois par semaine se disait confiant.

Le drame se joua en fin de semaine. La température grimpa soudain à plus de quarante, avec frissons et délire. Les hémocultures confirmèrent la septicémie. Les antibiotiques à forte dose stabilisèrent la situation sans faire retomber la fièvre complètement. Un spécialiste infectiologue de l'hôpital Claude-Bernard fut appelé en consultation. Il recommanda de changer le cathéter de perfusion et de mettre l'ancien en culture. Florent obtempéra et en posa un nouveau dans la veine jugulaire. Le laboratoire confirma que l'infection provenait du cathéter d'alimentation. On changea les antibiotiques, mais sans succès. La température remonta. Le spécialiste revint.

– Nous ne sommes pas des magiciens, conclut-il en sortant de la chambre.

Il alla s'asseoir dans la salle de réunion et feuilleta, pour la énième fois, les examens de laboratoires, en particulier les antibiogrammes. Il formula enfin une ultime proposition :

– Nous expérimentons actuellement une nouvelle molécule, une cycline qui n'a pas encore fait ses preuves. Essayons-la. Il n'y a aucun argument qui incite à penser que ça marchera. Mais comme on n'a plus rien à proposer…

Florent l'accompagna jusqu'à l'hôpital Claude-Bernard et revint en taxi avec une boîte de flacons sans étiquettes, porteurs de simples numéros. Ils s'étaient mis d'accord sur la posologie à essayer. Les infirmières préparèrent les perfusions et l'attente recommença.

Ô miracle, dans les heures qui suivirent la fièvre descendit.

L'enthousiasme revint dans les rangs du corps médical. Bruno ouvrit les yeux un instant et donna l'impression d'ébaucher un sourire. De temps à autre il recommençait, et chacun jurait que c'était bon signe. La situation sembla se stabiliser vers trois heures du matin. Le thermomètre affichait un petit 38° sympathique. Puis la température continua de baisser. À 37°, des lueurs de triomphe passèrent dans les regards. À 36 °, tout le monde comprit que la partie était perdue.

Le cœur s'arrêta de battre vers cinq heures du matin. Florent ne s'en aperçut pas. Tenant la main de son ami, il s'était assoupi, le front sur le drap. Une infirmière lui toucha l'épaule, il sursauta, se redressa et comprit.

Elle l'entraîna vers l'office où du café frais embaumait l'atmosphère. Il s'assit sans un mot et but l'âcre breuvage brûlant. La vie allait continuer. Il se leva sans un mot, passa au vestiaire et s'en fut. Les rues étaient noires et vides. La marche lui fit du bien. Il arriva place Maubert, déserte à cette heure, et monta l'escalier en peinant.

Devant son téléphone, il vit les gants de Lydie qui semblaient l'attendre.

« Je vais lui demander un sursis, reparler avec elle de tout ça. Dans quelques jours, je pourrai essayer de faire un emprunt à la banque, lui signer une reconnaissance de dette, une promesse de remboursement… »

Il prit l'appareil et composa le numéro fatidique en regardant sa montre. Il avait un peu honte de la réveiller à six heures du matin. Personne ne répondit. Il laissa sonner…

Il ne savait pas qu'elle roulait déjà dans un taxi vers Orly pour prendre le premier avion à destination d'Alger. Le sort en était jeté.

Bouleversé par la mort de Bruno et le départ de Lydie, Florent avait failli oublier son déjeuner rituel avenue Foch. Elvire et son père, revenant de leur croisière annuelle dans les Grenadines, l'attendaient pour la cérémonie des vœux.

Un petit bouquet de fleurs à la main, Florent ânonna les formules consacrées et on s'embrassa. Elvire avait sorti une bouteille de champagne que Maxime déboucha pour trinquer à cette année 1960 et à la naissance du franc Pinay. Tandis que le financier commentait cet événement, Florent se revoyait, au Val-de-Grâce, célébrant l'année nouvelle avec un être d'exception qui n'avait pas survécu plus d'une semaine aux souhaits de bonne année.

Comme personne ne lui posait de questions, Florent ne parla pas de la disparition de cet ami qui lui manquait déjà.

– Madame est servie.

On passa à table et Elvire annonça le menu : huîtres, homard à l'américaine et vacherin glacé. Original !

Tout en dégustant ses marennes, Maxime en vint, sans plus attendre, au sujet qui le préoccupait :

– J'ai lu dans la presse que, finalement, ta classe ne fera que vingt-sept mois.

Florent faillit s'étrangler :

– QUE vingt-sept mois ! Tu ne manques pas d'humour.

– D'autres en ont fait trente.

– C'est vrai. Et ceux qui ont commencé leur service militaire en 1913 l'ont terminé en 1919. Mais ce n'est pas pour autant un exemple à suivre.

– Ouais. Quoi qu'il en soit, tu es libérable à la fin de ce mois, si je ne me trompe ?

– Tu ne te trompes jamais.

– Je suis heureux de te l'entendre dire. Et ton prochain stage d'interne commence en mai prochain. Exact ?

– Exact.

– Je suppose aussi que tu n'as pas le moindre projet pour le trimestre à venir.

– Non. Je n'y ai pas pensé encore, mais…

– Moi, j'y ai pensé.

Florent ouvrit de grands yeux. Décidément, son père pensait à tout.

– Voilà. J'ai un ami qui possède un laboratoire pharmaceutique de classe internationale. Il me propose de t'héberger pendant ces trois mois pour te familiariser avec leurs méthodes de recherche.

– Attends, papa, je ne suis pas pharmacien. Je suis chirurgien.

Maxime prit un air exaspéré.

– Florent, est-ce qu'une fois dans ta vie tu peux m'écouter cinq minutes sans m'interrompre ?

« L'écouter cinq minutes, une fois dans ma vie... » Florent baissa la tête en silence et s'attaqua, d'une fourchette rageuse, à ses derniers coquillages.

Son père reprit :

– Regardons les choses en face. Je ne veux pas te vexer, mais chacun a ses possibilités – et ses limites. Tu as les tiennes.

Florent finit son assiette, croisa les mains sous son menton et fixa attentivement le dessous de plat qui lui faisait face.

– Tu es passionné de chirurgie, c'est ton droit. Mais cela ne suffit pas pour réussir. Une carrière universitaire – je veux dire une carrière digne de ce nom – nécessite des relations. Quand nous parlons, dans cette maison, des gens importants que nous connaissons et qui seraient susceptibles, le jour venu, de te donner un coup de pouce, tu prends un air exaspéré et tu penses à autre chose. Soit ! C'est ton droit. Les relations, tu t'en fous. Donc tu ne feras jamais une carrière de professeur. Autre possibilité : une clinique. Je veux bien t'en acheter une. Mais la chirurgie privée est un secteur menacé à moyen terme.

355

Florent le regarda avec un étonnement qui n'était pas feint.

— Mais oui, s'énerva Maxime. Ne me regarde pas avec ces yeux de merlan frit, c'est la vérité. L'hospitalisation privée, conventionnée, ne vit que grâce à un prix de journée et des honoraires médicaux dont le montant est fixé par la Sécurité sociale. C'est-à-dire, peu ou prou, l'État. Quoi de plus facile, pour eux, que de régler le robinet financier à un niveau juste suffisant pour éviter la faillite ? Les plus forts surnageront, je veux dire ceux qui sauront négocier, naviguer, profiter des opportunités. Les autres, ceux qui croient qu'il suffit de savoir tenir un bistouri pour faire fortune — suivez mon regard —, seront balayés.

Florent continua à se taire, mais sa mine en disait long sur le fond de sa pensée.

— Eh oui, continua Maxime, impitoyable. Mon pauvre garçon, tout cela, tu vois, s'appelle de la prospective, et c'est pour ces connaissances-là que des gens me payent. Alors, que te restera-t-il quand toutes les places seront prises ? L'industrie pharmaceutique. Les médecins commencent à y penser. Les chirurgiens, non. Tu peux, si tu m'écoutes, ce qui, à te voir, ne me paraît pas évident, tu peux, dis-je, t'y faire une place très vite, parce que tes collègues n'y ont pas encore songé.

Florent n'en pouvait plus.

— Tu me vois, chirurgien dans un labo ?

— Tais-toi, je t'en prie, et essaye de réfléchir deux minutes. Tu termines ton internat, tout en prenant pied dans ce secteur. Tu apprends leurs méthodes, tu participes à des programmes de recherche, et une fois chirurgien diplômé tu expérimentes dans un service chirurgical —

public ou privé, nous verrons — les produits qui révolutionneront la chirurgie de demain.

– Quels produits ?

– Je ne sais pas, moi. Des fils nouveaux, des colles pour les os, ou pour les intestins, des instruments jetables, enfin quoi... Tout ce que l'industrie chimique apporte déjà ailleurs, et que la chirurgie utilisera à son tour, un jour ou l'autre, sois-en persuadé.

Florent, scandalisé par ce qu'il venait d'entendre, se rebiffa :

– Écoute, papa, je crois que nous ne nous sommes pas bien compris. Moi, je veux soigner des malades, des hommes, des femmes, des enfants qui me feront confiance, et que je serai fier de guérir. Quand les gens auront mal au ventre, ils viendront me voir pour que je leur enlève correctement l'appendice ou l'estomac. Et si un labo me propose un nouveau fil pour recoudre leur paroi, tant mieux, j'en commanderai en remerciant le ciel que des chercheurs fassent progresser le monde. Un point c'est tout ! Des chirurgiens qui font bien leur métier, il en faudra toujours, et je serai de ceux-là.

Maxime changea de couleur, ses joues ressemblaient de plus en plus à la sauce américaine qui remplissait son assiette.

– Mais, petit con, est-ce que tu vas comprendre...

Florent jeta sa serviette sur la table :

– Papa, ne commence pas !

– Ne commence pas quoi ?

– À m'injurier.

Maxime se fit doucereux :

– Mais je ne t'injurie pas, mon pauvre petit. Je te traite de con parce que tu te conduis comme un con. Parce que...

Florent se leva et quitta la salle à manger. Il prit son manteau au vestiaire et se dirigea vers le hall d'entrée. À ce moment, il entendit son père aboyer :

– Florent ! Fais attention à toi. Si tu franchis cette porte, tu ne la repasseras plus jamais dans l'autre sens. Tu m'entends bien ! Je te...

Sa phrase fut coupée par le bruit de la porte qui claquait.

XXII

L'affrontement entre Florent et son père n'était qu'un épisode stupide de plus dans une vie commune qui en comptait beaucoup d'autres. Mais cette fois la date était mal choisie. Florent, qui avait passé plusieurs nuits quasi blanches, ressentait la mort de Bruno comme une perte douloureuse et comme un échec personnel. Lui, le médecin, n'avait pu empêcher le décès d'un patient qui lui était cher. Il supportait mal cette réalité.

Quant au départ de Lydie, il le regrettait plus encore depuis que son père s'était montré aussi odieux. Pourquoi se soucier autant de l'opinion d'un homme qui le traitait de la sorte ? Devrait-il éternellement subir cette violence verbale, et se plier à la volonté d'un être nuisible et pervers ?

Dans sa boîte aux lettres, il trouva, étonné, une carte postée à l'aéroport d'Orly, montrant une Caravelle, dernier fleuron de l'aéronautique française, mise en service six mois plus tôt. Il retourna la carte et lut, écrit de la main de Lydie, un texte qui le frappa au cœur :

Tu n'es vraiment qu'un pauvre type qui ne comprend rien à rien. Cette découverte me rassure. Je n'aurais jamais supporté un mari aussi con ! Salut. Lydie.

Aujourd'hui, il avait son compte.

Ces gens-là avaient-ils raison ?

Florent s'empara d'une bouteille de whisky achetée en prévision des fêtes et la déboucha. Il s'assit dans le fauteuil devant la fenêtre et commença à se saouler.

Dix minutes plus tard, à quatre pattes dans les toilettes, il restituait huîtres, homard et whisky.

Furieux et pas saoul du tout, il se jeta sur son lit pour dormir. Il haïssait le monde entier.

Une visite au capitaine Avignon le fixa sur le temps qu'il devait encore au Val-de-Grâce. Compte tenu de ce qui s'était passé dans le service des brûlés, et sachant les liens qui unissaient Florent à son malade, le gestionnaire fit preuve de sa largeur d'esprit coutumière :

– Nous sommes lundi. Disons que votre pot d'adieu pourra avoir lieu samedi. Je m'occupe des papiers pour régulariser la permission de libérable. Vous n'aurez plus qu'à passer à Vincennes pour retirer votre livret militaire.

Le chef de service accepta ce programme et offrit à Florent l'occasion de partir en beauté :

– Seriez-vous capable, au cours de cette dernière semaine, de rédiger un papier sur le cas du malheureux capitaine Robin ? Il faudrait décrire tout ce qui a bien marché, les greffes de peau en filet, etc. Et ce qui a foiré : l'alimentation, les problèmes psychologiques…

Florent accepta.

Il s'acheta une vieille machine à écrire Remington d'occasion et s'installa devant sa table pour taper, à deux doigts, sa première œuvre littéraire.

Il devait aussi se trouver une situation pour les trois mois à venir. Sorti de l'armée, pas encore rétribué par les Hôpitaux de Paris, fâché avec son père, comment allait-il passer ce trimestre ? En faisant la manche ?

Il se rendit à l'Association des internes de Paris et rencontra la secrétaire, charmante dame qui centralisait les demandes et les offres de remplacements. Le cas de Florent sortait de l'ordinaire :

– La licence officielle n'est obtenue qu'après deux années d'internat, expliqua-t-elle. Et peu de places se libèrent pour trois mois, surtout entre janvier et avril. À part les vacances de Pâques... Enfin, laissez-moi votre adresse, on ne sait jamais.

Le hasard fit bien les choses : deux jours plus tard, elle rappelait :

– J'ai un chirurgien qui vient de tomber malade. Il est arrêté pour trois mois au moins. Son associé cherche plus un assistant qu'un remplaçant au sens habituel du terme. Il sera toujours derrière vous.

– Pourquoi pas ? C'est où ?

– À Saint-Tropez.

– Vous plaisantez.

– Pas du tout. La clinique de l'Oasis est, très exactement, à Gassin.

– La grande clinique blanche sur la route ?

– Avant le feu rouge, oui.

– Je commence quand ?

– Demain si vous voulez. Celui que vous remplacerez est hospitalisé à Nice avec une hépatite sévère. Ils n'ont trouvé personne jusqu'à présent et l'associé aimerait bien souffler un peu. Surtout pour les gardes.

– Dites-lui que je serai là dimanche.

Florent passa sa semaine à consulter des revues étrangères à la bibliothèque du Val, à celle de la faculté de médecine et à Sainte-Ginette pour rédiger son article. Gaignault avait pris ses fonctions à Necker et il était tombé amoureux de trois filles en même temps, ce qui ne lui laissait pas une minute de libre. Personne ne venait troubler la tranquillité de la place Maubert. Conditions idéales pour travailler.

Du côté de son père et d'Elvire, silence total.

C'est à elle que Florent en voulait le plus. Pourquoi n'avait-elle pas essayé de calmer le jeu ? Lassitude ? Satisfaction de voir disparaître du paysage un fils plus encombrant qu'utile ? À son retour d'Algérie, elle lui avait raconté, sous le sceau du secret, que Maxime avait fait une alerte cardiaque. Rien de grave. Mais le cardiologue jugeait ses coronaires en mauvais état. Il fallait donc lui éviter les chocs émotionnels. Les fameuses colères pouvaient se révéler dangereuses. Incapable de s'arrêter de fumer, survolté en permanence, Maxime risquait, à tout moment, un accident dramatique. Avait-elle voulu éloigner de sa maison un fauteur de troubles susceptible de faire, un jour, craquer son grand homme ? Ou, sans l'avoir à proprement parler « voulu », n'avait-elle pas laissé se dérouler la scène qui réglerait, pour un temps, ce problème relationnel ?

Toujours est-il, pensa Florent, que le bannissement du fils présentait pour elle bien des avantages.

Le Saint-Tropez de l'hiver a toujours séduit les touristes qui fuient les foules. C'est aussi la période où les Tropéziens se retrouvent entre eux. Il y fait souvent froid, parfois même il neige, le mistral vide les rues qu'il prend en enfilade. Mais quand le soleil veut bien se montrer – et, sous ces latitudes, il n'est pas timide –, l'ancienne cité corsaire devient un paradis.

Florent découvrit une clinique toute blanche qui avait la réputation d'héberger des stars. Un peu vieillotte, précédée d'un jardin avec palmiers, elle ressemblait à une villa d'Algérie.

L'associé reçut Florent comme l'homme providentiel.

– Il y a moins de travail qu'en été, évidemment, expliqua-t-il, mais la contrainte de la garde permanente finit par peser.

Ils bavardèrent un moment compétence et spécialité. Ancien militaire lui-même, il s'intéressa beaucoup à l'expérience algérienne de son jeune collègue et fut rassuré de savoir qu'il avait dû faire face à tant d'urgences au cours de sa brève carrière.

– Ici, les plaies par armes à feu ne représentent pas notre pain quotidien, remarqua-t-il, encore que la fréquence des crimes passionnels soit probablement supérieure à la moyenne nationale.

Ils rirent ensemble.

Dans le bureau de consultation, ils parlèrent honoraires, répartition des tâches, conditions de travail et habitudes de la maison. Florent ne fit aucune critique. Il demanda comment son confrère était tombé malade.

– Il opérait une patiente atteinte d'un « ictère nu ». La femme était jaune comme un coing, et aucun autre symptôme ne permettait d'orienter le diagnostic. Le spécialiste consulté à Nice avait conseillé une intervention exploratrice. Par une minime ouverture, mon collègue a exploré l'abdomen sans mettre en évidence la moindre anomalie. Pas de tumeur, pas de calcul dans la vésicule ni dans les canaux biliaires. Il s'est limité à un prélèvement de bile – avec une pipette – et à une biopsie du foie qui donneraient la solution du problème. Les examens de labo ont décelé une hépatite B. Quinze jours plus tard il est devenu jaune à son tour. Sans doute le virus a-t-il franchi le filtre de la pipette. Aujourd'hui il est hospitalisé à Nice, dans le même service que sa patiente.

– Quel est le pronostic ?

– Il s'en tirera sans doute très bien au prix d'une indisponibilité prolongée. Voilà pourquoi vous êtes là. Maintenant, venez, je vais vous faire visiter la maison.

Le bloc opératoire occupait le dernier étage du bâtiment et la vue y était somptueuse. La bonne aération des locaux et leur ensoleillement offraient aux chirurgiens des conditions d'hygiène exceptionnelles. Florent s'extasia :

– Quand on pense que la mode actuelle consiste à construire les blocs en sous-sol, il faudrait faire comprendre aux architectes spécialisés les avantages des solutions à l'ancienne.

L'infirmier chef se présenta. On l'appelait Willie. C'était un ancien infirmier de l'armée allemande, fait prisonnier à Saint-Tropez en 1944, qui avait préféré rester sur place plutôt que de rentrer dans son pays.

Le soir, l'ancien et le nouveau venu dînèrent ensemble sur le port et se racontèrent leur vie. Puis Florent s'installa dans l'appartement de la rue Gambetta, loué à son intention, en plein centre-ville, à cinq minutes de la clinique.

Sa quiétude aurait été parfaite s'il n'avait pas été hanté par la guerre qui continuait à ensanglanter l'autre rive de la Méditerranée. Une mer qui, d'après le général Salan, traversait la France comme la Seine traverse Paris ! C'est Walid et ses comparses qu'il aurait fallu convaincre. N'y avait-il pas un moyen de régler ce problème sans s'étriper ?

« Philosophie de garde-barrière », aurait protesté Gaignault. « En Algérie – comme dans beaucoup d'autres pays –, ils sont trop nombreux, ceux qui espèrent rouler dans des voitures à fanions, avec des motards tout autour. Le patriotisme, le droit des peuples, la justice, tout ça c'est du pipeau. Chacun d'eux n'aspire qu'à posséder un compte en Suisse. Une majorité mourra pour qu'une minorité y parvienne. »

Florent reprit la lecture attentive des quotidiens, et vécut avec passion cette fameuse semaine algéroise des barricades qui enflamma l'opinion publique fin janvier. Bruno Robin avait annoncé que l'explosion était inévitable. Il ne s'était pas trompé.

Tout commença par une fâcheuse interview de Massu à un journal allemand. Balourd comme à son habitude, le vainqueur de la bataille d'Alger osa proférer des critiques sur la politique du général de Gaulle. À un journal allemand !

Le lendemain il était convoqué à Paris et relevé de son commandement. La nouvelle tomba sur les rotatives et Alger se révolta. Lagaillarde transforma le quartier des facultés en fortin truffé de mitrailleuses ; des barricades bloquèrent les rues ; des hommes en armes assiégèrent le Gouvernement général ; le centre-ville ne fut bientôt plus qu'un vaste camp retranché ; Ortiz prédit à ses comparses qu'il allait prendre le pouvoir à Paris. Dès demain ! Et il y croyait.

Les discours de De Gaulle furent sans effet. « Delouvrier et Challe sont des incapables », fulmina-t-il.

Ils n'étaient pas incapables. Seulement, ils savaient que s'ils donnaient l'ordre de démanteler les barricades les paras se rangeraient dans le camp des insurgés.

Les colonels Gardes, Godard, Argoud, Broizat étaient prêts à tout pour faire changer la politique du Général, et sentaient bien qu'ils n'y parviendraient pas sans utiliser des moyens extrêmes. Jusqu'où iraient-ils ? À Paris, de Gaulle piaffait.

Challe ne disposait que d'un seul corps de troupes à la fidélité indiscutable : les gendarmes. Il finit par leur donner l'ordre de démanteler les barricades. Ils chargèrent... et laissèrent quatorze morts sur le terrain.

Fallait-il continuer ? Non !

Les gendarmes emportèrent leurs morts.

Delouvrier se fendit d'un discours pathétique : « Je vous confie ma femme et mes enfants... » Rien n'y fit. Les barricades tenaient toujours. Elles tenaient, mais... Mais elles se dépeuplèrent le jour où un orage torrentiel s'abattit sur la ville et noya sous des trombes d'eau l'énergie des insurgés. Les paras furent relevés, remplacés par des garçons venus du bled et dépourvus d'états d'âme. Si les pieds-noirs leur tiraient dessus, ils n'en feraient qu'une bouchée.

Le vent tourna. Tout le monde avait compris que de Gaulle ne faiblirait pas. Delouvrier, malgré les directives du Général, négocia avec Lagaillarde une reddition d'apparence honorable. Ortiz disparut. Le 1ᵉʳ février, Lagaillarde quitta le réduit des facultés, en armes, sous les applaudissements. Cent mètres plus loin, un camion l'attendait. Il y monta : direction Paris, prison de la Santé. Ses fidèles échapperaient à l'incarcération, mais seraient enrôlés d'office dans le 1ᵉʳ REP (régiment étranger de parachutistes). En route vers les djebels.

Florent apprendra plus tard que David faisait partie du lot.

Dans les magazines de février, on verra les cantonniers démonter les barricades, couler du macadam à la place des pavés, et les Algérois vaquer à leurs affaires, brisés, matés, conscients que Paris ne leur céderait jamais plus.

Pour Florent, l'affaire d'Algérie est terminée. La cause est entendue. Que vont devenir ses amis pieds-noirs ? Cette question le hante. Il n'a aucune nouvelle. Ses lettres restent sans réponse.

Heureusement il travaille. À l'Oasis, il fait son métier, comme il l'aime. Il a mûri, vieilli, pris du muscle. Il fait plus que son âge et les malades sont confiants. Comme au Val, ils représentent son unique préoccupation. Il passe les voir, bavarde avec chacun, se fait raconter leur vie dans ce village de cinq mille habitants dont la population est multipliée par dix, vingt, trente, au milieu de l'été. Ils sont artisans, pêcheurs, viticulteurs. Ils jouent aux boules place des Lices, boivent le pastis aux terrasses des bistrots tandis que les plus vieux inventent leurs souvenirs sur le « banc des mensonges ».

– La guerre d'Algérie, vivement qu'elle se termine, vé, pleure la patronne de chez Sénéquier. Tous ces pauvres minots qui sont là-bas, peuchère, on va bien nous les renvoyer, non ?

Une petite fille blonde avec des cheveux jusqu'à la taille a été opérée de l'appendicite. Bavarde, elle raconte à Florent qu'elle ramasse des piades à la Ponche.

– Des quoi ?

– Tu connais rien, toi. Des piades, c'est des petits coquillages avec une bestiole dedans. On s'en sert comme appâts pour pêcher au bout de la jetée. On va aussi au fond du golfe, dans les marécages. Là, on attrape des mulets, mais pas avec des piades.

– Tu y vas toute seule ?

– Non, avec mon papa.

– Qu'est-ce qu'il fait, ton papa ?

– Il est expert-comptable.

Elle a dix ans, des yeux de porcelaine bleue et un sourire à faire tourner les têtes. Florent la regarde avec attendrissement. Ils ont dix-huit ans de différence. Comme Elvire et son père.

– T'es marié, toi ? demande-t-elle en rougissant.

– Non.

– Tu te marieras ?

– Oui. Avec toi, quand tu seras grande.

Elle se cache le visage en murmurant :

– Menteur !

Un dimanche matin, il reçoit un cas qui lui rappelle la chirurgie de guerre. Un cafetier de Sainte-Maxime a voulu se suicider par dépit amoureux. Il a pris son fusil de chasse, se l'est appuyé sur la poitrine, là où, pensait-il, se trouve le cœur, et il a appuyé sur la détente. Boum !

Sa femme descend en trombe. Il est étendu, quasi mort, derrière son comptoir. Avec un voisin, elle l'installe tant bien que mal dans sa voiture et fonce à l'Oasis. Ce jour-là,

Florent est de service. Il arrive à la clinique, juste en même temps que le blessé. Celui-ci présente une plaie noircie de poudre au dessus du sein gauche. Pour le placer sur le brancard, Florent le prend par les épaules. Au niveau de l'omoplate, sa main s'enfonce dans un grand trou sanglant.

– Vite, au bloc !

Tout le monde rapplique. Groupe sanguin, appel au centre de transfusion de Toulon. Trois flacons isogroupe tout de suite. Une ambulance part en trombe. En attendant, on lui passe un flacon de O rhésus négatif gardé en réserve au frigo. En avant.

Florent ouvre le thorax.

Le coup est passé juste au-dessus du cœur, rasant l'aorte et l'artère pulmonaire, intacts toutes les deux. En revanche, le poumon est en charpie et le pédicule saigne à flots. Quelques pinces aveuglent l'hémorragie. Cinq minutes après, le poumon est dans la poubelle. On fait l'hémostase du pédicule et chaque vaisseau est lié séparément. Tout est propre. Sauf l'orifice de sortie des plombs. Deux côtes en morceaux, des muscles déchiquetés, plein de petits vaisseaux qui saignent.

Après une heure de nettoyage et de réparation, on referme sur un drain à mettre en aspiration.

Le soir, le blessé est en chambre de réanimation, réveillé, souriant. Sa femme lui tient la main.

Huit jours plus tard, il vient en consultation, complètement guéri.

– Et votre femme ?

– Un ange. Mais j'ai failli la perdre. Elle avait bien un amant. Avec tout ça, il a pris peur et quitté la région. J'ai perdu un poumon mais retrouvé une épouse. Au fond, je suis gagnant.

– Évitez de recommencer, parce que…

– Ah oui. Je n'ai plus qu'un poumon !

À Pâques, la presqu'île se transforma. Les boutiques s'ouvrirent, et les commerçants firent réviser leurs caisses enregistreuses.

– On fa en paver pendant quinsse chours, grogna Willie.

Florent s'amusait. *Nice-Matin* annonça l'arrivée de Brigitte Bardot. Depuis qu'elle avait tourné *Et Dieu créa la femme* sous la direction de Vadim, c'était LA vedette. Son passage sur le port déclenchait des émeutes. Elle marchait au bras de son mari, et, dix pas derrière eux, la foule les suivait.

Pendant deux semaines, les consultations débordèrent de monde. Les plaies et bosses des vacanciers rappelaient au chirurgien les malheurs quotidiens des bidasses de Sidi-Afna. La différence, c'est qu'ici tout le monde rouspétait : « Un plâtre ? Mais vous n'y pensez pas, je suis en vacances. » En Algérie, ils demandaient : « Avec ça, je suis exempté pour combien de temps ? »

Florent raconta à Willie qu'un jour il avait vu arriver à la consultation du camp un gigantesque légionnaire germanique qui se plaignait d'avoir un gros bouton sur le ventre.

– Il ouvre sa veste de treillis et sa chemise. Je n'en crois pas mes yeux : il s'était cousu un bouton de vareuse sur le ventre ! Un gros bouton de bakélite marron. Résultat d'un pari, sans doute. J'hésite une seconde, et je crie : Bistouri ! L'infirmier croit que je plaisante. Il me tend tout de même un bistouri. Je m'en empare de la main droite. De la gauche, je saisis le bouton et je tire. Tout ça lentement, pour donner le temps au gars de me dire d'arrêter. Rien du tout. Il me regarde faire et rigole. Parti comme je suis, pas moyen de faire marche arrière. Je passe la lame derrière le bouton... et je coupe. J'enlève le bouton, le fil et une collerette de peau large d'un centimètre. Le gars éclate de rire et crie : « Compien de chours de repos, mon lieutenant ? »

Florent aurait aimé rester là. Comme c'était bon de vivre au soleil, et en paix. Mais les jours passaient. Le chirurgien victime de l'hépatite annonçait son retour imminent. Florent commença à ranger ses affaires.

Il lui restait trois jours à passer à Saint-Tropez quand une étonnante nouvelle le surprit dans le bistrot où il avait quasiment pris pension, sur une plage près de la clinique. Le patron l'appela :

– Docteur, téléphone.

Florent vint prendre le combiné sur le comptoir.

– Allô ! Que se passe-t-il ?

– Docteur... C'est votre père : il est là !

– Mon père ? Il est malade ?

– Non, non. Il arrive de Paris, par avion.

– Je viens.

Maxime Schœnau guettait son fils sur le perron de l'Oasis, déguisé en Parisien, avec sa gabardine sur le dos malgré le soleil. Il devait pleuvoir à Orly. Il avait l'air sombre. Une Mercedes de location attendait à deux pas.

– Papa ! Bonjour !

– Bonjour.

– Tu vas bien ?

– Merci. Où pouvons-nous discuter tranquillement ?

– J'étais en train de déjeuner sur une plage à deux pas d'ici. Il n'y a personne, allons-y. Je suppose que tu n'as pas mangé.

– Allons-y, répéta-t-il, sinistre.

– Laisse ta voiture là, j'ai ma Dauphine…

– Non, on prend la Mercedes.

Inutile de discuter. Cinq minutes après, ils étaient assis sous un parasol et le serveur prenait la commande de Maxime : un steak-frites et une bière. Il n'allait vraiment pas bien !

– Voilà, commença-t-il. Elvire s'est barrée en emportant tout ce qu'il y avait dans l'appartement de l'avenue Foch. Tout : les meubles, l'argenterie, les tableaux. Elle a vidé mes comptes en banque, volé ma collection de médailles et de pièces d'or que je conservais au coffre.

– Mais elle s'est barrée où ?

– Je n'en sais rien.

– Enfin, papa, la connaissant, je suis certain qu'il ne s'agit pas d'un coup de tête. Elle a ses raisons. Vous vous êtes disputés, je suppose…

Il regarda ailleurs et laissa passer une fraction de seconde avant de répondre :

– Pas du tout. Nous n'étions plus d'accord sur notre mode de vie, mais rien de très grave.

– Pas d'accord sur quoi ?

– Elle refusait de sortir, se prétendait fatiguée. Elle disait en avoir marre de tous ces gens que nous rencontrons habituellement.

– C'est possible, en effet…

Il lui coupa la parole :

– Autant te dire la vérité : elle a voulu me tuer.

– Te tuer ?

Cette fois, Florent pensa que son père perdait la tête. Voyant son air dubitatif, Maxime exhiba une enveloppe transparente contenant un comprimé à moitié réduit en poudre.

– Regarde ce qu'elle a mis dans ma tisane l'autre soir.

– C'est quoi, ça ?

Maxime s'agaçait :

– Eh bien, je te l'ai dit. Un truc qu'elle a mis dans ma tasse l'autre soir. Elle croyait que je sortais de la pièce. J'ai fait demi-tour et je l'ai vu mettre le comprimé. Je me suis précipité, j'ai vidé la tasse et récupéré ça. Tu vas me le faire analyser et je porterai plainte, avec ton témoignage.

Effaré, Florent s'empara du sachet et le mit dans sa poche.

– Je m'en occupe. Maintenant, que vas-tu faire ?

– Porter plainte, je te l'ai dit.

– Oui, j'ai bien compris, mais pour Elvire ?

– Voir un avocat et demander le divorce. Quelle garce !

– Vous vous entendiez si bien.

– Rien du tout. Elle faisait semblant, devant les gens. C'est une garce, je te dis.

Florent avait fait le diagnostic lui-même depuis l'histoire de l'Omega, mais il n'imaginait pas que son père la jetterait aux chiens si brutalement.

– Florent, j'ai besoin de toi. Quand peux-tu partir d'ici ?

– Je rentre à Paris dimanche. J'ai fini mon remplacement.

Son père réfléchissait à toute vitesse.

– Et quand prends-tu ton nouveau service à l'hôpital ?

– Mercredi.

– Parfait. Voilà ce que tu vas faire. Au lieu de rentrer à Paris directement dimanche, tu vas filer à Genève.

– À Genève ?

– Tu m'attendras lundi à quinze heures à l'hôtel Richmond. Dans le hall. Ne me demande pas à la réception. Je viendrai te chercher. Si quelqu'un s'étonne, tu as rendez-vous avec un client.

– Que de mystère !

Maxime lui aboya au nez :

– C'est comme ça ! Tu as bien compris ? Lundi, quinze heures.

Il se leva sans avoir touché à son assiette. Florent le suivit jusqu'à sa voiture. Maxime y monta, manœuvra et s'en fut, laissant son fils abasourdi.

– Le monsieur n'a pas aimé ? s'étonna le serveur.

– Non. Enfin si. Je ne sais pas. Il n'a pas pris le temps de manger. C'est mon père… Il a des problèmes.

Le soir même, Florent passa un coup de téléphone au psychiatre qui exerçait à Saint-Tropez, un Toulonnais intelligent et plein d'humour. Ils prirent rendez-vous pour dîner à l'Escale, où ils s'étaient rencontrés parfois.

Installés de part et d'autre d'une dorade royale à la provençale, ils bavardèrent un moment avant d'en venir au sujet qui tracassait Florent. Il raconta la saisissante visite de son père. Le spécialiste fronça le sourcil et, tout en dégustant son poisson, posa d'innombrables questions sur le personnage que son jeune confrère lui décrivait sans réticence. Il finit par établir un diagnostic :

– Ton père me paraît un cas d'école, Schœnau. À l'évidence, c'est une personnalité narcissique de type paranoïaque.

– Qu'est-ce que tu dis ? Explique-toi !

Florent était resté la fourchette en l'air, suffoqué.

– Quatre traits de caractère définissent cet état. La surestimation de soi, qui va de la suffisance à la mégalomanie. La psychorigidité, c'est-à-dire le manque de souplesse et de tolérance. L'entêtement, excellent pour la carrière, destructeur pour les proches. Et enfin la méfiance, avec son corollaire, la peur d'être dupe, la conviction intime qu'on veut lui nuire, la crainte du complot – ou de l'empoisonnement. L'histoire d'empoisonnement qu'il t'a racontée est tout à fait significative.

Il s'interrompit pendant que le serveur prenait la commande des desserts, et une fois qu'ils furent seuls à nouveau le psychiatre conclut de telle manière que Florent fut définitivement convaincu :

– Ce sont habituellement des tyrans domestiques, et ce qui est plus grave – je te préviens pour que tu ne sois pas surpris si, un jour, tu te poses des questions –, ils se permettent souvent, malgré leur rigueur apparente, des libertés coupables avec la morale collective !

Florent sourit en se remémorant l'une des formules préférées de son père : « On a le droit d'aller au bordel à condition de ne pas attraper la vérole ! »

Il revint au psychiatre :

– Il y a un traitement ?

– Pour les traiter, il faudrait les voir en consultation. Or ce n'est pas le genre de patient qui accepte de se considérer comme malade. Pour l'entourage, une seule solution : subir !

– Ça promet !

XXIII

À Genève, il pleuvait. Florent abandonna sa Dauphine dans un parking et rejoignit l'hôtel Richmond à pied, courbé sous les rafales. Le vaste hall donnait une impression de calme feutré. Il était en avance. Avec son père, cela valait toujours mieux.

Il alla s'asseoir dans un fauteuil face à la porte d'entrée, prit un magazine au hasard et tomba sur un article consacré à la politique algérienne française. L'auteur, un journaliste suisse, critiquait sévèrement l'attitude du général de Gaulle, incapable – d'après lui – d'afficher une ligne de conduite claire et nette : « De Gaulle affirme tout et son contraire selon la personnalité de ses interlocuteurs. Pendant la "tournée des popotes", il encourageait les officiers à gagner cette guerre dans un pays où la France resterait longtemps. Le lendemain, il lançait un démenti, entretenant chez les militaires, déjà désavoués pendant la semaine des barricades, une désespérance propice aux pires excès. » Il concluait en regrettant que les Français d'Algérie puissent être traités avec une telle désinvolture.

Maxime interrompit la lecture de son fils.

Abrégeant les effusions, il l'entraîna rapidement vers le centre de la ville. La pluie les obligeait à marcher serrés l'un contre l'autre, sous le grand parapluie que leur avait prêté le portier de l'hôtel.

En chemin, Maxime demanda à Florent s'il avait fait analyser le poison qu'Elvire avait essayé de lui administrer.

– Oui ! Et la pharmacienne m'a donné le résultat ce matin même : c'est un nouveau produit de la famille des benzodiazépines appelé lorazépam.

– Tu vois, je te l'avais bien dit…

– Dans le commerce, continua Florent, on le trouve sous le nom de Témesta, et à cette dose tu ne risquais rien…

Il parlait dans le vide. Maxime n'écoutait déjà plus, obnubilé par sa haine et ses projets vengeurs.

Ils bifurquèrent dans une avenue, montèrent une rue étroite et s'arrêtèrent devant un immeuble cossu qui aurait pu abriter des cabinets d'avocats ou de médecins. Sauf qu'aucune plaque n'indiquait l'identité des habitants.

Maxime sonna et déclencha ainsi une ouverture automatique. Au quatrième étage, ils débouchèrent devant une porte en verre surveillée par une caméra. Une femme au visage sévère vint leur ouvrir et les conduisit en silence, le long d'un couloir à épaisse moquette. Elle les invita à patienter dans un petit salon. Manifestement, ils étaient attendus. Les sons paraissaient étouffés, comme dans une cabine d'audiométrie.

À peine assis, Maxime se lança dans un long discours à mi-voix. Il expliqua à son fils qu'il possédait là des économies conséquentes correspondant à ses activités de conseil à l'étranger. Rien ne justifiait que ces sommes fussent soumises à la fiscalité française. Elvire connaissait l'existence de ce capital et exigeait d'en percevoir la moitié, transférée sur un compte à son nom, moyennant quoi elle rendrait la moitié des objets et meubles de valeur qu'elle avait enlevés de l'avenue Foch. Florent jouerait le rôle de témoin et constaterait la réalité de la transaction.

– Tu pourras confirmer à Elvire ce que tu as vu, et négocier avec elle le retour de ce qui m'appartient.

Florent le regarda, étonné.

– Moi, je vais faire ça ?

La voix de Maxime claqua comme un fouet.

– Je ne te demande rien de sorcier ni de malhonnête, il me semble. Tu regardes et tu constates simplement ce qui se fait. C'est à ta portée, non ?

Puis il se pencha et ajouta, soudain attendri :

– Vois-tu, Florent, ce capital te reviendra un jour. Nul ne sait ce qui peut m'arriver, il faut que tu sois au courant. Après moi, c'est toi qui deviendras chef de famille ! J'ai d'ailleurs déposé chez un notaire un testament t'instituant mon légataire universel. Si tu as des enfants, ce que je possède leur reviendra un jour. C'est important d'être sûr de ne jamais tomber dans la misère. Moi qui en viens, je sais de quoi je parle.

Puis il releva la tête et regarda son fils dans les yeux. Jamais Florent n'avait vu, sur le visage de son père, le reflet d'une telle bonté. Il découvrait une face cachée de sa personnalité. Ému, il allait l'embrasser quand la porte s'ouvrit, laissant passer un monsieur au crâne chauve, onctueux comme un évêque, un dossier sous le bras. Chacun se présenta brièvement avant de se rasseoir, et l'ecclésiastique financier leur expliqua à mots couverts que tout était prêt.

On parla cours des changes et taux d'intérêt, on mania des chiffres dont Florent n'évaluait même pas la valeur, ignorant quelle était la devise utilisée. Il opinait du chef pour ne pas avoir l'air idiot, mais sans saisir un mot de ce qui se passait. D'autant plus que, dans son imaginaire d'étudiant, les montants astronomiques évoqués ne correspondaient à rien.

La réunion se termina par une séance de signatures. Florent comprit que son père lui donnait procuration sur tous ses comptes numérotés, et… oublia instantanément le nom de code qui lui avait été attribué ! De peur d'être ridicule, il ne se le fit pas répéter.

En fait, il avait la conviction que tout ce spectacle ne le concernait pas. Il était venu là par erreur, et les gens s'exprimaient autour de lui dans une langue inconnue.

Ils ressortirent comme ils étaient entrés. Florent essaya un moment de mémoriser l'adresse de la banque, s'il devait y revenir un jour, mais sans succès. Au diable les comptes en Suisse !

À l'hôtel, son père lui proposa un café. Ils s'installèrent dans un bar confortable et sombre, où une musique sirupeuse devait servir à couvrir les conversations. Maxime se lança dans un long monologue visant à finir de détruire l'image que Florent pouvait garder Elvire : elle buvait en cachette ou dès qu'il passait une soirée dehors, paressait au lit toute la journée…

En un mot, rien que Florent puisse croire.

Puis ils se levèrent.

– Bon, tu files directement à Paris. Elvire t'attend demain matin, à neuf heures, avenue Foch.

– Mais tu n'y habites plus, toi ?

– Bien sûr que non.

– C'est fou, cette histoire !

Au moment où ils allaient se séparer, Maxime sortit de sa poche intérieure deux enveloppes cachetées qu'il donna à son fils :

– La bleue est pour Elvire. La blanche, pour toi. Tout ça t'a occasionné des frais. C'est pour te dédommager.

– Papa ! Ce n'était pas la peine…

– Mais si.

Maxime tendit sa joue à baiser. Son fils y posa ses lèvres en articulant un « merci, papa » contraint, et ils se séparèrent.

Arrivé au parking, Florent s'assit dans sa voiture pour ouvrir l'enveloppe blanche. Dedans, il trouva deux liasses de billets de cinq cents francs. Il recompta, réfléchit, calcula : dix mille nouveaux francs, un million ancien. Une fortune ! Son père l'achetait. Il ne changerait donc jamais ! Florent se souvint de la dernière phrase du psychiatre, concernant la liberté que s'accordaient les paranoïaques avec la morale collective. Et l'absence de traitement. Il sourit et décida de se faire une raison. Un petit matelas de réserve lui permettrait de voir venir.

Il mit en marche le moteur de sa vieille Dauphine qui toussa lamentablement. Une réjouissante idée lui traversa l'esprit : il allait changer de voiture et s'acheter la Dyna Panhard dont il rêvait.

Restait à affronter Elvire.

Elle l'attendait avenue Foch, au pied de l'immeuble, le sourcil froncé, l'œil aux aguets. Ils s'embrassèrent à peine. Visiblement, elle vérifiait qu'il n'était pas suivi et l'entraîna vers l'ascenseur, où ils s'engouffrèrent. À vingt-quatre heures d'intervalle, Florent avait l'impression de rejouer la même comédie. Il la regardait avec étonnement, mais elle se taisait. Il n'y tint plus :

– Alors, Elvire, que se passe-t-il ?

Elle tourna enfin la tête vers lui. Son visage crispé, sans maquillage, ses cheveux tirés en un chignon approximatif prouvaient son trouble.

– Il se passe que ton père est devenu fou, mon pauvre Florent. Complètement fou !

Ils pénétrèrent dans l'appartement plongé dans l'obscurité et elle entreprit d'ouvrir les volets électriques. Les murs brutalement éclairés portaient de nombreuses taches blanches, là où les tableaux avaient disparu.

– Bon, viens là et montre-moi les documents que ton père a dû te remettre.

Florent s'assit en face d'elle et sortit de sa poche l'enveloppe bleue qu'il garda sous sa main.

– Expliquez-moi d'abord.

– T'expliquer quoi ? Que ton père file le parfait amour avec une petite conne qui n'a pour seule qualité que sa jeunesse ? Quarante ans de moins que lui, tu te rends compte ?

Florent s'esclaffa :

– Papa ? C'est pas possible !

– Mais si, mon vieux, c'est la vérité.

– Qui est l'élue de son cœur ?

– Pour ce que j'en sais, la fille d'une bonne femme qui tient, près des Halles, une espèce de troquet où Maxime et ses copains ont leurs habitudes. L'un d'eux devait être le père. Avant de mourir, l'année dernière, il lui aurait recommandé d'en prendre soin : « Je te la confie, protège-la… » Tu vois le genre. C'est sans doute une enfant adultérine.

– Elle fait quoi ?

– Vendeuse dans une boutique de parfumerie.

– Vendeuse ? Vous la connaissez ?

– Mais oui ! Elle a passé huit jours avec nous, à Chevreuse, l'été dernier, sous prétexte qu'elle avait été malade. Tu n'as pas eu l'occasion de la voir. Tu penses ! Il s'est bien gardé de te la présenter.

– Comment est-elle ?

– Petite, maigre, blondasse décolorée, sans intérêt, abrutie et bêlante : « Ah, Maxime, que vous êtes gentil ! Je ne sais comment vous remercier, Maxime. Maxime, puis-je me permettre de vous dire combien je vous suis reconnaissante... » La conne intégrale, quoi.

– Et lui ?

– Il la couvait du regard, lui rapportait des petits légumes frais de chez Hédiard, des chocolats de chez Fauchon... Il gâtifiait complètement.

– Mais cela ne veut pas dire...

Elvire se dressa comme un serpent et siffla :

– Qu'est-ce que tu crois ? Qu'il se contente de la regarder ? Je vais te raconter la suite. Le mois dernier, il décide d'aller aux États-Unis. Il était appelé d'urgence pour une consultation au FMI...

– FMI ?

– Le Fonds monétaire international. Un truc fondé en 1944, je te passe les détails. Bref, sans ton père, les finances mondiales sombraient. Tu sais comment il est. Départ le samedi matin. Retour lundi soir. Le FMI en séance un week-end ! Sur le coup, je n'ai pas réagi, car il m'avait proposé de l'accompagner. Trois jours à Washington, deux décalages horaires, très peu pour moi. Je décline l'invitation, comme il devait s'y attendre. Contrairement à l'habitude, il n'insiste pas. Je trouve ça bizarre. Il fait sa valise lui-même, alors que d'ordinaire c'est moi qui m'en occupe. Encore plus bizarre. Le samedi matin, il se lève à l'aube, se pomponne, commande un taxi, s'habille en sifflotant, me fait un baiser sur le front et part tout frétillant. Alors...

– Alors, vous lui filez le train.

– Tu as tout compris. Orly, guichet 36 pour Washington. Et qui je vois apparaître ? Daphné !

– Elle s'appelle Daphné ?

– Oui ! Tu es d'accord : comment peut-on s'appeler Daphné ? Bref, ils s'embrassent sans vergogne – le vieux cochon – et ils embarquent pour Cythère.

– Vous ne vous montrez pas.

– Non. Je suis revenue, j'ai loué un camion, mon frère et mon beau-frère sont venus m'aider, j'ai vidé l'appartement et je suis allée m'installer chez ma sœur.

Florent n'écoutait plus. Il pensait au rôle d'Elvire au moment du divorce de ses parents. Aujourd'hui, cette Daphné lui jouait la partition qu'elle avait exécutée elle-même dix ans plus tôt pour sa pauvre mère. Inutile de lui faire un dessin. La jeune amie méritante, les escapades, elle connaissait tout ça. Elle savait aussi comment se terminerait la comédie. Alors, pour ne pas subir les avanies imposées à Jeanne autrefois, elle avait pris les devants. Pas folle !

– Donc, quand il est revenu...

– ... je lui ai donné l'adresse de mon avocat.

Florent ferma les yeux. D'autres souvenirs douloureux lui revenaient en mémoire. Quand Maxime avait poussé Jeanne au divorce, il prétendait le faire pour son bien. Il lui avait même fourni un avocat : son meilleur ami, un ancien du stalag, un futur bâtonnier. Le bon copain n'avait réclamé à Maxime qu'une pension symbolique. Encouragée par Elvire, Jeanne avait tout accepté. Elle avait remercié le grand avocat et s'était remise à travailler pour survivre chichement. Quelle bande de salauds !

Elvire, témoin et actrice de cet épisode, ne se laisserait pas faire comme Jeanne. Florent se réjouissait en imaginant la scène : « On partage tout, Maxime, l'officiel et le black. Si tu lésines, je te balance au fisc. Et tu ne reverras jamais plus tes toiles. Va prouver qu'elles t'appartiennent ! C'est toi qui as les factures ? »

— Et puis tu ne sais pas le pire, continua-t-elle. Il m'a frappée !

Florent ne manifesta aucun étonnement. Combien de fois avait-il expérimenté la vitesse des gifles paternelles ? « Tu as vu ce bulletin ? Zéro de conduite ? » Pan ! La baffe arrivait avant qu'il l'ait vue partir. Sèche, cuisante, vexante. Elvire en avait-elle subi un échantillon ?

— Un soir, nous nous sommes retrouvés ici, au premier étage. Soi-disant pour discuter du partage. Il m'a balancé une telle claque que j'ai perdu l'équilibre dans l'escalier. Résultat : deux côtes fêlées.

Elle se pencha vers son sac.

— Je t'ai apporté les radios, tu vas voir.

Florent l'arrêta d'un geste.

— Ce n'est pas la peine, Elvire. Je ne suis pas venu ici pour jouer les arbitres et rédiger des constats. Déjà, il a fallu que je fasse analyser les comprimés que, paraît-il, vous lui glissiez dans sa tisane à son insu.

— Comment, à son insu ? Un comprimé de Témesta prescrit par son médecin et qu'il refusait de prendre. Pour qu'il dorme un peu, je le lui glissais en douce. C'était important pour son cœur. Il m'a accusé de vouloir l'empoisonner ! Je te dis qu'il est devenu fou. D'ailleurs…

Florent lui coupa la parole.

– Inutile de continuer, Elvire. C'est mon père et je ne prendrai jamais parti contre lui. Quand vous avez viré ma mère pour occuper sa place, je n'ai rien dit parce que vous le rendiez heureux. Reconnaissez que je ne vous ai jamais fait le moindre reproche. Mais aujourd'hui vous êtes entrée en guerre contre lui. Je suis de son côté. Par principe. Je me fiche de savoir s'il a tort ou raison, c'est mon père. Vous comprenez ?

Elle jeta au jeune morveux qui lui tenait tête un regard où se disputaient la haine et le mépris, avant de conclure :

– Vous êtes bien tous pareils, les Schœnau. Allez au diable !

Un silence suivit cette sortie qui devait libérer bien des rancœurs accumulées. Elle tira de son sac un dossier et l'ouvrit :

– Bon ! Les comptes et qu'on en finisse. Vite !

En bas de l'immeuble, un camion de déménagement venait de s'immobiliser. Il rapportait la moitié des meubles et objets dûment expertisés. Le montant de chaque lot s'équilibrait au centime près.

Elle prenait la moitié de tout. Pas plus. Mais pas moins non plus. Florent apprendrait plus tard qu'elle avait même prélevé, dans la cave, sa part des bonnes bouteilles que son père stockait avec amour. Ils s'étaient mariés sous le régime de la communauté. Maintenant, elle en profitait. Juste retour des choses.

Maxime récupéra son appartement en échange des documents suisses. Une autre vie commençait, avec des relations nouvelles entre le père et le fils, Maxime laissant entendre qu'Elvire avait tout fait pour les éloigner l'un de l'autre.

Dans ce fatras où se trouvait la vérité ?

XXIV

Florent prit ses fonctions à l'hôpital Cochin le 2 mai 1960, chez le professeur Lucien Léger, spécialiste de chirurgie viscérale, et en particulier pancréatique. Le service comportait cinq internes. Chacun prenait donc la garde un jour par semaine, plus un week-end sur cinq. Par tirage au sort, Florent hérita du vendredi. Si bien que toutes les cinq semaines, il entrait à l'hôpital le vendredi matin pour n'en ressortir que le lundi après-midi, dans l'état qu'on imagine.

À Cochin, qu'il ait fait ou non l'Algérie, tout le monde s'en moquait. Seules importaient les places obtenues dans le tableau opératoire. L'humeur du patron alimentait les conversations, et, que ce soit les internes, les assistants ou les chefs de clinique, tout le monde tremblait.

L'après-midi, les candidats aux concours d'anatomie – dont Florent était – se retrouvaient à la faculté de médecine, rue des Saints-Pères, pour se préparer à enseigner cette discipline alors primordiale pour les étudiants de première et deuxième année.

Fini les prérogatives du chef d'antenne chirurgicale, fini les « mon lieutenant » et le salut des plantons. Ici, les internes piétinaient au coude à coude en bas d'une échelle pyramidale, au sommet de laquelle il ne resterait, dix ans plus tard, que deux ou trois places à pourvoir. Tout au long de l'ascension, des têtes tomberaient et des « anciens internes » s'égailleraient dans la nature, nantis, certes, d'un titre prestigieux, mais frustrés, peut-être, d'une carrière plus brillante.

Quoi qu'il en soit, pour Florent comme pour ses collègues, l'avenir se jouerait en quatre ans. Il connaissait les règles du jeu et se jeta dans le peloton de tête sans arrière-pensée.

Il allait souvent dîner avenue Foch, où son père, célibataire désormais, avait retrouvé son énergie habituelle. Il ne fut plus jamais question du voyage à Genève, ni de l'abominable Elvire − ivrognesse, voleuse, empoisonneuse −, jetée aux oubliettes.

Florent trouvait qu'elle était bien vite passée du Capitole à la roche Tarpéienne, mais se gardait de formuler le moindre commentaire. Maxime irradiait de bonheur. Il avait gardé son excellente Cecilia, cuisinière de talent, et se faisait une joie d'organiser des dîners fins avec ses amis sans avoir à subir les réprimandes de sa moitié.

Il n'avait jamais eu vraiment besoin, affirmait-il à son fils, d'une femme à ses côtés. Ses deux épouses n'avaient été que des freins à sa carrière, et on ne l'y reprendrait plus. Florent commença à penser que la Daphné jalousée par Elvire n'était qu'un mythe sorti de son imagination. Toujours est-il que le temps passait sans qu'on en entende parler.

Maxime se vantait d'amener au concert ou au théâtre de belles Parisiennes, fortunées de préférence. À l'en croire, il raccompagnait l'élue d'un jour au pied de son domicile et rentrait avenue Foch, tel le *poor lonesome cow-boy*. Florent imaginait la dame abandonnée, bouffant sa capeline de rage et de désespoir en voyant partir son héros.

Ces récits de conquête amusaient d'autant plus Florent qu'ils remplaçaient avantageusement les conversations stratégiques d'autrefois où Machin et Chose convoitaient la place de Tartempion.

Entre le père et le fils, ce fut un véritable état de grâce, hélas de courte durée.

David réapparut à la fin du mois de juin. Au retour d'un éreintant week-end de garde, Florent trouva dans sa boîte aux lettres un message manuscrit :

Dimanche 26 juin 1960. J'ai essayé de te joindre depuis vendredi soir, sans succès. Appelle-moi, ou laisse-moi un message boulevard Saint-Germain, chez la tante Françoise. David.

Florent appela, et David répondit comme s'ils s'étaient quittés la veille.

– Ah, tu es rentré. J'arrive.

Sans autre commentaire.

Quand s'étaient-ils vus pour la dernière fois ? À Sidi-Afna, avant la mutation de l'équipe chirurgicale. Les paras étaient partis en opération quand le scandale avait éclaté.

Une demi-heure plus tard, il était là. Nerveux, soucieux, le visage marqué par l'insomnie, il s'étonna de voir son copain si bien installé.

– La classe, l'appart. Ma parole, le luxe !

Florent retrouvait avec émotion l'accent pied-noir de son ami. Il lui raconta la mort de sa mère et son installation place Maubert, omettant les détails qui n'intéressaient que lui. Il déboucha deux bouteilles de bière.

– Et toi ? Qu'est-ce que tu deviens ?

– Moi ? C'est la *mielda*, comme disent les Oranais !

David raconta la mise au repos de son régiment à Alger en décembre 1959, sa permission de libérable au début janvier.

389

Puis les barricades ; l'immense espoir de la population ; Lagaillarde dans le rôle du tribun héroïque, galvanisant ses troupes ; et le fiasco, initié par la débandade des UT. Ces gros pleins de soupe qui jouaient à la guerre n'étaient bon qu'à tirer sur les gendarmes. Ils s'étaient tous enfuis à cause de la pluie !

– Chez ces gens-là, on ne fait pas la révolution quand il pleut ! conclut-il, l'air dégoûté.

Des larmes dans la voix, il décrivit la honte de la reddition devant les vainqueurs, ces salauds qui présentaient les armes, tandis que la foule des connards applaudissait.

– Lagaillarde a été embarqué le premier. Destination la taule. Les autres étaient condamnés à s'enrôler dans le 1er REP, au sein du commando Alcazar, pour aller expier nos fautes dans les djebels.

– Combien étiez-vous ?

– Au départ d'Alger, quatre cents environ. Et puis, en cours de route, des mecs ont commencé à se barrer, à sauter des camions. Quand j'ai vu que les légionnaires rigolaient et n'essayaient même pas de les en empêcher, j'ai fait comme eux. Je me suis tiré. Les djebels, je sortais d'en prendre. Une centaine de gars sont restés.

– Tu es rentré à Mirallah ?

– Oui. Mon père m'a tourné le dos. Sans un mot. Je ne sais pas ce qu'il me reprochait le plus : d'avoir été sur les barricades ou d'avoir déserté le commando.

– Et depuis ?

– Je me suis fait démobiliser. Darbois m'a passé un de ces savons, je te dis pas ! Comment il a su que j'avais joué au con avec Lagaillarde ? Mystère. Mais on s'est bien gardé de lui raconter que j'ai ramassé les blessés victimes des gendarmes. Au risque de me faire plomber aussi. Moi, j'ai fait des pansements, posé des attelles, évacué des gus sur Mustapha. Bref, j'ai fait mon boulot de toubib, quoi, et rien de plus. Je n'ai pas tiré un coup de fusil !

– Et maintenant ?

– Maintenant ? (Il secoua longuement la tête, affligé). Je te l'ai dit : la *mielda*.

Florent attendait. Il savait que David avait encore envie de parler.

– On ne se laissera pas faire ! Il faut tenir bon. On vient de créer le FAF, le Front de l'Algérie française. Puisque la grande Zohra veut négocier avec ces enculés du GPRA planqués à Tunis, on va lui montrer que nous ne sommes pas prêts à capituler. Au 13 mai 58, on se l'est fait mettre. D'accord. En janvier 60, les barricades n'ont pas tenu. OK ! Mais on se battra encore, Florent. L'Algérie, c'est mon pays. Jamais je ne le laisserai à qui que ce soit.

– C'est quoi, exactement, ce FAF ?

David eut un sourire extatique.

– Un mouvement formidable, dirigé par des mecs sérieux. Pas n'importe qui. Pas des bistrotiers fascistes, cette fois.

– Vous êtes nombreux ?

– Plus d'un million aujourd'hui. Et c'est un musulman qui préside, le bachaga Boualem. Les gens viennent signer de partout. Pas seulement d'Alger. Il y en a aussi d'Oran et de Constantine. C'est toute l'Algérie, ce coup-ci, qui affirme sa volonté de rester française et qui le crie bien haut.

Florent se retint de protester. Décidément, ces pieds-noirs étaient incorrigibles. Où cela allait-il les mener ?

– Et Paris va être obligé de céder, continuait David, obnubilé. L'OAS ne lâchera pas.

– C'est quoi, ça encore ?

David lui jeta un coup d'œil méprisant :

– Tu t'intéresses vraiment plus à rien, Florent. L'Organisation armée secrète. Notre fer de lance. Ceux qui nous défendront jusqu'à la mort.

Florent haussa les sourcils :

– La mort de qui ?

David n'en pouvait plus. Il explosa. Il se leva, ivre d'une rage qui traduisait son désespoir :

– Pauvre con ! Ce sont des gens comme toi qui entretiennent le défaitisme en métropole. Tous ceux qui sont passés chez nous et qui avaient quelque chose dans le cigare, comme Soustelle, comme Massu, Salan, Gardes, Argoud et les autres, eux, ils ont compris l'Algérie. Toi, tu en es incapable. Tu fais partie de ces intellos gauchistes qui ont choisi à notre place : démission, fuite et défaite.

Florent se sentait fautif d'avoir poussé ainsi son ami à la colère. Il essaya de le calmer, sans succès. David l'empêchait de parler, debout au milieu de la pièce, vitupérant, l'index braqué comme une arme. Il l'aurait tué s'il avait pu. Ses mots partaient comme des balles.

– Un jour, les gens comme toi seront cloués au pilori par les vrais patriotes. Tu n'as aucune idée de ce que représente une patrie. Une terre qui t'appartient, un cimetière où reposent tes morts, tu ne sais pas ce que c'est. Tu me dégoûtes, Florent. Je regrette le jour où je t'ai rencontré. J'ai honte de porter le même nom que toi.

Il sortit en claquant la porte si fort qu'un sous-verre se décrocha du mur et se brisa sur le sol.

Florent resta figé. Accablé. Honteux de n'avoir pas été capable de rassurer son ami et de s'être montré si maladroit. Il aurait dû lui faire comprendre que, même avec des idées différentes, on pouvait s'aimer, se respecter, s'estimer. Chacun pouvait essayer d'écouter le point de vue de l'autre.

Tout de même ! Que l'Algérie soit en route vers l'indépendance, cela sautait aux yeux.

Il se leva brusquement. Il ne pouvait pas admettre d'en rester là. Il devait faire la paix avec David, s'excuser, mentir. Il se précipita dehors et courut le long du boulevard Saint-Germain. Il allait le rattraper, lui expliquer… Il tomba nez à nez avec lui, qui revenait, l'écume aux lèvres, et qui ne lui laissa pas le temps de parler :

– J'avais oublié Myriam, la belle Myriam. Tu te souviens ? Elle est morte. Assassinée dans une embuscade la semaine dernière. Tu veux savoir ce qu'ils lui ont fait, tes petits amis bougnoules ? Ils l'ont pendue à un arbre par les mains et ils l'ont égorgée. Ils lui ont même ouvert le ventre. Et comme elle était enceinte, on l'a trouvée avec le fœtus qui pendait au bout du cordon. Pense à elle, Florent, penses-y, et demande-toi s'il faut laisser ce crime impuni. Faut-il vraiment partir comme ça ? Faut-il abandonner ce pays aux mains de ces sauvages ? Parce que tu n'as pas compris que, derrière le visage policé de certains, l'ignominie sommeille, n'attendant que la première occasion pour jaillir. Ce sont des monstres, Florent, rien que des monstres. C'est ça que tu ne veux pas comprendre.

Il fit demi tour, laissant Florent muet d'horreur, les deux poings sur la bouche pour ne pas hurler. Les gens le dépassaient et le regardaient sans comprendre.

Il rentra chez lui en courant.

Le chagrin le brisa. Remonté à l'appartement, il se jeta à plat ventre sur son lit et pleura comme un gosse. Il pleura sur la stupidité des hommes, sur ces criminels qui, sous prétexte de défendre une cause, perdent tout sens de la dignité humaine. Quel danger Myriam faisait-elle courir à la cause algérienne ? Qu'espéraient les ordures capables d'un acte aussi ignoble ? Faire peur ? Pousser les Européens d'Algérie à fuir ? L'exemple de David prouvait bien le contraire. La haine attise la haine. Les exactions des DOP généraient plus de rebelles assoiffés de sang que les discours de Ferhat Abbas ! Et ce crime de la Mitidja pousserait plus de Français à la vengeance qu'à la préparation d'un avenir raisonnable. C'est vers cette politique du pire que s'orientaient les extrémistes des deux bords.

Épuisé par ses trois nuits de garde successives, il finit par sombrer dans un sommeil comateux. Le souvenir de Myriam dans ses bras se mêla aux images de son corps martyrisé, le sourire de ses yeux bleus se mua en masque de mort, et tout disparut dans un gouffre sans fond.

Il se leva, la tête douloureuse, il tituba jusqu'à la douche et se prépara comme un automate. La cafetière crachotait, la radio dévidait son lot d'inepties quotidiennes, la vie continuait. Il lui sembla pourtant qu'une immense cicatrice lui barrait la poitrine et qu'un simple faux mouvement de la mémoire pouvait rouvrir cette plaie et le clouer sur place. Ne pas penser. Il ne devait plus penser.

Le quart d'heure de marche vive jusqu'à Cochin lui fit du bien. Il devait, ce matin-là, aider le patron à opérer une tumeur du pancréas et il se remémorait en chemin les éléments du dossier, essayant d'imaginer à l'avance les questions vicieuses qui lui seraient posées. Lucien Léger – Lulu, comme on l'appelait – concevait la formation des internes comme une série de vexations obstinées. De plus, ce potentat dont la taille n'atteignait pas le mètre soixante adorait s'entourer d'assistants qui le dépassaient d'une tête pour pouvoir mieux les rabaisser par ses sarcasmes.

En guerre avec la terre entière, il paraissait toujours prêt à engager quelque combat. Ses collègues l'appelaient, depuis son agrégation, le « professeur abrégé ». Le jour de sa nomination au poste de professeur de clinique, le plus haut grade de la carrière universitaire, il avait dit à l'un de ses plus cruels concurrents :

– Tu ne m'appelleras plus « abrégé », maintenant.

– Non, avait répondu l'autre. Je t'appellerai « professeur tout court ».

La journée à Cochin et l'épreuve de la matinée eurent paradoxalement un effet lénifiant sur le moral du jeune interne. Ne penser qu'à son métier pendant toutes ces heures lui permit de revenir au drame de la veille avec un certain degré, sinon de sérénité, du moins d'objectivité.

Il put enfin se poser les questions qu'il n'avait pas encore osé affronter jusque-là. La première le concernait directement : Myriam portait-elle un enfant de lui ? Il revint en arrière sur le calendrier de leurs relations et conclut par la négative. Sans doute avait-elle trouvé l'homme de sa vie, et cette constatation ne rendait pas les choses moins pénibles.

Seconde question : qui l'avait tuée ? Était-il possible que Walid ait mis ses menaces à exécution ? Qu'il se soit vengé ? Que s'était-il passé après la dénonciation du rendez-vous et la mutation immédiate de Florent en métropole ? Il se l'était souvent demandé. Mais, dans l'impossibilité d'en parler, et donc d'en savoir plus, il avait enterré ce douloureux épisode dans un coin de sa mémoire en souhaitant n'avoir jamais à l'exhumer.

Il quitta l'hôpital en proie à une nouvelle poussée d'angoisse. Il fallait qu'il sache. Il ne pourrait pas vivre sans avoir au moins essayé de résoudre cette énigme. Un nom lui vint à l'esprit : Francis Brunet. Après l'épreuve de la visite avortée en salle d'opération, les deux garçons avaient continué à se rencontrer, et Florent gardait le meilleur souvenir de cette intelligence brillante, lucide et critique qui l'avait éclairé sur tant de points complexes de la politique algérienne. Il avait dû quitter Alger, lui aussi, mais peut-être avait-il conservé au sein de la police les relations qui lui permettraient de se renseigner. Comment le retrouver ?

Florent décida de faire un détour par la rue de l'Université, pour tenter sa chance au siège de l'ENA. À force de parlementer avec la secrétaire, et en laissant ses propres coordonnées, il put obtenir l'adresse parisienne de son ami, dans le XVIe arrondissement. Il téléphonerait le soir même.

Francis Brunet accepta immédiatement l'invitation à dîner de celui qu'il appelait son « chirurgien préféré ». Rendez-vous fut pris pour le samedi suivant.

Florent souhaitait aborder dans la plus grande discrétion la question de Myriam, et l'ambiance d'un restaurant ne conviendrait pas. Il lui fallait trouver une autre solution. Avenue Foch ! Son père serait absent pour le week-end. Pourquoi ne pas profiter de leurs excellentes relations du moment ?

– Allô ! papa ?

Il expliqua que son invité était un énarque amené à devenir un personnage important, et avec lequel il aimerait bavarder en toute tranquillité. Maxime accepta sur-le-champ.

– Tu peux même inviter d'autres personnes si tu veux. Cecilia sera enchantée. Avec moi, elle cuisine si peu. Je lui dirai de vous préparer…

– S'il te plaît, papa, ni caviar ni homard !

Il y eut un blanc.

– Mais pourquoi penses-tu…

– Je ne pense rien, papa, je voudrais… Tu permets que je discute du menu directement avec elle ?

– Bien sûr. Comme tu voudras.

La voix paternelle s'était rafraîchie. Florent se confondit en remerciements :

– Tu es très gentil, papa, et je ne veux pas t'ennuyer plus longtemps…

– Tu ne m'ennuies pas. À bientôt.

Le ton s'était fait d'un coup distant et glacé. Maxime n'était décidément pas facile à manier, même en période de beau fixe !

Comme convenu, les deux garçons se retrouvèrent avenue Foch. Cecilia s'était surpassée dans un registre de qualité discrète, inhabituel pour la maison. Maxime n'avait pas pu s'empêcher de sortir deux bouteilles de château beychevelles 1949 qui, à elles seules, valaient le détour.

Pressé de questions, Francis Brunet raconta, dès l'apéritif, la fin de son stage officiel au Gouvernement général et son retour en France après la semaine des barricades. Il confirma avoir conservé mille contacts à Alger.

L'histoire que lui raconta Florent le passionna. Ces visites vespérales à Birmandreis, ces rebelles soignés dans la clandestinité, quel roman ! Il promit de se renseigner. Le nom du capitaine Louviers ne lui était pas inconnu, et le rendez-vous avec Walid au café maure pas assez lointain pour qu'on n'en retrouve pas trace. Quand Florent en vint à l'assassinat de Myriam, Francis resta un moment muet d'horreur, imaginant ce que son ami avait dû ressentir.

– Tu comprends pourquoi je voulais te raconter tout ça, conclut Florent. J'ai besoin de savoir la vérité. Là-bas, tu connais encore des gens pour te renseigner ?

– Tu sais, travailler au GG consistait à demander et à rendre des services. Selon les circonstances, on se faisait des amis ou des ennemis.

– Tu as dû laisser beaucoup d'amis.

Brunet sourit modestement. La gentillesse était dans sa nature, mais il ne fallait pas s'y tromper. Sous le velours, le fer affleurait vite.

– Il faut aussi savoir se faire respecter, sinon tu plonges dans la compromission et tu te noies.

Cecilia fit diversion en annonçant que Monsieur était servi. Ils passèrent à table pour découvrir une terrine de lièvre qui rappelait les exploits cynégétiques du maître de maison.

Francis, tout en faisant honneur au gibier, revint à l'assassinat de Myriam, et s'autorisa quelques commentaires susceptibles d'apaiser son hôte.

– Tu dois savoir qu'aujourd'hui rien n'est malheureusement plus banal que ces exactions atroces. Les opérations montées par le général Challe, avant son départ, ont démantelé la rébellion sur le terrain. La plupart des bandes ont été massacrées, les willayas sont aux abois, et les survivants errent dans la nature, pourchassés, affamés, souvent désarmés. Les rares groupes qui subsistent en sont réduits, pour faire parler d'eux, à des actes spectaculaires destinés à choquer l'opinion. Tu as sûrement entendu parler des baigneurs mitraillés sur la plage du Chénoua, à deux pas d'Alger, par des fellouzes en uniforme. Douze pauvres gosses en maillots de bain, tirés à bout portant pour une simple action de propagande.

En ce qui concernait l'assassinat de Myriam, il jura d'obtenir un maximum de renseignements.

Cecilia les interrompit pour leur servir sa blanquette de veau, une pure merveille. L'énarque ne put s'empêcher de commenter la qualité de la table et d'avouer son admiration.

– Et ce bordeaux, quelle splendeur ! Décidément, ton père sait vivre. Sacré bonhomme ! Mais son fils ne doit pas rigoler tous les jours, je me trompe ?

Florent le regarda, suffoqué :

– Comment tu sais ça, toi ?

– Dans notre milieu, tout le monde le connaît, ton père. Un type qui a derrière lui une réussite pareille, ce n'est pas tous les jours qu'on en rencontre. Il nous a donné des cours à Sciences-Po et à l'ENA. Un professeur formidable. Quel genre de père est-il ?

– Tyrannique.

– C'est bien ce que je pensais. Dans le milieu des banquiers, on dit que c'est un « tueur ». Mais un tueur génial, non ?

– Je ne sais pas. Si j'évalue son génie à la mesure de sa réussite sociale et professionnelle, cela ne fait aucun doute. Il se situe à un niveau inimaginable pour un fils d'artisan qui n'a que son certificat d'études. Pourtant, je ne suis pas convaincu que l'histoire retiendra sa vie familiale comme illustration de son génie.

Francis se tut par discrétion, et Florent ne chercha pas à en dire plus. Il admirait trop son père pour le dénigrer en public, fût-ce dans des domaines strictement privés.

Il ramena la conversation vers l'Algérie.

– Et la presse ? Que dit-elle des événements actuels ?

– Elle est censurée.

– Non ?

– De façon ostensible. Les flics des Renseignements généraux surveillent chaque matin la parution des quotidiens. Quand un article ne leur plaît pas, ils le font supprimer. Moyennant quoi, le journal paraît avec un grand trou blanc en première page. Tu imagines l'effet produit !

– Et le FAF ?

– Beaucoup de monde, mais pas d'idées nouvelles. Une structure destinée à enflammer les foules plus qu'à faire évoluer la situation.

– Comment se comporte le nouveau chef militaire ?

– Crépin ? Je ne le connais pas. On dit qu'il ne vaut pas Challe. C'est un dur à cuire, gaulliste institutionnel, dont il ne faudra attendre aucune souplesse en cas de drame. De plus, il ne s'entend pas avec Delouvrier, ce qui n'arrange rien.

Le dessert n'endigua pas le discours passionné de l'énarque, et quand ils passèrent au salon il parlait toujours, manifestement très impliqué, lui aussi, dans cette affaire algérienne qui n'en finissait pas. Il avala son café sans le voir, lampa un verre de fine comme du petit lait et ne se tut qu'en entendant sonner minuit.

– Il faut que je rentre, conclut-il en se levant, mais je ne t'oublie pas. Dès demain je me mets sur la piste. Je t'apporterai très vite des informations.

Avant de partir, Florent alla remercier Cecilia dans la cuisine :

– Recommencez quand vous voudrez, monsieur Florent. Cela fait tellement plaisir à votre papa.

Cette réflexion laissa Florent perplexe.

Les deux garçons descendirent ensemble et se séparèrent sous l'œil charbonneux des péripatéticiennes qui envahissaient le quartier à la nuit tombée.

XXV

Francis Brunet tint parole. Avant même la fin de la semaine suivante, il rappelait Florent. Ils prirent rendez-vous au premier étage du Flore, lieu privilégié pour les conversations discrètes.

– Pas de panique, attaqua-t-il d'emblée. Ton Walid a été coxé comme prévu au café maure d'Alger, et il n'est pas sorti de taule, crois-moi. Sa maison de Birmandreis avait été mise sous surveillance policière bien avant ton rendez-vous, et c'est sans doute la raison pour laquelle il avait pris le risque de t'attendre en dehors de chez lui. Sans toi, il leur filait encore entre les doigts. Il est passé aux aveux sans discuter et a raconté tout ce qu'il savait dès le premier interrogatoire.

– Il n'a pas été…

– Je n'en jurerais pas. Mais des témoignages d'une telle richesse – j'en ai lu beaucoup – ne s'obtiennent généralement pas par la brutalité. D'ailleurs, il a eu raison de parler, car, à quelques détails près, les RG savaient déjà à peu près tout ce qu'il leur a avoué. Il jouait un rôle dans les instances dirigeantes de la willaya. C'était une sorte de commissaire politique. Aucun crime de sang ne pouvant lui être reproché, il ne risque plus rien. Il restera au trou un bout de temps, certes, mais en sortira avec l'auréole du héros. D'ici là, il va pouvoir tester ses connaissances révolutionnaires au contact de ses petits camarades. Compte tenu de sa formation d'avocat, je ne serais pas étonné de le retrouver un jour au sein d'un gouvernement algérien.

Florent l'imaginait parfaitement dans ces fonctions.

– Et Yamina ?

– Celle-là, pas de nouvelles. D'après le capitaine Louviers, elle a dû filer dans le maquis ou en Tunisie. Ils ont besoin d'infirmières là-bas.

– Tu penses donc qu'ils ne sont pour rien dans l'assassinat de Myriam ?

– J'en suis convaincu. Ce jour-là, six voitures ont été arrêtées sur cette même route et tous les occupants égorgés, Européens et Algériens indistinctement. Les responsables de ce carnage sont probablement des irréguliers qui tuent plus pour voler que pour des raisons stratégiques.

– Il ne s'agit donc pas d'une vengeance de leur part.

– Je ne le crois pas.

– Penses-tu que je sois encore menacé ?

– Parmi les gens qui ont travaillé en Algérie, personne n'est à l'abri d'une vengeance. Mais une fois l'indépendance acquise, tu seras tranquille…

– Tu en parles comme si c'était pour demain.

– Pas demain. Mais après-demain, assurément.

– Pourquoi tant de certitude ?

– Parce que la situation va se dégrader très vite. Le général Salan, par exemple, ne va pas tarder à faire parler de lui !

– Le « mandarin » refait surface ?

– Exactement. L'homme du 13 mai 1958 était rentré en France avec les honneurs et avait été remplacé par Challe, tu t'en souviens. Aujourd'hui, il est à la retraite. Or sais-tu où il a décidé de couler désormais des jours « paisibles » ?

– Non.

– À Alger, mon cher, où il possède une villa.

– Et tu crois…

– Je suis sûr que le chef fédérateur qui manquait aux activistes de tous bords, aux groupuscules plus ou moins d'extrême droite et aux excités sans étiquette, ce sera lui. Avec un tel patron, ils vont pouvoir passer de nouveau à l'action.

– Que me chantes-tu là ?

Florent, une fois de plus, replongeait dans le souvenir des moments passés avec Myriam, tandis que leur Vespa slalomait dans les rues encombrées fleurant bon la frite et la merguez. Myriam tuée par la folie des hommes. Une mort qui n'avait servi à rien puisque, d'après Brunet, l'éternel scénario se répéterait.

Ces guignols de Massu, Salan et Lagaillarde allaient donc recommencer ! Quel cauchemar ! Ces ultras, ne comprendraient-ils donc jamais que pour les dirigeants de la rébellion, bien installés dans leurs hôtels de Tunis, rien ne pressait, que le temps jouait en leur faveur ? Les communautés d'Algérie, fatiguées de s'étriper, finiraient bien par demander grâce pour leur offrir les voitures à fanions qu'ils attendaient paisiblement.

Gaignault invita Florent à dîner. Lui aussi avait conservé des contacts avec des anciens de l'ENA, et il restait au fait du drame algérien. Il confirma les dires de Brunet. Un nouvel affrontement était inévitable puisque les Européens s'obstinaient à ne pas céder un pouce de terrain, malgré les directives de Paris.

Les deux amis étaient aussi hantés l'un que l'autre par ce drame dont ils avaient vécu un long épisode.

Au café, sautant du coq à l'âne, Gaignault lui proposa, pour les vacances d'été, de participer à une croisière sur le voilier d'un troisième copain, interne en médecine également, sur les côtes méditerranéennes. Point de départ : Saint-Tropez.

Florent accepta avec enthousiasme.

Le jour venu, les trois compères prirent la nationale 7 dans la Dyna Panhard de Florent, pour arriver, au petit matin, sur le port à peine réveillé. Après un petit déjeuner au *Gorille,* ils se mirent en quête du bateau.

Pour un voilier, c'était un beau voilier. Mais un voilier sans mât ! Au chantier naval des Canoubiers, on leur chanta l'air à la mode : « Aujourd'hui peut-être, ou alors demain, ce sacré soleil vous tourne la tête… »

En désespoir de cause, ils se répartirent les couchettes et décidèrent de faire la fête sans naviguer. Et quelle fête ! Il ne leur fallut pas longtemps pour conquérir les demoiselles indispensables à l'agrément des balades en mer (au moteur), avec pique-niques, bains et bronzage sur la plage de Pampelonne, café glacé au retour chez Sénéquier tandis que les filles disparaissaient pour se préparer aux festivités du soir. Ils commençaient par un verre à l'Escale, rentraient dîner à bord (pour des raisons d'économie), et ensuite tout le monde se retrouvait pour monter danser *Chez Palmyre,* autour du piano mécanique.

À l'occasion, Florent fit un saut à la clinique pour embrasser les infirmières, saluer les chirurgiens en pleine activité et serrer la main de Willie. Il poussa même jusqu'à Sainte-Maxime, où son bistrotier rescapé lui offrit un verre en le présentant aux clients comme son sauveur.

Florent passa deux semaines d'un heureux farniente auquel il n'était guère habitué. Le mât et les voiles furent enfin prêts, la veille de son départ. Avec une pointe de regret, il regarda les copains filer vers le large et reprit la route de Paris.

Dès son retour, il téléphona à son père, qui avait loué à nouveau la villa de Chevreuse et proposa à son fils d'y venir quand il voudrait.

Florent choisit donc d'y passer le pont du 15 août. Il savait que son père avait invité un couple d'amis, les Moreau, avec lesquels il chassait et voyageait volontiers. Il les trouva en plein milieu d'une partie de bridge. Installés sous un parasol, au bord de la piscine, les Moreau jouaient contre Maxime, qui faisait équipe avec une partenaire que Florent identifia au premier coup d'œil : la fameuse Daphné. Maxime se leva pour faire les présentations :

– Tu connais Régine et Gabriel. Je te présente Daphné, exégète appliquée de notre maître Albaran, et redoutable coéquipière.

Les Moreau éclatèrent de rire, à l'unisson de Maxime, tandis que la jeune femme, manifestement habituée à cette plaisanterie, serrait la main de Florent. Il comprit qu'elle devait débuter dans ce jeu – que les autres pratiquaient ensemble depuis des années –, d'où l'allusion au célèbre manuel dont elle n'avait sans doute pas encore assimilé toutes les finesses.

– N'interrompez pas votre partie pour moi, je vous en prie, s'exclama-t-il. Je vais nager un peu pour oublier la fournaise parisienne.

Il plongea, tandis que les bridgeurs reprenaient leur partie.

Après quelques longueurs, il vint s'accouder à la bordure de pierre et, tout en continuant à tremper, s'offrit d'examiner à loisir celle dont Elvire lui avait fait un saisissant portrait.

Florent n'aurait jamais cru son père amateur de chair fraîche. Pourtant, il dut se rendre à l'évidence : Daphné ne comptait guère plus de vingt-deux ou vingt-trois printemps. Devrait-il un jour l'appeler belle-maman ?

De taille moyenne, mince mais plutôt basse sur pattes, cheveux décolorés (« jaune omelette » disait Gaignault), visage banal, lèvres peintes avec soin et prunelles sombres – somme toute, un physique pas désagréable, n'étaient ses yeux perpétuellement écarquillés. Quand elle s'apprêtait à poser une carte, son regard allait de l'un à l'autre, guettant l'approbation, craignant la réprimande, exprimant une totale absence de confiance en soi. Florent la sentait soumise au dernier qui aurait parlé, et il eut pitié d'elle.

« Ne maîtrisant pas suffisamment ce jeu, perdue au milieu de ces vieux, elle doit paniquer ! » l'excusa-t-il.

Au fond, il la plaignait, cette pauvre fille. Si Elvire avait vu juste, c'est elle, désormais, qui allait affronter les colères paternelles, parader à son bras dans les plus ennuyeuses réunions parisiennes, veiller à ce qu'il prenne ses médicaments, essayer de l'empêcher de fumer, l'emmener à Brides faire ses cures d'amaigrissement... « Bon courage, ma belle. C'est dur de gagner sa croûte ! » pensa-t-il en plongeant sa tête sous l'eau.

Dans la luxueuse maison de Chevreuse, il passa trois jours de vraies vacances. Le soleil donnait à la propriété de faux airs de Côte d'Azur, et les invités qui se succédaient, pour dîner ou pour prendre un bain, ne parlaient que de croisières, de chasse ou de voitures, ponctuant leurs commentaires de lassantes estimations financières. « Ces gens ne pensent donc qu'à l'argent ! » se disait Florent étonné. Personne ne lui accordant la moindre attention, il les écoutait pérorer avec une étrange impression d'inexistence. À leurs yeux, il n'était qu'un être transparent gagnant à peine de quoi vivre.

La jeune Daphné, douée d'un mimétisme remarquable, s'intégrait parfaitement à la petite société, et on aurait juré qu'elle comprenait tout ce qui se disait.

Florent se demanda si elle couchait officiellement avec son père. Sous le prétexte d'aller chercher un livre, il monta en douce à l'étage, alors que tout le monde sommeillait autour de la piscine après le déjeuner, et jeta un coup d'œil à la chambre paternelle. Des sous-vêtements féminins débordant d'un tiroir signaient la présence de la donzelle. Donc l'affaire était dans le sac, et, selon toute vraisemblance, elle habiterait avenue Foch à la rentrée.

Maxime était trop intelligent pour ne pas sentir l'indifférence un tantinet moqueuse de son fils à l'égard de la jeune femme. Il se décida à lui parler, le dernier soir, avant que les invités ne rentrent à Paris, et l'emmena se promener dans le parc.

– J'aime cette région, commença-t-il, badin. J'aime son calme et son harmonie. Je m'aperçois qu'au moment où j'entre dans la dernière partie de ma vie la paix m'est de plus en plus indispensable. Depuis mon enfance, je me bats pour rester la tête hors de l'eau. Aujourd'hui, j'y suis parvenu et je recherche la compagnie d'êtres aimables, gentils, faciles à vivre, comme les Moreau.

Il se retourna vers son fils, guettant son approbation.

– C'est légitime, glissa Florent, sans prendre de risques.

– Par exemple, cette petite Daphné, je l'ai invitée parce qu'elle vient d'être malade et qu'elle avait besoin de se requinquer. Sa mère est une amie. As-tu vu comme elle est tranquille, sans histoire, toujours d'accord pour tout ? Une femme discrète et douce, c'est reposant – et rare, de nos jours.

Toujours ce sens inné de la formule !

Florent marchait tête baissée, absorbé par les cailloux du chemin, se demandant jusqu'où son père était capable d'aller dans le discours mystificateur.

Encouragé par le silence de son fils, Maxime continua :

– J'ai beaucoup réfléchi, après le départ d'Elvire. Une chose est sûre, je ne me remarierai plus jamais. Ce ne sont pourtant pas les occasions qui m'ont manqué depuis que je suis sur le marché, tu peux me croire, mais je n'ai aucune envie de replonger dans les complications. Ces perruches emperlousées sont encombrantes, bavardes et futiles. Elles ne m'intéressent plus. Si une femme devait, un jour, partager ma vie, je la voudrais plaisante à regarder, mais sans plus, assez riche pour qu'elle ne convoite pas ma fortune, et muette.

– Muette ? Tu ne risques pas de t'ennuyer ?

– Sûrement pas, répondit Maxime, je parle assez pour deux. J'aimerais, vois-tu, une sorte de belle commode…

En septembre, après un dîner avenue Foch avec Daphné qui faisait semblant d'être là par hasard, Florent décida d'espacer ses visites. Il appellerait de temps à autre, expliquant son absence par la préparation des cours d'anatomie qui occupait l'essentiel de ses loisirs. De plus, il donnait, deux fois par semaine, de vingt heures à minuit, des conférences d'externat et d'internat, sorte de cours privés réunissant une vingtaine de candidats aux concours. Bref, il se dirait débordé, ce qui était la vérité.

En fait, il n'avait ni le désir ni le courage de continuer à passer des soirées entre son père et Daphné. Non qu'il ait quoi que ce soit de précis à reprocher à cette jeune femme soucieuse de faire preuve, à son égard, d'une indéniable cordialité. Mais il était gêné par l'espèce de paternalisme qu'affectait Maxime avec cette fille sans intérêt. Qu'espérait-il, ce vieux cabotin ? Faire croire qu'elle était autre chose que sa concubine officielle, la maîtresse appointée d'un sexagénaire friqué ?

Ce jeu n'amusait pas Florent. Que son père organise sa vie comme il l'entendait, c'était son affaire, mais qu'il ne fasse pas de son fils le témoin de ses mensonges. Un fils qui l'admirait trop pour accepter de le voir se ridiculiser ainsi.

Maxime s'aperçut vite que Florent désertait sa maison. En devina-t-il les raisons ? C'est vraisemblable. Sans doute réalisa-t-il que la présence de Daphné ne suscitait pas chez son rejeton un enthousiasme irrépressible. En conçut-il du ressentiment ? Probablement. Toujours est-il que les relations entre les deux hommes entrèrent dans une ère glaciaire. Pas de tempête ni de brouille véritable, mais un grand coup de froid bien parti pour durer. Florent en venait à regretter Elvire et sa volonté longtemps affichée de maintenir l'apparence d'une certaine normalité dans les relations père-fils.

XXVI

Florent quitta sans regret l'hôpital Cochin pour la Pitié. Il devait passer un an dans le service du professeur Gaston Cordier, prestigieux doyen de la faculté et superpuissance du monde chirurgical parisien. L'homme, dont on disait qu'il faisait et défaisait les carrières, se comportait en patron courtois et bien élevé, permettant à ses élèves de travailler dans une atmosphère sereine et efficace. On était bien loin de l'ambiance hystérique de Cochin, où Lucien Léger martyrisait son entourage.

Le seul inconvénient du service Cordier résidait dans le fait qu'internes, chefs de clinique et assistants avaient, pour la plupart, choisi ce patron en raison, justement, de sa puissance. À une époque où le monde hospitalier ressemblait à un véritable conservatoire des mœurs féodales, les vassaux dévorés d'ambition et passés maîtres dans l'art de l'hypocrisie se distribuaient les coups bas dans l'ombre des salles d'opération, pour obtenir les faveurs du suzerain.

Florent mit plusieurs semaines à comprendre. Ses chers collègues jouaient chacun sa propre partition, marquant le copain à la culotte, prêt à démolir celui qui semblerait plus doué ou plus apprécié que les autres. Ce spectacle rappelait à Florent les conversations entre Elvire et Maxime.

C'était donc partout pareil ! Plus ou moins évidente, la guerre fratricide animait aussi les antichambres des grands patrons de médecine !

C'est la raison qui poussa Florent à fréquenter de plus en plus Francis Brunet et ses amis. Non que les élèves de l'ENA fussent épargnés par les querelles d'ambition – tant s'en faut –, mais au moins, avec eux, se sentait-il à l'abri des inimitiés. En compétition avec personne, convivial avec tous, le « toubib » faisait l'unanimité.

L'appartement de la place Maubert devint le lieu de rencontre d'une joyeuse bande de copains. Florent bénéficiait, sans le vouloir, de l'aura flatteuse que lui procurait sa filiation, et ces jeunes pleins d'ambition évoquaient avec humour les démêlés entre le père et le fils.

Ces convives volontiers diserts rodaient leur discours politique en rêvant de faire carrière sous les ors de la République. Toute l'actualité était passée au crible : les soubresauts de l'ex-Congo belge, les rodomontades de Khrouchtchev tapant de la chaussure sur son pupitre à l'ONU, les dangers de la guerre froide… Fallait-il vraiment doter la France d'une force de frappe ?

L'Algérie, bien évidemment, occupait une place de choix dans ces conversations d'après boire. Une fille de la bande se lança un soir dans une harangue musclée qui résumait assez bien l'opinion de Florent sur l'action du Général.

– L'Algérie, de Gaulle n'en veut plus, un point c'est tout ! clama-t-elle sur un ton provocateur.

Habituée des exposés universitaires, elle synthétisa sa pensée en trois points :

– Premièrement, il n'a aucun attachement personnel pour ce pays, et encore moins pour les pieds-noirs. Deuxièmement, il supporte mal de voir la France malmenée par une poignée d'intrigants planqués à Tunis, alors que les djebels sont pratiquement nettoyés. Troisièmement, la France doit tenir sa place dans le concert des grandes nations, en particulier au sein de l'affrontement Est-Ouest, et n'a pas les moyens d'entretenir une armée de 500 000 hommes en Algérie, *ad vitam æternam*. Conclusion : tant pis pour l'amour-propre, il va se débarrasser de cette entrave à l'avenir glorieux du « cher et vieux pays ». Mes enfants, conclut-elle, grandiloquente, une Algérie impossible à pacifier est incompatible avec le destin planétaire du général de Gaulle.

Les copains applaudirent en se moquant un peu de ce ton emphatique, tandis que Florent pensait à ses amis de là-bas qui se préparaient à s'offrir un sanglant baroud d'honneur, sûrs de leur victoire.

D'après Brunet, des projets fous circulaient dans les milieux parisiens. Pourquoi ne pas faire de l'Algérie l'Israël de l'Afrique du Nord ? Alger pouvait être coupée en deux, tout comme Jérusalem. Pourquoi les pieds-noirs ne seraient-ils pas capables d'en faire autant ? Même s'ils n'avaient pas, derrière eux, une Amérique capable de les soutenir à coups de dollars. Les soutiens français ne devraient pas manquer, avec le pétrole !

Ou pourquoi pas une partition ? Une bande côtière englobant la Mitidja demeurerait française. On pourrait même leur laisser le Constantinois. De grands États comme l'Afrique du Sud, sur le point de quitter le Commonwealth, seraient prêts à soutenir une telle sécession, affirmaient les plus enthousiastes.

Pendant que ses amis parisiens dissertaient, Florent pensait à David. Il devait être à Alger, avec des hommes et des femmes qui juraient de mourir plutôt que d'abandonner leur terre. Selon la presse, leur situation s'aggravait de jour en jour. Et comme ils devaient en vouloir à de Gaulle ! Voilà qu'après avoir parlé d'« Algérie algérienne », il venait de commettre l'irréparable, dans son discours du 4 novembre 1960, en prononçant les mots de « République algérienne » !

En conséquence, lors de la cérémonie du 11-Novembre au monument aux morts, Paul Delouvrier, le délégué général au grand cœur, était conspué par la foule, sa voiture, couverte de crachats et criblée de pierres. Dégoûté, incapable de continuer à défendre une politique d'abandon qu'il avait juré de refuser, il demanda à être relevé de ses fonctions.

Jean Morin, fidèle gaulliste s'il en fut, vint le remplacer et dut faire face aux conséquences d'un nouveau voyage du Général en Algérie, prévu pour les 9, 10 et 11 décembre. Après ses derniers excès verbaux, de Gaulle osait programmer une visite tenant de la provocation dans le climat de révolte qui agitait les pieds-noirs. Effectivement, elle allait mettre le feu aux poudres entre les deux communautés.

À peine le Général eut-il mis le pied en Oranie qu'Alger s'embrasa. Les Européens, lassés de taper sur les casseroles, descendirent dans la rue, où, pour la première fois, ils affrontèrent les musulmans. Jaillis en masse des quartiers périphériques et de la Casbah, ceux-ci convergeaient vers le centre en hurlant leur soutien à de Gaulle ET au GPRA. « Ya, ya, Ferhat Abbas ! » scandaient-ils en brandissant des drapeaux verts dans le dos des pieds-noirs venus manifester contre la visite du Général. Ils semèrent la panique. Leurs slogans en arabe submergeaient les traditionnels appels à l'Algérie française. Les pieds-noirs enragés finirent par tirer dans la foule musulmane, qui répliqua.

Les cent vingt morts, dont huit Européens, ramassés dans les rues détruisirent à tout jamais les mythes de l'intégration, de la francisation ou même d'une simple cohabitation. De Gaulle avait semé le germe de la guerre civile en manifestant son mépris à l'égard de la population européenne ; elle ne décolérerait plus.

Comme l'avait prévu Francis Brunet, l'année 1960 se terminait dans le sang.

Pour Florent, voir de tels pronostics se confirmer accentuait encore sa tristesse. Il les aimait, ces pieds-noirs généreux, durs au travail, accueillants, enthousiastes et (hélas) naïfs. Qu'avaient-ils de commun avec les excités d'Alger hurlant des slogans sans réfléchir ?

Qu'on le veuille ou non, de Gaulle les avait trahis. Après le « Je vous ai compris » du 4 juin 1958, après le plan de Constantine où beaucoup avaient investi leurs économies, il s'apprêtait à brader leur pays.

D'un autre côté, la métropole ne pouvait risquer plus longtemps la vie de ses jeunes, ni dilapider à l'infini le fruit de ses impôts, pour défendre une population qui ne savait même pas se rendre sympathique.

Le référendum de janvier 1961 soutint massivement, en Algérie et en métropole, le oui à de Gaulle et justifia la poursuite d'une politique qui menait à une indépendance inévitable.

Et la Ville blanche prit feu, une fois de plus au mois d'avril.

Trois mois après le référendum, dans la nuit du 21 au 22 avril 1961, Salan, Challe, Jouhaud et Zeller – « un quarteron de généraux en retraite », comme les qualifia de Gaulle –

prirent le pouvoir à Alger. Cette fois, avec le but avoué de renverser le gouvernement à Paris. Mais ils s'étaient leurrés. Le reste de l'armée ne les suivit pas, et tout se termina par une lamentable débandade. Ils avaient tenu quatre jours. Michel Debré, le Premier ministre, avait tremblé. Il s'était fendu d'un discours pathétique où il exhortait les Français à défendre la République « à pied, à cheval, en voiture… » Et tout était rentré dans l'ordre.

La révolte des militaires conduisit au même fiasco que celle des civils un an auparavant. Les deux clans n'avaient jamais été capables de se mettre d'accord pour une action commune et un avenir concerté. Cette fois, de Gaulle avait les mains libres.

Après cette malheureuse insurrection, Florent vit David réapparaître une fois de plus. Il sonna place Maubert un matin, après un voyage infernal et une nuit d'errance. Hâve, amaigri, les cheveux coupés ras, vêtu d'un costume minable et un pauvre sac à la main, il se jeta dans les bras de Florent en pleurant comme un gosse. Quel rôle avait-il joué dans le *pronunciamiento* dénoncé par le Général ? Il ne s'en vanterait jamais. Mais il avoua que la police le recherchait et qu'il était en cavale depuis huit jours.

Florent le félicita d'avoir frappé à sa porte :

– Tu es ici chez toi, pour le temps qu'il faudra.

Il lui montra comment transformer en lit d'appoint le canapé hérité de sa mère, lui fit de la place dans les placards de la salle de bains et sortit une paire de draps.

– Tu as faim, tu as soif ?

David secoua la tête. Il n'avait qu'un besoin, parler, se justifier, expliquer, maudire et menacer. Il ne s'en priva pas.

– L'Algérie, ce coup-ci, c'est fini, conclut-il. Les salauds, ils nous ont eus. Mais on leur crèvera la peau !

Cette fois, Florent se garda de répondre. La lecture des quotidiens avait définitivement forgé son opinion. Conscient de l'état d'exaspération de son ami, il n'essaya même pas de le calmer. Il lui laissa de quoi se nourrir dans le frigo, l'assura de son affection et lui conseilla de se reposer. Il serait de retour vers dix-neuf heures.

Le soir, David allait mieux. Sa colère tombée, il ébauchait même des projets :

– Maman m'a chargé d'une mission, sans l'avouer à mon père évidemment : acheter, en France, une propriété viticole avec une grande baraque pour réunir tous ceux qui voudront nous suivre si nous sommes obligés de plier bagage. Tu sais, elle est issue d'une vieille famille terrienne, et a toujours conservé du bien en métropole, des fragments d'héritages disséminés ici ou là, gérés par un oncle lointain.

– Tu vas reconstituer…

– Non. On ne reconstituera jamais Mirallah. Mais il faudra bien loger la famille, tout simplement. En plus, parmi nos ouvriers musulmans, certains auront peur de rester là-bas. Ils nous ont toujours été fidèles. Si on les abandonnait, les autres leur couperaient les couilles. Un certain nombre de harkis ont déjà été égorgés. Il y en aura d'autres.

– Et tu as une idée de la région la mieux appropriée ?

– J'ai d'abord pensé à la Provence. Mais ces pourris de *francaouis* te voient venir. Dès qu'ils entendent ton accent, ils doublent les prix. La Corse ? J'ai bien peur que ce ne soit pareil. En revanche, nous avons des amis dans la Charente, qui font du cognac. Ils ont promis de nous aider. Dans cette région, la demande est encore faible. J'ai envie d'essayer. On verra bien.

– Tu t'y installerais, toi aussi ?

– Moi ? (Il fit un grand geste de désespoir.) J'irai là où le vent me poussera. J'ai envie d'exercer à la campagne, la place ne manquera pas. La décision n'est pas urgente.

– D'ici là, comment ça va se passer ?

– Je ne sais pas. Les gens sont écrasés de dépit et de tristesse. Tout ce qu'ils ont tenté pour se faire comprendre a échoué. Il ne reste plus que l'OAS pour les défendre. Peut-on les blâmer ?

Les deux garçons échangèrent un long regard sans parler. Puis David baissa les yeux.

Florent comprenait bien le ressentiment de son ami. Ne lui avait-il pas crié à la figure qu'il le détestait pour avoir pu penser que l'Algérie deviendrait indépendante ?

David poussa un profond soupir :

– Tu vois, Florent, j'ai l'impression d'avoir vécu, jusqu'à aujourd'hui, dans un monde d'illusions. Et c'est terrible d'en prendre conscience.

Ni l'un ni l'autre n'évoqua le souvenir de Myriam.

Pendant deux semaines, David resta prostré, enfermé place Maubert, refusant de mettre le nez dehors. Le matin, Florent partait pour l'hôpital sans le réveiller. Le soir, il faisait les courses en rentrant. Ils dînaient en tête à tête, regardaient la télévision sans jamais parler de « là-bas ». Le journal télévisé rendait compte des suites du putsch, mais ni David ni Florent ne s'autorisait le moindre commentaire. Cet accord tacite traduisait leur connivence. Pourquoi s'affronter de nouveau ?

Cependant, le jour où Louis Joxe annonça une trêve unilatérale et la libération de six mille prisonniers politiques, David ne put retenir un rire grinçant :

– Eh bien, voilà une bonne nouvelle ! Ton ami Walid va être libéré. Tu devrais l'inviter à dîner !

Florent ne réagit pas. David ignorait sûrement comment et pourquoi le rebelle de Birmandreis avait été arrêté. Walid allait-il venir se venger ?

En se rendant à l'hôpital, le lendemain matin, Florent se surprit à surveiller ses arrières et à lancer des regards suspicieux aux Arabes qu'il croisait. Il s'en voulait de sa stupidité, mais ne pouvait s'empêcher d'avoir peur.

Un matin, alors qu'il faisait sa visite à l'hôpital, la surveillante le fit venir dans son bureau pour un appel téléphonique urgent. Sa gorge se noua. En un instant, les visages de Yamina et de Walid lui traversèrent l'esprit. Il n'en fut que plus surpris d'entendre la voix d'un agrégé qu'il connaissait de nom et de vue, mais avec lequel il n'avait jamais travaillé.

– Schœnau, je t'appelle pour savoir si tu es au courant de la maladie de ton père, commença le chirurgien.

Florent tombait des nues.

– Non.

– Alors je comprends mieux ton silence. Vous êtes fâchés ?

– Pas vraiment. On se voit peu, mais sans conflit officiel. Il y a d'autres raisons…

– … qui ne me regardent pas. Je voulais seulement te prévenir que je l'opère demain après-midi à la clinique de l'Alma d'un cancer du rein. Rassure-toi, la tumeur est minime, périphérique, et donc du meilleur pronostic.

– Demain après-midi ?

– À quatorze heures.

– Si tu n'y vois pas d'inconvénient, j'y serai.

– Si j'y avais vu un inconvénient, je ne t'aurais pas appelé.

Florent remercia et raccrocha, abasourdi. Quel père, atteint d'une affection chirurgicale grave, ne préviendrait pas son fils chirurgien ? Ne serait-ce que pour lui demander son avis sur le choix d'un praticien. En l'occurrence, le choix était excellent, mais tout de même, partir se faire opérer ainsi sans un mot dénotait un état d'esprit vraiment tordu. Quel homme impossible !

L'histoire de ce cancer, telle que Florent la reconstitua après coup grâce au confrère chirurgien, ne manquait pas de cocasserie. Depuis quelque temps, son père souffrait d'une vague gêne au niveau du pli de l'aine. Toujours angoissé à l'idée d'avoir attrapé la « prostate », cette maladie du vieillard, il demanda l'avis du jeune praticien chargé de la médecine du travail à la banque. Sans doute impressionné par la personnalité de son patient, le praticien l'examina en tremblant, et s'empressa de conseiller une urographie intra-veineuse, exploration radiologique indispensable en cas d'anomalie urinaire.

La faute professionnelle était double. Devant une gêne à l'aine, tout bon médecin pense d'abord à une hernie. Il suffit d'enfoncer délicatement l'index à la base du testicule en faisant tousser le patient pour rendre le diagnostic évident. Se serait-il conformé à cet usage qu'il aurait découvert que le président Schœnau présentait un début de hernie inguinale justifiant une petite intervention chirurgicale. Mais il n'avait sans doute pas osé pratiquer cet examen. Mieux encore : une anomalie prostatique se décèle d'abord par un toucher rectal. Là aussi, mettre le doigt dans le cul du président lui avait sans doute paru un crime de lèse-majesté.

Bref, l'urographie était inutile, voire superflue. Mais, ô stupeur, les clichés mirent en évidence un cancer du rein en formation. Un cancer muet, c'est-à-dire sans aucun symptôme, et détectable seulement par la radio.

– Ton père, conclut le chirurgien, a bénéficié d'une chance extraordinaire. Moi, si je l'avais vu en premier, je lui aurais proposé de l'opérer de sa hernie et lui aurais mis un doigt dans le derrière pour le rassurer côté prostate. Jamais je ne lui aurais demandé une urographie que rien ne justifiait, et je passais à côté du cancer.

– Et la hernie ?

– Il refuse qu'on y touche. Et il a tort. Un jour, elle s'étranglera.

Quand Maxime prenait une décision, fût-elle stupide, bien malin qui aurait pu l'en faire changer !

Florent se rendit directement au bloc pour éviter Daphné, qui devait se trouver dans la chambre. L'infirmière chef, qui connaissait bien le jeune interne pour l'avoir vu souvent aider ses patrons dans cette clinique, le reçut avec de grands sourires de compassion. Voir opérer son père est une dure épreuve. Elle lui donna de quoi s'habiller, et Florent entra dans la salle où Maxime venait d'être allongé sur la table. Il s'approcha et l'embrassa sur le front :

– Bonjour papa.

Maxime ouvrit les yeux, étonné.

– Tiens, tu es là, toi ?

– Tu ne crois tout de même pas que tu allais te faire opérer sans moi ?

Il sourit. Un sourire de grand vieillard. Florent découvrit à cette occasion que son père n'avait plus une seule dent.

L'anesthésiste interrompit ces élans d'affection et entreprit de poser sa perfusion tandis que Florent passait la main sur le front de son père, dans un dernier geste d'amour filial. Puis tout se déroula comme à la parade. Injection, endormissement, intubation… L'intervention pouvait commencer.

Le chirurgien mena son opération avec une parfaite maestria. Le rein enlevé présentait effectivement une tumeur de la taille d'une noix, bien limitée, sans adhérences. La guérison était probable.

Florent remercia et félicita son aîné avant de suivre son père dans sa chambre. Il aida l'infirmière à l'installer dans son lit, insista pour qu'elle lui remette son dentier avant qu'il ait à le réclamer, et, après lui avoir prodigué les premiers soins au réveil, il s'enfuit sur la pointe des pieds.

Place Maubert, Florent raconta toute l'histoire à David.

– En plus, continua-t-il en sachant qu'il ferait rire son ami, je me suis vengé de bien des vexations.

– Comment ça ?

– Quand mon père a commencé à ouvrir les yeux, il s'est mis à gémir. Je lui ai signalé le suppositoire que l'infirmière avait laissé pour calmer la douleur. Mais il ne parvenait pas à le mettre. Je l'ai donc repris et je le lui ai enfilé là où tu penses, d'un geste vengeur ! Tu imagines la scène !

C'était la première fois que Florent entendait rire son ami depuis sa réclusion volontaire. Que c'était bon de retrouver cette complicité qui les unissait en dépit de tout. David, d'ailleurs, récupérait de jour en jour cette fougue qui le caractérisait. Il se laissait pousser barbe et cheveux, rendant son visage méconnaissable. Il prétendait devenir un autre homme, et cet autre homme s'animait d'une énergie nouvelle.

Florent se décida à prévenir sa concierge qu'il hébergeait un cousin de passage et lui demanda de venir une fois par semaine faire quelques heures de ménage pour effacer les dégâts causés par les deux célibataires.

David en profita pour descendre prendre l'air et visiter le quartier. Reprenant goût à la vie, il renoua des contacts pour dénicher la propriété dont rêvait sa mère, et consacra désormais de longues heures à cette tâche qui lui changeait les idées.

Florent lui confia ses propres soucis professionnels.

– J'ai besoin de tes conseils.

– Toi ? Des conseils ? J'ai toujours eu l'impression que tu traçais ta route sans aucune hésitation.

– Tu vois comme on se trompe !

Florent, sans relever le ton aigre de son ami, lui expliqua les inquiétudes que lui inspirait son avenir. L'alternative évoquée par son père – carrière hospitalière ou installation dans le privé – s'offrait à lui. Mais plus le temps passait, moins il se sentait fait pour affronter, sa vie durant, l'agressivité de ses collègues. Les réflexions désobligeantes de Maxime sur ses capacités en ce domaine l'influençaient-elles ? Probablement.

Il est vrai aussi que son passage à Saint-Tropez lui avait fait goûter les vraies joies de l'exercice chirurgical privé, et, depuis, il rêvait à cette pratique artisanale en prise directe avec les malades.

Il raconta à David comment il avait rencontré, en salle de garde de la Pitié, un collègue qui partageait son opinion et ne s'en cachait pas.

Stéphane Violier, originaire du Vexin, où ses parents habitaient toujours, avait pris une chambre à l'hôpital. Il se distinguait des autres internes par son sérieux non dénué d'humour, sa parfaite éducation et la rigueur de ses raisonnements. Lui non plus n'appréciait pas la traîtrise des collègues.

Florent et lui avaient vite sympathisé, et ils aimaient, le soir en salle de garde, discuter de leur avenir. Pour Stéphane, l'affaire était entendue. La carrière hospitalo-universitaire devenait trop complexe dans l'obscurité des réformes en cours.

– Les ordonnances Debré de décembre 1958, qui créent les centres hospitalo-universitaires, imposent à nos chers patrons une présence à plein temps qui bouscule leurs habitudes. Les anciens continuent à opérer, plus ou moins clandestinement, en clinique, mais un jour viendra où la fonctionnarisation du corps médical des hôpitaux sera complète. D'ici là, ce sera le bordel complet, et notre génération est en plein dedans. Moi, je me tire !

Stéphane envisageait de participer à la création d'une clinique privée dans la périphérie de Paris, région en plein essor démographique où le sous-développement sanitaire sautait aux yeux. D'après lui, la Sécurité sociale encourageait la naissance de ces petits établissements efficaces dont elle maîtrisait les coûts mieux qu'elle ne contrôlait le gouffre financier des hôpitaux.

Son projet était déjà très avancé :

– J'ai l'œil sur deux ou trois sites en Ile-de-France, où de véritables villes nouvelles sortent de terre comme des champignons, et où l'administration autorisera à coup sûr la construction de cliniques obstétrico-chirurgicales. Nous sommes plusieurs copains sur le coup : anesthésiste, accoucheur, biologiste, etc. Un architecte a commencé à concevoir le schéma général. J'ai rendez-vous la semaine prochaine avec un banquier spécialisé dans ce genre d'opération, et il doit m'expliquer les divers montages financiers possibles.

Florent avait trouvé l'idée séduisante, et proposé d'en parler à son père, dont les relations dans le monde politique pourraient, le cas échéant, leur faciliter les choses.

– Papa, au secours ! se moqua David.

Florent se vexa :

– D'abord, en ce qui me concerne, rien n'est décidé, et, de toute façon, je n'ai pas l'intention de lui demander quoi que ce soit. Sauf des conseils. Pour l'instant, j'écoute Stéphane. Mais si je m'engageais avec lui, je ne vois pas pourquoi je ne m'adresserais pas à mon père pour en savoir plus dans un domaine qu'il connaît parfaitement : c'est son métier.

– Bien sûr ! Et, d'après toi, que va-t-il en penser, le grand homme d'affaires ?

– Avec lui, je ne me risque jamais au jeu des pronostics, avoua Florent, mais je compte aborder le sujet dès qu'il ira mieux.

Le grand homme d'affaires reprenait des forces. Florent passait à la clinique tous les deux ou trois jours, et pouvait constater l'amélioration de son état. Cette sollicitude et la complicité des premières heures postopératoires avaient-elles « assoupli » leur relation ?

Apparemment pas. Florent se demandait même si son père ne lui tenait pas rigueur d'avoir été le témoin de ses faiblesses. Sans doute aussi lui gardait-il rancune de n'avoir pas manifesté plus d'enthousiasme vis-à-vis de Daphné.

Il faut reconnaître que celle-ci jouait à merveille son rôle de servante dévouée. Le matin, elle entrait dans la chambre dès les soins terminés, tirait de son sac une Thermos de café frais et les biscuits préférés de Maxime, spécialement confectionnés pour lui par la fidèle Cecilia. Elle apportait du linge propre et les journaux du jour avant de repartir vers midi chercher de quoi le faire déjeuner. Il avait droit aux mets raffinés qu'il préférait, et c'est tout juste si elle ne le nourrissait pas à la petite cuillère. Tout au long de la journée, elle multipliait les allers et retours entre la maison et la clinique, pour satisfaire les moindre désirs de son seigneur et maître – qui ne se privait pas d'en exprimer.

Quand il sut quel jour son père quitterait la clinique, Florent lui annonça sa visite pour le lendemain.

– Je viendrai te prendre le pouls, précisa-t-il pour faire de l'humour.

Maxime ne sourit ni ne protesta. Comme si cette proposition allait de soi. Comme si, pendant les mois précédant l'opération, les deux hommes n'avaient pas vécu sans se voir.

Avenue Foch, rien n'avait changé. Sauf que Daphné jouait les intendantes affairées, courant d'une pièce à l'autre, surveillant sans cesse Maxime du coin de l'œil, lui posant un coussin derrière la tête, une couverture sur les genoux, rapprochant la table où attendaient la carafe d'eau et le verre, renouvelant les glaçons, vidant le cendrier à peine souillé. Elle était fatigante de dévouement appliqué. Mais, selon les vœux de Maxime, elle était « commode » et parlait peu.

Florent aurait préféré rester seul un moment avec son père, mais il n'en était malheureusement pas question. Dans ce tourbillon, la conversation manquait de continuité.

Il fallut plusieurs visites pour que Florent ait l'occasion d'aborder le sujet qui le préoccupait. Son père se plaignait de son chirurgien, revu la veille lors d'une première consultation de contrôle à la clinique.

– C'est un type extrêmement compétent, avait-il reconnu, mais je n'admets pas qu'il me fasse poireauter une heure dans sa salle d'attente.

Florent saisit la balle au bond.

– Les chirurgiens parisiens sont tous très gênés par les embarras de la circulation. Ils perdent un temps fou…

– Ils n'ont qu'à s'organiser.

— Justement, quand je pense à ma situation future, je me pose cette question. Comment s'organiser ? Faudra-t-il que moi aussi je coure d'une clinique à l'autre en me laissant engluer dans les embouteillages – au risque de mécontenter mes patients ? À moins de choisir un autre mode d'exercice.

Maxime perçut le message et fronça les sourcils :

— Quel genre de projet as-tu ?

Florent se racla la gorge :

— Compte tenu de la réforme Debré qui a institué le plein-temps hospitalier, je fais partie d'une génération charnière qui sera prise entre deux feux. Obligation de rester à l'hôpital du matin au soir, mais dans des locaux inadaptés à cet exercice nouvelle manière. La plupart des établissements de l'Assistance publique n'ont rien prévu encore pour fonctionner en journée continue. Même pas un bureau pour chaque médecin ! Et d'ici que ça change… Je ne suis pas très tenté de jouer les cobayes. En revanche, de nombreuses cliniques vont naître dans des zones en pleine expansion de la région parisienne où il sera possible de travailler dans des conditions autrement confortables – et lucratives. Je me demande donc…

Maxime était devenu attentif.

— À quel endroit ?

— Je ne sais pas encore. Il existe de nombreuses possibilités.

Le financier reprenait le dessus, et sans marquer d'opposition, ce qui constituait déjà une victoire. Il conclut :

— Quand tu auras une idée plus précise, viens m'en parler.

Il paraissait fatigué. Florent pensa que, pour une première approche, c'était suffisant.

Le soir même, en présence de David, il appela Stéphane et lui relata sa conversation.

– Si ton père nous donne un coup de main, c'est formidable, répondit le collègue. Je vais réunir les éléments essentiels du projet et on en reparle très vite. Mais…

– Mais quoi ?

– Tu es décidé à marcher avec nous ?

Florent prit une inspiration profonde. Allait-il devoir s'engager comme ça, d'une heure à l'autre ?

– Écoute, Stéphane, j'en ai très envie, c'est certain. Mais il faut que j'en sache un peu plus, tu comprends.

– Je vais te montrer les documents en détail, et tu auras ainsi tout loisir de faire ton choix.

– Parfait. On se revoit cette semaine.

Florent raccrocha en ayant l'impression que son avenir prenait forme. Enfin il commençait à voir dans quelle direction il allait s'orienter.

XXVII

À la fin juin, David annonça son intention de quitter la place Maubert. La police ne le recherchait sûrement plus. Le putsch des généraux appartenait désormais à l'histoire ancienne et des négociateurs des deux camps discutaient à Évian.

Ses contacts avec un viticulteur charentais proche de la retraite se précisaient, et il envisageait de se rendre sur place pour, éventuellement, accomplir les premières formalités d'acquisition. Si tout allait bien, ses parents viendraient sur place. Il souffrait de ne pas les voir. Il avait de leurs nouvelles par des intermédiaires qui ne connaissaient ni son adresse ni son numéro de téléphone.

Chaque jour, depuis une semaine, il sortait faire un tour, s'étonnant lui-même quand il passait devant un miroir. Un coiffeur du quartier lui avait taillé la barbe et coupé les cheveux à la manière des dandys du moment, il s'était acheté des vêtements à la mode : il était superbe.

Les deux garçons se séparèrent avec émotion. Ils avaient vécu ensemble pendant plus de deux mois sans que le moindre nuage vienne troubler leur amitié.

Le matin du départ, son sac bouclé à ses pieds, sa veste enfilée, David se planta devant Florent :

– Je t'ai crié un jour que je te haïssais. C'était vrai. Et certains jours, c'est encore vrai. Tout est trop facile pour toi. Le boulot, les filles, les copains, l'appartement, tu as tout. Et bientôt une clinique !

– J'ai aussi un père qui fait mes quatre volontés, maugréa Florent que le ton de ce prologue irritait.

– Ton père n'est pas facile, j'en conviens, mais toi non plus. Et il est tout de même là quand tu l'appelles.

– Ah bon ?

– Enfin, Florent, il va t'aider pour ta clinique, c'est essentiel, non ?

– M'aider ? Comment tu sais ça, toi ? Il te l'a dit ?

– Allons ! C'est ton père, il est bourré de fric, et il n'a que toi. Ne me fais pas pleurer.

Florent l'interrompit :

– Et c'est pour ça que tu me hais ?

– Non ! C'est pour tes idées.

– Mes idées ?

– Oui. Parce que tu n'as jamais cru à l'Algérie française et que tu as fini par avoir raison. Mieux soutenus, mieux compris, nous aurions gardé notre pays. Et ça, tu vois, je ne te le pardonnerai jamais.

David avait les yeux humides et on le sentait inaccessible à la logique des événements qui allaient lui donner irrémédiablement tort. Personne ne pourrait jamais le faire changer d'avis, et le contredire ne servait plus à rien qu'à exciter sa rage.

Ravalant ses larmes, il reprit :

– Malgré tout, le jour où j'ai eu vraiment besoin d'aide, j'ai pensé immédiatement à toi, et je ne me suis pas trompé.

Mieux encore, moi qui avais tant de copains à Alger, tu es aujourd'hui mon seul ami. Permets-moi de te dire que ça m'agace. Et ça m'agace aussi d'avoir, en plus, à te dire merci.

Il s'approcha de Florent, le prit par les épaules et le serra un long moment contre lui, sans un mot. Puis il s'écarta, ramassa son sac et sortit sans un regard en arrière.

Florent resta assis dans l'appartement vide, vide pour la première fois depuis deux mois. Il alluma la télévision, comme ils avaient pris l'habitude de le faire pour éviter de parler. L'Algérie française subissait les derniers soubresauts de l'agonie, tandis que les pourparlers d'Évian avançaient. Les attentats de l'OAS n'avaient d'équivalant que la cruauté des exactions du FLN.

En métropole, chacun préparait ses vacances. On prévoyait des embouteillages sur les routes pour le début du mois de juillet.

Stéphane invita Florent dans la maison de ses parents à Magny-en-Vexin.

– Ce n'est pas le grand luxe, mais la baraque est confortable, avec plein de chambres pour les amis. La campagne est belle et un ruisseau à écrevisses coule au bas du jardin. On peut s'y baigner quand il fait chaud. Les copains avec lesquels je travaille sur ce projet de clinique viendront quelques jours. Tu verras, ils sont très sympa. Et on pourra parler sérieusement.

– Mais tes parents...

– Eux, plus il y a de monde, plus ils sont contents.

– Alors j'accepte.

Encore fallait-il être sûr que Maxime ne l'inviterait pas pour la même période. Depuis son opération, il paraissait fatigué et se remettait difficilement.

Prise à part un soir de dîner avenue Foch, Daphné avoua qu'il avait dû revoir son cardiologue et que celui-ci avait renforcé le traitement.

– Votre père est un peu bougon, ajouta-t-elle, parce qu'il a arrêté de fumer. Il m'a demandé de l'aider…

– Il a bien fait. Quels sont vos projets pour cet été ? Il a loué Chevreuse à nouveau ?

– Non. Il préfère aller à l'hôtel. Je crois qu'il choisira quelque chose en Suisse, au bon air.

Florent la regarda froidement :

– Parce qu'il n'y a pas de bon air, en France ?

Elle ricana bêtement.

La soirée fut sinistre. Son père ne lui posa pas la moindre question sur son travail, ni sur la future clinique. Rien. Il avait fait installer une télévision dans la salle à manger, et le dîner eut lieu devant le journal de vingt heures.

Le père de Stéphane avait enseigné toute sa vie les mathématiques fondamentales en faculté des sciences. Désormais à la retraite, il se passionnait pour le jardinage et la culture des plantes rares dans une vaste serre perfectionnée. Grand, maigre, les cheveux blancs ébouriffés, les yeux pétillants de malice derrière ses lunettes cerclées de fer, il souriait sans cesse et semblait ne vivre que pour accueillir ses enfants et les amis de ses enfants. Son épouse, une dame replète auréolée de frisettes à l'ancienne, s'affairait aux fourneaux en manipulant des marmites plus grosses qu'elle, aidée par une jeune fille du pays.

Dans cette maison, Florent était au spectacle. Comme chez David, il voyait une famille vivre en parfaite harmonie, dans une bonne humeur communicative. Débarquèrent successivement le frère et la sœur de Stéphane, chacun escorté de conjoint et de progéniture, suivis de cousins, de cousines et d'amis qui semblaient vivre dans un perpétuel éclat de rire.

Florent, petit garçon solitaire, sans cousin ni cousine, avait passé son enfance à jouer dans un appartement de trois pièces, devant l'armoire à glace de la chambre de ses parents, face à son propre reflet, son seul compagnon de jeux. Alors qu'ici les gosses s'amusaient en bande, les aînés organisant les festivités pour les plus petits. C'était une vraie famille, une sorte de cohue bruyante, comme à Mirallah, avec un *pater familias* qui ne faisait trembler personne.

Le lendemain arrivèrent les futurs coéquipiers de la clinique. François et Denise, un couple de biologistes, adeptes des sports nautiques, Yves, chirurgien viscéraliste et peintre amateur de grand talent, Sabine, anesthésiste à Lille, et Ariane, gynécologue obstétricienne. Ils se connaissaient depuis de nombreuses années et s'étaient réunis autour d'une envie commune : travailler ensemble dans une structure originale. Une sorte de coopérative médicale où tous les participants gagneraient la même chose. Idée révolutionnaire dans un monde médical où l'individualisme est souvent à l'origine de la vocation.

D'où l'importance de coopter des gens capables d'admettre cette idée et d'y participer. C'est Sabine, l'anesthésiste lilloise, qui avait exposé le projet, le soir à la veillée. Elle était petite et blonde, avec une peau étonnamment blanche et des yeux clairs qui ne devaient guère supporter le soleil !

Les enfants avaient organisé une bruyante partie de cartes, tandis que les adultes lisaient ou écoutaient de la musique. Seul le père de Stéphane, attentif et silencieux, assistait au débat des médecins. Il écoutait sans intervenir, hochant la tête de temps en temps en signe d'approbation.

Florent n'osait pas manifester trop vite son enthousiasme. Cette idée de coopérative lui paraissait la formule idéale pour éviter les habituelles disparités de revenus. Pourquoi un chirurgien gagnerait-il deux ou trois fois plus que l'anesthésiste sans lequel l'intervention est impossible ? Une égale responsabilité les liait, la faute de l'un rejaillissant obligatoirement sur l'autre. La sécurité du malade reposait sur leur conscience professionnelle conjointe.

Dans un établissement comme celui qu'ils envisageaient de créer, la solidarité des médecins serait un gage de succès.

– Demain, tu verras les plans que nous avons ébauchés, conclut Stéphane qui n'avait pas desserré les dents jusqu'alors. Maintenant, je propose qu'on aille se coucher. Papa emmène les volontaires pêcher des écrevisses, et il faut se lever à l'aube.

Florent se retrouva dans une chambre sous les toits, tapissée de toile de Jouy, avec un lit-bateau à l'ancienne garni d'un matelas de plumes où il s'enfonça jusqu'aux oreilles. Il s'endormit en rêvant d'une clinique de conte de fées, perchée sur une colline, avec des clochetons et des tourelles, où régnerait une magicienne aux cheveux d'or ressemblant à Sabine l'anesthésiste. L'absence de femme dans sa vie commençait à lui peser.

Florent rejoignit son service à la Pitié le 1er août. Paris désert ronronnait sous la canicule et la salle de garde à moitié vide vivait au ralenti.

Il y prit sa première garde en compagnie d'un interne en médecine surnommé le Cruciverbeux en raison de son inépuisable faconde et de sa passion pour les mots croisés. Avec eux se trouvait, ce soir-là, une pharmacienne grande, brune et délurée, qui leur expliqua à quel point l'été lui donnait envie de faire l'amour. Florent et le médecin la laissèrent filer pour une urgence et, restés seuls, la jouèrent au 421. C'est Florent qui l'emporta. Il grimpa donc au labo où la jeune femme terminait ses dosages et lui fit un brin de cour à la hussarde, sans rencontrer de résistance.

Après le dîner, elle prévint la surveillante que, par mesure d'économie pour l'hôpital, elle dormirait cette nuit-là dans la chambre de l'interne de garde en chirurgie. L'infirmière, qui la connaissait bien, sourit en regrettant de n'avoir plus l'âge de bénéficier d'une telle liberté.

Furieux d'avoir été vaincu par le sort, l'interne en médecine se vengea en demandant d'innombrables examens de laboratoire, empêchant ainsi la jolie pharmacienne de passer la nuit de folie espérée. Moyennant quoi, malgré l'absence d'urgences chirurgicales, le sommeil de Florent fut interrompu dix fois par une bacchante en rut, frustrée de n'avoir pas obtenu sa dose de plaisir. Il ne s'en plaignit pas.

Le Paris des aoûtiens avait du bon.

Au matin, ils se quittèrent sans faire d'histoire.

– On prend la prochaine garde ensemble, décida-t-elle en s'éloignant. Tu éviteras seulement que le Cruciverbeux soit là !

Les gardes de cet été-là laissèrent à Florent un souvenir inoubliable.

Stéphane réintégra la Pitié vers le 15 août. Florent lui confirma que sa décision était prise. La conception de la clinique, l'équipe prévue, la communauté de pensée qui animait les protagonistes, tout le séduisait. Ils scellèrent leur contrat en se serrant la main, et dès lors le projet marcha à pas de géant.

Ils choisirent d'un commun accord la ville d'Amblecourt, située à la limite de l'Oise et du Vexin, où un immense programme d'expansion industrielle devait accompagner une urbanisation de type ville nouvelle. Dans le vaste triangle compris entre Pontoise, Mantes et Magny, aucun établissement de santé ne leur ferait concurrence, et la population monterait à plusieurs centaines de milliers au cours des dix ans à venir. Ils rendirent visite au maire qui les félicita de leur choix, s'engagea à soutenir leurs efforts et leur proposa un terrain parfaitement adapté à cet usage.

Ils se mirent donc au travail pour peaufiner le dossier destiné au ministère de la Santé. Le temps que les autorisations soient accordées, les plans terminés, le financement obtenu et le permis de construire acquis, les travaux ne commenceraient pas avant une année. Le bâtiment serait terminé vers la fin de leur internat et l'exploitation débuterait alors qu'ils seraient chefs de clinique, une activité qui pouvait se limiter à quelques matinées hospitalières par semaine. Le timing leur convenait.

David annonça son passage à Paris pour les premiers jours de septembre. Il trouva Florent et Stéphane en plein travail, penchés sur le dossier de la demande ministérielle, et il y jeta un œil attentif. Quand il se redressa, il avoua, envieux, qu'il aurait aimé travailler avec eux :

– Dommage que je n'aie pas choisi une discipline chirurgicale.

– Où en es-tu de ton installation ? s'inquiéta Florent.

– J'attends que l'acquisition de la propriété de ma mère soit officialisée. C'est toujours un peu compliqué pour les vignes, avec les droits de préemption administrative. Rien n'est encore joué. Dès que je serai sûr du lieu où la famille va se transplanter, je choisirai mon propre point de chute.

Florent raccompagna David jusqu'à sa voiture. Il s'était acheté une vieille Triumph TR3 décapotable d'un joli vert sombre, et frimait comme un adolescent.

– J'ai, du côté de Mulhouse, un oncle octogénaire qui veut me voir avant de mourir. Je vais en profiter pour faire un peu de généalogie. Nous saurons bientôt quels sont nos liens de parenté. Tu dois appartenir à une branche bâtarde.

Florent ébaucha un coup de poing de comédie et ils se frappèrent dans la main.

David mit son antiquité en marche, mais, au moment de partir, il se retourna et lança :

– À propos, j'ai décidé de me marier ! Salut.

– Je la connais ?

L'autre fit un geste évasif de la main, embraya et disparut dans le flot des voitures du boulevard Saint-Germain, laissant Florent perplexe et frustré.

Dans l'appartement, il trouva Stéphane devant la télévision :

– Dépêche-toi, la conférence de presse commence.

Florent l'avait oubliée. Il vit apparaître la silhouette familière du Général, de plus en plus à l'aise sous les sunlights. De Gaulle évoqua d'abord les problèmes internationaux, puis en vint à l'Algérie. Le ton était glacial, cassant, déterminé, et il prononça des mots définitifs encore jamais utilisés comme « dégagement ». Un dégagement qui pourrait déboucher sur une coopération, « mais cette coopération ne nous est nullement nécessaire » !

– Comme ils ne parviennent pas à se mettre d'accord avec les fellouzes à Évian, commenta Stéphane, Paris est en train de tout lâcher.

Florent acquiesça :

— C'était couru d'avance. D'un côté le FLN ne fait aucune concession, et de l'autre l'OAS assassine les libéraux, seuls capables de soutenir une voie médiane.

— Tu as raison, les excès de l'OAS n'arrangent rien. Cette affaire va se terminer dans un bain de sang.

Trois jours plus tard, le 8 septembre, de Gaulle échappait à un attentat sur la route de Colombey. L'OAS entrait dans un mortel engrenage dont l'Algérie ne se remettrait jamais.

XXVIII

Après l'été, Florent trouva son père en meilleure santé. Cette fois, il sembla s'intéresser à la future clinique. Florent expliqua que les documents avaient été déposés au ministère, qui donnerait bientôt sa réponse.

– Tu as un numéro de dossier ?

– Oui.

– Donne-le-moi. Je vais essayer de faire accélérer les choses.

Maxime ne demanda aucune autre précision : ni où se situerait l'établissement, ni qui seraient les associés, rien. Il ne s'inquiéta même pas du mode de financement prévu. Quelle différence avec le père de Stéphane, qui participait avec enthousiasme aux projets de son fils et lui avait même proposé de contribuer à la mise de fond initiale. Décidément, Elvire avait raison, entre le père et le fils Schœnau, la communication n'était pas au point.

Pour Stéphane, Florent et le reste de l'équipe, une dernière séance de travail avec l'architecte mit un point final à l'élaboration du projet et clôtura l'année 1961. Avant de se séparer, les protagonistes de la clinique d'Amblecourt se souhaitèrent bonheur et réussite pour l'an nouveau. Ils devaient, sauf catastrophe, obtenir une autorisation ministérielle en bonne et due forme dès le premier trimestre.

Resté le dernier sur le trottoir avec Sabine, Florent lui proposa de la raccompagner en voiture gare du Nord, mais elle déclina son offre. Ce soir-là, elle ne rentrait pas à Lille. Elle dormait chez sa sœur, antiquaire rue Jacob. Raison de plus pour la raccompagner. En chemin, ils bavardèrent de tout et de rien jusqu'à évoquer la Saint-Sylvestre. Elle non plus n'était pas de garde ce jour-là. Florent sauta sur l'occasion :

– Chic ! On va pouvoir festoyer ensemble.

– Pourquoi pas.

Le lendemain de Noël, David téléphona de La Rochelle. Il avait sa voix joyeuse des bons jours. Les formalités d'achat de la propriété se terminaient, sa mère était venue signer chez le notaire. Ils avaient passé quelques jours ensemble à sillonner la campagne charentaise, ravis de s'installer dans cette région d'Angoumois et Saintonge chaleureuse et accueillante. Si elle ne parvenait pas à leur faire oublier la radieuse Mitidja, au moins leur apporterait-elle ce paysage de vignobles qu'ils aimaient tant.

– Ta mère est à Paris ?

– Penses-tu ! Elle est repartie à Mirallah avec des cadeaux pour tout le monde. Et toi ? Que fais-tu le 31 décembre ? s'inquiéta David.

– Je serai à Paris…

– Nous aussi.

– Qui ça, « nous » ?

– Ma fiancée et moi. On réveillonne ensemble ?

Florent ne pouvait pas le lui refuser.

– OK ! Moi, je serai avec une amie, et je m'occupe de tout.

À peine le téléphone raccroché, il se reprocha de ne pas lui avoir demandé qui était l'heureuse élue. Tant pis. Il ne tarderait pas à le savoir.

En attendant, il lui fallait décider d'un endroit où réveillonner. Dans ce genre de situation, une solution : téléphoner à Gaignault.

– Tu tombes à pic, j'ai retenu la salle du Monteverdi, un restaurant italien sympathique à deux pas de la place Saint-Sulpice, et je cherche des volontaires pour participer aux frais.

– Banco, nous sommes quatre de plus.

Le 31 au soir, au Monteverdi, l'orvieto coulait à flots et Claudio sortait du four les *bruschette* croustillantes en rangs serrés.

Vers onze heures, Florent, qui surveillait la porte, aperçut la silhouette de David derrière la vitre. Il s'approcha et le vit s'effacer pour faire entrer la jeune femme qui l'accompagnait : Lydie ! Une Lydie méconnaissable, avec des cheveux coupés au carré et une frange épaisse qui lui masquait le front, accentuant l'éclat de son regard.

« Dieu qu'elle est belle ! » hurla Florent en silence.

Lydie fiancée de David ? Était-ce possible ?

Ils s'embrassèrent comme de vieux amis, et Florent leur présenta Sabine, avant de les entraîner vers le buffet. Il demanda des nouvelles de tout le monde et Sabine en profita pour s'éclipser un moment.

– Elle est charmante, commenta Lydie en regardant la fine silhouette s'éloigner. Moi qui ai toujours rêvé d'être blonde, des cheveux aussi beaux, ce n'est pas permis !

– C'est ta dernière petite amie ? s'enquit David, fielleux.

– Non ! Une anesthésiste qui va travailler dans notre équipe.

Lydie lui lança un coup d'œil dubitatif.

Marino Marini entama une série de slows et David invita Sabine à danser. Florent en profita pour entraîner Lydie. Elle se lova contre son épaule. Il frissonna et se força à penser à autre chose :

– Je suppose que David sait maintenant où il va s'installer ?

– À La Rochelle, probablement.

– Tu es contente ?

Elle leva les yeux vers lui et croisa son regard avant de se cacher à nouveau dans son cou en murmurant :

– Évidemment que je suis contente. Heureuse, même.

– Le mariage est prévu pour quand ?

– Quand la famille sera réunie, la maison aménagée, David fixé sur son avenir. En un mot, quand nous serons prêts.

Florent resta silencieux, se laissant porter par la musique, les yeux fermés, la gorge sèche.

– Et toi ? l'entendit-il chuchoter.

– Moi ? Rien. Je bosse à l'hôpital et à la fac, je peaufine un projet de clinique avec des copains, je donne des conférences d'internat, j'aide mes patrons en privé, et je rends visite à mon père de temps à autre. Tu vois, rien de changé.

Elle ne répondit pas. Le message était passé. Comment aurait-il eu, en plus, le temps d'aimer ?

Les douze coups de minuit vinrent rompre le charme et tout le monde se mit à embrasser tout le monde. Lydie enlaça David, et Florent s'écarta, le cœur serré.

Sabine s'approcha de lui :

– Que nous souhaitons-nous ? demanda-t-elle, l'air mutin, en lui passant les bras autour du cou.

– Une belle clinique.

– Bien sûr ! Et beaucoup d'amour.

Florent plaisanta :

– À mon avis, quand nous aurons la clinique, l'amour ne tardera pas.

Elle éclata de rire et ils s'embrassèrent.

David et Lydie vinrent les rejoindre, et les deux femmes se lancèrent dans une grande conversation, tandis que Florent entraînait David vers un canapé.

– Alors, raconte-moi La Rochelle.

– La nouvelle propriété s'appelle La Branderie.

– Pourquoi ce nom ?

– Au XVIIe siècle, on distillait – on disait brûler – le vin avant de le transporter par bateau vers les pays nordiques et anglo-saxons. Le produit obtenu s'appelait « brandevin », dont les Anglais ont fait *brandy*. D'où le nom de la maison. Tu verras ces caves voûtées tout en longueur, c'est magnifique. Les bâtiments permettront de loger ceux qui veulent venir avec nous, et on pourra même les agrandir. Maman est ravie. Elle est sûre que Sami va s'y plaire.

– Il est au courant ?

– Maintenant, oui. Elle attendait que ce soit signé pour tout lui raconter. Elle est repartie avec une pelletée de photos.

David évoqua longuement son nouveau territoire, où il essayerait de ne pas avoir l'air d'un émigré. Pas un mot sur l'Algérie. Comme s'il avait voulu l'oublier.

La fête continua avec un pianiste qui leur fit chanter un mélange de cantiques et de *canzonette* italiennes, suivies de quelques paillardises à la française. Puis on revint aux vedettes italiennes de la discographie contemporaine : Domenico Modugno et Billy Nencioli : « On ne trouve ça qu'à Paris… »

Vers cinq heures du matin, Florent proposa à ses amis de les raccompagner en voiture. Il déposa d'abord les fiancés boulevard Saint-Germain, en promettant de les appeler très vite. Puis Sabine rue Jacob.

Au moment de quitter la voiture, elle lui lança :

– Pourquoi est-ce ton ami qui va épouser cette jolie Lydie, alors qu'elle est amoureuse de toi et que tu le lui rends bien ?

– Tu délires, Sabine. Qu'est-ce qui te permet d'affirmer une chose pareille ?

– Il suffit de vous regarder. Le pauvre David est le seul à ne rien voir. À moins qu'il fasse semblant.

– Arrête ! Tu dis n'importe quoi !

– J'aimerais... (Elle ouvrit la portière.) Florent, je te souhaite une heureuse année et j'espère que nous ferons du bon travail ensemble.

Elle lui posa un rapide baiser sur les lèvres et sortit de la voiture avant qu'il ait eu le temps de réagir. Ainsi, ses sentiments pour Lydie transparaissaient avec une telle évidence ?

Il prit le chemin de la place Maubert en roulant lentement.

Tout au long du boulevard, des groupes de jeunes faisaient les fous, des voitures doublaient en klaxonnant, partout les terrasses scintillaient de lumière, et des bouffées de musique sortaient des restaurants où l'on dansait.

Florent se coucha la tête lourde et le cœur en déroute. Il décrocha le téléphone et s'endormit en remâchant sa solitude comme un ivrogne cuve son vin.

Il fut réveillé par des coups de sonnette répétés. Qui pouvait bien venir à pareille heure ? Il regarda sa montre : midi.

Il ouvrit : Lydie !

– Toi, ici ? Que se passe-t-il ?

Elle était blême, mal coiffée, le visage défait.

Elle entra directement dans la chambre, rebrancha le téléphone et vint s'asseoir. Puis elle se mit à parler d'une voix étranglée, mécanique, tandis que les larmes coulaient sur son visage sans qu'elle y prenne garde.

– La ferme de Mirallah a brûlé la nuit dernière. Sami et sa femme sont morts. Les autres ont pu se sauver. Ils ont été recueillis par des voisins, conduits à Alger et reçus par la Croix-Rouge, qui les héberge. Ils seront mis dans un avion pour la France dès que possible. J'irai les chercher pour les conduire à La Branderie.

De temps en temps, elle passait le dos de sa main sous son nez en reniflant, comme les enfants. Florent lui donna un mouchoir qu'elle prit machinalement.

– Et David ?

– Il est parti là-bas. Le constat de décès, les obsèques, les formalités. Il fallait bien qu'il y soit. Mais j'ai peur pour lui. Il était comme fou. C'est terrible ! Ses parents tenaient une place essentielle dans sa vie. Il se réjouissait tellement de leur avoir trouvé une nouvelle maison…

– Que puis-je faire ?

– Je ne sais pas. Ici, je n'ai que toi. J'ai essayé de te téléphoner tout de suite, mais… Ma tante Françoise était allée passer les fêtes avec eux. Je sais seulement qu'elle est vivante. Il faut que je rentre boulevard Saint-Germain, ils peuvent m'appeler.

– Je t'accompagne.

– Merci. Marcher me fait du bien.

En chemin, elle lui confia à quel point cette installation dans la Charente comptait pour elle. Surtout maintenant. Florent ne paraissait pas convaincu qu'une exploitation de cette importance puisse survivre sans la présence de celui qui

445

avait occupé si longtemps la place du père de famille avec tant d'autorité.

– Tu es sûre qu'il faut la conserver, maintenant que Sami n'est plus là ?

Lydie le fusilla du regard, scandalisée.

– Évidemment, qu'il faut la conserver. Où iraient-ils ? Il faut bien les loger quelque part, ils ont tout perdu.

Elle éclata en sanglots et ils marchèrent ainsi, serrés l'un contre l'autre, jusqu'à la maison de la tante Françoise.

Dans l'appartement elle prépara du café, par réflexe, comme une automate, tandis que Florent essayait de joindre la Croix-Rouge d'Alger sans succès. Les communications téléphoniques ne passaient pas.

Il eut l'idée d'appeler Francis Brunet chez lui. En s'excusant de le déranger un 1er janvier, il lui raconta ce qui venait de se passer à Mirallah, et lui demanda s'il n'avait pas le moyen de se renseigner sur ce qu'étaient devenus les habitants de la ferme. Diligent et efficace comme à son habitude, l'énarque prit leur numéro et promit de les rappeler dès que possible.

Florent et Lydie se trouvèrent donc dans l'obligation d'attendre ensemble. Elle cuisina un déjeuner sommaire et ils passèrent de longues heures à bavarder. C'était la première fois qu'ils se trouvaient confrontés à un drame aussi épouvantable. Ils parlèrent aussi de Myriam, que Lydie aimait beaucoup. Elle avait tenu le rôle de la grande sœur qu'elle n'avait pas eue.

En fin d'après-midi, Francis rappela. Les rescapés de la famille Schœnau et leurs proches embarqueraient dans un avion militaire à l'aéroport de Reghaïa, dans la soirée ou, au plus tard, le lendemain matin, en direction de Villacoublay. Impossible d'avoir plus de précisions sur les horaires. Florent devait se mettre en relation avec le colonel Larchaud. Celui-ci l'avertirait de l'arrivée du groupe sinistré.

Florent remercia, très ému de son aide, et Lydie essuya ses larmes. Après le chagrin venait le temps de l'action, et elle prit ses premières décisions.

– Si tu veux bien, tu les récupéreras à l'aéroport militaire. Moi, je prends la Triumph que David m'a laissée et je fonce à La Branderie pour organiser l'accueil. Il faut, avant tout, des lits de camp et des sacs de couchage. Aujourd'hui tout est fermé, mais demain je trouverai bien une boutique de camping qui me fournira ce dont j'aurai besoin

– Tu es sûre de pouvoir faire toute cette route seule au volant ?

Furieuse, elle se redressa, le menton levé :

– Pour qui me prends-tu ?

Cette fois, il était convaincu qu'elle allait mieux. Il y aurait des rechutes, sans doute, mais on pouvait compter sur son énergie. Elle lui donna les précisions qui lui seraient nécessaires pour le transport :

– En principe, ils seront douze adultes et cinq enfants. Je vais te faire un itinéraire pour que tu trouves la maison.

Elle prit un papier et commença :

– Orléans, Tours, Poitiers, Niort…

Florent l'interrompit :

– Merci, mais, avec une carte, je saurai atteindre La Rochelle.

Elle ne se laissa pas distraire :

– Excuse-moi. Tu ne vas pas jusqu'à La Rochelle. À Niort, tu obliques vers Saintes…

À l'hôpital, Florent demanda une semaine de congé. Il avait pris tant de gardes au moment des fêtes que ses collègues ne purent le lui reprocher. Ni le patron le lui refuser, quand son interne expliqua les raisons de son absence.

XXIX

Lors du dîner de nouvelle année avenue Foch, Florent fit à son père le récit de ces six cents kilomètres de route, dans une espèce de minibus loué pour l'occasion, avec des gosses fatigués, affolés, traumatisés par les scènes d'horreur qu'ils avaient vécues, et des adultes bouleversés qui retenaient leurs larmes. Il décrivit leur arrivée dans cette grande bâtisse inhabitée depuis dix ans, chauffée depuis la veille grâce à la sollicitude d'un plombier séduit par le charme de Lydie, l'installation des lits de camp, la préparation des repas sur une antique cuisinière à charbon, sans charbon, et tout à l'avenant.

Cette inimaginable pagaille avait ranimé l'esprit pionnier des colons, et, sous la pression souriante de Lydie, ils s'étaient tous attelés à la tâche, accompagnés de leurs ouvriers musulmans, avec une énergie hargneuse qui leur permettrait sans doute d'oublier temporairement leur malheur.

Conscient de ne pas servir à grand-chose, Florent avait pris le chemin du retour, en promettant de revenir bientôt les voir.

— Et ton copain David ? demanda son père.

– Aucune nouvelle. Le téléphone entre la France et l'Algérie marche si mal que se parler tient du miracle. Et où l'appeler ? Il n'a plus de maison.

Pour une fois, Maxime compatissait. Florent le trouvait en bonne forme. Suivant les recommandations de son cardiologue, il ne fumait plus, ne mangeait qu'avec parcimonie et se limitait à un verre de vin par repas. Il avait maigri, mais cette sveltesse lui allait bien et il le savait. Daphné ne le quittait pas des yeux, devinant ses besoins, précédant ses envies, satisfaisant avec empressement ses moindres désirs.

Il retournait au bureau, mais avec l'arrière-pensée de lâcher sa présidence et de prendre une très prochaine retraite.

– Je vais céder ma majorité – les candidats au rachat ne manquent pas – et je ne conserverai que mes activités de conseil international, confessa-t-il à son fils. J'ai de nombreux contacts avec le Moyen-Orient. Je resterai administrateur de la banque et de plusieurs autres sociétés importantes, j'aurai donc de quoi m'occuper pour le restant de mes jours sans quitter mon fauteuil. D'ailleurs, j'envisage de m'installer définitivement à Genève. Cette ville est la plaque tournante de la finance internationale et c'est là que je serai au plus près de ma clientèle.

« Et Daphné au plus près de tes comptes numérotés », pensa Florent.

Quelques jours plus tard, Stéphane débarquait place Maubert avec une bouteille de champagne sous un bras et le dossier de la clinique sous l'autre. L'autorisation ministérielle venait d'arriver : soixante-cinq lits de chirurgie, trente lits de maternité, cinq lits de médecine. Un peu moins qu'ils n'avaient demandé, un peu plus qu'ils n'espéraient. Ils trinquèrent avec émotion. Leur avenir prenait forme.

Restait le permis de construire et le montage financier.

Le permis dépendait du maire, qui ne cachait pas son enthousiasme à l'idée de voir naître un tel établissement dans sa commune. Quant au financement, chacun des six associés de base devait apporter une mise de fonds personnelle de trois cent mille francs, somme que les banquiers spécialisés prêtaient volontiers, compte tenu des prévisions de rentabilité de ce type d'exercice médical. Les praticiens se serreraient un peu la ceinture durant les premières années pour rembourser leur dette, et vivraient ensuite normalement.

Florent appela son père pour lui transmettre la bonne nouvelle :

– Nous avons l'autorisation.

– Je sais.

– Ah bon ?

– Enfin, Florent, pourquoi crois-tu qu'on te l'a donnée, cette autorisation, sinon parce que je suis intervenu ?

Florent resta muet.

– Viens dîner demain. Nous en parlerons. Tu n'as qu'à être là vers dix-neuf heures pour que nous ayons le temps d'évoquer ce projet tranquillement.

Sa voix était douce, presque chaleureuse. Sans doute admirait-il son fils de se lancer ainsi dans une aventure qui allait faire de lui un véritable chef d'entreprise.

Que d'illusions encore !

Le lendemain, Florent trouva son père lisant son journal au salon, dans son inusable veste d'intérieur à brandebourgs. Il avait ajouté au déguisement une paire de pantoufles en velours noir ornées d'un écusson doré.

– Assieds-toi, et voyons cette clinique. Tu as donc l'autorisation pour cent lits.

– Nous en avions demandé cent vingt mais…

– Qui ça « nous » ?

– Stéphane et moi…

– Stéphane et toi ? Tu n'as pas signé cette demande seul ?

– Papa ! Cette clinique est une idée de Stéphane, nous avons préparé le dossier ensemble, nous gérerons cette maison ensemble, il était donc normal…

Maxime était devenu livide, ses yeux étrécis par la colère brillaient d'un éclat de glace et sa bouche pincée n'avait plus de lèvres. Sa voix s'éleva d'un ton :

– Mais enfin, cette histoire ne tient pas debout ! Ensemble ? Ça veut dire quoi, ensemble ?

– Écoute, papa.

– Non ! C'est toi qui m'écoutes. Et tu m'écoutes bien. Cette autorisation, tu l'as obtenue parce que je suis intervenu…

– Dans toute la France, on autorise l'ouverture de cliniques sans que tu t'en mêles.

– Justement, cette fois-ci je m'en suis mêlé, et cette clinique se fera comme je l'ai décidé et pas autrement. Ce sera MA clinique et tu y seras MON salarié. Que tu le veuilles ou non.

– Mais ce n'est pas ce qui avait été prévu !

– Peut-être. Mais c'est ce qui sera.

Il plissa les yeux un peu plus et répéta :

– Entre-toi bien ça dans la tête, Florent, cette clinique, c'est moi qui la ferai, ou elle ne se fera pas.

Florent vit en un éclair défiler les épisodes de sa jeunesse qui l'avaient conduit à refuser la carrière prévue par son père et à choisir la médecine. Et voilà qu'il retombait dans ses filets. Sa vie entière il avait cherché à lui échapper, et ce diable d'homme le rattrapait. Il se leva.

– Papa, je ne suis pas seul sur ce projet, et je ne peux pas t'imposer à mes amis…

– Assez, cria Maxime, maintenant tu t'assoies et tu m'écoutes.

Florent, foudroyé, retomba sur sa chaise.

Daphné, l'air courroucé d'une poule couveuse, fit irruption dans le salon, un verre d'eau dans une main et un comprimé dans l'autre. Maxime avala le comprimé pendant qu'elle lançait à Florent un coup d'œil assassin.

– Voici ma décision, reprit-il, et je ne me répèterai pas. Je ne demande d'argent à personne et personne ne s'immisce dans MON projet. Je choisis l'architecte, je finance les travaux et nous verrons ensemble, le moment venu, quels sont les médecins qui travailleront dans cet établissement, à mes conditions. Un point, c'est tout. C'est à prendre ou à laisser.

Florent se leva de nouveau et répondit, hautain :

– Je laisse.

Il reprit son porte-documents et d'un pas raide se dirigea vers la porte.

– Au revoir, papa.

– Attention, Florent, si tu franchis…

Florent se retourna et lui coupa la parole :

– Je sais. Tu l'as déjà dit. Dans un seul sens. J'assume.

Et il sortit. Dans l'ascenseur, ses jambes se mirent à trembler à tel point qu'il crut tomber. L'image de son père éructant dans son fauteuil, le menton levé, avec Daphné debout à côté de lui, la main posée sur son épaule, ne s'effacerait jamais plus de sa mémoire.

Place Maubert, il téléphona à Stéphane et, la voix brisée par l'émotion, lui raconta ce qu'il venait de vivre. L'autre lui répondit d'un ton parfaitement calme.

— Ne t'en fais pas, Florent. Si j'ai bien compris, ce n'est pas la première fois que tu as une prise de bec avec ton père, et ce ne sera sûrement pas la dernière. Rassure-toi, nous n'avons nul besoin de lui. Notre clinique n'est pas, en soi, un modèle innovant. D'autres collègues en ont construit avant nous, et sans lui. Nous y parviendrons, quoi qu'il arrive. Calme-toi. Demain je t'emmènerai chez un ami banquier, et tu verras, tout se passera bien.

Le lendemain, ils se retrouvèrent ensemble dans le bureau d'un monsieur cravaté, en costume trois pièces, qui les accueillit le plus civilement du monde. Il écouta Stéphane lui rappeler les grandes lignes d'un projet qu'il connaissait déjà, l'autorisation obtenue, le plan de financement fondé sur l'évaluation d'un architecte habitué à construire et équiper des cliniques. Un cabinet comptable, spécialisé également, avait établi un budget prévisionnel tiré au cordeau. Rien ne manquait.

— Tout cela me paraît effectivement parfait, conclut le banquier.

Stéphane termina en exposant la situation de Florent : interne de Paris, libre dans deux ans pour commencer à travailler, et désireux d'obtenir un crédit de trois cent mille francs pour sa mise de fonds initiale.

— Schéma classique. Je ne vois aucun inconvénient sur le principe. Voyons voir. (Il sortit d'un tiroir un formulaire.) Alors, docteur, vous m'épelez votre nom ?

— Schœnau. S-C-H…

L'autre releva la tête en souriant :

— Vous n'êtes pas parent avec Maxime Schœnau, le président…

— Si, bien sûr, c'est mon père.

L'autre cilla un instant.

– Excusez-moi, je ne comprends pas bien. Pourquoi ne vous adressez-vous pas à lui ? Il est le mieux placé pour vous faire obtenir…

– Justement, l'interrompit Florent, je ne souhaite pas le solliciter. Nous sommes un peu en froid en ce moment, et je préfère mener ma vie à ma manière en me passant de ses services.

Le banquier leva les sourcils et reposa son stylo.

– Écoutez, je vais étudier ce dossier en détail et nous en reparlerons, disons (il regarda son agenda)… lundi prochain, même heure ?

– Entendu.

Les deux garçons se levèrent, remercièrent et s'en furent.

– Incroyable, grommela Stéphane. Ton père le terrorise.

– Tu as vu !

« C'est un tueur », lui avait dit Francis Brunet, longtemps auparavant.

La semaine suivante, le banquier les attendait, toujours aussi souriant mais penaud. Il conseilla à Florent de s'adresser à son père, même s'ils étaient en froid. Lui ne pouvait pas, dans les conditions actuelles, se passer de l'aval du président Schœnau. Dans la profession, personne ne comprendrait.

Stéphane et Florent renouvelèrent l'expérience deux fois. Avec le même résultat. Leur troisième interlocuteur, jeune directeur d'une petite banque d'affaires, était un homme madré, autodidacte et courageux. Le premier, il manifesta à Florent un semblant de compassion et joua cartes sur table :

– J'ai eu votre père directement au téléphone. Je le connais bien, pour avoir suivi ses cours au CPA, le centre de préparation aux affaires de la chambre de commerce, un prof remarquable au demeurant. Il m'a dit : « Mon cher ami, à votre place, moi, je ne monterais pas ce crédit. Bien sûr, si vous voulez vous lancer, libre à vous. Seulement je confirmerai mon opinion à votre président avec qui je déjeune la semaine prochaine. » Votre père vivant, conclut-il, jamais personne ne vous prêtera un sou, docteur Schœnau, sans son accord.

Cette semaine de rendez-vous et d'échecs successifs laissa les deux amis désarçonnés.

Désormais, aux yeux de Florent, une seule décision s'imposait : renoncer de façon claire et définitive à sa copropriété sur l'autorisation ministérielle. Il signa une lettre de désistement. Stéphane pourrait mener seul ce projet en choisissant les associés qui lui conviendraient. Il était catastrophé :

– Et toi ? Que vas-tu faire ?

– Je choisirai le chemin que ni mon père ni personne ne pourra m'interdire : prendre un bureau de consultation dans une de ces organisations qui louent des locaux avec secrétariat commun. Je m'inscrirai pour travailler dans plusieurs cliniques ouvertes de Paris, et j'attendrai le succès en passant trois heures par jour dans les embouteillages. Je ne serai pas le seul à avoir commencé de la sorte. Certains de nos confrères exercent même ainsi leur vie durant. Ils n'en meurent pas. Ne t'inquiète pas, je retomberai sur mes pieds, j'ai l'habitude.

Florent se sépara de Stéphane la tête haute, en gardant pour lui sa tristesse, sa déception et ses états d'âme. Mais, enfermé place Maubert, il passa plusieurs soirées à ressasser la rage qui l'habitait.

À l'évidence, Maxime Schœnau, au nom d'on ne sait quel désir de puissance, n'admettrait jamais de voir son fils voler de ses propres ailes. Dans son délire narcissique et paranoïaque – comme l'avait dit le psychiatre de Saint-Tropez –, il préférait le briser plutôt que de le laisser accomplir seul le destin qu'il avait choisi.

À la rigueur, Florent pouvait comprendre que son père refusât de participer à un projet dont il n'aurait pas la maîtrise complète. Encore que, compte tenu de sa fortune – et Florent en connaissait l'étendue –, un apport de trois cent mille francs (a fortiori un prêt) ne l'aurait pas ruiné. Mais ce qu'il ne pouvait admettre, c'est qu'un vieil homme en bout de carrière pût s'acharner à empêcher son fils de mener sa vie.

Pour la première fois, Florent se sentit envahi d'une véritable bouffée de haine à l'égard de son père. Même si ses troubles psychologiques relevaient d'une pathologie évidente, pourquoi s'obstinait-il à l'anéantir ? Et jusqu'où serait-il capable d'aller ? On a beau savoir que l'adversaire est atteint d'une maladie mentale, les coups qu'il porte n'en sont pas moins douloureux.

Florent reçut un coup de téléphone de Sabine, l'anesthésiste, qui lui proposait de le voir. Il refusa. Il lui fallait d'abord digérer sa déception.

Quelques jours passèrent ainsi, sans qu'il parvienne à se remettre de sa colère. Puis il remonta la pente. D'autres que lui avaient subi des drames bien pires. Comme ses amis pieds-noirs, par exemple, dont le sort tragique lui revenait sans cesse en mémoire. Comme David. Qu'était-il devenu ?

XXX

Francis Brunet avait été nommé en janvier 1962 au cabinet de Roger Frey, ministre de l'Intérieur. Florent ignorait la nature exacte de ses fonctions, mais les connaissances du jeune énarque sur le drame algérien paraissaient plus précises que jamais.

Ce qu'il racontait, et qu'on ne trouvait pas dans les journaux, dépassait l'entendement. D'après lui, l'OAS était responsable d'une dizaine de plasticages *par jour* ! Auxquels répondaient les attentats du FLN. Au total, des milliers de morts s'accumulaient.

Par amitié pour Florent, Brunet s'était intéressé de près à l'affaire de Mirallah, et les deux garçons dînaient souvent ensemble pour faire le point sur les informations obtenues. Informations que Florent retransmettait aussi fidèlement que possible à Lydie.

Dans les premiers jours du rapatriement de la famille à La Branderie, elle avait fait face, organisant tout, dirigeant ses cousins déboussolés, les poussant à reprendre en main la maisonnée. Mais, depuis la fin janvier, elle s'effondrait. Malgré la distance, Florent sentait bien que le silence de David lui minait le moral. La rassurer devenait chaque jour plus malaisé. Lui-même ne comprenait pas comment son ami pouvait laisser la femme de sa vie dans l'ignorance complète de ses faits et gestes. À moins que…

L'explication vint de Francis Brunet et confirma les pires prévisions : David était mort.

Pour le lui annoncer, il le fit venir place Beauvau, et le reçut dans le petit bureau qu'il partageait avec un autre chargé de mission, absent ce jour-là.

— Je connaissais la nouvelle depuis plusieurs jours déjà, lui avoua-t-il, mais j'en attendais confirmation. Hélas, il n'y a plus de doute.

Florent sentit sa tête tourner et ferma les yeux.

Francis prit son téléphone et demanda qu'on fasse venir le capitaine Louviers. Celui-là même que Florent avait rencontré à Alger, dans le bureau du commandant Harzon, et qui avait fait arrêter Walid.

L'officier des RG se souvenait parfaitement de leur première rencontre. Il rentrait d'Alger avec toutes les informations attendues. D'abord, l'incendie de Mirallah. C'était l'œuvre d'un commando mené par le dénommé Mouktar, ex-infirmier chef de l'hôpital de Sidi-Afna, l'un des responsables de la willaya 3 depuis le début de la rébellion…

Florent croisa ses bras sur le bureau et y posa son front. Cette fois c'en était trop. Mouktar qui le recevait dans sa maison, dont il avait opéré la femme, Mouktar avait incendié la ferme de ses amis. Il se redressa.

— C'est lui qui les a tués ?

— Non ! D'après les renseignements que j'ai, il avait pour but de chasser les habitants de la ferme avant de l'incendier. À ce qu'il paraît, Samuel Schœnau a surgi, un fusil de chasse à la main, et a tiré sur ledit Mouktar, le tuant sur le coup.

460

Furieux, les rebelles l'ont massacré, et quand sa femme s'est jetée sur eux comme une furie, elle a subi le même sort. Les autres habitants de la ferme ont été épargnés et n'ont pas subi de sévices, même les musulmans qui n'ont eu qu'à essuyer quelques injures assorties de coups de pied aux fesses. Sans plus.

– Et David ?

– Il est arrivé à Mirallah le surlendemain du drame et s'est occupé des obsèques de ses parents, dans le caveau familial de Hussein Dey. Puis il s'est volatilisé.

– Comment ça, volatilisé ?

– Disparu. Sur le moment, personne n'a su où il était parti. J'ai appris, ultérieurement, qu'il s'était engagé dans les commandos Delta de l'OAS, commandés par le lieutenant Roger Degueldre, un para sanguinaire.

Florent ne pouvait pas le croire.

Et le capitaine n'en avait pas fini.

– L'assassinat de ses parents l'avait rendu fou de haine. Une folie meurtrière. Avec les commandos Delta, il pensait sans doute se venger. Malheureusement, la première opération à laquelle il a participé lui a été fatale. Ils ont fait sauter un café maure, *Chez Driss,* considéré comme un repaire du FLN (Florent n'avait pas oublié !) Les Arabes ont riposté à l'arme automatique. Au lieu de filer comme les autres, David s'est arrêté pour ramasser un copain blessé et il s'est fait allumer à son tour. On l'a retrouvé le dos criblé de balles, effondré sur le corps de celui qu'il voulait sauver. C'est le blessé en question qui nous a raconté les faits. Protégé par le corps de votre ami, et laissé pour mort, lui a survécu.

– Quand est-ce arrivé ?

– Une semaine après son retour à Alger. Mais il ne portait aucun papier sur lui et on n'a pas pu l'identifier tout de suite.

La police a fini par retrouver un avis de recherche le concernant dans le fichier des putschistes de janvier 1961.

Florent revoyait David débarquer place Maubert, épuisé, traqué, à bout de nerfs, n'osant plus sortir. Louviers continua son sinistre compte rendu :

– Quand les policiers ont su qui il était, son studio a été fouillé, sans résultat. La vieille Mauresque qui logeait dans la même maison et s'occupait de lui a tout ramassé et expédié à (il cherchait un papier...) dans la Charente, une maison appelée La Branderie... Vous connaissez ?

Florent hocha la tête. Il connaissait.

Tout était dit. Il remercia Brunet et Louviers avant de rentrer place Maubert comme un automate. Il se sentait anéanti. Restait à prévenir Lydie. Le lendemain il alla trouver le professeur Cordier, son patron, et lui raconta la suite et fin de son histoire.

– J'ai encore quelques jours de vacances à prendre, mais je suis déjà parti au début de janvier...

– Je me souviens. Ne vous en faites pas. (Il sourit.) J'en connais qui seront enchantés d'opérer vos malades. (Plus sérieusement, il reprit) : Cette guerre qui n'en finit pas est une abomination. Allez consoler ces pauvres gens.

Quand Florent descendit de voiture, dans la cour de La Branderie, la nuit commençait à tomber. Lydie sortit de la maison pour venir au-devant de lui. Elle portait une robe de cotonnade toute simple, avec, par-dessus, un tablier de toile bleue orné d'une vaste poche ventrale. À quelques pas de lui, elle releva son visage baigné de larmes et se jeta dans ses bras sans un mot.

Elle savait.

Ils restèrent enlacés, serrés l'un contre l'autre, puis, toujours en silence, ils se dirigèrent vers la maison pour entrer dans la vaste salle commune où un feu de bois rougeoyait dans la cheminée rénovée. L'antique cuisinière à charbon avait été remplacée par une gazinière moderne gigantesque, entourée d'ustensiles qui évoquaient plus la restauration de collectivité que la cuisine bourgeoise.

Florent s'assit sur l'un des deux bancs qui bordaient la longue table de ferme et Lydie lui servit une tasse de café. Ils n'avaient toujours pas prononcé une parole. Leur silence fut troublé par l'arrivée d'une petite fille à couettes qui portait un panier d'osier plein de salades.

– Merci, ma Sophie, lui glissa Lydie en l'embrassant. Regarde, Florent, de la chicorée d'hiver. Tu vas voir, elle est excellente.

D'autres enfants pénétrèrent dans la pièce, dont un petit Mohamed qui marchait à peine. La mignonne Sophie le prit dans ses bras et tout ce petit monde disparut dans les pièces de derrière, d'où l'on entendit bientôt fuser des éclats de rire.

Lydie s'affairait aux fourneaux.

– Comment as-tu su, pour David ? demanda Florent.

Elle se retourna :

– Nous avons reçu, ce matin même, un avis de décès et sa grande cantine verte, avec tout ce que la pauvre Wardia a pu ramasser dans son studio. Sans aucune explication. (Elle avait les yeux pleins de larmes). D'ailleurs, les explications, je m'en fous maintenant !

– Ce qui se passe là-bas est dramatique.

– Je ne veux pas le savoir. Personne ici ne veut plus rien savoir. Nous n'avons ni télévision ni radio. Et nous n'achetons pas de journaux. Des bruits parviennent parfois jusqu'ici, mais nous ne les écoutons pas. La page est tournée.

David est notre dernière victime. Nous avons payé un tribut suffisant à la bêtise humaine. Maintenant, nous allons prendre notre temps pour revenir à la vie. À une autre vie.

Le reste de la maisonnée se regroupa progressivement dans la cuisine. Ils entraient un à un, embrassaient Florent comme s'il faisait partie de la famille depuis toujours, et s'asseyaient sans poser de questions. Lydie jouait manifestement le rôle de la maîtresse de maison, posant sur la table verres, bouteilles de vin et carafes d'eau, tout en surveillant ses casseroles. Elle sortit aussi une bouteille d'Anis Gras, le régal des pieds-noirs. Une jeune fille prénommée Christelle apporta des raviers contenant des olives, des variantes. La tradition de la *kémia* perdurait. Puis on entendit des pas descendre l'escalier. Le grand-oncle Schœnau fit son entrée, le regard blanc, la main appuyée sur l'épaule d'un petit garçon qui le conduisit vers le fauteuil en bout de table. Selon la coutume familiale, le plus âgé présidait. On poussa vers sa main un verre d'anisette dosée comme il l'aimait. Avec un glaçon.

Cette grande salle avait toutes les apparences de la sérénité. Patrons et ouvriers vivaient ensemble en attendant les nouvelles constructions où chacun se ferait une place à sa manière. On dînait tôt, on parlait peu. On n'évoquait rien d'autre que les problèmes de la terre. Le traitement de la vigne, la taille d'hiver qu'il fallait finir, le potager à remettre en état, mais le motoculteur n'était pas encore réparé. Tous faisaient semblant d'avoir oublié l'Algérie.

Après le dîner, Lydie posa devant Florent une bouteille de très vieux cognac, produit de la propriété, laissée par les prédécesseurs. Elle remplit deux verres et s'assit en face de lui.

– Il faut bien que j'apprenne à goûter, dit-elle avec un pauvre sourire.

Florent trempa ses lèvres et apprécia le parfum complexe du liquide ambré vieilli dans les tonneaux de chêne qu'il avait vus alignés dans les chais. Il était devenu muet.

Il aurait voulu prononcer de fortes paroles de réconfort, ou trouver des mots capables d'exprimer des sentiments toujours refoulés pour d'obscures raisons, toutes plus mauvaises les unes que les autres. Par respect pour David, il n'osa pas.

Il passa quatre jours à La Branderie. Lydie se comportait comme s'il avait toujours été là, mais fuyait le tête-à-tête. À aucun moment elle n'évoqua la mémoire de David, qui avait dû rejoindre le caveau familial à Hussein Dey, entre deux gendarmes guidés par une musulmane fidèle. Dans cette famille, on manifestait son courage en silence pour être capable d'affronter l'avenir.

Un coup de téléphone rappela Florent à la réalité du quotidien. Qui pouvait bien l'appeler ? Il n'avait laissé le numéro de La Branderie qu'à sa concierge de la place Maubert. C'était elle.

– Docteur, j'ai devant moi une dame qui veut vous parler. Elle s'appelle Cecilia.

– Passez-la-moi. Merci.

– Monsieur Florent, il faut que je vous voie.

– C'est urgent ?

– Oui ! Très urgent.

– Je dois rentrer à Paris demain. C'est assez tôt ?

– À quelle heure ?

Florent ne comprenait pas ce que pouvait lui vouloir la domestique de son père. Elle refusa d'en parler au téléphone. Il réfléchit qu'en partant à cinq heures du matin il serait place Maubert vers l'heure du déjeuner.

– Je vous attendrai.

Le soir, il fit ses adieux à toute la maisonnée. Les enfants ne comprenaient pas son départ.

– Tu restes pas avec Lydie ? lui demanda innocemment la petite Sophie.

Il rougit violemment et n'osa pas lever les yeux vers l'intéressée, qui se détourna aussitôt pour accomplir on ne sait quelle tâche urgente.

– Au moins, tu reviens bientôt ? insista la fillette.

– Oui, ma chérie. Très bientôt.

Quand tout le monde fut couché, il resta en tête à tête avec Lydie autour de la bouteille de vieux cognac. Allait-elle enfin lui donner la possibilité de parler ? Il fut déçu. Ce soir-là, elle se leva sans l'embrasser et se sauva, cachant mal ses larmes.

Il finit son verre tout seul, perdu dans les souvenirs d'une orangeraie ensoleillée où grillait un méchoui. Que de fantômes en ce jardin du passé !

Le lendemain matin, quand il prit sa voiture, aux premières lueurs de l'aube, il découvrit, sur la banquette, un paquet enveloppé dans du papier kraft avec, écrit sur le dessus : *Pour Florent*. C'était l'écriture de David. Il hésita mais décida de l'ouvrir plus tard, au calme. Pour le moment, il avait de la route à faire.

Place Maubert, Cecilia l'attendait comme convenu. À peine l'eut-il fait monter à l'appartement qu'elle se lança dans un récit hallucinant.

– D'abord, cette Daphné, vous savez, monsieur Florent, c'est pas quelqu'un d'intéressant.

– Pourtant, elle s'occupe bien de mon père, non ?

– Peut-être, mais il y a sa mère, à elle, qui vient avenue Foch quand votre père n'est pas là. Ensemble, elles ne font que parler d'argent. De l'argent de votre père.

Florent sourit :

– Je n'en suis pas particulièrement étonné. Vous savez, Cecilia, quand une femme de l'âge de Daphné vit avec un homme qui a quarante ans de plus qu'elle, c'est rarement pour ses beaux yeux. Du moins pas uniquement !

Soudain, Cecilia se mit à pleurer, incapable de maîtriser son émotion. Monsieur, elle l'avait adoré. C'était un patron formidable. Pas facile, bien sûr, mais un seigneur. Quand il était tout seul, la vie avec lui était simple. Mais voilà, l'autre était venue. Discrète au début, effacée, puis de plus en plus envahissante, régentant tout, surveillant tout, se prenant pour une grande dame.

– Elle critiquait même ma façon de cuisiner, alors qu'elle n'y connaît rien. Elle ne sait pas faire cuire un œuf !

Florent sentait la jalousie de la femme dépossédée de ses prérogatives par une intruse.

– Et puis Monsieur m'a mise à la porte !

– Vous ? À la porte ? Ce n'est pas possible !

Redoublant de pleurs, Cecilia raconta qu'un jour, en l'absence de Maxime, la mère de Daphné était venue avenue Foch pour voir sa fille. Installées dans la cuisine, elles s'étaient mises à discuter, comme d'habitude.

– Moi, dans ces cas-là, je m'éloignais, continua-t-elle. Mais il fallait bien que je revienne pour préparer mon dîner. Au moment où je suis arrivée derrière la porte, j'ai entendu qu'elles parlaient des millions de votre papa. Elles comptaient et recomptaient sans se mettre d'accord sur le total. Elles criaient. Elles criaient même si fort que je n'ai pas entendu votre papa rentrer. Depuis quelque temps il restait moins tard au bureau, à cause de son cœur. Il se fatigue vite maintenant. Bref, il m'a trouvée derrière la porte de la cuisine. « Vous écoutez aux portes, Cecilia ? – Justement non !

j'ai répondu. Je ne veux pas entendre ce qu'elles disent. Elles ne parlent que de vos sous. »

Maxime était alors entré dans la cuisine pour découvrir la mère et la fille devant la liste de ses biens. Il avait piqué une colère épouvantable, viré la mère en lui interdisant de remettre désormais les pieds chez lui, envoyé Daphné dans la chambre, et jeté Cecilia à la porte, séance tenante.

– Mais vous n'êtes pas partie ? s'étonna Florent.

– Bien sûr que si ! Seulement, j'ai un mois pour quitter la chambre de service. C'est la loi. Tant que je n'aurai pas une autre place. Et c'est là que j'ai besoin de vous, monsieur Florent. Pour me faire un certificat.

– Je n'étais pas votre employeur.

– Je sais bien. Mais lui, il refuse de m'en donner un. Quand je me présente chez quelqu'un, je suis bien obligée de dire que je suis partie fâchée avec votre papa. Les gens, forcément, ils n'ont pas confiance et ils lui téléphonent. Comme il dit des horreurs sur mon compte, personne ne veut plus m'embaucher. J'ai quarante-trois ans, monsieur Florent, et un fils handicapé au Portugal. Il faut que je travaille. Et je ne sais rien faire d'autre que tenir une maison.

Florent rédigea sur-le-champ un certificat élogieux affirmant tout le bien qu'il pensait de cette domestique de qualité exceptionnelle, et y ajouta ses coordonnées.

– Dites à vos employeurs éventuels de m'appeler s'ils ont un doute. Je leur expliquerai de vive voix ce que je ne veux pas écrire sur un document qui est destiné à rester.

Cecilia comprit. Elle s'empara du papier, remercia beaucoup, mais sans paraître vouloir partir, comme si elle avait eu encore des choses à dire. Florent l'aida en lui demandant ce qui la préoccupait.

– Voilà, ça ne me regarde pas, mais je crois qu'ils ont déménagé.

– Comment ça, « déménagé » ?

– D'après la concierge de l'immeuble – c'est une Portugaise comme moi, on s'entend bien, et elle non plus n'aime pas Mme Daphné –, un camion serait venu l'autre jour, pour vider l'appartement. À mon avis, votre père, il veut le vendre, et ils vont habiter à Genève.

– Je sais, parvint à articuler Florent, assez secoué par toutes ces nouvelles. Mon père m'a dit qu'il en avait l'intention. Pour son travail, ce sera plus facile.

Comme toujours, il défendait son père devant les autres et lui trouvait des excuses. Cecilia eut un sourire entendu pour ajouter :

– Et il vous a dit aussi, votre père, qu'il l'avait épousée, Mme Daphné ?

Là, Florent ne parvint pas à mentir. La surprise le frappait trop durement pour qu'il puisse jouer la comédie. Il n'était déjà pas doué pour le mensonge, mais cette révélation le laissa bouche bée. Et Cecilia n'en avait pas fini.

– Si je vous ai dit que c'était urgent de venir, monsieur Florent, c'est surtout parce que je crois votre papa très malade. Il a été hospitalisé à Genève.

– Mais comment savez-vous tout ça ?

– Toujours par la concierge.

– Elle ouvre le courrier ?

– Non, mais elle a la procuration pour recevoir les recommandés. Un jour, on lui a apporté des papiers officiels dans une enveloppe non fermée. C'est comme ça qu'elle a su, pour le mariage.

– Et pour la maladie ?

– Pareil. Le télégramme qui annonçait l'hospitalisation est aussi arrivé chez elle. Monsieur a été pris d'un malaise alors que Mme Daphné était à Paris. Personne ne parvenait à la joindre.

Tout s'emboîtait parfaitement.

Quel jeu jouait Daphné ? Avait-elle délibérément choisi de liquider le patrimoine « français » de son mari ?

Au moment de s'en aller, Cecilia lâcha la flèche du Parthe :

– Pourvu que ce soit pas elle qui l'ait empoisonné !

Décidément, le poison était toujours d'actualité dans ce bel appartement de l'avenue Foch. Florent calma la brave Cecilia, la remercia de tout ce qu'elle avait fait pour son père, et promit de s'occuper d'elle si elle en avait besoin. Il la raccompagna à la porte.

À peine était-elle partie qu'il appela les renseignements pour connaître le numéro de l'hôpital cantonal de Genève, en priant le ciel pour que ce soit bien là que son père ait été hospitalisé.

Deux minutes plus tard, il entendit la voix reconnaissable entre toutes :

– Allô !

– Allô ! papa, c'est Florent.

– Ah, Florent. Où es-tu ?

– À Paris. Je ne te savais pas malade.

– Tu vois, tout arrive.

– Veux-tu que je vienne te voir ?

Un blanc. Puis la voix reprit :

– Pourquoi pas. Mais oui. Si tu as l'occasion de passer par Genève, viens.

Florent encaissa le coup : « Si tu as l'occasion de passer... » Il se ressaisit vite :

470

– Écoute, papa, je n'ai aucune raison de passer par Genève, tu le sais bien. Mais si ça te fait plaisir que je te rende visite, je prendrai un avion demain matin.

– C'est ça, c'est ça. Quand tu voudras.

Et il raccrocha. La voix était bien la même, mais miniaturisée, fossilisée, une voix de mourant. Florent appela immédiatement Orly et réserva une place sur le premier vol du lendemain.

Il trouva son père endormi dans une chambre à deux lits, du côté de la fenêtre, séparé de son voisin par un paravent. Au moins, pour son opération à Paris, avait-il disposé d'une chambre particulière, pensa Florent en s'approchant. Quelle motivation avait bien pu pousser ce vieux Parisien qui aimait tant la ville de sa jeunesse à venir se perdre à Genève ? Il s'assit sur la chaise placée près du lit et prit la longue main diaphane posée sur le drap.

– Papa, c'est moi.

Maxime ouvrit les yeux et sourit. Que de charme encore dans ce visage amaigri dont la mâchoire en relief trahissait la prothèse.

– Tu as fait bon voyage ?

– Oui. Que t'est-il arrivé ?

– Le cœur ! Mon pauvre cœur a des faiblesses, paraît-il.

Jamais Florent n'aurait cru que, chez son père, cet organe pouvait s'user. En tous cas, pas à cause de lui !

– Du côté de ton rein restant, il n'y a pas de problème ?

– Non. Ils ont vérifié tout de suite, il va bien.

– Et ta prostate ? s'inquiéta Florent pour le faire rire.

Maxime ne comprit pas l'humour de la question.

– On n'en parle pas, répondit-il d'une voix qui chevrotait un peu.

Florent découvrait que son père était devenu un vieillard. Ses cheveux habituellement bleutés avaient pris un reflet jaune, et, vu ainsi de haut, son crâne privé des artifices de l'artiste capillaire paraissait complètement déplumé. Il avait une bien piètre allure, le président Schœnau.

– Tu sais, reprit celui-ci à mi-voix, j'ai bien l'impression d'être arrivé au bout de ma route.

– Un joli parcours !

Il ébaucha un sourire.

– C'est vrai. Quand j'étais jeune groom, mon chef portait une redingote bleue et une casquette avec des galons dorés. Il me disait : « Maxime, si tu continues à faire des bêtises, tu n'arriveras à rien dans la vie. Tu n'obtiendras jamais une place comme la mienne. » Il avait raison. Je n'ai jamais réussi à être chef groom.

– D'autres galons t'attendaient.

Il eut un petit rire qui le fit tousser. Florent lui tendit un Kleenex.

Ils bavardèrent ainsi pendant une heure, voyageant à tout petits pas dans un passé lointain où Maxime se mouvait encore avec aisance. Florent connaissait par cœur les moments forts de la légende paternelle, déjà cent fois racontés au fil des années. Il lui était donc facile de relancer son père d'anecdote en anecdote, comme on fait des ricochets. Mais des ricochets qui rebondissaient au ralenti, comme dans les vieux films.

Ces évocations furent brusquement brisées par l'arrivée de Daphné. Elle resta figée de surprise devant Florent. Maxime ne lui avait donc pas fait part de son coup de téléphone. Très vite, elle fit comme si tout allait de soi.

Florent s'éclipsa pour se mettre à la recherche du médecin qui s'occupait de son père. Une infirmière le renseigna. Le praticien examinait des radios dans le bureau voisin.

C'était un homme d'une quarantaine d'années, maigre et déjà aux trois quarts chauve. Il parlait avec un redoutable accent vaudois qui accentuait encore son manque d'enthousiasme. Il devait avoir du mal à dynamiser ses patients :

– Votre papa, il ne va pas fort, c'est sûr. C'est son myocarde, il ne lui en reste plus beaucoup. Il a bouché ses coronaires une à une, au fil des années, et notre arsenal ne possède pas de médicaments efficaces pour les rénover.

– Comment cette situation va-t-elle évoluer ?

Il leva les yeux au ciel et sembla caricaturer son accent à plaisir :

– Quand un moteur est uuuusé, un jour il s'aaaaarrête.

– Vous allez le garder longtemps ici ?

– Non. Il va sortir à la fin de la semaine. Nous, on peut plus grand-chose pour lui. Il faudra qu'il fasse attention.

Florent ne lui demanda pas comment on faisait attention. Il remercia et retourna à la chambre. Ni son père ni Daphné ne lui posèrent de questions.

C'était l'heure du repas. Daphné proposa d'emmener Florent déjeuner pendant que son père se reposait un peu.

Le restaurant de l'hôpital occupait le dernier étage, avec une vue qui aurait pu être belle, n'était l'épais brouillard qui noyait le paysage.

– Comment le trouvez-vous ? demanda Daphné.

– Fatigué. Son état s'est aggravé brutalement ?

– Il a fait plusieurs crises, ces temps derniers. Mais vous le connaissez. Dès qu'il se sentait mieux, il fallait qu'il recommence : rendez-vous à Zurich, aller et retour à Dubaï ou à

473

Riad, voyage à New York, à Washington... Quand on occupe une position internationale comme la sienne, c'est difficile de ne pas bouger, évidemment.

Elle s'exprimait sur un ton suffisant, supérieur, comme si elle y était pour quelque chose. Elle avait la vanité des chauffeurs de maître qui endossent la condition sociale de leur patron et s'en vantent.

– On m'a dit que vous vous êtes mariés ? lança Florent tout de go.

Elle vacilla un instant.

– Oui. Il voulait être rassuré. Il avait peur de me perdre. Vous savez, ajouta-t-elle sur le ton de la confidence, quand il s'est senti malade, fatigué, il a eu besoin de savoir qu'il aurait toujours quelqu'un de confiance à ses côtés.

Florent accusa le coup mais prit une revanche immédiate :

– Vous n'étiez pourtant pas là quand il a été hospitalisé.

Elle évita le piège :

– Quel malheureux hasard ! Moi qui ne le quitte jamais. Il avait exigé que j'aille à Paris lui chercher des documents. Il a suffi que je m'éloigne une journée pour qu'il fasse encore un accident cardiaque. Je me suis promis que cela n'arriverait plus jamais.

– Vous vous êtes donc installés à Genève ?

– Bien obligés ! D'ici, il pourra continuer à travailler sans avoir à faire tous ces voyages. Ce sont les gens qui viendront à lui. Genève est une plaque tournante et je ne le laisserai plus se fatiguer autant. Que voulez-vous, on lui demande tant !

Florent faillit faire une réflexion sur les comptes numérotés, sur ce mariage *in extremis,* sur le rôle qu'elle jouait, sur les révélations de Cecilia. Mais il renonça. Il n'avait rien à voir dans toute cette sordide captation. Si son père se sentait bien avec cette godiche, après tout, pourquoi le lui reprocher ? Florent se demandait tout de même comment un homme aussi exigeant pouvait supporter ce regard écarquillé et cette évidente absence d'autonomie intellectuelle. Au fond, c'était peut-être ce qu'il appréciait en elle. « Une belle commode », avait-il dit.

Pendant que Daphné réglait un problème administratif, Florent retourna au chevet de son père, qui sembla avoir un secret à lui confier :

– J'ai été ruiné deux fois dans ma vie, articula-t-il d'une voix si basse que son fils dut prêter l'oreille. Par ta mère d'abord, et par Elvire ensuite. Deux fois j'ai dû repartir de zéro.

Il secouait la tête comme s'il avait affaire à un parfait inconnu, quelqu'un qui n'aurait rien su de son histoire, quelqu'un qui ne l'aurait pas accompagné dans cette banque de Genève.

Florent se serait laissé aller à rire si cette simple phrase n'avait dénoté une profonde destruction mentale de son père. À chacun de ses deux divorces, il n'avait perdu – selon la loi – que la moitié de son capital. Et la moitié restante, après le hold-up d'Elvire, demeurait conséquente. Sans parler de ce qu'il avait dû engranger encore depuis… Destruction mentale ou ultime preuve de son redoutable sens de la mystification ?

Et l'autre dinde qui pépiait sur les capacités de son mari à régenter les finances des grands de ce monde ! Il fallait espérer que les rois du pétrole avaient d'autres conseillers que ce vieillard radoteur errant dans ses souvenirs.

L'heure du prochain avion approchait. Florent se leva pour embrasser son père et il y eut une minute d'intense émotion. Maxime fixa le visage de son fils et lui sourit avec une chaleur inhabituelle en lui tenant la main. L'acuité de son regard avait quelque chose de pathétique. Comme s'il voulait graver dans sa mémoire les traits de celui qu'il avait si mal aimé, et pensait peut-être ne jamais revoir.

Florent avait la gorge trop serrée pour parler. Il posa ses lèvres sur le front auguste de son géniteur, en le serrant fort dans ses bras.

XXXI

Florent reprit le travail et, comme cela lui était arrivé souvent, il retrouva son énergie au contact de ses malades. La chirurgie pratiquée dans ce service était l'une des plus élaborées de Paris.

L'un des assistants du patron s'appelait Jean Faurel. Professeur agrégé déjà, il allait changer d'hôpital dès qu'une direction de service se libérerait. Florent aimait travailler avec lui. Sa rigueur technique, alliée à un puissant tempérament novateur, en faisait un maître d'exception. Il avait mis au point une méthode de remplacements vasculaires qui allait marquer son époque. Les malformations (ou les maladies) de l'aorte et de la carotide représentaient sa « matière première » préférée. Chacune de ses interventions commençait donc par un long temps de dissection d'une grande valeur pédagogique pour l'interne qui l'aidait, et Florent passait avec lui des matinées exaltantes.

Quand son emploi du temps le lui permettait, Faurel aimait traîner au bloc après avoir fini d'opérer. Cet homme d'un remarquable éclectisme s'intéressait à toutes les activités culturelles, sans exception. Depuis la musique (il jouait du violon) jusqu'aux expressions artistiques les plus insolites. Il racontait comment il avait découvert, lors d'un voyage en Extrême-Orient, les beautés de l'art khmer. Il en était devenu expert auprès des douanes. Il se piquait d'être aussi un fin gastronome. Il affronta un matin, en un amical défi, la chef panseuse, qui mettait en doute les attraits du confit de canard. Alors que l'équipe préparait le premier malade du programme, il feignit de se mettre en colère :

– Vous n'y connaissez rien ! Un jour, je vous montrerai ce qu'est un vrai confit de canard !

La séance se déroula comme d'habitude. Florent, à qui son maître confiait de plus en plus de gestes chirurgicaux, sortit de là épuisé mais prêt à recommencer. Tout le monde disparut. La pittoresque altercation avec l'infirmière, à propos du confit de canard, était oubliée. Pas par Faurel !

Quelques jours plus tard, à la fin d'une matinée aussi éprouvante qu'à l'ordinaire, chacun sentit que l'ami Faurel préparait un coup. La dernière prothèse vasculaire posée, le champ vérifié, le chirurgien recula et enleva ses gants :

– Mon petit Schœnau, tu me termines ça. Moi, j'ai autre chose à faire.

Et il quitta la salle. Ravi, Florent entreprit de poser les drains et de reconstituer l'anatomie abdominale, respectant les gestes méthodiques appris de son patron. Enfin, sutures musculaire, sous-cutanée et cutanée se succédèrent jusqu'au pansement, exécuté avec le plus grand soin.

À travers la porte fermée filtrait un remue-ménage insolite. Quand il sortit de la salle, Florent en découvrit les raisons. Une nappe recouvrait la table destinée au rangement des instruments, des sièges avaient été récupérés ici ou là dans les chambres de malades, et le couvert était mis ! Faurel, torse nu, en caleçon et tablier de chef, cuisinait sur un four-

478

neau improvisé une énorme marmite d'odorant confit de canard. À côté, dans une poêle, mijotaient des pommes de terre sarladaises. Des bouteilles de madiran s'alignaient sur une étagère.

Le repas commença alors que le malade, à peine réveillé, était encore allongé sur son brancard, à portée de main de l'anesthésiste. Infirmiers, infirmières et médecins goûtèrent ces produits régionaux tout en écoutant le maître énumérer les vertus du confit et vanter ses méthodes de préparation.

Inoubliable souvenir !

Le lendemain, la bonne entente entre Florent et son patron franchit une étape supplémentaire. Il était deux heures passées et Faurel partait opérer en clinique. Florent allait se diriger vers la salle de garde, quand le patron le prit par le bras.

— Dis-moi Schœnau, commença-t-il tout en marchant vers sa DS, comment vois-tu ta carrière chirurgicale ?

Florent afficha une moue indécise.

— Pour tout dire, monsieur, je ne la vois pas très clairement. Je visserai sans doute ma plaque à Paris, en attendant de faire fortune, à moins que je trouve une place dans une clinique, en province ou en banlieue.

— Pourquoi ne pas concourir ?

— L'ambiance de la compétition ne me séduit guère, et le plein-temps, tel qu'il se met en place, manque d'attraits.

Faurel réfléchit un instant puis s'arrêta de marcher. Les deux hommes étaient maintenant debout face à face sous les grands platanes de l'allée principale.

— Écoute-moi bien, reprit-il. Moi, je serai chef de service dans les deux ans qui viennent. J'aurai besoin d'un assistant, et il y a longtemps que j'hésite à le choisir parmi les internes qui défilent à la Pitié. J'ai pensé que tu pourrais être celui-là. Si tu viens avec moi, je fais ta carrière. Plein-temps ou pas, tu seras patron, je m'y engage.

Florent avait l'impression de rêver. Cette proposition bouleversait sa vie. Faurel continuait :

– D'ici là, on travaillera ensemble dans mon labo de recherche à la faculté, et tu m'aideras à prélever mes greffons.

Le jeu consistait à opérer les malades juste après leur mort, (de maladies non contagieuses, évidemment) pour leur prélever l'aorte. Cette intervention devait avoir lieu dans des conditions d'asepsie aussi strictes que sur le vivant. On conçoit la qualité de ces répétitions chirurgicales pour les internes qui acceptaient d'y participer.

Florent avait du mal à croire ce qu'il venait d'entendre.

– Vous rendez-vous compte, monsieur, de ce que vous me proposez ? Si j'accepte, je vais donner à ma vie une orientation irréversible.

– C'est exactement ce que je souhaite. Je t'offre de partager mon parcours et de te préparer la place de choix que tu mérites.

Florent ne savait que répondre. Demander à réfléchir ne lui semblait pas convenable, et hésiter risquait de paraître vexant pour le prestigieux patron qui l'avait choisi.

Il hocha la tête en regardant son maître dans les yeux :

– Je ferai de mon mieux, monsieur, pour que vous ne regrettiez pas cette décision.

Faurel lui tendit la main :

– Tope là ! mon garçon ! Dans mon pays, ce geste a plus de valeur qu'une signature chez un notaire.

– Vous avez ma parole aussi.

– Bravo ! Mais garde-toi d'ébruiter notre accord. Personne n'a besoin d'être au courant. La semaine prochaine, tu viendras dîner à la maison et nous ébaucherons ensemble notre stratégie à long terme.

Florent rentra chez lui ce jour-là en flottant sur un petit nuage rose. Les caprices du destin le fascinaient. Autour de lui, tout s'était écroulé : la disparition de son ami David, l'abandon de ses projets de clinique, le naufrage de son père dans un doux gâtisme… Et voilà qu'une bonne fée soufflait au professeur Faurel l'idée de le prendre sous son aile. Quel retournement de situation !

Comment son père allait-il prendre la nouvelle ? Avoir un fils professeur, serait-ce pour lui une victoire ? Cette fois, en tout cas, il ne pourrait pas prétendre être intervenu en sa faveur !

L'appartement de la place Maubert ressemblait à un souk. Les différents voyages décidés en catastrophe avaient laissé une impressionnante quantité de vêtements à laver, à envoyer chez le teinturier ou à ranger. Florent se mit à l'œuvre sans plus tarder. Il lui fallait déblayer le terrain avant d'entreprendre quoi que ce soit de sérieux.

C'est ainsi qu'il tomba sur le paquet enveloppé de papier kraft que Lydie avait déposé dans sa voiture avant son départ de La Branderie. Il l'avait complètement oublié et le mit de côté. Une fois ses rangements terminés, assis à sa table, il découpa les rubans adhésifs qui enveloppaient le mystérieux colis et tomba sur une chemise cartonnée. À l'intérieur, bien rangées, plusieurs sous-chemises portaient des numéros. Il ouvrit le dossier numéro 1 et sourit. David avait respecté ses promesses : les documents agrafés en liasses reconstituaient la généalogie de la famille Schœnau. En bas d'un arbre compliqué, leurs deux noms, Florent et David, semblaient les fruits jumeaux de multiples générations. En remontant du bout de l'index, on trouvait Maxime et Samuel au même niveau. Plus haut, l'affaire se compliquait. Incapable d'étudier chaque ligne en détail, il remonta tout en haut pour trouver un Salomon Schœnau né en 1753 à Strasbourg, marié à une Sarah Venberg. Les origines de la famille ne faisaient aucun doute ! À quel moment sa branche à lui avait-elle renoncé à sa judéïté ? Mystère. Florent referma le dossier en se promettant d'y revenir.

La sous-chemise numéro 2 concernait David, Samuel et le grand-père Nathan. L'usine de Lagny-sur-Marne y était décrite depuis l'origine, sa création, ses agrandissements, les actes de propriété... L'histoire s'arrêtait en 1940...

La sous-chemise numéro 3 concernait la guerre de 1870, l'occupation prussienne et surtout l'annexion de l'Alsace après le traité de Francfort. De nombreuses coupures de presse commentaient l'exode des Alsaciens voulant demeurer français, parmi lesquels une importante proportion de juifs.

C'est quand Florent aborda la dernière sous-chemise que son cœur se mit à battre plus fort : elle était intégralement consacrée à Maxime. Son acte de naissance, son certificat de baptême... Il y avait même des bulletins scolaires !

Puis il tomba sur une note réclamant la libération du sergent-chef Maxime Schœnau : *Fait prisonnier en juin 1940 dans la région de Sarreguemines, il fut transféré au stalag VII B en Poméranie. Là, il s'est mis à la disposition des autorités militaires du camp pour l'organisation des commandos de travail français au service de la puissance industrielle et agricole allemande. Par ses qualités de coopération active, il a mérité sa libération et sa mise à la disposition du commandement du Gross Paris.*

Florent ferma les yeux pour mieux se remémorer le retour de son père en septembre 1941, après treize mois de captivité. Avec sa mère, ils avaient attendu des heures, gare de l'Est, dans la grisaille de l'automne. Puis le héros était enfin arrivé, besace en bandoulière, calot de biais et sourire aux lèvres, accueillant dans ses bras l'épouse et l'enfant qui couraient à sa rencontre.

Comme c'était bon d'avoir de nouveau un père ! Un père capable de revenir alors que les autres devaient rester là-bas. Personne ne savait encore que la plupart y resteraient quatre ans de plus ! Florent s'était toujours demandé pourquoi Maxime avait été libéré après seulement une année. La réponse, à l'époque, allait de soi : son père était un héros plus malin que les autres !

Mais la vérité était là, cruelle et indiscutable : *pour services rendus... !* Florent ne souriait plus.

Il tourna la page et tomba sur une note concernant les CO (comités d'organisation) créés en France par la loi du 16 août 1940, *pour assurer les besoins de la puissance allemande.* Ces comités recouvraient tous les secteurs de l'activité économique et industrielle française. Une de leurs fonctions essentielles consistait à « aryaniser » les entreprises juives. *Un industriel israélite ne saurait disposer de ses biens,* précisait un article signé Maurice Couve de Murville et daté du 19 juillet 1941, concernant la mission du CO des banques.

C'est là que travaillait Maxime ! C'est même là qu'il avait rencontré Elvire.

Venait ensuite une fiche descriptive du Comité permanent d'organisation des banques dont le président était Henri Ardant.

Henri Ardant. Ce nom, Florent l'avait entendu tout au long de son enfance. Cet homme était le président de la Société générale et professeur au Conservatoire national des arts et métiers, où Maxime avait été son élève. Ardant avait été le patron, le maître et, surtout, le supérieur hiérarchique direct de son père, pendant toute l'Occupation, au sein de ce fameux Comité des banques.

Florent découvrait donc, au fil de ces documents dont certains, rédigés en allemand, émanaient d'un certain MBF *(Militärbefehlshaber in Frankreich)*, que son père avait travaillé pendant quatre ans dans un établissement voué à l'organisation officielle de la collaboration avec l'Allemagne. Ainsi, lui, un Schœnau, avait contribué à la spoliation des biens juifs. Peut-être même s'était-il occupé de l'usine de Lagny, appartenant à la famille de David. Quelle tragique ironie du sort !

Florent s'arrêta de lire et ferma les yeux.

Son père avait donc été un collaborateur actif. Le doute n'était pas permis. Comment Florent n'y avait-il pas pensé plus tôt devant l'extraordinaire amélioration de leur situation matérielle survenue dès le retour de captivité ? Comment aurait-il pu s'acheter la propriété de Monceau-sur-Oise en 1946, s'il n'avait eu, sous l'Occupation, des revenus supérieurs à la normale ?

Atterré par ces découvertes, Florent continua à tourner les pages du dossier avec une pénible sensation de nausée. Il s'arrêta sur un extrait de presse daté du 22 août 1944, quelques jours après la libération de Paris. Le secrétaire général pour les Finances du gouvernement provisoire de la République française retirait à Henri Ardant ses fonctions de président du Comité des banques.

D'après la photocopie d'une page de livre, Henri Ardant serait bientôt emprisonné à la Santé, où il resterait un peu plus d'un an.

Florent n'en pouvait plus. Il referma le dossier, et le dernier document s'envola. Il le ramassa : c'était un curriculum vitae de Maxime Schœnau fourni à l'occasion de son inscription dans le *Bottin mondain* pour l'édition 1962. Y figuraient toutes les étapes de la carrière fulgurante de l'intéressé, mais David avait écrit une note en marge. *Rien entre 1939 et 1946 ?* Un vide. En 1939, Maxime était mobilisé, les quatre ans d'occupation et les deux ans qui suivaient la Libération passés sous silence. Puis l'ascension reprenait. En 1947, il était nommé sous-directeur de la banque qui porterait bientôt son nom.

Florent constata plus pittoresque : D'après le formulaire, Maxime était veuf de Jeanne X, puis marié avec Daphné Y. Entre les deux, Elvire avait disparu ! Rayée de la carte ! Comme si elle n'avait jamais existé.

David avait bien travaillé. Il avait discrètement gardé pour lui le nauséabond résultat de son enquête. Par indulgence et amitié, sans doute.

Florent resta enfoui dans son fauteuil, les pieds sur la table, à réfléchir. Qu'allait-il faire de toutes ces révélations ? Poser des questions à son père ? Chercher à en savoir plus sur cette période sinistre, une des plus troubles de l'histoire ? Il répugnait à chercher des réponses !

Que son père termine sa vie en paix. Il n'était plus temps de régler des comptes.

XXXII

Les accords définissant les modalités du cessez-le-feu en Algérie et du référendum d'autodétermination furent signés à Évian le 18 mars 1962, et les troupes françaises rentrèrent dans les casernes. Dans les jours qui suivirent, la rage des Européens s'exaspéra et les sanglants affrontements redoublèrent. Salan, passé dans la clandestinité, signa une véritable déclaration de guerre contre tous ceux qui ne respecteraient pas « la seule souveraineté légitime de ce pays, celle de la France ».

Des obus de mortier tombèrent sur la Casbah et le jeu tragique des représailles réciproques s'intensifia sous le regard impuissant de l'armée. Une armée muselée. Le comble de l'horreur fut atteint le 26 mars, quand une immense foule européenne se mit en marche vers le GG, malgré l'interdiction formelle du commandement. Rue d'Isly, un barrage de tirailleurs était commandé par un sous-lieutenant frais émoulu de Saint-Cyr. Affolés, les soldats tirèrent dans la foule. On releva quarante-six morts et plus de deux cents blessés. Une boucherie.

Écœuré par cette fin de conflit qui n'aurait sans doute pas pu être pire, Florent, à son tour, comme les habitants de La

487

Branderie, renonça à lire les journaux et débrancha sa télévision.

Il s'abîma dans le travail, son dérivatif préféré.

Son énergie n'était pas pour déplaire à Jean Faurel, avec lequel il passait de nombreuses heures à prélever et conditionner les greffons qu'ils utiliseraient ensuite pour les opérations.

– Tu sais, expliqua-t-il à Florent, un soir qu'ils dînaient ensemble dans un bistrot ouvert la nuit, après une longue séance opératoire en clinique, mon but est de parvenir à des remplacements artériels de calibres de plus en plus réduits. Pour parvenir un jour à remplacer les artères coronaires.

– Réparer les dégâts provoqués par l'infarctus du myocarde ?

– Oui. Et surtout prévenir les récidives.

– Vous croyez que c'est possible ?

– Non seulement je le crois (il sourit), mais je pense même que nous y parviendrons ensemble, tous les deux.

Dommage que Maxime soit né un peu trop tôt !

Son autre source de bonheur, Florent la trouvait dans ses conversations téléphoniques avec Lydie. Ils s'appelaient régulièrement. Dans la Charente aussi, l'espoir renaissait. Elle lui racontait leur lente adaptation à cette nouvelle vie où le soleil leur manquait tant. Elle organisait, avec les jeunes, de grandes balades à bicyclette, dans l'île de Ré toute proche. Ils prenaient le bateau à La Palice, port de La Rochelle, et débarquaient une heure plus tard dans un univers préservé où le temps semblait s'être arrêté. Ils campaient dans les dunes, mangeaient des huîtres et des palourdes, pataugeaient à marée basse dans des flaques grouillantes de crevettes et revenaient sur le continent, épuisés mais ravis.

Florent racontait ses journées harassantes mais pleines de découvertes et de perspectives d'avenir. Jamais il n'avait eu l'impression d'apprendre aussi bien son métier.

Il aimait ces longs bavardages. La voix joyeuse de Lydie comblait son manque d'émotions amoureuses. Ni l'un ni l'autre ne fit allusion au référendum organisé en France le 8 avril 1962, qui approuva les accords d'Évian avec 90 % de réponses favorables. Là-bas, pourtant, on s'entre-tuait toujours autant.

Début mai, Florent quitta la Pitié pour l'Hôtel-Dieu. Il était fier de se retrouver dans ce lieu chargé d'histoire où Desault et Dupuytren avaient donné ses lettres de noblesse à la chirurgie française, à une époque où l'on venait du monde entier écouter leurs leçons.

Dans ce nouveau service, il assistait un chirurgien des hôpitaux doté d'excellentes capacités pédagogiques. Il s'appelait Lataste et avait obtenu un titre olympique en escrime.

– Je ne comprends pas, s'indignait-il chaque matin, les gens qui n'achètent pas *L'Équipe* ! Dans les autres journaux, il n'y a rien à lire. J'ai essayé !

Florent ne parvint jamais à suivre son exemple. Mais il ne s'en vantait pas !

Le patron lui-même était un vieil homme sympathique, proche de la retraite, malheureusement affublé d'une secrétaire terroriste qui martyrisait personnel et internes, empoisonnant l'atmosphère du service. Florent l'évitait de son mieux et se dépêchait de quitter le bloc opératoire pour aller retrouver la chirurgie vasculaire de son maître Faurel.

Dans ce nouvel hôpital, une surprise attendait Florent.

Au cours d'une nuit de garde, il fut appelé dans un service de médecine pour un vieillard tombé de son lit. Capote bleue jetée sur les épaules, il partit en expédition dans une succession de salles vétustes, alignées sous les toits, et qui avaient dû paraître modernes en 1878, quand les nouveaux bâtiments avaient été inaugurés. Inchangées depuis, elles abritaient toute la misère sénile de la ville.

On l'accompagna au chevet d'un homme squelettique et souillé, au regard perdu. La position de sa jambe gauche ne laissait pas place au doute : il s'agissait d'une fracture du col fémoral.

Pour signer l'ordre de transfert en chirurgie, Florent dut se rendre dans le bureau d'étage. Pendant qu'il remplissait le formulaire, une infirmière passa derrière lui avec une cafetière fumante.

– Vous voulez du café ? demanda-t-elle.

Cette voix, il la connaissait. Il se retourna brutalement, et la stupeur se peignit sur les deux visages.

– Yamina !

– Docteur Schœnau !

Elle hésita une seconde et s'assit près de lui. Elle était toujours aussi séduisante, les cheveux sagement rangés sous la coiffe, sans maquillage hormis un soupçon de Rimmel.

– Tu as abandonné tes études ?

– Non. Je termine l'école de l'Assistance publique, mais je fais des nuits pour payer ma scolarité.

– Et tu as quitté l'Algérie définitivement ?

– Bien sûr ! Mon père voulait me marier à un de ses amis, un riche commerçant bien vu du FLN. Et plus question de travailler à l'hôpital. Il me fallait désormais fabriquer des gosses et rester à la maison. Très peu pour moi !

Florent retrouvait ce regard farouche et ce ton hautain qu'elle avait pour lui transmettre les rendez-vous fixés par son frère.

– Et Walid ?

– C'est un salaud ! Il s'était mis d'accord avec mon père. Il n'a jamais aimé l'idée que je sois infirmière. Il m'aurait préférée voilée et soumise.

– Ce n'est pourtant pas son genre.

– Pensez-vous ! Depuis la prison, il passe son temps à lire le Coran.

– Où est-il, maintenant ?

– Je ne veux surtout pas le savoir. S'il me récupérait, il me ramènerait au pays. Je vais me marier ici, avec un étudiant en médecine. Pour me protéger.

– Un étudiant en médecine français ?

– Oui, mais je ne sais pas encore lequel. Il y en a plein qui me demandent. Je vais choisir.

Elle baissa les yeux et reprit :

– Et vous ?

– Moi, je pleure mes amis de Mirallah.

– Je connais l'histoire. Mouktar ne voulait pas qu'ils meurent.

– Alors pourquoi être allé brûler leur ferme ?

– Ils avaient trop d'amis. Même parmi les nôtres. Des gens comme eux, on ne voulait pas les garder.

– S'en débarrasser comme ça, c'est honteux !

Elle afficha une moue d'indifférence. Manifestement, tout cela ne la concernait plus.

– Mouktar vous aimait bien.

– Drôle de façon d'aimer.

Elle hocha la tête et partit répondre à un appel. Florent se leva et s'en fut avec un goût amer dans la bouche.

Le printemps donnait aux Parisiens des envies de grand air, et on commençait à penser aux vacances. Lydie proposa à Florent de passer ses congés d'été à La Branderie.

Prétextant des problèmes d'organisation à l'hôpital, il réserva sa réponse. En vérité, il s'attachait de plus en plus à elle, mais le souvenir de David tenait encore trop de place entre eux pour qu'il accepte de s'installer à son côté. Fût-ce pour la durée des vacances.

Alors c'est elle qui vint à Paris.

Elle lui annonça son arrivée pour le début juin. Elle avait reçu mission de mettre en vente l'appartement du boulevard Saint-Germain, sa tante souhaitant s'installer définitivement dans la Charente.

Dès le premier soir, il l'emmena dîner à la Colombe, un bistrot derrière Notre-Dame où des guitaristes venaient chanter. Elle parla beaucoup de La Branderie, décrivant les améliorations apportées à la maison, et surtout au jardin. Le potager avait pris forme, de jeunes arbres fruitiers l'entouraient maintenant, avec un système d'irrigation révolutionnaire, en goutte à goutte. Son enthousiasme ravissait Florent. Elle avait changé. Ses cheveux courts à la mode lui donnaient un air de femme moderne bien loin de l'adolescente qu'il avait connue quatre ans plus tôt. Ses fonctions à La Branderie avaient fait d'elle un véritable chef de famille. Sa beauté s'épanouissait.

Quand ils se levèrent pour rentrer, il comprit soudain pourquoi il la trouvait si différente. La vérité lui sauta aux yeux. Il la prit par le bras pour la ramener vers le boulevard Saint-Germain, où elle logeait encore, et ils restèrent silencieux un moment en marchant sur les quais. Les arbres s'étaient habillés de vert tendre, et un timide croissant de lune essayait de donner une note romantique à leur promenade.

Florent réalisa soudain qu'il était arrivé à un carrefour de sa vie. Il n'était plus temps de tergiverser. Le moment des choix était venu. Il lui raconta sa conversation avec Faurel.

— Mon avenir est maintenant fixé. Mon père m'a empêché de m'installer en clinique, mais mon patron m'offre de me prendre avec lui. Ma situation est définie. Je suis assuré de gagner convenablement ma vie, et me voilà en mesure de prendre les grandes décisions que j'avais jusqu'ici refusé d'assumer.

Il sentit le bras de Lydie se mettre à trembler.

Il s'immobilisa en la tenant devant lui et lui donna enfin la réponse à la question qu'elle lui posait depuis si longtemps.

— Lydie, aujourd'hui, je peux enfin te demander de m'épouser.

Un pauvre sourire triste assombrit le visage de la jeune femme. Elle secoua la tête.

— C'est trop tard, mon Florent. Ce n'est plus possible. Je ne pourrai jamais devenir ta femme.

Un bloc de glace serra la poitrine de Florent.

— Pourquoi ? Parce que tu es enceinte ?

Elle sursauta et s'arrêta de nouveau.

— Qui te l'a dit ?

— Toi.

— Comment, moi ? Je n'ai rien dit du tout.

— Mais, ma chérie, ton tour de taille, ta beauté, la sérénité de ton visage parlent à ta place.

Ils reprirent leur marche.

— Si je compte bien, continua-t-il, cet enfant a dû être conçu en décembre dernier. Nous sommes en juin, tu es donc enceinte de six à sept mois. Tu as beau porter une robe sac à

493

la mode, on ne dissimule pas à un médecin amoureux une grossesse qui te rend plus belle que jamais.

Elle baissa les yeux sans répondre. Florent était lancé :

– Tu mettras au monde l'enfant de David, puis nous lui donnerons des frères et sœurs. Ils s'appelleront tous Schœnau. Alors, où est le problème ?

Des larmes coulaient sur le visage de Lydie.

– C'est tout de même bizarre, renifla-t-elle, chaque fois que nous sommes ensemble, la soirée se termine par des pleurs. Crois-tu que nous pourrions vivre ensemble sans nous faire du mal ?

Il la serra contre lui, mais elle se dégagea.

– Soyons sérieux, Florent. Il fut un temps où j'étais folle de toi, prête à tout quitter pour t'épouser. Méprisant les convenances, je te l'ai dit sans honte. Souviens-toi du Thé Caddy. Ai-je assez pleuré sur le chemin de l'aéroport ! Tu as refusé. Je me suis résignée, j'ai tourné la page et accepté d'épouser David. Maintenant, tout a changé : je porte un enfant de lui, c'est vrai, et je suis devenue responsable d'une exploitation agricole avec des associés, des salariés, des vieillards et des enfants qui tous me font confiance.

À côté d'elle, la tête baissée, Florent subissait l'algarade en silence.

– Aujourd'hui, que me proposes-tu, Florent ? Tu as choisi ta propre voie, tu viens de me l'expliquer. Tu seras assistant d'un patron parisien, il fera de toi son poulain, et, un jour, sans doute deviendras-tu professeur comme lui, à la faculté. Pas à La Rochelle, non, à Paris. Alors je fais quoi, moi, dans tout ça ?

Elle se calma et resta silencieuse un moment. Devant l'immeuble du boulevard Saint-Germain, ils se firent face à nouveau.

– C'est trop tard, Florent. Tu arrives trop tard. Je vais mettre au monde un bébé orphelin qui sera élevé dans l'idée que son père est mort en héros pour défendre l'Algérie française. Cette Algérie que nous, ses aînés, n'aurons pas été capables de lui conserver. J'espère que la Charente restera française encore un moment et que cet enfant pourra y vivre, sans se demander chaque matin si on ne va pas venir l'égorger. Voilà, Florent, ce que sera désormais ma vie. Que te dire d'autre ? Que tu es l'invité permanent de La Branderie, que, là-bas, tout le monde t'aime, et que nous serons toujours heureux de t'y accueillir. Salut et merci pour le dîner dans ce merveilleux restaurant. La Colombe, l'oiseau de la paix. Tu as bien choisi.

Elle lui tourna le dos sans l'embrasser et pénétra dans l'immeuble.

Combien de fois s'étaient-ils séparés définitivement, ces deux-là ?

Pour Florent, le mois de juin s'écoula dans une atmosphère ambiguë. Le matin, il travaillait avec Lataste, et l'après-midi il aidait Faurel en clinique ou dans son laboratoire. Sur le plan professionnel, c'était le bonheur.

Mais, le soir, il se retrouvait seul chez lui, perdu comme un naufragé dans cet appartement vide où il avait rêvé un moment d'installer Lydie. Il fêterait ses trente ans à la fin de l'année. Alors que d'autres vivaient déjà en famille, lui se sentait abandonné.

Pour ne pas penser et broyer du noir, il allait seul au cinéma les jours où il n'était pas de garde. Les actualités ne manquaient jamais de montrer les terribles images de l'Algérie défaite. Comme si les professionnels avaient éprouvé une joie malsaine à filmer ces débâcles de pauvres gens attendant les bateaux ou les avions, et les montagnes de conteneurs amoncelés sur les quais. En trois mois, huit cent mille pieds-noirs avaient fui leur pays.

Dimanche 1ᵉʳ juillet 1962, sept heures du matin. Le téléphone sonne dans la chambre de Florent. Il bondit, instantanément réveillé, comme tous les chirurgiens habitués aux urgences.

– Allô ?

– Allô ! Florent, c'est Daphné. Votre père est mort.

– Mort ? Mais quand ?

– Ce matin à trois heures.

– J'arrive.

– Non, ce n'est pas la peine, il est à la morgue de l'hôpital et vous ne pourrez pas le voir, elle est fermée le dimanche. Venez plutôt demain matin. L'avion de Paris atterrit à neuf heures. Je vous attendrai à la porte de l'institut médico-légal, derrière le bâtiment principal.

– Il avait été hospitalisé ?

– Non. Il a fait un malaise cette nuit, alors j'ai appelé les pompiers qui l'ont conduit à l'hôpital. Il est mort dans l'ambulance…

Florent raccrocha, envahi par une sourde colère. Cette conne n'avait même pas permis à son père de mourir dans son lit. Il avait fallu qu'elle appelle les pompiers ! Le pauvre avait fini sa vie dans un véhicule lancé à pleine vitesse, l'oreille vrillée par le hurlement des sirènes, entre les mains de professionnels consciencieux qui avaient dû lui faire subir les derniers outrages : perfusions, masque à oxygène, peut-être même respiration artificielle et massage cardiaque. Lui qui n'avait plus de myocarde. Qu'espérait-elle en lui infligeant ce supplice ? Voulait-elle s'assurer que, ce coup-ci, il était bien mort, et qu'enfermé dans son tiroir du frigo il ne risquait pas de revenir ?

Le pillage allait pouvoir commencer.

Florent se leva, se fit une tasse de café et revint s'allonger. Il se sentait fatigué. Las de s'être tant battu pour obtenir une reconnaissance qui n'était jamais venue. Dans sa tête, son père avait cessé de vivre depuis longtemps déjà. Plus précisément depuis qu'il avait quitté la France pour Genève. L'homme qui venait de mourir avait été, autrefois, le père d'un petit garçon disparu lui aussi, bien des années auparavant. Comme ils s'étaient aimés, ces deux-là !

Florent se revoyait enfant, assis en pyjama sur le bord de la baignoire, dans la salle de bains de ses parents. Son père, torse nu, une serviette autour des reins, se rasait, se passait de l'eau de Cologne sur le visage, se coiffait soigneusement et allait s'habiller. Puis il revenait pour vérifier sa tenue dans le miroir. Il allumait sa première cigarette, une State Express 555, et soufflait la fumée par le nez, ajustant ses poignets de chemise sous les manches de veste. Qu'il était beau, son papa !

Mais ce temps de l'innocence était révolu depuis longtemps. Des orages avaient fissuré la statue du commandeur : le bannissement de sa mère, les coucheries avec Elvire, la tragi-comédie de la clinique, le mariage clandestin avec la « commode », et, cerise sur le gâteau, le dossier de David dévoilant ses turpitudes sous l'Occupation. Oh, il n'avait pas été le seul, le beau Maxime, à privilégier sa carrière et à choisir la collaboration. Mais ce dossier démontrait à quel point ce donneur de leçons, ce magister intransigeant, ce financier universellement connu, n'était qu'un mystificateur, un arriviste dénué de toute moralité.

497

Florent se rappelait, après la Libération, lui avoir demandé pourquoi il n'avait pas fait de résistance. La réponse l'avait surpris : « Ceux qui m'ont approché paraissaient tellement cons que je n'y ai pas cru. Après, c'était trop tard. » Le sens de ces derniers mots s'éclairait à la lumière des documents de David.

Mais tout de même, quel talent il lui avait fallu pour passer au travers des mailles du filet vengeur de l'épuration. Comment s'était-il caché ? Comment avait-il pu se faire oublier ? Comment avait-il pu rebondir aussi haut ? Florent avait lu, dans les documents de David, que, passé les premières condamnations pour collaboration manifeste, publique, ostentatoire, les tribunaux s'étaient essoufflés. De Gaulle lui-même avait reconnu, à l'époque, avec une certaine amertume, que la condamnation de tous ceux qui avaient collaboré avec l'occupant priverait la France de la plus grande partie de ses cadres administratifs et industriels. Dans la liste des noms de ceux qui s'étaient compromis, beaucoup occupaient maintenant une place de choix dans le gotha politique et mondain. Après l'indulgence, l'amnistie avait fait son œuvre.

En ce petit matin de juillet, les souvenirs de Florent se livraient à une ronde folle où dominait la sensation que son père, au fond, était avant tout un maître de l'illusion.

Incapable de faire autre chose, il alluma la télévision, et les images le frappèrent au cœur : l'Algérie fêtait son indépendance ! La foule musulmane déferlait vers le centre des villes. À Alger, la Casbah envahissait les quartiers européens vidés de leurs occupants, et la foule défilait en vociférant devant de majestueux immeubles aux volets fermés.

Florent devenait indépendant le même jour ! Son père lui avait enfin lâché la bride sur le cou.

Il éteignit. Un long travail de deuil allait commencer.

Comme convenu, Florent retrouva Daphné devant la porte de l'institut mortuaire le lundi matin. Elle portait un tailleur noir et arborait une mine de circonstance.

– Entrez, lui dit-elle. Ils vous attendent.

Un employé le conduisit dans le salon funéraire où se trouvait le cercueil de son père, posé sur deux tréteaux. Florent était trop habitué à fréquenter la mort pour s'émouvoir du spectacle d'un corps sans vie, fût-ce un personnage qui avait tellement compté pour lui. Maxime portait un complet bleu marine, une chemise de soie et une cravate Hermès. Son visage amaigri ne ressemblait plus à celui de l'homme que Florent avait aimé.

Il posa un dernier baiser sur le front de marbre et sortit.

Genève n'avait pas encore compris que l'été venait d'arriver et la brume se levait à peine sur les jardins de l'hôpital. Daphné marcha au-devant de Florent. Il crut un moment qu'ils allaient échanger des condoléances, s'embrasser, pleurer ensemble... Pas du tout.

– J'ai téléphoné ce matin à l'église Saint-Honoré-d'Eylau à Paris. Les obsèques auront lieu jeudi matin à dix heures. C'est le père Mauro qui célébrera l'office, et je lui ai dit que vous choisiriez avec lui les textes et les musiques. Voici la carte de la compagnie de pompes funèbres qui s'occupera de la cérémonie et du transport au cimetière. Enfin, je vous confie le texte que Maxime avait écrit lui-même pour la rubrique nécrologique du *Figaro*. Je l'ai mis à la poste. Voilà.

Ce « voilà », c'est tout ce qui restait de son père.

– Le mieux, reprit-elle, c'est que nous nous retrouvions devant l'église jeudi matin. J'arriverai dans la voiture qui emmènera votre père de Genève à Paris. Je m'occupe de tout ici.

499

– Parfait.

Qu'ajouter d'autre ?

– À jeudi, conclut-elle en tendant la joue pour un simulacre de baiser.

Et elle tourna le dos.

Florent héla un taxi qui passait et demanda au chauffeur de le ramener à l'aéroport. Sa visite avait duré dix-sept minutes exactement. Avec un peu de chance, il parviendrait à attraper l'avion qui l'avait amené.

Le texte prévu pour le carnet du *Figaro* brillait par sa concision : *Sa famille et ses amis ont la douleur de faire part du décès de Maxime Schœnau.* Suivait l'impressionnante liste de ses titres et décorations. Point final.

Florent entreprit immédiatement de rédiger l'avis qui paraîtrait dans *Le Monde* : *Le docteur Florent Schœnau a la douleur d'annoncer le décès de son père, Maxime Schœnau, survenu à Genève le 1ᵉʳ juillet 1962.* C'était bref, sans fioritures, et sans Daphné. Le ressentirait-elle ainsi ?

Après la cérémonie à l'église, deux groupes se formèrent sur le parvis sans se mêler. D'un côté, ceux qui connaissaient Daphné et n'avaient sans doute jamais entendu parler de Florent. Un peu plus loin, les amis de Florent, les copains de toujours mêlés à ceux des dernières années, Stéphane, Gaignault, Brunet et quelques autres.

Parmi les cartes que lui remit l'employé, l'une provenait de Jean Faurel. Il avait écrit des mots affectueux qui prouvaient à quel point il ignorait la nature des relations entre Florent et son père. Cela valait peut-être mieux.

Cecilia vint pleurer dans ses bras en chuchotant que, grâce à lui, elle avait trouvé une place. Olivia la suivait, la belle Olivia. Elle sauta au cou de Florent :

– Si vous avez besoin de moi…

Et elle lui glissa dans la main l'adresse de la parfumerie où elle travaillait.

Décidément, les Schœnau étaient poursuivis par l'odorante profession !

Il la remercia et lui promit de l'appeler.

Enfin, il se dirigea vers Lydie qui attendait un peu plus loin. Sa silhouette, camouflée par un léger manteau vague, restait d'une suprême élégance. Comme son père aurait aimé une pareille belle-fille ! Ils s'embrassèrent et il lui demanda si elle l'accompagnait au cimetière.

– Le faire-part dit que l'inhumation aura lieu dans la plus stricte intimité.

– Tu fais partie de la plus stricte intimité.

Elle baissa les yeux et sourit.

– Alors je t'accompagne.

Ils montèrent ensemble dans la voiture de Florent et prirent le chemin du cimetière de Montmartre. Derrière le corbillard du défunt venait la luxueuse limousine où Daphné était montée seule, sans proposer à qui que ce soit de l'accompagner.

– Dis-moi, la veuve se prend pour une reine, ne put s'empêcher de remarquer Lydie.

– Oui. Dommage que le ridicule ne tue plus. On l'aurait enterrée avec son mari.

Au cimetière, l'absence de tout rituel religieux abrégea l'épreuve. À peine une dizaine de personnes s'étaient déplacées. Les employés transportèrent le cercueil vers le caveau et le descendirent immédiatement sous la dalle. Ils arrangèrent les fleurs et s'écartèrent.

Daphné, hiératique, s'avança, ébaucha un signe de croix et redescendit vers l'allée principale. Les autres visiteurs l'imitèrent et elle les attendit plus bas. Chacun vint saluer la veuve, et Florent abandonna Lydie une minute pour aller, lui aussi, sacrifier au rite des adieux. Quand vint son tour, il n'eut pas le temps d'articuler une phrase qu'elle fouilla dans son sac pour lui tendre une enveloppe blanche.

– Voilà, dit-elle sur le ton de celle qui clôt une conversation. C'est l'adresse du notaire.

Et elle se détourna.

Florent resta sans voix. Son ami Stéphane s'étant approché pour l'embrasser, il ne put s'empêcher de lui montrer la carte.

– Tu te rends compte !

– Moi qui croyais qu'elle te remettait un chèque, rigola le copain.

Les deux garçons sortirent du cimetière et Lydie vint les rejoindre. Florent la prit par les épaules.

– Je te présente Stéphane, l'ami avec lequel j'ai failli construire une clinique. (Et, se tournant vers Stéphane) : Voici Lydie, ma future épouse.

Lydie sursauta et le regarda avec étonnement. Mais Stéphane, inconscient du côté insolite de cette scène, ne lui laissa pas le temps de parler. Il lui ouvrit ses bras :

– Lydie, permettez que je vous embrasse. Je vous félicite et j'espère que vous allez pousser votre... mari à rejoindre notre équipe.

– Impossible, intervint Florent. Jean Faurel, mon actuel patron, m'a demandé d'être son assistant. Il m'emmènera avec lui quand il aura un service, ce qui ne saurait tarder. Ma voie est désormais tracée...

Le visage de Stéphane se figea, soudain bouleversé.

– Faurel ! Tu n'es pas au courant ? Tu n'as pas lu les journaux ?

Et il tira de sa poche *Le Figaro* du matin.

– Regarde.

Florent prit le journal et lut l'article que lui montrait Stéphane. Il pâlissait à vue d'œil :

Accident mortel sur une route du Morvan.

Un chirurgien de renom, le professeur Jean Faurel, se rendait à l'appel d'un de ses élèves de province qui devait faire face à un problème artériel gravissime et urgent, quand sa voiture dérapa dans un virage où une nappe d'huile s'était accidentellement répandue. Il semblerait que le conducteur ait eu le crâne fracturé par la boîte d'instruments chirurgicaux qu'il transportait sur la plage arrière de sa DS Citroën.

Florent ferma les yeux. Il resta muet, à peine capable d'évaluer les conséquences de cette perte. L'image de son patron cuisinant au bloc en caleçon et tablier lui traversa l'esprit. Il l'entendait encore évoquer ses prochains travaux sur les pontages coronariens… Cette fois il se sentit vraiment orphelin. Pourquoi le sort s'acharnait-il ainsi sur lui ?

Lydie se serra contre lui, cherchant comment le consoler. C'est à ce moment-là qu'elle aperçut un individu qui les observait.

– Regarde ce type. Tu le connais ?

Florent se retourna.

De l'autre côté de la rue, près d'une Versailles noire avec chauffeur, se tenait un homme qui ne prenait pas la peine de dissimuler l'intérêt qu'il portait au groupe : jeune et élégant, grand et mince, les cheveux coiffés en arrière, il affichait un sourire bizarre. Malgré sa courte barbe noire, Florent le reconnut à l'instant. Décidément, c'était le jour des surprises. Des mauvaises surprises. Il confia Lydie à la garde de Stéphane en leur recommandant de ne pas bouger. Il voulait être loin d'elle si l'irréparable devait se produire.

Il traversa la rue. Walid le regardait venir.

– Que fais-tu là ? demanda Florent d'une voix blanche.

– J'ai lu le faire-part dans *Le Monde* et je voulais…

– C'est pour ça que tu es venu à Paris ?

– Non ! Je travaille ici. Je suis attaché à la future ambassade d'Algérie, rue Hamelin. J'ai été nommé après avoir fait partie de l'équipe de Krim Belkacem dans les négociations d'Évian.

– Ton incarcération t'a porté chance, ironisa Florent en montrant du menton la voiture qui attendait.

Walid se rebiffa :

– Tu voudrais peut-être que je te remercie.

– Et moi ? Il faudrait que je te remercie d'avoir fait brûler la ferme de mes amis, et de les avoir assassinés ?

– Je n'y suis pour rien. Mouktar était mon supérieur hiérarchique et je n'avais aucun moyen d'aller contre ses décisions.

– C'est sans doute le moyen qu'il a trouvé pour me manifester sa gratitude après vous avoir opérés, toi et ceux de ton camp, sans vous dénoncer. Combien des vôtres ai-je sauvés ? Et si tu marches normalement, c'est grâce à qui ?

– Tu n'as fait que ton métier.

– C'est vrai ! Alors que le tien consistait à tuer.

– Je n'ai jamais tué personne. J'ai seulement contribué à libérer mon pays du joug colonialiste.

– Pourvu que ton pauvre pays ne subisse pas pire encore !

Walid ne répliqua pas. Il toisait Florent avec une telle arrogance que celui-ci finit par s'en offusquer.

– Ça suffit, maintenant, Walid. Nous n'avons plus rien à nous dire. Trop de morts et de drames nous séparent. Va-t-en !

Satisfait d'avoir eu le dernier mot, Florent le regarda s'engouffrer dans sa voiture dont le chauffeur ferma la porte.

— Qui est-ce ? demanda Lydie qui s'était approchée.

— Un souvenir douloureux.

Stéphane les interrompit.

— Excusez-moi, les amoureux, mais je dois m'en aller. Florent, tu sais ce que je pense. On a beau avoir eu un père difficile, quand il disparaît, je suppose que cela fait un grand vide. Je suis de tout cœur avec toi. N'oublie pas que ta place parmi nous est toujours libre. Mais réfléchis tout de même assez vite.

Florent lui posa la main sur l'épaule.

— Je te remercie, Stéphane, mais j'ai d'autres projets.

— J'ai compris. Si je peux t'aider, appelle-moi.

Il s'éloigna en leur faisant des gestes d'adieu.

Florent et Lydie se dirigèrent vers la Dyna Panhard, bras dessus bras dessous, comme à leur habitude.

— Dis-moi, Florent, chuchota-t-elle près de son oreille, je n'ai pas bien compris ce que tu annonçais à ton ami Stéphane tout à l'heure…

— Attends, moi d'abord : quand nous marions-nous, Lydie ? Avant ou après la naissance ?

Cette fois elle ne répondit pas et cacha son visage contre son épaule.

REMERCIEMENTS

Merci à Michèle, mon épouse, pour sa collaboration patiente et attentive de tous les instants. Merci également à mon comité de lecture personnel : Jean-Louis Pujol, Élisabeth Labrugière, Gilles Debray, Blandine de Saint-Seine, Nathalie Cénac.

Merci enfin à mon ami Jacques Bourrier, qui m'a involontairement prêté une anecdote.

Les personnages historiques de ce livre sont incontournables, les autres sont de pure fiction, et toute ressemblance...

Impression réalisée sur CAMERON par
BRODARD ET TAUPIN
La Flèche

pour le compte des Éditions Fayard
en avril 2002

Imprimé en France
Dépôt légal : mai 2002
N° d'édition : 21231 – N° d'impression : 12921
ISBN : 2-213-61268-4
35-33-1468-4/01